Marie Caroline Bonnet ist das Pseudonym der Kieler Autorin Jessica Weber. Wenn sie nicht gerade in einer ihrer Geschichten versinkt, arbeitet sie freiberuflich als Lektorin und Korrektorin. Neben der Arbeit ist das Reisen ihre Leidenschaft. Sei es auf Buchmessen, zu Lesungen, im Schreib-Urlaub, zu Besuch bei Autoren- und anderen Freund:innen, zur Recherche oder auf der Suche nach neuen Schauplätzen für ihre   Geschichten – sie und ihr kleines blaues Auto sind immer   unterwegs. Außer historischen Ro-manen mit und ohne Romantik schreibt sie Kurzge-schichten im Genre Phantastik, liebt Gemeinschaftsprojekte mit Autorenkolleg:innen und ist Herausgeberin mehrerer Anthologien. Sie ist Mitglied im Phantastik-Autoren-Netz-werk (PAN) e. V. und in der Schreibgruppe WOBBS.

MARIE CAROLINE BONNET

DIE WELLEN DES SCHICKSALS

STURMTÖCHTER SAGA

Überarbeitete Neuausgabe Mai 2024

Copyright © 2024 dp Verlag, ein Imprint der
dp DIGITAL PUBLISHERS GmbH
Made in Stuttgart with ♥
Alle Rechte vorbehalten

Die Wellen des Schicksals

ISBN 978-3-98998-186-7
E-Book-ISBN 978-3-98998-059-4

Dies ist eine überarbeitete Neuausgabe der bereits 2019 und 2021
beim dp Verlag, ein Imprint der dp DIGITAL PUBLISHERS GmbH,
erschienenen Titel Das Schicksal der Farben (ISBN: 978-3-96087-657-
1) und Zeiten der Wellen (ISBN: 978-3-96817-524-9).

Copyright © 2015, Forever by Ullstein
Dies ist eine überarbeitete Neuausgabe des bereits 2015 bei Forever
by Ullstein erschienenen Titels Töchter der Meere (ISBN: 978-3-
95818-059-8).

Covergestaltung: Jasmin Kreilmann
Umschlaggestaltung: ARTC.ore Design
Unter Verwendung von Abbildungen von
depositphotos.com: © kathysg, © OlezzoSimona, © davidschrader,
© flotsom, © felker
Korrektorat: Daniela Höhne
Satz: dp DIGITAL PUBLISHERS GmbH
Druck und Bindung: Books on Demand GmbH, Norderstedt

Das Werk darf – auch teilweise – nur mit
Genehmigung des Verlages wiedergegeben werden.

Sämtliche Personen und Ereignisse dieses Werks sind frei erfun-
den. Etwaige Ähnlichkeiten mit real existierenden Personen, ob lebend oder tot, wären rein zufällig.

VORWORT

Liebe Leser:innen,

die stürmische Reise geht weiter! Von der französischen Atlantikküste verschlägt es Lianne zunächst mit ihrem gerade wiedergefundenen Vater in die Karibik, wo sie ungeahnte Freiheit verspürt, ihrer Malerei nachgehen kann und in einer außergewöhnlichen Frau eine Freundin findet. Währenddessen kämpft ihr geliebter Luc in Paris darum, ein Unternehmen und damit eine Zukunft für sie beide aufzubauen. Und ein Kampf ist es, denn ein alter Feind ist ebenfalls in der Hauptstadt und besitzt ungeahnte Macht.

Ich persönlich liebe zweite Bände (oder auch Filme) von Reihen. Man kennt und liebt die Charaktere bereits, es ist aber noch nicht das Ende ihrer Geschichte.

Auch beim Schreiben hatte ich besonders große Freude an diesem Band, auch wenn mir natürlich all meine Buchbabys gleich wichtig sind. Dieser zweite Teil meiner Familiensaga enthält somit natürlich auch alles, was mir an zweiten Bänden so gut gefällt: Wir sind mit den Figuren vertraut, aber sie bekommen nun noch mehr charakterliche Tiefe, entwickeln die Beziehungen untereinander weiter, erforschen aber auch neue Möglichkeiten, neue Settings, neue Herausforderungen. Gelöst geglaubte Konflikte brechen wieder auf, dafür wird Ungelöstes zu einem Abschluss gebracht.

Und nicht zu vergessen: Es gibt Piraten, einen französischen König, mutige Künstlerinnen und eiskalte Händler, echte und falsche Freundschaften, Eifersucht, Liebe, Leben und Tod – und viele, viele Überraschungen, für die Charaktere ebenso wie für die Lesenden.

Am Ende dieses Romans steht ein Familiengeheimnis, das für den Moment viele Probleme löst, aber ungeahnte Auswirkungen auf die nächste Generation haben wird. Die dramatischen Entwicklungen, die sich darauf begründen, folgen dann im dritten und letzten Band der Trilogie.

Viel Freude bei der wilden Fahrt wünscht

Marie Caroline Bonnet

1

Martinique, Ende September 1688

Ein Rauschen hob an, und im nächsten Augenblick war ich nass bis auf die Haut. Ich hielt mein Gesicht in den Regen und genoss für eine Weile das Prasseln. Dann öffnete ich die Augen und sah zu, wie das Wasser von den Palmwedeln perlte, Kreise in den Sand tupfte, einen neben den anderen und weitere darüber, bis sich Pfützen bildeten. Ich nahm Anlauf und hüpfte in eine von ihnen. Feiner, heller Schlamm spritzte meine bloßen Beine hinauf, unter meinen Rock und bis hin zu den knielangen Hosen, die ich darunter trug.

»Welch ungebührliches Benehmen, werte Dame!«

Ich stimmte in Renés Lachen ein und sprang noch einmal. Ein Schwall sandigen Wassers ergoss sich über das Hemd meines Freundes, doch vom Himmel her strömte es weiterhin so heftig, dass bald kaum noch Schmutz auf dem Stoff zu sehen war. Ein herrlicher Duft breitete sich aus, erdig, üppig, honigsüß und frisch wie eben gepflückte Blumen.

Dann war es vorbei, ebenso plötzlich, wie es begonnen hatte. Nur in den Palmen raschelte und tropfte es noch, wenn die oberen Blattschichten das Wasser an die unteren abgaben. Ein Schwarm wilder Tauben stob auf, und augenblicklich erklang das geräuschvolle Gezwitscher anderer Vögel in den Baumkronen, als seien die Tiere froh, den Guss hinter sich zu haben.

Seit wir vor zwei Monaten angekommen waren, hier auf den Westindischen Inseln, konnten wir mehrmals täglich dieses Schauspiel beobachten. Der Regen kam und ging, und der warme Wind trocknete alles so schnell wieder, als sei nie etwas geschehen. Schon waren die Pfützen verschwunden, und die erbarmungslos heiße Sonne zwang uns in den Schatten des Waldrandes.

René lehnte sich an eine Palme und rutschte an ihr hinab, bis er auf dem Hosenboden saß. Sein Aufjaulen zeigte mir, dass er wieder einmal vergessen hatte, wie rau die Stämme der hiesigen Bäume waren. Ich musste lachen, während sich mein Freund den Rücken rieb.

»Du wirst dir noch dein letztes Hemd in Fetzen reißen!«

»Dann musst du es mir wohl auf der Reise nähen.«

»Ich und nähen? Ich werde anderes zu tun haben.«

»Zeichnen, ich weiß. In deinem Kopf müssen Bilder für Jahre sein. Du wirst dich niemals langweilen, auf der Reise nicht und noch weniger in Paris.«

Paris …

»Ich glaube kaum, dass ich dort malen darf, was ich möchte«, sagte ich leise. Manchmal bekam ich es bei dem Gedanken an die Zukunft mit der Angst zu tun.

»Sei unbesorgt. Es wird schon alles gut werden.«

René klopfte neben sich, und ich ließ mich fallen und lehnte meinen Kopf an seine Schulter. So vertraut war mir der Schiffsjunge meines Vaters in den langen Wochen der Reise geworden, dass ich gänzlich ohne schlechtes Gewissen seine Gegenwart genießen konnte. Ihm ging es ebenso, das wusste ich sicher. Und noch etwas anderes als seine Freundlichkeit und beständig frohe Laune zog mich zu ihm hin. Es war sein Verdienst, dass ich meinen Vater kennengelernt hatte, dass ich nicht in das Haus meines ehemaligen Herrn zurückkehren musste. Das würde ich ihm nie vergessen. Eine Welle der Dankbarkeit überkam mich, wie so oft, und ich hob die Hand und fuhr René durch den wirren Schopf.

»Es ist gut, dass wir noch so weit fort sind von Europa, nicht wahr, Lianne? Wenn meine Frau Mutter uns sehen könnte, sie wäre entsetzt.«

»Worüber, über mein viel zu kurzes Kleid, die bloßen Füße oder das offene Haar?«

»Wohl eher über dein Betragen! Hüpfst wie eine Irre im Dreck herum und wirfst dich mir danach an den Hals.«

»Oh ja, ich bin sicher, sie würde mich für eine Dirne halten.«

»Und mich für ...«

Ein Knacken ließ ihn verstummen, und wir sprangen beide auf, doch es war zu spät. Eine Kokosnuss, groß wie der Kopf eines Kindes, traf René an der Schulter.

»Au! Wenn das nicht meine Frau Mutter mit ihren gehässigen Gedanken war, die die Nuss vom Baum gewünscht hat!«

René verzog das pausbäckige Gesicht, und ich musste lachen.

»Mein Freund, so weit reicht die Macht Europas nun auch nicht.« Kaum hatte ich die Worte ausgesprochen, kamen wieder einmal die finsteren Erinnerungen, und ich schluckte. »Wäre es wahr, dass Gedanken allein ein Unglück auf der anderen Seite der Welt bewirken könnten, wäre ich nicht mehr am Leben.«

René streichelte meine Wange. Wie rau seine Hände durch die monatelange Arbeit an den Leinen geworden waren! Ich war nicht die Einzige, die die Reise verändert hatte ...

»Vergiss diese Dinge, Schwesterchen. Es folgen dir so viele gute Wünsche aus Frankreich, dass alles Schlechte hinter ihnen verblasst.«

Ich wusste, von wem er sprach. Er tat es ohne Eifersucht, mit dem Wohlwollen des großen Bruders, der er mir in den vergangenen Monaten geworden war.

Luc.

Dachte mein Geliebter tatsächlich noch an mich? Er war so weit fort, die Ereignisse in La Rochelle so fern, und doch standen sie mir so deutlich vor Augen wie am ersten Tag. Ich hatte sie gezeichnet, all die Gesichter, all die Gebäude, all die Gefühle. Mit der Kreide, Lucs Abschiedsgeschenk, hatte ich Papier um Papier gefüllt. Der Stapel lag auf dem Tisch in meiner Kajüte an Bord der *Liberté*. Seine rechte untere Ecke wölbte sich bereits, so oft hatte ich die Bilder durchgeblättert. So groß war die Sehnsucht gewesen, auf der langen Seereise und in der ersten Zeit hier, als wir von Insel zu Insel gesegelt waren, heimatlos, wie ich mich schon immer gefühlt hatte. Gewiss, ich hatte unendlich viele neue Dinge gesehen, aufregende Erfahrungen gemacht, meinen Vater besser kennengelernt. Doch die Schatten meines alten Lebens hatten lange nicht weichen wollen.

Dann jedoch war ich auf der Insel Saint-Lucia einer Frau begegnet, die Bilder auf die Haut zu stechen vermochte, die nicht fortgewaschen werden konnten. Sie hatte den Widderkopf, das Brandzeichen meines früheren Herrn, unter einer schwarzen Blüte verschwinden lassen. Dies war der Augenblick gewesen, in dem die Vergangenheit den Großteil ihres Schreckens verloren hatte. Seitdem genoss ich jeden einzelnen Tag meines Abenteuers! Nur noch selten kamen die bösen Gedanken, und mit Renés Hilfe vergingen sie rasch wieder. Luc fehlte mir weiterhin, und ich sehnte den Tag herbei, an dem wir uns wiedersehen würden. Doch warum sollte ich nicht meine Freiheit auskosten, bis es so weit war? Nie wieder würde ich im kurzen Kleid, mit einer Männerhose darunter, herumspringen dürfen, wenn ich erst einmal in Paris lebte. Ich freute mich darauf, fürchtete mich jedoch gleichzeitig davor. Wie würde mein Leben dort aussehen? Konnte ich für eine Ausbildung in der Hauptstadt wirklich gut genug malen, würde ich erfolgreich werden?

»Hör auf zu träumen, Prinzessin.« René griff nach meiner Hand. »Gehen wir zurück zum Lager. Bin ich froh, wenn wir wieder an Bord sind! Drei Wochen auf dieser Insel, und ich habe keine Nacht geschlafen in der elenden Hütte. Ich brauche das Schaukeln des Meeres, sonst komme ich nicht zur Ruhe!«

»Du hast keine Nacht geschlafen, weil du darüber nachgedacht hast, wie du an meinem Vater vorbei zu den schönen Mädchen im Dorf gelangen kannst.«

»Es gibt doch keine außer dir, meine Schönste.«

»Lügner!« Ich knuffte ihn in die Seite. »Ich bin weder schön noch die Einzige.«

»Stimmt, schön bist du wirklich nicht. Viel zu dunkel ist deine Haut geworden, du könntest fast eine Einheimische sein. Was sollen bloß die edlen Herrschaften in Paris von dir denken? Hoffentlich bleichst du auf der Reise wieder aus, sonst wirst du sofort Missfallen erregen. Und dieses Haar, so lang und struppig! Und die schmutzigen Füße ...«

Mit einem derselben trat ich ihm gegen das Schienbein. »Es reicht, mein Herr!«

Dann stapften wir einträchtig am Strand entlang zurück zum Lager. Ehe wir ankamen, war unsere Kleidung schon wieder trocken, nur die Haut war es nie an diesem Ort. Die Feuchtigkeit der Luft schlug sich darauf nieder, und man meinte, sie zu riechen und zu schmecken. Anfangs war mir häufig schwindlig geworden, doch inzwischen kam ich mit der Witterung zurecht. Nur nachts, das musste ich zugeben, schlief auch ich nicht gut. Verschwitzt und umschwirrt von Getier lag ich da, und mein Kopf wollte nicht zur Ruhe kommen. All die Gedanken an Luc, die Freude und die Angst, was mich in Paris erwarten würde, raubten mir den Schlaf.

»Du träumst schon wieder.«

Ich fuhr zusammen, hatte nicht bemerkt, dass sich René entfernt hatte. Jetzt hielt er eine gewaltige Meeresschildkröte dicht vor mein Gesicht. Das Tier blickte mich mit heruntergezogenen Mundwinkeln und grimmigen Schlitzaugen streng an, dann fauchte es leise. Sein fischiger Atem zog mir in die Nase.

»Nimm das Ding weg!« Ich musste lachen.

»Es ist selbst schuld, wenn es so nah an den Strand kommt. Und du auch, da du heute in Gedanken versunken bist und mich nicht beachtest. Irgendwie musste ich ja deine Aufmerksamkeit erregen.«

»Mit einer Schildkröte?«

»Es ist mir doch geglückt, oder?«

René zwinkerte mir zu und entließ das Tier in die Freiheit. Es watschelte davon, tauchte in das stille, hellblaue Meer und verschwand.

Dieses Meer ... Es war so anders als jenes, das ich kannte. Die meiste Zeit des Tages lag es glatt wie ein Spiegel da, der das Blau des Himmels zurückwarf. Die Macht der Gezeiten, die das Leben in Saint-Malo und La Rochelle bestimmte, war beinahe außer Kraft gesetzt. Es gab kaum Unterschiede zwischen Ebbe und Flut, das seichte Lüftchen, das hier wehte, verursachte nur wenig Wellengang. Man erzählte sich von Stürmen, die das Meer meilenweit ins Land drückten und die Bewohner der Inseln quälten. Wir hatten glücklicherweise keinen miterleben müssen, doch gegen etwas mehr Wind hätte ich nichts einzuwenden gehabt. Ich vermisste das Klatschen der Wellen gegen Felsen und Stadtmauern, das Gefühl, wenn Böen an Haar und Kleidung zerrten, den Wechsel von Licht und Schatten, wenn sich eine Wolke vor die Sonne schob. Wie würde es mir erst in Paris ergehen, wenn mir angesichts der strahlend blauen und blendend weißen Schönheit dieser Strände bereits das Herz schwer wurde? Dort gab es gar kein Meer, nur einen schmutzigen Fluss und noch weniger frische Luft als hier.

Ach, welch törichte Gedanken machte ich mir doch! Ich würde mich schon daran gewöhnen. Am Anfang unseres Aufenthalts in dieser neuen Welt hatten mir am Morgen auch die vertrauten Geräusche gefehlt, das Möwengeschrei, das Trappeln der Kutschpferde auf dem Pflaster, die Rufe der Markthändler, die ihre Waren anpriesen. Jetzt hatte ich mich längst an die fremdartigen Klänge gewöhnt, die in der Frühe zu hören waren, und ich war sicher, ich würde sie ebenso vermissen, wenn ich wieder daheim war. Man wurde eben von anderen Dingen geweckt an diesem Ort: dem Krächzen der farbenprächtigen Papageien, dem Jaulen und Kläffen der Hunde, die frei in den Wäldern lebten, dem Grunzen der wilden Schweine, die sich unseren Behausungen nur näherten, wenn noch kein Mensch draußen war. Vermutlich ahnten sie, dass ihr Fleisch köstlich schmeckte, wenn man es auf dem *Barbacoa* zubereitete! Eingesalzene Stücke davon, wie auch Teile von Geflügel, ganze Fische und anderes Getier wurden dafür auf ein Holzgeflecht gelegt, unter dem ein Haufen frischer Zweige entzündet wurde. Der Rauch zog nach oben und garte das Fleisch langsam, machte es zart und schmackhaft. Ich leckte mir die Lippen bei dem Gedanken und beschleunigte meinen Schritt.

Wenn ich wieder daheim war ... Daheim – wo war das? Paris würde mein neuer Wohnort sein, doch würde es zu einem wahren *Heim* werden? Ich hatte während der Reise festgestellt, dass mir große Menschenansammlungen noch immer Angst machten. Bevor wir vor einigen Tagen an der Ostseite Martiniques festgemacht hatten, hatte die *Liberté* zwei Wochen in Saint-Pierre gelegen, der Hauptstadt im Nordwesten der Insel, um Rum zu erwerben. Dort lag eine Taverne neben der anderen, Gegröle und Lärm erfüllten die Straßen. Es wimmelte von Säufern, die mit Waffen aller Art hantierten, und grell geschminkten Huren, die noch schamloser gekleidet waren als ich in diesem Augenblick. Wie ruhig war es dagegen in La Trinité, wo wir uns nun befanden. In dem winzigen Hafen gab es nur eine einzige Taverne, und über der Zuckerrohrplantage außerhalb der Stadt lag eine Ruhe, die von der Zufriedenheit einer erfolgreichen Ernte zeugte. Hier hatte Vater Fässer voller Zuckermasse erworben, die am nächsten Tag verladen werden sollten. Dann würde die Reise weitergehen, die schließlich in der Hauptstadt Frankreichs für mich enden würde.

Würde mich Paris ebenso schrecken wie die großen Häfen, die wir angelaufen hatten?

Ich konnte den Gedanken nicht weiter verfolgen, denn in diesem Augenblick kamen wir im Lager an. Das *Barbacoa* qualmte, köstlich duftende Schwaden zogen zu mir herüber. Wenn ich dieser Tage Hunger verspürte, so war es nicht das nagende, mit Angst und Hoffnungslosigkeit angereicherte Gefühl, das mich während meiner Zeit in den Straßen von La Rochelle stets begleitet hatte. Es war vielmehr die Aussicht auf weitere unbekannte Leckereien, von denen ich auf der Reise so viele kennengelernt hatte. Mittlerweile empfand ich großes Vergnügen am Essen, ganz anders als einst im Hause Bellier, wo jede Mahlzeit die vorige an Geschmacklosigkeit noch übertroffen hatte.

Wir traten hinüber zu den Arbeitern und Seeleuten, die um das Feuer geschart saßen. René reichte mir eine Schale, deren dampfenden, knusprigen Inhalt ich als Keule von einem Geflügel erkannte. Das zarte Fleisch war dunkel und viel schmackhafter als das der bekannten Haushühner.

»Perlhuhn«, schmatzte René, als hätte er meine Gedanken erraten. Dies kam so häufig vor, dass ich fast glaubte, er könne es tatsächlich. »Lecker.«

Der rauchige Geschmack erfüllte meinen Mund und meine Sinne, ich lutschte die Knochen ab und hielt René die Schale hin, damit er mir mehr brachte.

Mein Freund lachte und sagte: »Du wirst in kein Korsett passen, wenn du erst in Paris bist.«

Paris, immer wieder Paris ... In meinen Gedanken, in seinen, in denen meines Vaters. Es leuchtete in der Ferne wie ein Stern, funkelte ebenso reizvoll wie beängstigend am Horizont meiner Träume.

Würde ich Luc dort wiedersehen?

Ich hatte ihm gleich nach unserer Abreise von Saint-Lucia geschrieben, als wir gerade einmal zehn Tage auf den Westindischen Inseln weilten. Das Päckchen mit dem Brief und einigen kleinen Geschenken hatte ich dem im Aufbruch begriffenen Kapitän eines kürzlich gebauten, vortrefflich getakelten Kauffahrers mitgegeben. Das beeindruckende Schiff sollte für die Fahrt nach La Rochelle weniger als fünf Wochen benötigen. War alles gut gegangen, hatte Luc die Nachricht Anfang September erhalten. Er musste also bereits wissen, dass meine Reise in Paris enden würde.

Hatte dies – hatte *ich* – noch eine Bedeutung für ihn?

Manchmal zweifelte ich einen kurzen Augenblick, dann jedoch sah ich wieder sein Gesicht vor mir, hörte im Geiste seine Worte. Und in mir breitete sich eine Wärme aus, ein Gefühl des Vertrauens, das ich eben erst zu empfinden gelernt hatte – und es gefiel mir!

Ich würde ihn wiedersehen, wo auch immer, wie auch immer, und dann würde ich die Wahrheit wissen, über die Liebe, über die Zukunft. Bis dahin musste ich daran glauben, dass alles gut werden würde.

2

Saint-Vincent, Oktober 1688

»Sing mit mir, Lianne!« René hob seinen Becher und begann:

Hey ho, Männer, hebt den Krug!
Hey ho, Männer, mit einem Zug!
Leert die Fässer, trinkt den Rum!
Singt mit mir und bleibt nicht stumm!
Hey ho, Männer, Piraten sind wir!
Hey ho, Männer, uns treibt die Gier!
Denkt nicht an morgen, die Nacht ist noch lang!
Wir vertreiben den Tod mit unserm Gesang!

Bald tönte das Lied vielstimmig über die Plantage. Die Seeleute sangen lauthals, und die Arbeiter versuchten einzustimmen, trotz der unbekannten Worte. Ich nahm einen Schluck aus meinem Becher, und der Rum rann mir brennend die Kehle hinab. Ich musste mich nicht mehr schütteln wie die ersten Male, doch noch immer fuhr mir das starke Getränk in alle Glieder und gab mir das Gefühl, zu schweben. Ich blickte in die Runde. René zwinkerte mir zu, mein Vater unterbrach sein Gespräch mit dem Vorarbeiter und lächelte mich an. Zwei Männer stießen klirrend ihre Becher aneinander, bevor sie sie in einem Zug leerten und aus dem riesigen Fass nachfüllten, das in der Mitte unseres Kreises stand. Vater hatte eines der Fässer aus Saint-Pierre geopfert, um seinen Leuten eine Freude zu machen und auf das erfolgreiche Geschäft anzustoßen.

Drei Männer begannen eine Rangelei, angefeuert von anderen, bis alle in Gelächter ausbrachen. Würfelbecher und Münzen wurden mit hämischen oder prahlerischen Bemerkungen von einem zum nächsten geschoben. Große Kinder, so schien es mir. Der letzte heitere Abend, bevor am folgenden Tag die Ladung an Bord geschleppt werden musste und die lange Reise zurück nach Europa begann. Viele Seetage mit harter Arbeit lagen vor der Mannschaft, so auch vor René, den ich schmerzlich vermissen würde, da ich ihn nur selten zu sehen bekommen würde.

Vor zwei Wochen waren wir auf Saint-Vincent angekommen, der südlichen Nachbarinsel von Saint-Lucia, die wir auf der Hinfahrt besucht hatten. Vater hatte mir erklärt, dass hier bisher keine europäischen Siedler heimisch werden konnten, da die Kariben dies stets zu verhindern wussten, wenn nötig mit Gewalt. Wie in der gesamten Gegend kamen natürlich auch auf diese Insel Europäer, pflegten Geschäfte mit der Bevölkerung, blieben Tage oder gar Wochen. Ansprüche auf Land hatte jedoch noch niemand erheben dürfen – fast niemand. Vater hatte auf einer seiner Reisen von einem Mann gehört, einem dunkelhäutigen, riesigen Kerl unklarer Herkunft, der die Inselbewohner überzeugt hatte, mit ihren wertvollen Pflanzen Gewinn zu erzielen. Er hatte diese Plantage errichtet und den einheimischen Männern Arbeit gegeben, ohne Peitsche und Zwang, dafür mit guter Bezahlung und allen Vorteilen, die seine Beziehungen mit den Siedlern auf den Nachbarinseln brachten. Mit jenem seltsamen Herrn hatte Vater die Verhandlungen geführt und ihn schließlich dazu gebracht, uns das kostbare Blauholz für eine erschwingliche Summe zu überlassen.

»Die Färbereien in der Heimat werden es uns aus den Händen reißen«, hatte Vater erklärt und mir einen Kuss auf die Wange gegeben, stolz, sich den wichtigsten, wertvollsten Teil unserer Ladung gesichert zu haben. Nun saß die ganze Mannschaft mit den Plantagenarbeitern zusammen und ließ es sich gut gehen. Es machte mir nichts aus, die einzige Frau in der Runde zu sein. Ich hatte mich in den letzten Wochen daran gewöhnt. Die Arbeiterinnen blieben abseits und warfen den Männern Blicke zu, die teils amüsiert, teils ängstlich waren. Ich fragte mich, was die Frauen zu erleiden hatten, wenn sich die Kerle ihnen nach dem Genuss von reichlichen Mengen Rum näherten ...

Wieder einmal war ich froh, einen Beschützer wie meinen Vater zu haben, und auch René würde stets für mich eintreten. Neben all der Schönheit der Inselwelt hatte ich Dinge gesehen, die mich nicht losließen. Meinen eigenen Erfahrungen zum Trotz war ich von dem Ausmaß an Gewalt entsetzt gewesen, das den Knechten und Sklaven von ihren Herren zuteilwurde. Da wurde gepeitscht und geprügelt, dass einem vom Zusehen übel wurde.

Ich schüttelte mich und bat René, mir noch einmal den Becher zu füllen, atmete den scharfen, holzigen Geruch des Getränks ein und ließ einen weiteren kühlen Schluck durch meine Kehle rinnen. Lachen stieg in mir auf, und die bösen Gedanken waren vergessen. Erneut wurde ein fröhliches Lied angestimmt, und ich sang mit, so gut ich konnte. Ich stellte mir vor, Lucs Schwester Adelais wäre bei uns und würde ihre klangvolle Stimme erheben, die das Grölen und Brummen der Männer mühelos übertönt hätte. Wie sie mir fehlte! Sie war nun eine verheiratete Frau, hatte Pflichten zu erfüllen und war mit Sicherheit nicht in der Lage, mich in Paris zu besuchen. Würde ich sie je wiedersehen? Gewiss, wenn es eine Zukunft für mich und Luc gab. Wenn ...

Ich leerte meinen Becher, und plötzlich überfiel mich ein heftiger Bewegungsdrang, gepaart mit Schwindel und dem Gefühl, schnellstens den Kopf freibekommen zu müssen.

»René, lass uns ein wenig laufen. So bald werden wir dazu keine Gelegenheit mehr haben, höchstens an Deck im Kreis.«

»Wenn du meinst, dass du noch laufen kannst, Prinzessin ...«

Tatsächlich taumelte ich, als René mich auf die Füße zog, musste kichern und stieß meine Faust in seinen Bauch. Er krümmte sich; offenbar hatte der Rum mich meine Kräfte falsch einschätzen lassen. Er hätte mir leidtun sollen, doch ich musste nur noch mehr lachen.

»Frecher Hund!«

»Brutales kleines Mädchen!«

»Das hast du verdient!«

Ich stolperte vorwärts, bis René meinen Arm ergriff und mich stützte. Er hatte sicherlich ebenso viel getrunken wie ich, doch er verkraftete es deutlich besser, denn es gelang ihm, mich aufrecht zu halten. So gingen wir voran, ließen die abgeernteten Zuckerrohrfelder hinter uns, und ich schwor mir, nie wieder eine solche Menge zu trinken. Dennoch war meine ausgelassene, ein wenig verrückte Stimmung nicht verflogen, und ich zog René vom Weg herunter.

»Komm mit, wir gehen hier entlang.«

»Durch die Büsche? Um uns von wilden Tieren beißen zu lassen?«

»Es wird schon keine Hundemeute über uns herfallen. Los doch, ich möchte den letzten Tag in Freiheit genießen, noch Bilder in meinem Kopf sammeln, die ich auf der Reise zeichnen kann.«

»Sehr wohl, werte Dame.« Seufzend zog René die mannshohen fedrigen Farne mit beiden Armen auseinander, sodass sich ein Durchgang bildete. »Nach Euch.«

»Vielen Dank, mein Herr.«

Ich trat zwischen die Büsche, fort aus dem Sonnenlicht und hinein in die dunkelgrüne Welt, auf der Suche nach weiteren Wundern dieser Gegend, mit denen ich die noch leeren Blätter füllen konnte.

Das Gelände war nicht so unwegsam, wie ich befürchtet hatte. Palmen und andere Bäume, viele davon mit prallen, farbenfrohen Früchten behängt, schützten uns vor der Sonne. Wir kamen gut voran, mieden die dornigen Gestrüppe und achteten bei jedem Schritt darauf, unliebsame Begegnungen mit den Bewohnern des Dickichts zu vermeiden. Da huschte auch schon ein schwarzer Schatten vor meinen Füßen entlang und verschwand, bevor ich erkennen konnte, um welches Tier es sich handelte. Ein wohliger Schauder, eine Mischung aus Furcht und Neugier, überlief mich.

In einträchtigem Schweigen schritten wir voran, und ich sog die Bilder auf, die sich mir boten. Ein winziger bunter Vogel kam herbei; er schlug so schnell mit den Flügeln, dass er in der Luft stehen blieb. Er steckte seinen langen Schnabel in eine faustgroße rote Blüte, von denen unzählige an dem hohen, mit gezackten Blättern bekleideten Busch hingen. Ich hielt den Atem an. Die Schönheit des kleinen Wesens trieb mir die Tränen in die Augen. Die Luft um das Tier summte und brummte, als sei es ein Insekt. Als er gesättigt war, huschte der Vogel davon. Ich folgte ihm mit meinem Blick, bis er nicht mehr zu sehen war. Da schwebte ein großer, tiefblauer Schmetterling so dicht an mir vorbei, dass ich meinte, seine grazilen Flügelschläge im Gesicht zu spüren. Meine Kehle wurde eng. Wie lange würde ich von den Erinnerungen an diese üppige Natur zehren müssen? Ich atmete tief ein, sog den Duft in mich auf, die Süße der Blüten und die feuchte Frische der prachtvollen, tiefgrünen Pflanzenwelt. Da war er abermals, der Gedanke an Paris mit seinen Mauern aus Stein. Würde ich je wieder so frei sein wie in diesem Augenblick?

Plötzlich mischten sich fremde, unpassende Geräusche mit dem Gezwitscher der in den Bäumen hockenden Vögel. Sie störten das Rauschen des zarten Lüftchens in den oberen Schichten der Palmwedel und den Klang unserer vom weichen Boden gedämpften Schritte. Eindeutig menschlich waren diese Töne; René und ich sahen uns an, gingen zögernd weiter.

Die Geräusche wurden lauter, murmelnde Stimmen, Zischen, dann ein Schrei, der gleich darauf erstickt wurde. René packte mich am Arm, und zusammen spähten wir durch das Gestrüpp auf eine Lichtung. Schlagartig war die Wirkung des Rums verflogen, atemlos beobachtete ich das Geschehen, das sich vor meinen Augen abspielte.

Ich erspähte drei hochgewachsene, hellhäutige Männer und eine etwas kleinere Gestalt; ein Knabe vielleicht, schmal und dunkel, mit kurz geschorenem, schwarzem Haar. Die Männer zerrten an dem Geschöpf, und erst als das bunte Hemd zerriss und eine kleine, spitze Brust zum Vorschein kam, erkannte ich, dass es sich um eine Frau handelte. Sie wehrte sich nach Kräften – und Kraft hatte sie, das konnte man an den Muskeln und Sehnen erkennen, die sich unter der braunen Haut der Arme und Beine abzeichneten. Sie schlug und trat um sich, doch gegen die drei Kerle kam sie nicht an. Einer hielt ihr den Mund zu, sodass ihr Protestgeschrei gedämpft wurde und nur noch gurgelnde, wenig menschlich klingende Laute von ihr zu hören waren. Der zweite umfasste sie von hinten und presste seinen Körper gegen ihren, die Hände drängten sich zwischen ihre Schenkel. Als der dritte die entblößte Brust ergriff und mit zwei Fingern in die vorstehende Warze kniff, riss ich mich von René los.

Mit beiden Armen schob ich Zweige beiseite, trampelte Gestrüpp nieder, kümmerte mich nicht um die Kratzer und Dornen, die ich mir einfing, zwängte mich durch das Gebüsch und rannte auf die Lichtung. Ehe mir bewusst wurde, was ich tat, hing ich dem Mann am Arm und zog ihn von der Frau fort. Er ließ von ihr ab, ohne sich zu wehren, starrte mich nur verwirrt an. Die Frau jedoch erfasste die Situation sogleich und nutzte den Augenblick der Überraschung. Sie befreite ihre Arme und riss die Hand von ihrem Mund. Ihr Schrei gellte so nah an meinem Ohr, dass ich für einen Augenblick nur noch ein Pfeifen hörte.

Dann war René neben mir, schlug auf die Männer ein, und plötzlich war die Lichtung voller Menschen. Dunkle und helle Körperteile verschwammen in einem einzigen Kampfgetümmel, offenbar waren die Angehörigen des Opfers durch das Geschrei aufmerksam geworden. Ich ergriff die Hand der Frau und zog sie zur Seite. Sie zitterte, mehr vor Wut als vor Angst, wie mir schien. Ich sah ihr ins Gesicht. Noch hatte ich nicht gelernt, das Alter der unvertraut aussehenden Menschen richtig zu schätzen. Sie mochte in meinem Alter sein, vielleicht aber auch älter.

»Verstehst du meine Sprache?«

Sie starrte mich an, ihre schrägen Augen funkelten tiefschwarz. Ihre Haut war heller als die der afrikanischen Arbeiter, die man hier Sklaven nannte, ein wenig dunkler jedoch als die der einheimischen Menschen, die ich auf den anderen Inseln gesehen hatte. Ich fand sie schön, trotz der viel zu kurzen Haare, und lächelte sie an. Sie runzelte die Stirn, dann entspannten sich ihre Züge, und sie erwiderte das Lächeln zaghaft.

Die Kampflaute waren verstummt. Ein Blick hinüber zu den versammelten Männern zeigte mir, dass sich die Angreifer aus dem Staub gemacht hatten und René inmitten der Angehörigen des Stammes mit seinem Heldenmut prahlte. Eine ältere Frau in farbenprächtigem Gewand rannte auf uns zu, packte beide Hände meines

Schützlings und küsste sie auf die Wange. Dann wandte sie sich an mich.

»Danke. Immer wieder Männer fassen Tochter an. Bitte helfen!« Sie war so aufgeregt, dass ich ihr gebrochenes Französisch kaum verstehen konnte. »Madame, helfen Tochter! Kann arbeiten, mitnehmen! Auf Schiff, weg von Männer. Bitte!« Tränen traten in die von Fältchen umrahmten Augen. »Haare weg, aber Männer kommen. Muss fort!«

Die Stirn der jüngeren Frau hatte sich wieder in Falten gelegt, sie zischte ihrer Mutter Worte in ihrer eigenen Sprache zu. Ich wusste nicht, wie viel sie von der Bitte verstanden hatte, aber offenbar war es genug gewesen, um darüber böse zu sein. Die Mutter jedoch brachte sie mit einem einzigen Blick zum Schweigen, dann wandte sie sich abermals an mich.

»Wir nicht Sklaven, wir frei. Kann gehen mit dir, arbeiten für dich. Bitte!«

»Ich muss meinen Vater fragen.«

»Vater? Kapitän große Schiff?«

Ich nickte. René trat zu uns, und sogleich wich das Mädchen hinter ihre Mutter zurück. Das würde ja heiter werden, wenn sie mit uns an Bord kam, auf ein Schiff voller Männer ... Ob der Frau klar war, was sie da vorschlug? Offenbar hatte sie eine hohe Meinung von den Geschäftspartnern des Plantagenbesitzers, anders konnte ich mir nicht erklären, dass sie ihre Tochter ausgerechnet Europäern mitgeben wollte. Ich war heilfroh, dass sie nicht von Vaters Männern angegriffen worden war. Ich kannte die Mannschaft mittlerweile gut, doch meine Hand würde ich für keinen außer René ins Feuer legen ... An diesen wandte ich mich nun.

»Kannst du Vater holen? Die Dame hat ein Anliegen.«
Mein Freund zögerte, mich allein bei den fremden Menschen zu lassen, doch dann rannte er los. Die Männer des Stammes entfernten sich ebenfalls, um wieder an ihr Tagewerk zu gehen. Betreten schweigend blieben die beiden Frauen und ich stehen. Im Gesicht der Älteren zeichneten sich Sorge und Hoffnung gleichermaßen ab, die Jüngere schien noch immer erbost, ihre Mandelaugen funkelten. Ich konnte nicht erkennen, ob sie wütender auf ihre Mutter oder auf die Angreifer war. Plötzlich stand mir das Geschehen noch einmal vor Augen, in das ich mich so unbedacht eingemischt hatte, und mir brach der Schweiß aus. Wie hatte ich so dumm sein können? War ich den Übergriffen meines Herrn entkommen, um mich dann eine halbe Welt entfernt irgendwelchen Kerlen auszuliefern? Der verfluchte Rum! Ohne dessen Wirkung hätte ich mich niemals so in Gefahr begeben. Mir wurde übel vor Erleichterung, dass nichts Schlimmeres geschehen war. Und schließlich hatte ich ein gutes Werk getan, oder nicht? Dennoch drohten meine Knie nachzugeben bei dem Gedanken, was hätte passieren können … Es wurde mir immer deutlicher, warum die Kariben mit aller Macht zu verhindern versuchten, dass die Insel besiedelt wurde. Ich war nicht so töricht, zu glauben, dass es unter den Einheimischen keine schlechten Männer gab, die sich Frauen auf unrechte Weise näherten. Doch die Gefahr für dieses Mädchen schien eindeutig von den Europäern auszugehen, und sie war gewiss nicht die Einzige, der so etwas widerfahren war.

Glücklicherweise dauerte es nicht lange, bis mein Vater erschien, und rasch wurde man sich einig. Plötzlich hatte ich eine Dienerin. Dabei war ich erst seit wenigen Monaten selbst keine mehr! Wie seltsam das Leben spielte … Ich nahm mir fest vor, eine bessere Herrin zu sein als die Menschen, denen ich gedient hatte. Würde es mir überhaupt gelingen, ihr Anweisungen zu geben? Könnte ich es über mich bringen? Und würde sie mir Folge leisten? Ich wusste nicht, ob ihr klar war, welche Art von Stellung sie antreten sollte. Mir war ja selbst nicht bewusst, was ich mit einer Dienstmagd anfangen sollte. Ich konnte mich doch um alles allein kümmern! Und wie sie so neben mir einherschritt, zeigte ihre Haltung keine Spur von Unterwürfigkeit, vielmehr stapfte sie mit trotzig erhobenem Kopf voran.

René musste einige Meter hinter uns gehen, um die junge Frau nicht zu ängstigen, als wir sie zu ihrer Hütte begleiteten. Sie packte rasch ein paar Kleidungsstücke zusammen und zog sich ein heiles Gewand an. Währenddessen sah ich mich in der kleinen Siedlung um. Wie Sklaven wirkten die anwesenden Menschen wahrhaftig nicht. Stolz gingen sie ihren Tätigkeiten nach, und kein Herr schwang die Peitsche hinter ihnen. Die Frauen flochten Körbe oder zerstießen Getreide, Männer schleppten Fische herbei und übergaben sie anderen zur Weiterverarbeitung. Da wurde ausgenommen, eingesalzen und gebraten, und ein köstlicher Duft zog über das Dorf. Überhaupt schienen auf diesen Inseln zu jeder Tageszeit Feuer zu brennen, auf denen Speisen garten. Ich bekam schon wieder Appetit! Schnell wandte ich den Blick von den Leckereien.

Was ich dann sah, ließ mich den Atem anhalten. Zwei kräftige Männer, ihre Oberarme dick wie Baumstämme und gewiss ebenso hart, waren dabei, einer

Gruppe halbwüchsiger Jungen den Umgang mit Speeren beizubringen. Ich mochte mir nicht ausmalen, ob die spitzen Waffen der Jagd oder der Kriegsführung dienten … Eines der Kinder kicherte und wurde sogleich mit einer scharfen Bemerkung zurechtgewiesen. Die Sprache dieses Volkes klang barsch in meinen Ohren.

Dann war meine neue Dienerin bereit, mit mir zu kommen. Ihre Kleider hatte sie in ein buntes Tuch geschnürt und sich dieses vor den Bauch gebunden. Von ihrer Mutter verabschiedete sie sich mit versteinertem Gesicht. Auch die Ältere verzog keine Miene, eine wie die andere offenbar zu stolz, um Gefühle zu zeigen. Doch diese Mutter wollte das Beste für ihr Kind, und ich war sicher, dass die junge Frau das wusste. Ich hätte es gespürt, wenn meine Mutter je etwas Gutes für mich gewollt hätte …

»Verstehst du mich?«, fragte ich erneut, während wir nebeneinander zum Lager schritten, René wieder in sicherem Abstand hinter uns.

»Wenig«, bekam ich zur Antwort. Sie blickte weiter stur geradeaus. Ich zupfte die Frau am Ärmel, und endlich sah sie mich an.

»Ich bin Lianne.« Ich deutete auf mich und kam mir dumm dabei vor. Dennoch zeigte ich danach auf sie.

»Wie ist dein Name?«

»Emeni.«

»Das klingt schön. Was bedeutet es?«

Sie blieb stumm, und ich erkannte, dass ich bis zu einer vernünftigen Unterhaltung viel Geduld würde aufbringen müssen. Es lag jedoch eine lange Reise vor uns, und ich war zuversichtlich, dass ich sie unsere Sprache lehren könnte. Wenn ich auf der Hinreise sogar schreiben gelernt hatte ...

Als wir das Lager erreichten, blieb Emeni stocksteif stehen. Mit weit aufgerissenen Augen starrte sie die Seeleute an, die noch immer um das Feuer saßen.

»Keine Angst, sie tun dir nichts. Das sind Freunde!«

Sie verstand das Wort, doch überzeugt war sie nicht, so viel konnte ich in dem dunklen Gesicht erkennen.

»Männer. Böse.«

Ich konnte es ihr nicht übel nehmen. Meine Hand fuhr zu der Blüte in meinem Ausschnitt, tastete wie so häufig nach der Brandnarbe. Dann verschwand der Schatten, den der Gedanke an Bellier verursacht hatte, und der strahlend blaue Himmel kam wieder zum Vorschein. Ich musste lächeln.

»Nicht alle, Emeni. Nicht alle.«

Trotzdem führte ich sie in weitem Bogen um die Männer herum und in meine Hütte. Sie blieb stehen und sah sich um, die Hände um ihr Bündel gelegt, als hielte sie ein Kind. Beschämt blickte ich die Kleider an, die sich auf meinem Bett türmten. Ich hatte es bisher nicht geschafft, meine Truhe zu packen – um ehrlich zu sein, war ich lieber mit René herumgezogen, als mich auf die Reise vorzubereiten. So jedoch hatte ich wenigstens etwas für Emeni zu tun.

Es fiel mir schwer, ihr Anweisungen zu geben. Sie verstand mich schlecht, doch das war nicht der eigentliche Grund. Vielmehr war es ihre Haltung, der gerade Rücken, die gestrafften Schultern, der stolze Blick. Sie war ein ganzes Stück größer als ich, das machte die Sache nicht einfacher. Ich räusperte mich.

»Emeni, packst du bitte meine Kleider ein?«

Ich sah Java vor mir, die schallend über meinen kläglichen Versuch, mich als Herrin aufzuspielen, gelacht hätte. Sie hätte den Auftrag an die Dienstmagd auf andere Weise kundgetan ...

Das Mädchen rührte sich nicht. Ich trat zum Bett, nahm ein Kleidungsstück, faltete es sorgfältig und legte es in die offene Truhe. Dann deutete ich auf Emeni.

Es dauerte eine ganze Weile, bis sie sich bewegte, obwohl ich sehen konnte, dass sie mich längst verstanden hatte. Der Anfang war gemacht, doch ich hatte nicht das Gefühl, dass die Rollen in diesem Schauspiel schon klar verteilt waren. Unschlüssig stand ich herum und beobachtete das Mädchen. Mein schlechtes Gewissen regte sich, wenngleich ich ihr keine harte Arbeit zugedacht hatte. Dennoch konnte ich nicht anders. Ich trat zu ihr und begann, ebenfalls Kleidungsstücke zusammenzulegen.

Als wir fertig waren, starrte Emeni mich an. Was sollte ich nun mit ihr anfangen? Es gab nichts mehr zu erledigen, und unterhalten wie mit einer Freundin konnte ich mich mit ihr auch nicht. Da fiel mir ein, wie ich vielleicht eine Bindung zu ihr aufbauen konnte.

Ich öffnete die kleine Holzkiste, in der sich mein größter Schatz befand, meine Farbkreiden und Papierstücke. Die fertigen Zeichnungen lagen obenauf. Ich hatte seit unserer Ankunft ebenso viele angefertigt wie auf der langen Seereise, und nun entnahm ich einige aus der Kiste und hielt sie Emeni hin. Diese runzelte die Stirn, als sie das oberste Blatt betrachtete, das Abbild eines der riesigen schuppigen Kaimane, die ich zum Glück stets nur aus der Ferne zu sehen bekommen hatte. Sein offenes Maul mit den spitzen Zähnen war jedoch gut genug zu erkennen gewesen, und genauso hatte ich es auch abgebildet. Mich überlief jedes Mal ein Schauder, wenn ich das Bild ansah. Ich hoffte, dass es dieselbe Wirkung auf andere Betrachter hatte, denn das würde bedeuten, dass es mir gelungen war. Emeni jedoch verzog keine Miene.

Ich legte die Zeichnung beiseite und zeigte ihr die nächste. Den blaugelben Papagei, der kopfüber an einem Ast hing, hatte ich aus unmittelbarer Nähe malen können. Was das Bild nicht verriet, war, dass das Tier gekreischt und mit seinem mächtigen Schnabel nach mir gehackt hatte, als ich ihm zu nah gekommen war. Vor Schreck war ich auf mein Hinterteil gefallen. Ich musste bei dem Gedanken lächeln. Emeni blickte in mein Gesicht und lächelte ebenfalls, deutete auf die Zeichnung und danach auf mich.

»Ja, das habe ich gemalt.« Ich ergriff ein leeres Blatt und ein Stück schwarze Kreide und zeigte es dem Mädchen. Ich hoffte, sie würde die unausgesprochene Frage in meiner Miene erkennen. Seit ich sie zum ersten Mal aus der Nähe gesehen hatte, wollte ich sie zeichnen.

Die hohe Stirn legte sich erneut in Falten, dann nickte Emeni. Ich jubelte innerlich, wie immer, wenn ich ein Motiv gefunden hatte, das mich reizte. Die Kreide bewegte sich wie von selbst über das Papier. Ich bemühte mich, die stolze Miene, die natürliche Schönheit der jungen Frau einzufangen und auf das Blatt zu bannen. Nachdem ich die Umrisse in Schwarz angelegt hatte, griff ich zu anderen Farben – Braun, Gelb und Grau –, um dem Gesicht Tiefe zu geben. Wie sehr sehnte ich mich danach, endlich richtig malen zu lernen, meiner Kunst noch mehr Ausdruck zu verleihen!

Es dauerte lange, bis ich zufrieden war. Dann jedoch ließ ich die Kreide sinken. Emeni nahm mir das Blatt aus der Hand, sah mich erstaunt an, betrachtete ihr Abbild erneut, und ein Lächeln brachte ihr Gesicht zum Erstrahlen. Ich seufzte glücklich, wie immer, wenn jemandem mein Werk gefiel. Und ich wünschte nichts mehr, als dass noch unzählige Malereien hinzukommen würden! Plötzlich sehnte ich mich nach Paris und nach der Zukunft, die so verheißungsvoll vor mir lag. Die Farbkreiden waren ein solcher Fortschritt gegenüber der gestohlenen Kohle aus dem Herd, doch der Gedanke an Ölfarben und Leinwände brachte meine Wangen zum Glühen.

In meine Träume versunken hatte ich nicht bemerkt, dass Emeni längst wieder die Stirn gerunzelt hatte. Ich sah es erst, als sie mich am Arm packte. Sie zeigte auf das Bild.

»Mutter«, sagte sie. Nur das eine Wort, für sich allein unverständlich, doch der Blick in ihr Gesicht erklärte es mir. Ihre Miene sprach von der Angst vor dem Vergessenwerden, von Liebe und Vermissen.

»Ich sage René, dass er ihr die Zeichnung bringen soll.«

Ich musste die Worte herauspressen, da sich mein Hals plötzlich wie zugeschnürt anfühlte. Meine Mutter war mir stets zu fremd gewesen, als dass sie mir auf eine solche Weise fehlen würde. Mein Vater jedoch würde mich bald in Paris zurücklassen, und ich war froh, dass ein Bild von mir bereits in seinem Raum auf der *Liberté* hing. Er sollte nur nicht vergessen, wohin – und wofür – er zurückkehren musste.

Glücklicherweise würde es noch eine Weile dauern, bis ich mich von ihm verabschieden musste. Und wenn es dann so weit war, käme ich vielleicht gar nicht dazu, ihn zu vermissen. Ich würde in Paris sein, malen, lernen! Wenn ich in einer Stadt Ablenkung finden würde, dann doch wohl in jener! Was könnte aufregender sein als ein Leben in Paris?

3

Paris, Oktober 1688

Wurden die aufregenden Orte erst zu dem, was man ihnen nachsagte, wenn man sie mit jemandem teilen konnte? Er wartete seit Wochen darauf, dass Paris ihm endlich die Wunder offenbarte, die alle Welt der Stadt andichtete. Bisher hatten sich sowohl ihre Schönheit als auch das besondere Leuchten, von dem man berichtete, vor ihm verborgen. Gewiss, sie hatten Straßenlaternen installiert, die selbst die dunkelsten Gassen bei Nacht in ein dumpfes, gelbes Licht tauchten. Doch er war sicher, dies war nicht gemeint, wenn die Menschen von dem herrlichen Glanz sprachen, der von der Stadt ausging.

Vielleicht würde alles besser, wenn erst Lianne bei ihm war. Mit ihr zusammen würde er auch den finstersten Ort zum Strahlen bringen! Bisher jedoch waren seine Tage angefüllt mit Arbeit und Einsamkeit. Er kannte keinen Menschen in dieser Stadt, seit sein Vater abgereist war. Über die geschäftlichen Kontakte hinaus sprach er mit niemandem – außer vielleicht mit der Bäckersfrau, wenn er des Morgens sein Brot erstand.

Lucien Lavie seufzte und band seine dunkelbraunen, schulterlangen Wellen zu einem ordentlichen Zopf. Er weigerte sich, eine Perücke aufzusetzen, trug aber zumindest die verhasste Kleidung, um sich von den anderen Händlern nicht zu sehr abzuheben. Der enge Kragen gab ihm das Gefühl, langsam erwürgt zu werden.

Wie war er nur in diese Lage geraten? Es hatte alles so vielversprechend begonnen. Nachdem er Anfang September Liannes Brief erhalten hatte, war es schnell gegangen. Es hatte ihn nur wenige Tage gekostet, seinen Vater zu überzeugen, eine Zweigstelle des Tuchhandels in Paris zu eröffnen. Schon eine Woche später waren sie in die Hauptstadt gereist, hatten Lager- und Geschäftsräume angemietet, und bereits Anfang Oktober hatte er sich den ersten möglichen Kunden vorgestellt. Doch auch jetzt, nach zwei Wochen, konnte er noch keinen Auftrag verzeichnen. Gewiss, sein Kontor befand sich nicht in der besten Straße der Stadt. Die *Rue des Lombards* teilte er sich mit italienischen Geldhändlern und allerlei verschiedenem Gewerbe, doch sie lag nah genug bei den Stoffhallen und den Räumen der anderen, länger ansässigen Tuchhändler. Wenn man wollte, fand man *Drapiers Lavie* problemlos, gleich um die Ecke der Kirchen *Saint-Merri* und *Saint-Jacques*, unweit der Brücken auf die *Île de la Cité*.

Bis jetzt wollte ihn jedoch niemand finden, obwohl er weiß Gott genügend Schneidern seine Adresse genannt hatte. In La Rochelle dauerte es nie so lange, bis sich die Kunden entschieden. War er zu ungeduldig? Sollte das Leben in Paris tatsächlich langsamer verlaufen als in der Kleinstadt?

Trotz allem war er froh, diese verlassen zu haben. Nach den Vorfällen um Lianne und ihren ehemaligen Herrn Bellier hatte er sich dort nie mehr wohlgefühlt.

Er meinte, beobachtet zu werden, oft genug hatten ihn Blicke von Fremden gestreift und ein unangenehmes Kribbeln in seinem Nacken verursacht. Es war mit Sicherheit Einbildung gewesen, wahrscheinlich waren die Menschen nur neugierig. Schließlich waren die Streitigkeiten in aller Öffentlichkeit vonstattengegangen. Dennoch war er nicht traurig gewesen, der Stadt den Rücken zu kehren. Einzig seine Schwester Adelais fehlte ihm, aber er wusste sie glücklich verheiratet, und somit war alles in bester Ordnung.

Und auch hier in Paris würde alles gut werden! Er musste nur Geduld haben. Schon bald würden die Schneider des Königs – oder wenigstens die der Adligen und Bürger – an die Tür seines Kontors klopfen. Leider hatte sich der verehrte Louis XIV. just vor wenigen Tagen entschlossen, mit Zehntausenden von Soldaten in die Pfalz einzufallen, sodass bei ihm und seinem Hofstaat andere Interessen vorherrschten, als neue Kleider zu bestellen. Doch dieser Zustand würde nicht lange anhalten, hatte die freundliche Bäckerin Luc versichert, als er ihr seine Sorgen in einem Anflug von Selbstmitleid eines Morgens offenbart hatte. Erfahrungsgemäß kehrte der Hof bald zu den Freuden zurück, die ihm sein Reichtum bot. Die Dame musste es wissen, hatte sie doch die Ehre gehabt, gelegentlich Brot in den Louvre zu liefern, als der König noch dort residierte. Seit dies nicht mehr so war, ging es der Bäckerin schlechter, doch sie hatte sich ihre Fröhlichkeit in den ganzen sieben Jahren bewahrt. Wie er sie darum beneidete! Wie würde es ihm selbst in sieben Jahren ergehen, wenn er bereits nach so kurzer Zeit der Verzweiflung nahe war?

Luc seufzte erneut und griff nach der Liste mit den Adressen, die er an diesem Tag noch abklappern musste. In der kommenden Woche würde ein wichtiges Treffen aller ansässigen Tuchhändler beim Händlervogt der Stadt stattfinden. Es konnte nicht schaden, sich noch vorher bei einigen Kunden einen Namen zu machen. Außerdem wollte er im Gildenhaus vorsprechen. Sein Vater hatte den Kontakt bereits hergestellt; der Tuchhandel Lavie aus La Rochelle war bekannt genug, um den Herren dort ein Begriff zu sein. Luc selbst jedoch war bisher nicht angehört worden. Dabei war es ein wichtiger Schritt, in die Gilde aufgenommen oder zumindest von ihr unterstützt zu werden! Dann wäre es auch mit dem erniedrigenden Anpreisen seiner Ware bei jeder sich bietenden Gelegenheit vorbei.

Es musste ihm gelingen, in Paris Erfolg zu haben. Genug Menschen hier trugen doch Kleidung aus feinem Tuch! Er sah sie in ihren Kutschen vorbeirumpeln, mühsam das Gleichgewicht haltend, um nicht mit den Köpfen gegen die Wände zu schlagen. All die reichen Bewohner dieser Stadt in ihren vornehmen Gefährten, die jedoch unter dem unebenen Straßenpflaster ebenso litten wie die hölzernen Karren der einfachen Gemüsehändler. So schaukelten sie dahin, von ihren edlen Pferden gezogen, zu den Festen und Vergnügungen, die ihr Leben ausmachten. Luc schnaubte bei dem Gedanken an die steife Ausdrucksweise und die herrischen Gesten dieser Menschen.

Er verstand selbst nicht, warum er die hochrangigen Einwohner von Paris so argwöhnisch ansah. Sie verhielten sich kaum anders als die Adligen in der Umgebung seiner Heimatstadt, mit denen er und sein Vater bisher Geschäfte getätigt hatten. Gewiss, im Gegensatz zu diesen hatten die Hauptstädter ihm noch keine Chance gegeben. Doch war es deswegen sein Recht, sie von oben herab zu betrachten? Wer war er, sie zu verurteilen?

Dennoch sagten ihm die Begegnungen mit der einfacheren Bevölkerung mehr zu. Er mochte die fleißigen Bäckerinnen, die schreienden Verkäufer in den Markthallen, bei denen er seinen Käse und sein Obst erwarb, all die hochnäsigen Studenten, die tagsüber ihre Bücher schleppten und hochtrabende Gespräche führten, abends jedoch zu fröhlichen Trinkgefährten wurden. Sie machten Paris zu etwas Besonderem. Und er war ein Teil davon.

Wenn nur der eine Mensch hier wäre, an dem ihm am meisten lag. Dann wäre alles zu ertragen. Gemeinsam würden sie *Lutetia* erobern, diesen Koloss von Stadt zu ihrem Zuhause machen. Doch bis dahin musste er allein durch die Gassen wandern, achtgeben, dass er nicht von einer der unzähligen Kutschen überrollt wurde oder den Verstand verlor, weil er sich wieder einmal im Gewirr der Häuser verirrt hatte.

Vielleicht wurde es im Sommer besser, wenn die Bäume in den Parks grün wurden, wenn der Himmel seine Farblosigkeit verlor und die Luft ihr eisiges Stechen. Im Sommer ...

Er sah Lianne vor sich, wie sie mit offenem Haar im Gras lag, mit ihren wachen grauen Augen zu ihm aufsah und ihn anlächelte. Wie sehr er sie vermisste! Noch vor wenigen Monaten hatte er nicht für möglich gehalten, je für einen Menschen so zu empfinden. Und nun konnte keine andere Frau auch nur das geringste Interesse in ihm wecken. Er wollte nur sie, die Eine, die Einzige. Seine Lianne.

Lianne und der Sommer ... Für sie würde er durchhalten.

Luc straffte sich, zerrte den quälenden Kragen zurecht und verließ das Kontor.

4

Saint-Vincent, *Aufbruch*

Emeni und ich saßen im Schatten einer mächtigen Palme und beobachteten, wie die Kisten mit dem wertvollen Blauholz an Bord der *Liberté* getragen wurden. Unsere eigenen Habseligkeiten waren bereits verstaut. In aller Frühe hatten wir unsere Beutel und Truhen eigenhändig den Steg hinauf, nach achtern und dann die wenigen Stufen hinunter in unser Zimmer geschleppt, um nur keinen Mann von der Arbeit abzuhalten. Emeni hatte mit ihrem üblichen unbewegten Blick das geräumige Bett, das Schränkchen, die Kommode mit dem Spiegel darüber und den kleinen, aber schweren Tisch mit den zwei Stühlen gemustert – die Möbelstücke, die wir uns während der langen Überfahrt teilen sollten.

Sie war vor mir wieder nach oben gegangen und hatte sogleich einen tiefen, hörbaren Atemzug getan, so als habe der Raum unter Deck ihr die Luft genommen. Ich konnte sie verstehen, denn ich erinnerte mich mit einem Schaudern an meine erste Schiffsreise. Ihre würde bequemer werden, doch das beklemmende Gefühl, hinter dünnen Holzwänden eingeschlossen und den Gewalten des Meeres ausgesetzt zu sein, kannte ich nur zu gut. Es hatte sich erst mit der Zeit gelegt, nachdem mein

Vater mir genau erklärt hatte, wie sicher die *Liberté* gebaut war und wie tüchtig seine Männer sie bedienten.

Ich war ungeduldig, wollte endlich die Heimreise antreten, doch es blieb uns nichts, als zu warten. Ich wunderte mich über das Mädchen neben mir, das stur geradeaus blickte, sich kein einziges Mal umwandte nach der Welt, die ihre gewesen war und die sie nun verlassen würde. Selbst ich hatte gezögert, hin und her überlegt, als ich aus Saint-Malo geflohen war, obwohl es meine eigene Entscheidung gewesen war. Für Emeni hatte die Mutter entschieden, und doch erschien es, als verspüre sie nicht den geringsten Zweifel. Ich konnte nicht wissen, wie es in ihr aussah, das war mir klar. Ihre Erfahrungen ähnelten den meinen, sie war ebenfalls bedrängt worden, heftiger noch als ich. Wenn ich ihre Mutter richtig verstanden hatte, war die missliche Lage, aus der René und ich sie gerettet hatten, nicht die erste dieser Art gewesen.

Ich betrachtete Emenis kurz geschorenen Kopf. Wie mochte sie früher ausgesehen haben? Welche Verzweiflung trieb eine Mutter dazu, der Tochter das schmückendste Beiwerk einer Frau zu nehmen, in einer Gesellschaft, die nicht das Bedecken des Haares vorschrieb? Ich hatte in der kleinen Siedlung Mädchen gesehen, die unzählige dünne geflochtene Zöpfe trugen, wieder andere hatten ihr langes, dichtes Haar mit Perlen und Muscheln geschmückt. Gewiss, einige hatten auch bunte Tücher um den Kopf getragen, besonders die Älteren, doch es schien mir, dass die Damen in Emenis Dorf ihre Schönheit im Allgemeinen gern zur Schau stellten. Emeni jedoch zeigte den beinahe kahlen

Schädel, als trüge sie einen Schild vor sich her. Dennoch war es ihr nicht gelungen, den Nachstellungen zu entkommen – sie blieb das schönste Mädchen von allen, die ich je gesehen hatte. Ihre Gesichtszüge, die ausgeprägten Wangenknochen, die hohe Stirn und die schrägen Augen waren ungewöhnlich und wunderhübsch anzusehen. Ich konnte mir vorstellen, dass sie reizvoll auf Männer wirkte, die lange keine Frau mehr berührt hatten ...

Als Letztes wurde die Verpflegung an Bord gebracht. Ich wusste, was sich in den Kisten und Säcken befand: große Mengen von geräuchertem Schweinefleisch und den Wurzeln und Knollen, aus denen man süßen Brei kochen konnte, getrocknete Früchte und zahllose Eier der verschiedensten Geflügelarten. Dann kam der lebende Proviant, und ein Anflug von Übelkeit stieg in mir auf. Auf einem Handkarren wurden zehn Meeresschildkröten herangerollt. Sie waren eine ganze Weile lang leicht am Leben zu halten, mussten nur ab und zu mit Wasser übergossen werden. Nach und nach würde der Koch sie schlachten und zubereiten. Ich hatte ihr Fleisch probiert, wollte mich keiner unbekannten Erfahrung versperren. Es hatte mir jedoch nicht geschmeckt, und ich hoffte, es auf der Reise nicht essen zu müssen.

Mein Vater kam herbei und reichte jeder von uns eine Hand, um uns beim Aufstehen behilflich zu sein. Emeni überging die Geste und schwang sich in einer raschen Bewegung anmutig auf die Füße, ohne zu wanken. Ich dagegen ließ mir gern helfen. Vater hielt meine Hand und führte mich den Steg hinauf, Emeni folgte uns mit so festen Schritten, dass das Holzbrett unter uns zu beben begann. Wir kletterten an Deck, wo die erfahrene Mannschaft die immer gleichen Aufgaben unaufgeregt, aber zügig verrichtete. Männer eilten hin und her, nahmen ihre Positionen ein, und auch mein Vater begab sich an die Arbeit. Emenis Augen huschten von einem Seemann zum anderen, sie zog mich am Ärmel und deutete auf die Treppe, die zu unserem Zimmer führte. Ich verstand, dass sie sich zwischen den vielen Männern unwohl fühlte, aber ich wollte noch ein wenig an der Luft bleiben. Wir gingen zusammen nach hinten, doch an der Stiege angekommen, schüttelte ich den Kopf.

»Geh allein hinein, ich komme gleich nach.«

Sie wandte sich ab und stapfte davon, und ich konnte nicht feststellen, ob sie mir böse war.

Sie ist deine Dienerin, sagte ich mir. *Es kann dir gleichgültig sein, ob sie deine Entscheidungen gutheißt.*

Doch es war mir nicht gleichgültig. Diese Art des Denkens war mir zu fremd. Allerdings würden wir auf der Reise reichlich Zeit miteinander verbringen, sodass sie wohl die letzten paar Augenblicke vor dem Ablegen ohne mich aushalten konnte.

Ich ließ meinen Blick noch einmal über die üppigen Wälder und die sanften Hügel schweifen, die, wie ich wusste, Richtung Norden höher wurden und in einen Feuer spuckenden Berg mündeten. Dann wurde der Anker gelichtet, und wir begannen die Halbtagesreise zur Ostküste von Barbados, wo sich der Konvoi für die Rückfahrt sammeln würde. Nachdem mein Vater alle Anweisungen gegeben hatte, trat er neben mich an die Reling.

»Endlich, Vater! Jetzt wartet Paris auf mich.«

»Mein wildes Mädchen. Du bist noch viel zu sehr ein Kind, um dich den Zwängen der Pariser Gesellschaft und denen der Ehe zu unterwerfen. Weißt du sicher, dass du es so willst?«

Wusste ich es sicher? Ich sah Luc vor mir, seine strahlend blauen Augen. Hier war der Himmel so viel blauer als in Frankreich und doch konnte keine Farbe mich je so fesseln wie die seines Blickes. Wartete er auf mich? Ich hatte versprochen, zu ihm zurückzukehren. Der Gedanke ließ mein Herz zugleich schwer und federleicht werden.

»Ja, Vater. Meine Kindheit habe ich verpasst, deshalb war die Zeit hier wundervoll und wichtig für mich. Doch in der Situation mit Emeni habe ich wieder einmal festgestellt, dass die Freiheit auch Gefahren birgt. Ich möchte heim, zur Ruhe kommen, malen, all die Schönheit dieser Reise teilen mit dem, den ich vermisse. Von der Ehe will ich noch gar nicht sprechen, das hat Zeit.«

»Aber Paris ...«

»Vater, du hast es versprochen!«

»Das habe ich, und ich werde es halten. Doch du kennst die Stadt nicht, und ich kann nur kurz bei dir bleiben. Ich sorge mich eben.« Er strich mir über das Haar, dann zog er mich in seine Arme. »Du wirst malen, Tochter, wenn das dein Wunsch ist. Du sollst alles bekommen, worauf du so lange verzichten musstest.«

Ich sah zu ihm auf, in seine grauen Augen, die meinen so ähnlich waren, und ich wusste, er sprach die Wahrheit.

Wir ließen Saint-Vincent hinter uns, rasch verschwand es aus dem Blickfeld. Je weiter wir uns von der Küstenlinie entfernten, desto mehr bezog sich der Himmel. Wind kam auf, der mich beinahe an zu Hause erinnerte. Bald schon schwand das Licht des Tages, die Nacht brach herein und mit ihr eine Kühle, die an Land nie zu spüren gewesen war. So lange hatte ich an Deck gestanden, jetzt ging ich hinunter in das Zimmer, das ich mit Emeni teilte.

Das Mädchen saß auf einem Stuhl und starrte durch das Fenster hinaus in die Dunkelheit. Sie drehte sich nicht um, als ich eintrat. Leise sprach ich sie an.

»Emeni? Geht es dir gut?«

Sie wandte mir das Gesicht zu, und im Flackern der Laterne sah ich ihre Augen glänzen. Waren es Tränen, die sie unterdrückte? Ihre Wangen jedenfalls waren trocken und zeigten auch keine Spuren, dass sie vorher geweint hätte. Wie tapfer sie war! Zwar war ich selbst, obwohl ich meinen Geliebten dort zurückgelassen hatte, ohne eine einzige Träne aus La Rochelle abgereist, voller Neugier auf die Welt, die mich jenseits des Meeres erwartete. Doch ich hatte gewusst, dass ich zurückkehren würde. Emeni konnte diese Hoffnung nicht hegen. Ich wünschte mir, dass sie sich wenigstens ein bisschen auf die Zukunft freute.

Mit wenigen Gesten bedeutete sie mir, dass sie sich zum Schlafen legen wollte. Da erst bemerkte ich, dass auch ich müde war. Wir krochen unter die Decke unseres gemeinsamen Bettes, und ich schlief ein, kaum dass ich meinen Kopf niedergelegt hatte.

Als die Glocke durch den stillen Bauch der *Liberté* hallte, fuhr ich auf. Ich fühlte mich, als hätte ich keinen einzigen Augenblick geschlafen, doch der Himmel vor unserem Fenster verfärbte sich bereits grau. Mit bleischweren Gliedern erhob ich mich, trat zur Kommode und goss den Inhalt des bereitgestellten Kruges in die Waschschüssel. Ich zog mein Nachtkleid aus, klatschte mir zwei Hände voll Wasser ins Gesicht und sah mich im Spiegel an. Müde Augen schauten zurück, die Haare hingen lang und zerzaust um meinen Kopf. Tropfen rannen über meine gebräunten Wangen, den Hals hinab auf meine im Gegensatz zur Gesichtsfarbe kalkweißen Brüste. Ich spritzte noch ein wenig Wasser auf meinen Körper, doch es erfrischte mich kaum. Ich nahm ein Leinentuch aus der Schublade, rieb Gesicht und Leib trocken und schüttelte mich, um die Schläfrigkeit zu vertreiben.

Da sah ich im Spiegel, wie sich Emeni aus dem Bett schälte und hinter mich trat. Ich überließ ihr den Platz an der Waschschüssel, und sie benetzte ebenfalls ihr Gesicht. Dann tauchte sie ein Tuch ins Wasser und begann, umständlich ihren Körper unter dem farbenfrohen Gewand abzuwischen. Die flatternden Bewegungen des weiten Kleidungsstückes erinnerten mich an einen der bunten Schmetterlinge, die ich auf den Westindischen Inseln gesehen hatte – ein Gedanke, der mir oftmals kam, wenn ich Emeni betrachtete.

Verwundert beobachtete ich die Prozedur, die einige Zeit in Anspruch nahm. Es war nicht so, dass mich Emenis Reinlichkeit überraschte. Die meisten meiner Landsleute nahmen es mit der Körperpflege nicht so genau, deshalb war mir aufgefallen, dass sich die Menschen in dieser Gegend regelmäßig wuschen. Vielmehr erstaunte mich, dass sie ihr Kleid nicht ablegte, so wie ich. Wir waren allein im Zimmer, vor mir brauchte sie keine Scham zu haben. Dennoch entblößte sie nicht mehr als ihre Füße und Unterschenkel.

Die Scheu vor der Nacktheit schien mir nicht zur Lebenseinstellung der karibischen Bevölkerung zu passen, so wie ich sie kennengelernt hatte. Sie musste ihren Ursprung in den Übergriffen haben. Ich konnte gut verstehen, dass Emeni Schwierigkeiten mit ihrem Körper hatte. Ihr war viel Schlimmeres widerfahren als mir, und auch ich hatte mich nach Belliers Annäherungsversuchen stets schmutzig gefühlt. Wie anders war es gewesen, als Luc mich berührt hatte ... Ich spürte, wie meine Wangen bei dem Gedanken heiß wurden und sich ein Lächeln auf mein Gesicht legte. Und ich wünschte Emeni, dass sie ebenfalls einmal eine solch schöne Erfahrung würde machen dürfen. Ich fragte mich nur, ob sich in Paris ein Mann fände, der eine Karibin zur Frau nehmen würde. Doch all das würde sich zeigen. Es war sinnlos, jetzt schon darüber nachzudenken.

Ich hatte mich eben angekleidet, als es an der Tür klopfte. Vater brachte uns eigenhändig das Frühstück, für jede ein Stück Brot, eine Scheibe Fleisch und ein gekochtes Ei.

»Nun, meine Mädchen, seid ihr bereit für die große Reise?«

»Natürlich, Vater! Hast du den Konvoi schon gesichtet?«

»Die ersten Masten tauchen eben am Horizont auf, wir dürften bald zu ihnen stoßen.«

Nach dem Frühstück hielt mich nichts mehr unter Deck, und auch Emeni war endlich dazu zu bewegen, das Zimmer zu verlassen. In der Morgendämmerung waren die massigen Körper der übrigen Schiffe des Konvois in der Ferne auszumachen.

»Sieh doch, dort drüben warten die anderen.« Emenis Blick folgte meinem Finger, dann jedoch lenkte ihn etwas ab. Ich sah ebenfalls in die Richtung und stutzte.

»René?«

Mein Freund, der in der Nähe Taue aufgewickelt hatte, trat zu uns. Emeni wich ein Stück zurück, was mich maßlos ärgerte, da ich ihr mehrfach erklärt hatte, dass von diesem jungen Mann keine Gefahr ausging. Ich verzichtete jedoch darauf, sie zu schelten, da mir meine Frage wichtiger war.

»Was für ein Schiff ist das, das sich uns von Norden nähert?«

René kniff die Augen zusammen, um besser sehen zu können.

»Eine Galeone. Ich kann die Flagge nicht erkennen. Seltsam, ich dachte, wir erwarten kein Schiff mehr aus dieser Richtung. Sie wollten alle schon gestern Abend hier eingetroffen sein.«

»Du meinst, es gehört nicht zu unserem Zusammenschluss?«

»Ich weiß nicht ...«

Wir starrten angestrengt das Schiff an, das in voller Fahrt auf uns zukam. Da zupfte Emeni mich am Ärmel und wies nach Süden.

»Da.«

Und tatsächlich, ein weiteres Schiff näherte sich, viel schneller als die Galeone. Es war kleiner und lag gut im Wind, der immer mehr auffrischte.

Plötzlich rannte René davon.

»Herr Kapitän!«, hörte ich ihn brüllen, und kalte Angst kroch in mir hoch. Ich fasste Emeni bei der Hand.

Mein Vater kam mit René zurück, Besorgnis im Gesicht.

»Vater, was geschieht hier?«

Er antwortete nicht, blickte erst Richtung Süden, dann nach Norden. Plötzlich stieß er einen ohrenbetäubenden Schrei aus.

»Piraten!«

Piraten? Nein, das konnte nicht sein! Sie griffen doch nicht mit zwei Schiffen einen ganzen Konvoi an!

Da erkannte ich, dass sie keinen Konvoi angriffen. Nur uns. Wir hatten die anderen noch längst nicht erreicht.

»Sie schneiden uns den Weg ab.«

Damit sprach René das aus, was mir im selben Augenblick klar geworden war. Die pfeilschnelle Bark hielt genau auf die Lücke zwischen uns und dem Verband zu, während die Galeone aus der entgegengesetzten Richtung drohend näherkam.

Mein Vater war fort, brüllte Befehle über das Deck. Die Seeleute hantierten mit den Segeln, zogen hier und zerrten dort, um unsere Fahrt zu beschleunigen und die *Liberté* doch noch in den Schutz des Konvois einzureihen. Die übrigen Schiffe schienen sich jedoch eher zu entfernen, als näher zu kommen.

»René, fahren sie vor uns davon?«

»Nicht vor uns, vor den Piraten.«

»Aber sie müssen uns doch helfen! Das Bündnis ...«

»Sie retten die eigene Haut, das Bündnis ist ihnen gleichgültig.«

Ich konnte es nicht fassen. Die Gemeinschaft, die auf dem Hinweg so viel Sicherheit geboten hatte, zerbrach vor meinen Augen.

»Und nun?«

»Wir haben so etwas einige Mal durchgemacht, als wir selbst als Korsaren unterwegs waren. Da wollten sie uns die eben erkämpfte Beute wieder abjagen. Wir müssen jetzt versuchen, halbwegs auf Kurs zu bleiben, vielleicht doch noch die anderen zu erreichen. Wenn wir weiter genau auf sie zuhalten, laufen wir den Piraten in die Arme. Wir müssen ausweichen.«

»Wohin können wir uns wenden, René?«

»Sicherlich nicht nach Norden, denn dort lauert die Galeone mit ihren Kanonen. Zurück nach Barbados – nein, denn wir kennen die Insel nicht und können so schnell nicht herausfinden, wo die Gewässer tief genug für uns sind. Wir dürfen nicht riskieren, auf Grund zu laufen, denn die Bark hat viel weniger Tiefgang und wird uns dort in jedem Falle stellen.«

»Im Osten fährt der Konvoi und mittlerweile kommt uns die Bark von dort entgegen – also nach Süden, richtig?«

Da ertönte auch schon der Ruf, der die Mannschaft anwies, nach Südosten abzudrehen. Das Manöver glückte, wir ließen die Galeone hinter uns und den Geleitzug sowie die Bark links liegen. Der Wind fuhr in die Segel und wir nahmen ordentlich Fahrt auf. Der Bark jedoch gelang eine ähnlich rasche Wende, und bald war sie uns wieder auf den Fersen.

Das ganze Schauspiel erschien mir so unwirklich, dass ich an Deck verharrte und gespannt beobachtete, wie der Konvoi immer kleiner wurde und die beiden Piratenschiffe uns verfolgten. Irgendwann, als sich die Männer beruhigt hatten und ihnen nichts anderes übrig blieb, als den eingeschlagenen Kurs zu halten und nicht an Geschwindigkeit zu verlieren, trat mein Vater zu Emeni und mir. Die Sorgenfalten auf seinem Gesicht ließen ihn älter aussehen, als er war.

»Sie werden nicht aufgeben«, murmelte er. »Ich glaube, die beiden Schiffe vor Saint-Vincent gesehen zu haben. In dem Falle wissen sie, was unsere Ladung ist.«

»Sie wollen das Blauholz? Ich dachte, Piraten sind nur hinter Gold und Silber her!«

»Hauptsächlich, ja. Doch möglicherweise arbeiten sie nicht für ihre eigene Kasse. Vielleicht haben sie einen Auftrag. Der spanische König ist dem französischen so wenig zugetan wie umgekehrt.«

»Sind wir in großer Gefahr, Vater? Die *Liberté* ist doch so schnell!«

»Die Bark ist schneller, allerdings hat sie keine Kanonen an Bord und fürchtet die unseren. Sie werden es nicht riskieren, uns zu nahe zu kommen, bis uns auch die Galeone erreicht hat und beschießen kann.«

»Und wird sie das?«

»Da sei Gott vor!«

Selten hatte ich meinen Vater derart inbrünstig von Gott sprechen hören, und es machte mir mehr Angst als die Schiffe, die uns verfolgten. Er nahm mich in die Arme, mein Fels in der Brandung, und zum ersten Mal erkannte ich, dass auch seine Macht begrenzt war. Tränen traten mir in die Augen. Sollte mein Abenteuer so zu Ende gehen?

»Geht hinein, Mädchen. Es wird ungemütlich hier draußen.«

Tatsächlich wurde es stetig windiger, auch klatschten die Wellen aufgrund der rasenden Fahrt immer heftiger gegen die Bordwände. Ich hatte nicht bemerkt, dass meine Kleidung bereits feucht war.

Wir gingen also hinab, Emeni und ich, und erstmals entdeckte ich in den Augen des Mädchens etwas anderes als Trotz und Stolz. Nun stand darin deutlich ein Zweifeln, ein Hadern mit dem Schicksal, keine Angst, das nicht, aber eine Unruhe, wie auch ich sie verspürte.

Wir versuchten mit aller Macht, uns abzulenken. Ich zeigte Emeni die Bilder, die ich auf der Hinfahrt gemalt hatte. Als eine Zeichnung von Luc erschien, wurde meine Kehle eng. Wenn er doch nur bei mir wäre!

Dann aber wäre auch er in Gefahr. Nein, das wollte ich mir nicht wünschen.

Emeni sah mich an und lächelte.

»Mann, Lianne?«

»Vielleicht, eines Tages ...«

Sie nickte. Ich vermutete, dass sie eher meine Miene deutete, als dass sie die Worte verstand. Doch auch so war eine Unterhaltung möglich.

Wir beschäftigten uns eine ganze Weile mit meinen Zeichnungen. Ich versuchte, Emeni zu erklären, wer die Personen waren, welche Gebäude ich dargestellt hatte. Zwischendurch jedoch sprang ich immer wieder auf, starrte aus dem Fenster.

Kamen sie näher?

Ich konnte es nicht einschätzen. Mal dachte ich, sie wären verschwunden, doch einen Augenblick später, mit der nächsten Welle, drehte sich die *Liberté* ein winziges Stück und sie tauchten wieder auf, rasend schnell unter vollen Segeln und bedrohlich nah.

Sie ließen uns nicht in Ruhe, verfolgten beharrlich ihr Ziel, Stunde um Stunde blieben sie uns auf den Fersen. Trotz aller Bemühungen versanken Emeni und ich schließlich in Schweigen, jede hing ihren eigenen Gedanken nach. Meine waren so finster, dass ich es nicht einmal über mich bringen konnte, zum Zeichenstift zu greifen. Was hätte ich auch darstellen sollen?

Die Ungewissheit, wie diese Sache ausgehen würde, zerrte an meinen Nerven. Ich erwischte mich dabei, mit den Fingern auf den Tisch zu trommeln, dann wieder kaute ich auf meinen Nägeln, im nächsten Moment sprang ich auf und sah nochmals aus dem Fenster, nur um sogleich abermals auf meinen Stuhl zu sinken. Nie zuvor hatte ich eine derartige Unruhe in mir gespürt, sie war unerträglich, und meine Rastlosigkeit machte es nur noch schlimmer! Emeni dagegen saß da wie versteinert, erstarrt in der Furcht, die auch sie verspüren musste.

Wenn doch nur endlich etwas geschehen würde! Dieser Zustand war nicht länger auszuhalten.

Aber was sollte denn geschehen? Ein offener Kampf? Das konnte ich mir kaum wünschen!

Warum ließen sie uns nicht einfach ziehen?

Es sind Piraten, du dumme Gans! Sie leben davon, Beute zu machen. Niemals werden sie aufgeben.

Als es klopfte, fuhr ich zusammen, endlich aus meinen Gedanken aufgeschreckt, die sich seit Stunden im Kreis drehten.

»Ja, bitte!«

René trat ein. Er trug ein Tablett mit drei Lederbechern und einer großen Schüssel. Ich spürte, wie sich Emenis Körper anspannte, wie immer, wenn sich ein Mann näherte.

»Der Kapitän hat einen winzigen Schluck Rum erlaubt, mit heißem Wasser gemischt. Das soll die Sinne beruhigen.« Er versuchte ein Lächeln, doch es gelang ihm nicht besonders gut. Selbst meinen jederzeit fröhlichen Freund schienen Ängste zu plagen. »Und Pierre hat vor lauter Unruhe so viel gekocht, dass wir die Piraten noch mit versorgen könnten.«

Seine Stimme zitterte. Er hatte schon einige Reisen mit meinem Vater hinter sich, jedoch waren meist sie die Angreifer gewesen, die ihre Opfer verfolgten.

Vielleicht ist dies die Strafe für das Unglück, das sie anderen Menschen zugefügt haben?

Ich schüttelte mich, um den Gedanken zu vertreiben. René verstand es falsch.

»Doch, Lianne, du solltest etwas essen! Wer weiß ...« Er brach ab und setzte sich auf unser Bett, da wir nur zwei Stühle im Zimmer hatten.

Ich warf einen Blick in die Schüssel, in der Erwartung, dass sich mir der Magen umdrehen würde angesichts unserer verzweifelten Lage, in der Essen das Letzte war, was uns kümmern sollte. Als mir jedoch der köstliche Duft des Gerichts in die Nase stieg, regte sich mein offensichtlich unbezwingbarer Appetit. Ich griff zum Löffel und schaufelte mir eine große Portion Eintopf in den Mund. Er schmeckte herrlich, das Fleisch war zart und rauchig, die Zwiebeln süß und die Soße aus verkochter Yamswurzel dick und würzig. Ich spülte mit einem Schluck aus meinem Becher nach.

Das starke, heiße Gebräu rann meine Kehle hinab, und tatsächlich wurde ich ruhiger, als ich es in den vergangenen Stunden gewesen war. Ich reichte Emeni einen Löffel, und auch sie begann zu essen, musterte jedoch weiterhin René aus dem Augenwinkel. Hatte sie noch immer nicht verstanden, dass er ein guter Mensch war? Wie tief mussten ihre Ängste sitzen, um dies nicht zu erkennen?

Als die Schüssel geleert war, fühlte ich mich gestärkt genug, um mit René über die Geschehnisse zu sprechen.

»Wie sieht es draußen aus, mein Freund? Was gedenkt mein Vater zu unternehmen, wie wird es weitergehen?«

»Wir mussten uns ganz nach Süden wenden, werden den Konvoi keinesfalls mehr erreichen. Der Kapitän vermutet, dass sie uns nach Tobago treiben wollen, das liegt in südwestlicher Richtung.«

»Tobago? Warum dorthin?«

»Viele Piraten haben dort ihre Lager. Wenn es ihnen nicht gelingt, uns auf See das Schiff abzunehmen, dann gewiss in ihren eigenen Gefilden.«

»Und was können wir dagegen tun?«

René seufzte und rieb sich die Stirn. »Nichts, fürchte ich. Sie kommen näher.«

Ich stand auf und sah wieder einmal aus dem Fenster. Nun konnte ich bereits deutliche Einzelheiten der beiden Schiffe erkennen, die Spinnennetze der Takelagen, die verschiedenen Schichten der Segel, die bisher als weiße Masse erschienen waren, und die schwarzen Flaggen auf den Masten.

»Wie lange noch?«

»Wenige Stunden. Weit vor Einbruch der Dunkelheit werden sie uns einholen.«

Ich ließ mich auf das Bett fallen und lehnte den Kopf gegen Renés Schulter. Er strich mir über das Haar, legte dann einen Arm um mich. Mein Geist weigerte sich noch immer, die Unausweichlichkeit unseres Schicksals vollständig zu begreifen, doch nun befiel mich ein Gefühl der Hoffnungslosigkeit, das mir die Tränen in die Augen trieb. Emeni reichte uns die Becher, und gleichzeitig tranken wir drei, trotz aller Abneigungen und Verschiedenheiten vereint in der Furcht vor dem, was unvermeidlich kommen würde.

Nein!

Gab mir der Rum die Kraft oder war es der Gedanke an Luc, der so plötzlich in mir auftauchte wie die Sonne, wenn sie hinter einer Wolke hervortrat?

Ich werde mich nicht einfach so ergeben! Ich weigere mich, zu verzweifeln!

Ich sprang auf und schmetterte meinen Becher an die Wand. Da er aus Leder bestand, prallte er lediglich ab und rollte über den Boden. Diese Eigenschaft war vorteilhaft auf einem Schiff, wo des Öfteren etwas von den Tischen fiel, meiner Wut jedoch hätten Scherben besser getan. Also trat ich noch rasch meinen Stuhl um, bevor ich rief: »Wir haben doch Kanonen! Wir werden sie uns damit vom Leib halten!«

»Sie haben auch Kanonen, viel mehr als wir. Und sie sind zu zweit ...«

»Sei still, René! Ich will es nicht hören. Es führt zu nichts, jetzt die Hoffnung aufzugeben.«

Der junge Mann stand auf und trat ans Fenster.

»Dieselben Worte hat dein Vater eben gebraucht, als die Mannschaft beim Essen versammelt war.«

»Und er hat recht damit! Ich will nach Paris, und ich werde nicht vorher sterben.« Ich wollte ihn überzeugen und mehr noch mich selbst. »Wir werden kämpfen! Oder verhandeln. Es gibt so viele Möglichkeiten.«

Er sah mich an, und sein Blick sagte: *Du weißt nicht, wovon du sprichst. Du hast keine Erfahrung mit diesen Dingen.*

Ich straffte die Schultern und starrte zurück, wie ich hoffte mit funkelnden Augen.

Plötzlich schallte ein Ruf durch die Innenräume des Schiffes.

»Macht die Geschütze bereit!«

René stürzte aus dem Raum und ich ans Fenster. Der Wind musste inzwischen noch stärker geworden sein, denn wir befanden uns in rasender Fahrt, die Feinde jedoch nicht minder. Nun konnte man zusehen, wie sie näher kamen.

Schließlich dauerte es doch noch eine ganze Weile, bis sie uns eingeholt hatten. Dann aber begann der Kampf, der sich so lange angekündigt hatte. Schreckensstarr stand ich am Fenster und vermochte den Blick nicht abzuwenden.

Die Galeone war nun so nah, dass ich befürchtete, sie würde uns rammen. Sie schob sich an unsere Seite und verschwand aus meiner Sicht. Die Bark dagegen hielt sich immer hinter unserem Heck und mühte sich, nicht in unsere Schusslinie zu geraten. Damit blieb sie stets in meinem Sichtfeld. Ich konnte nicht aufhören, die Männer an Deck anzustarren. Sie waren jetzt so nah, dass ich ihre Gesichter erkennen konnte, die grimmigentschlossenen Mienen. Schon zogen sie ihre langen Messer, griffen nach Seilen und Haken.

Mir kamen die Piratenlieder in den Sinn, die René und ich so begeistert gesungen hatten, und die kindischen Vorstellungen von der Herrlichkeit des Seeräuberlebens gingen in Rauch und Furcht auf. Mein Vater hatte viel erzählt von seiner Zeit als Korsar, von seinen Reisen und den Ländern, die er erkunden durfte, wenig jedoch von der dunklen Seite, den Gefechten, dem Leid, das er verbreitet hatte. Gewiss, er hatte Kämpfe gefochten und Unschuldigen ihre Ladung abgenommen, doch all das mit dem Segen und im Auftrag des Königs. Die wilden Gestalten, die an Bord der Bark umherwimmelten und sich darauf vorbereiteten, uns Hab und Gut und wahrscheinlich das Leben zu nehmen, hatten wenig gemein mit dem, was ich in meinem Vater sah. War er tatsächlich anders oder wollte ich es nur nicht so genau wissen?

Ich fühlte mich, als sei ich dem Erwachsenwerden in diesem Augenblick wieder ein Stück näher gekommen. Und leider gefiel es mir kein bisschen ...

Kanonendonner erklang. War es unser eigener oder der der Galeone? Ich stürzte aus dem Zimmer, hinaus auf den Gang und zum Steuerbordfenster – und blickte in die bedrohlich auf uns gerichteten Waffen. Aus einigen der Löcher stieg noch Qualm. Hatten sie uns getroffen? Wieder knallte es, ganz in meiner Nähe. Stechender Pulvergeruch drang zu mir herüber und brachte mich zum Husten. Er musste von einer unserer eigenen Kanonen kommen, denn kurz darauf zog grauer Rauch vor das Fenster.

Die *Liberté* drehte ab, und die Galeone verschwand aus meinem Blick. Ich hörte Emeni in unserem Zimmer schreien, lief zurück und sah durch das Fenster, wie einer der Piraten an einem Seil von der Bark aus in Richtung der *Liberté* kletterte, während seine Kumpane es straff hielten. Weitere würden folgen. Ich rannte wieder hinaus, zum Fenster auf der anderen Seite des Ganges, krallte mich voller Angst am Rahmen fest, konnte den Blick jedoch nicht abwenden von dem schwarz geflaggten Schiff, das von hier aus wieder zu sehen war. Kanonenfeuer leuchtete auf. Ich spürte den Einschlag, er fuhr mir in alle Glieder. Ich schrie auf, befürchtete, die Scheibe würde platzen, doch das Glas blieb ganz. Ich löste meine verkrampften Hände vom Fensterrahmen, rannte die Treppe hinauf an Deck und klammerte mich an die Reling unweit des Eingangs.

»Sie entern vom Heck aus!«, rief ich zweien der wenigen Männer zu, die sich an Deck befanden. Die meisten mussten bei den Kanonen sein. Sofort stürzten sie an mir vorbei und zogen ihre Messer. Kurz war ich versucht, hinter ihnen herzulaufen, um mit anzusehen, ob sie die eindringenden Piraten aufhalten konnten. Doch die Furcht lähmte mich, und ich blieb, wo ich war. Dennoch drangen die Schreie zu mir herüber. Ich betete, dass es die der Feinde waren. Dann wurden sie übertönt von neuerlichen Schussgeräuschen, über mir krachte es, ich sah meinen Vater auf Deck stürmen, Befehle brüllend.

Dann, unvermittelt, drehte das Piratenschiff ab, wandte uns sein hoch aufragendes Heck zu. Die Männer schrien durcheinander, Fetzen der Rufe drangen zu mir herüber.

»Feuer einstellen!«

»Warum drehen sie bei?«

»Sie ändern die Richtung! Wieso lassen sie uns in Ruhe?«

Tatsächlich stellte die Galeone den Beschuss ein und entfernte sich ein Stück. Da verließ auch die Bark ihre sichere Stellung hinter unserem Heck und folgte dem größeren Schiff. An ihrem Bug baumelten die Seile, die unsere Männer gekappt hatten. An einem hing noch ein Pirat und mühte sich verzweifelt, daran hinaufzuklettern. Seine Beine zappelten wild, und ich konnte deutlich sein Brüllen hören, dann war die Bark an uns vorbei und ich sah ihn nicht mehr.

Schwindelige Erleichterung durchströmte mich, ich atmete auf, hob den Blick, um ein Stoßgebet gen Himmel zu schicken – und sah den Grund, warum die Piraten den Angriff nach so langer Zeit der Verfolgung abgebrochen hatten, obwohl sie uns endlich gestellt hatten.

Unsere Männer hatten ihn ebenfalls erkannt.

5

Eine schwarze Wand näherte sich uns, in ihrer Mitte ein bedrohlicher Wirbel aus Wolken. Ich begann zu zittern. War das einer der Stürme, von denen die Inselbewohner gesprochen hatten? Schon verwandelte sich das bisher leichte Tröpfeln vom Himmel in einen wahren Sturzbach. Das Wasser klatschte in mein Gesicht, durchnässte mich bis auf die Haut, doch ich war unfähig, mich zu rühren.

Plötzlich war Vater neben mir.

»Geh hinunter, Lianne, schnell!«

»Haben sie uns getroffen? Ich habe den Einschlag gespürt!«

»Das ist nun gleichgültig! Wir haben größere Sorgen!« Er stieß mich vorwärts. »Nun mach schon, unter Deck mit dir!«

In dem Augenblick senkte sich langsam, quälend langsam, die obere Hälfte des Hauptmastes der *Liberté* zur Steuerbordseite. Da sah ich, wo die Kanonenkugel eingeschlagen war. Sie hatte den mächtigen Mast gefällt, als sei er nur ein dürres Bäumchen. Zwei unserer Männer wurden in dem verzweifelten Versuch, die Segel zu halten, mit von Bord gezogen. Ihre Schreie gellten in meinen Ohren. Das Hauptsegel riss sich los und flatterte unbeherrscht vor dem immer bedrohlicher aussehenden Himmel.

Endlich gehorchten meine Beine, ich stolperte die Treppe hinab und in unser Zimmer. Emeni saß zitternd auf einem Stuhl, klammerte sich an den Tisch und starrte mich mit weit aufgerissenen Mandelaugen an.

»Männer!« Sie deutete auf das Fenster. »Fallen!«

»Ich weiß. Ach, Emeni, es ist furchtbar! Zwei Unglücke zur selben Zeit. Was haben wir getan, um dies zu verdienen?«

Ich wusste, sie verstand mich nicht, doch das Reden half mir, mit dem Schrecken umzugehen. Ich setzte mich auf den freien Stuhl und legte meine Hände auf ihre. Sie sah mich fragend an.

»Böse Männer?«

»Sie sind fort.«

»Gut!«

Ich schüttelte den Kopf und deutete auf das Fenster. Emeni trat hinüber, blickte hinaus und schrie leise auf. Dann kam sie zurück an den Tisch, und in ihren Augen stand eine solche Furcht, wie ich sie während der ganzen Zeit des Angriffs nicht gesehen hatte. Welche Bilder mochten bei dem Anblick in ihr aufgetaucht sein? Hatte sie Stürme durchgemacht, die Folgen kennengelernt? Sie setzte sich wieder auf den Stuhl und ergriff nun ihrerseits meine Hände. Das Beben ihres Körpers übertrug sich auf meinen, stumm hielten wir uns aneinander fest.

In den aufreibenden Stunden des Wartens hatte ich mir gewünscht, etwas möge geschehen. So jedoch war das nicht gemeint gewesen! Hatten wir den Angriff nur überstanden, um jetzt von einem Sturm besiegt zu werden?

Es dauerte nicht lange und der Seegang wurde heftiger. Nun prasselte nicht allein der Regen gegen unser Fenster, sondern auch die Wellen schlugen dagegen. So hoch hatte ich sie noch nie kommen sehen! Mir wurde zunächst flau im Magen, nach kurzer Zeit dann speiübel. Ich versuchte, meinen Körper dem Wellengang anzupassen, lehnte mich erst in die eine, dann in die andere Richtung, musste immer wieder würgen. Hätte ich doch nur nicht so viel von dem Eintopf gegessen!

Draußen vor dem Fenster sah ich trotz des ganzen Wassers, das gegen die Scheiben klatschte, noch immer die beiden Piratenschiffe, die sich bemüht hatten, schnell davonzukommen und dem Unwetter auszuweichen. Es war ihnen offenbar nicht geglückt, denn sie tanzten wie wir auf den Wellen. Die Galeone lag etwas sicherer, der Mannschaft war es gelungen, die Segel einzuholen. Die leichte Bark jedoch wurde ein Opfer des Sturmes, der mit Macht in die vollen Segel fuhr und das Schiff herunterdrückte. Es lag bereits schräg im Wasser, raste aber dennoch auf die Galeone zu. Jetzt sah es aus, als würde es hochgehoben, dann vorwärts geschmettert. Ich traute meinen Augen kaum, als das kleinere Schiff in das größere krachte und gleich darauf in den Fluten verschwand. Ich wandte das Gesicht ab, wollte mir nicht vorstellen, dass in diesem Augenblick Männer dort draußen ertranken, Piraten oder nicht, es waren Menschen! Mein Blick fiel auf Emeni, die mit angstgeweiteten Augen aus dem Fenster starrte.

Was dann geschah, ließ mich das Schicksal der Freibeuter vergessen.

Die *Liberté*, schwer unter voller Ladung, wurde hin und her geworfen wie das Strohschiffchen eines Buben. Und wir mit ihr, zwei Dutzend Fadenpuppen in der Hand eines Herrn, der mächtiger war als jeder irdische. Die Seeleute waren darin geübt, sich den Gewalten des Meeres entgegenzustellen, Emeni und ich jedoch kämpften um unser Gleichgewicht und unseren Mageninhalt.

Ich zumindest verlor den Kampf, stürzte aus dem Zimmer, die Treppe hinauf und an die Reling, beugte mich weit hinüber und übergab mich heftig. Als ich aufblickte, sah ich durch den strömenden Regen die Bewegungen unserer Männer an Deck, konnte jedoch keine Einzelheiten erkennen. Das zuvor losgerissene Hauptsegel immerhin war wieder unter Kontrolle, der gebrochene Mast ragte traurig in den schauerlich schwarzen Himmel.

»Refft die Segel, nun macht schon!« Die Stimme meines Vaters dröhnte über den Sturm hinweg. »Wir müssen das Schiff über Wasser halten!«

Ich wankte zurück in unseren Raum, tropfnass, schwach und immer noch elend. Selbst Emenis dunkles Gesicht erschien grau verfärbt, aber sie schluckte die Übelkeit tapfer hinunter. Ich setzte mich wieder zu ihr, doch schon Augenblicke später wurde der Stuhl unter mir fortgerissen, als das Schiff neuerlich von einer Woge erfasst wurde. Es gelang mir noch, mich auf mein Bett zu werfen, Emeni jedoch krachte gegen die Bordwand. Zeitgleich mit ihrem Schrei erlosch die letzte Lampe. Harte Worte in der fremden Sprache dröhnten durch das Zimmer und übertönten sogar das Grollen von draußen. Sie schien unfähig, sich zu beruhigen, ihr

Redeschwall wurde selbst dann nicht unterbrochen, als die Tür aufflog und mein Vater mit einer Laterne in der Hand hereingestürzt kam.

»Geht es euch gut?«

»Mir ja, aber Emeni ...«

Da jedoch hatte sich das Mädchen schon wieder aufgerappelt, trat einmal hart gegen die Bordwand, als wolle sie das Schiff für ihre missliche Lage bestrafen, und starrte meinen Vater an, die dunklen Augen nicht länger ängstlich, sondern voller Wut.

»Bleibt hier drinnen, ihr beiden. Sollte es jedoch zum Schlimmsten kommen und Wasser eintreten, begebt euch sofort an Deck. Ich will nicht, dass ihr hier unten eingeschlossen werdet.«

»Vater, es sind Männer über Bord gegangen! Ist René ...«

»Er lebt«, sagte er knapp, drückte Emeni die Laterne in die Hand und verschwand. Einen Moment stand die junge Frau unschlüssig da, dann brachte die nächste Welle sie aus dem Gleichgewicht. Sie stolperte auf mich zu und ließ sich neben mich auf das Bett fallen. Das Licht flackerte wild, verlosch jedoch nicht. Ich betrachtete Emeni von der Seite, ihre grimmige Miene, die steife Haltung, die Schatten, die das dunkle Gesicht noch finsterer machten.

Dann plötzlich, als sei ein Zauber über sie gekommen, wurde alles an ihr weich. Sie legte den Kopf an meine Schulter, und inmitten des Tobens und Schwankens hielten wir uns fest.

»Nitu«, flüsterte Emeni.

»Was bedeutet das?«

Sie zeigte zur Tür. »Vater.«

»Ja?«

Sie deutete auf mich. »Vater. Lianne.«

»Tochter.«

»Ja. Lianne Tochter. Emeni Tochter. Itu-nu.« Sie nahm meine Hand. »Nitu.«

Ich verstand.

»Schwestern. Meine Schwester.«

»Ja. Schwester.«

Ein Glücksgefühl durchströmte mich, inmitten all der Angst und Ungewissheit. Sollten wir dies hier überstehen, gab es einen weiteren Menschen, der zu meiner Familie gehörte – noch jemanden, den mein Schicksal kümmerte.

Die Männer kämpften um die *Liberté* und um unser Leben, das spürte ich, ohne es zu sehen, und der Kampf schien ewig zu dauern. Nach einer Weile konnte ich in all dem Durcheinander eine gewisse Regelmäßigkeit in den Angriffen der Meeresgewalten feststellen, wusste im Voraus, wann ich mich am Bettgestell festzuhalten hatte. In Erwartung einer neuerlichen Woge hielt ich den Atem an, doch sie kam nicht. Plötzlich wurde es vor unserem Fenster hell, die Bodenplanken schwankten nicht mehr. Doch seltsam, die Rufe der Mannschaft wurden eher lauter als leiser, ängstlicher statt gelassener. Ich erhob mich und durchquerte das Zimmer, um nach draußen zu sehen.

Da brach die Hölle los.

Es wurde dunkel wie in der tiefsten Nacht, von Regelmäßigkeit im Wellengang keine Spur mehr. Die Planken hoben sich, ich konnte das Bett nicht erreichen, schlug meine Fingernägel in das Holz des Fensterrahmens und mühte mich, auf den Beinen zu bleiben. Als eine Woge aus der anderen Richtung das Schiff erfasste, ließ ich los und wollte zum Bett laufen. Da flog mir der Tisch entgegen und krachte gegen meine Unterschenkel. Ich jaulte auf, versuchte, über das Möbelstück zu steigen – doch das schaffte ich nicht mehr.

Ein Krachen ertönte, als brächen dem Schiff alle Knochen und uns mit ihm. Der Boden unter meinen Füßen hob sich, immer höher, ich fiel, prallte hart auf, spürte den Ruck, der durch das gesamte Schiff lief. Ich spuckte Salzwasser aus, doch es drang weiter in meinen Mund, in die Augen, in die Nase. Ich hustete, würgte, versuchte zu atmen, doch es gelang mir nicht. Dann schlug etwas gegen meinen Kopf, und die Welt versank in Schweigen und Finsternis.

6

Paris, Oktober 1688

Java Bellier hatte gebettelt, gemurrt, geschmollt und wieder gebettelt, wochenlang.

»Wie könnt Ihr es zulassen, dass Eure ehemalige Dienstmagd in Paris leben wird und Eure Tochter hier in der Kleinstadt versauert?«

Augenaufschlag, Wimperklimpern, die Unterlippe vorgeschoben. Ohne Erfolg.

»Herr Vater, bitte! Ich habe mitgehört, wie Ihr es Duchamp erzähltet. Lucien Lavie hat eine Geschäftsstelle in der Hauptstadt eröffnet, und gewiss wird die elende Lianne nach ihrer Rückkehr dort mit ihm leben wollen.«

Lexius Bellier hatte sich ungerührt gezeigt, nur seine Augen waren ein klein wenig schmaler geworden. Da hatte Java gewusst, dass sie auf der richtigen Fährte war.

»Könnten wir nicht dorthin reisen und schauen, wie er sich macht?«

»Das habe ich vor.«

»Dann nehmt mich mit, bitte! Ich möchte die Hauptstadt sehen.«

»Und was willst du da anfangen?«

Luc für mich gewinnen, dachte sie. Doch sie sagte: »Es gibt dort Schulen für Mädchen, oder?«

»Ja, im Kloster.« Lexius Bellier verzog das Gesicht.

»Nicht *im* Kloster, nur dem Kloster angeschlossen, habe ich gehört.«

»Was du so alles hörst, Tochter. Und du hast wirklich Interesse an einer Schulbildung in Paris?«

Sie nickte eifrig.

»Oder geht es dir um den jungen Lavie?«

»Wäre das so schlimm?«

Auf dem Gesicht ihres Vaters breitete sich ein böses Lächeln aus. »Im Gegenteil. Das würde sich sogar ganz hervorragend fügen.«

Dann, endlich, hatte er eingelenkt, und nun waren sie schon seit einigen Wochen in der Stadt. Die Schule hatte sich als sterbenslangweilig erwiesen, noch viel eintöniger als der Unterricht bei ihrem ehemaligen Hauslehrer. Zu lesen gab es nur die Bibel, Rechnen wurde gar nicht erst gelehrt. Es sei den Knaben vorbehalten, sagten die Nonnen, dabei musste sie als Tochter – und vielleicht bald Gattin – eines Kaufmanns sehr wohl die Zahlen kennen, oder nicht? Indes schien sie dazu verdammt, sticken und nähen und all das unnütze Zeug zu lernen, für das es Mägde gab.

Alles andere jedoch war aufregend, die Stadt, die Menschen … Sogar Luc hatte sie bereits gesehen, von fern und ohne sich zu erkennen zu geben. Aber das würde sie noch früh genug. Wie gut er aussah! Sie hatte sein ebenmäßiges Gesicht und seine hochgewachsene Gestalt vom ersten Augenblick an gemocht, ganz zu schweigen von diesen Augen! Sie strahlten wie die

Aquamarine, von denen ihre Mutter eine Halskette besaß. Er hatte es nicht nötig, sich mit Perücken und goldenen Knöpfen zu schmücken, in der Schlichtheit seiner Kleidung und seines Auftretens lag seine besondere Anziehung. Java wollte ihn für sich!

Zum Glück gab es bisher keine Spur von der widerwärtigen Lianne in der Stadt. Java hatte herausgefunden, dass die *Liberté* im Dezember zurückerwartet wurde. Einige Wochen blieben ihr also, um ihr Netz nach Luc auszuwerfen und ihren Fang an Land zu ziehen. Noch war sie sich nicht im Klaren, wie sie dies anstellen sollte, doch es würde sich schon eine Gelegenheit bieten, dessen war sie sicher. Vorerst musste sie Ruhe bewahren, auch wenn es schwerfiel.

Sie wäre beispielsweise liebend gern an diesem Freitagnachmittag mit ihrem Vater ins *Hôtel de Ville* gegangen, da Luc – wie alle Tuchhändler der Stadt – dort erwartet wurde. Leider waren Frauen unerwünscht. Immerhin würde ihr Vater sie allein in der angemieteten Wohnung bleiben lassen, ohne ihr einen Wachhund in Form der Magd vor die Nase zu setzen, die ihnen tagsüber den Haushalt führte. Wenn sich da nicht eine Gelegenheit ergab, sich hinauszuschleichen ... Sie wusste, wo das Rathaus lag. Es war für sie leicht zu Fuß zu erreichen. Sie musste nur hinaus aus dem noblen Stadthaus auf der *Île Notre-Dame*, in dem sie wohnten, hinunter zur Seine, über die Marienbrücke und dann immer geradeaus an den Häfen entlang. Nun gut, es war ein ganzes Stück zu gehen, aber sie hatte Zeit. Das Treffen würde mehrere Stunden dauern, hatte ihr Vater gesagt. Gewiss würde sie einen Blick auf Luc erhaschen können – und vielleicht sogar herausfinden, was ihr alter Herr im Schilde führte. Es konnte nie schaden, über dessen Vorhaben unterrichtet zu sein. Java lächelte in sich hinein.

Als die Kutsche vorfuhr, verabschiedete sie sich leutselig von ihrem Vater, versprach, alle Aufmerksamkeit den Schulbüchern zu widmen, winkte ihm nach. Dann machte sie auf dem Absatz kehrt, rannte die Treppe hinauf, warf sich ihren Umhang über, zog die Kapuze tief ins Gesicht, lief wieder hinab und war schon unterwegs zu ihrer Unternehmung.

Wie immer, wenn sie etwas Geheimes plante, hüpfte ihr Herz vor Freude, und sobald noch ein boshafter Gedanke dahinterstreckte, erfüllte sie ein besonderes Entzücken. Wie von selbst trugen ihre Füße sie die holprigen Straßen entlang. Sie, die sich sonst so ungern bewegte. Hier in Paris jedoch wurde sie zu einer wahren Freundin der körperlichen Betätigung, sollte diese sie doch in die Arme des Mannes führen, den sie begehrte.

Wie üblich hatte sich ihr Vater frühzeitig auf den Weg gemacht, sodass noch nicht alle Teilnehmer des Treffens angekommen waren, als Java ihren Platz hinter der gegenüberliegenden Hausecke einnahm. Zahlreiche Kutschen standen bereits vor dem Rathaus, fein gekleidete Herren stiegen aus, begrüßten einander und traten durch die hohen Torbögen in den Innenhof des Gebäudes. Java verengte die Augen, um besser sehen zu können. Es war ein grauer Tag, gerade ausreichend hell, um die Ankommenden zu erkennen. Luc war bisher nicht unter ihnen.

In den Hof zu gelangen, würde kein Problem sein. Sie hatte es bereits einmal versucht, und es war ihr ohne

Schwierigkeiten geglückt. Es gab jedoch nur wenige Fenster, durch die man von dort aus hineinschauen konnte. Wenn die Versammlung nicht in einem der dahinterliegenden Säle stattfand, würde ihr nichts anderes übrig bleiben, als das Gebäude zu betreten, um etwas von dem Treffen mitzubekommen, vielleicht sogar Gesprächsfetzen aufzuschnappen. Sie wusste, wenn ihr Vater sie erwischte, würde er sie umgehend ins Kloster stecken, ihr möglicherweise gar körperliche Züchtigung zufügen. Doch sie musste es riskieren. Luc Lavie war es wert! Und vor allem der Gedanke an Lianne ließ Java alle Sorgen vergessen. Der blöden kleinen Gans würde es das Herz zerreißen, ihren Geliebten in Javas Armen zu sehen. Was gab es Schöneres, als sich ihr Gesicht vorzustellen, wenn sie es erfuhr? Java musste ein Kichern unterdrücken, denn soeben schritt ein Mann an ihr vorbei, ohne sie zu beachten. Im nächsten Augenblick erkannte sie ihn, und sie hielt den Atem an. Luc!

Er hatte sich keine Kutsche gemietet wie die übrigen Herren, sondern eilte zu Fuß zu dem Treffen. Seine Körperhaltung wirkte steif und trotz seines schnellen Ganges verkrampft, nur der kurze dunkelbraune Zopf wippte bei jedem Schritt. Java musste sich zügeln, ihm nicht nachzulaufen. Stattdessen holte sie einige Male tief Luft, mahnte sich zur Geduld und beobachtete weiter angestrengt das Treiben vor dem Rathaus.

Erst als alle Kutschen fort waren und der letzte Händler durch den Torbogen verschwand, verließ Java ihren Beobachtungsposten und trat an das Gebäude heran. Sie spähte so unauffällig wie möglich in den Innenhof. Dort befanden sich noch einige Männer, die jedoch eben von einem Diener in den hinteren Teil des Rathauses geleitet wurden. Dann war der Hof menschenleer. Java drückte sich an der Hauswand entlang und lugte in die Fenster, an die sie herankam. Die Räume dahinter waren allesamt leer. Als sie die Tür erreichte, durch die die Händler getreten waren, schlug ihr das Herz bis zum Hals. Sie stand noch einen Spaltbreit offen! Atemlos zwängte sie sich hindurch.

Im Halbdunkel einer geräumigen Eingangshalle sah sie die Männer durch eine breite, zweiflüglige Tür mit zwei großen runden Fenstern verschwinden. Zu ihrer Linken bemerkte sie eine Garderobe, an der die langen Mäntel der Herren bis auf den Boden hingen. Rasch lief sie hinüber und verbarg sich hinter den Kleidungsstücken. So beobachtete sie, wie Diener durch die Tür ein- und ausgingen, Krüge und Becher sowie Platten mit Gebäck auftrugen. Plötzlich erklang eine herrische Stimme.

»Nun lasst uns allein, damit die Versammlung beginnen kann.«

Die Diener verschwanden. Java wartete noch eine Weile, dann schlich sie hinüber zur Tür und spähte durch eines der Fenster.

An die zwanzig Männer standen in dem Saal und lauschten den Begrüßungsworten eines Redners. Sogleich stach ihr der Anblick ihres Vaters ins Auge, der die meisten der Anwesenden überragte und dessen kurzes, pechschwarzes Haar aus der Ansammlung von hellen Perücken herausstach.

Auch Luc entdeckte sie mühelos. Ihn hätte sie in jeder Menschenmenge ausmachen können. Sie sah ihm an, dass er ihren Vater erkannt hatte, denn er starrte Lexius Bellier mit gerunzelter Stirn an. Dann wandte er sich wieder dem Redner zu, einem Mann mit großer Nase und müden Augen, die gar nicht zu seiner kräftigen Stimme passen wollten. Dies musste der Händlervogt sein, von dem ihr Vater erzählt hatte. Java konnte die Worte durch die Tür gut verstehen, doch sie langweilten sie, also verlor sie sich in der Betrachtung Lucs.

Der junge Mann schien nervös. Er zerrte an seinem Kragen, zupfte an seinem Wams, fuhr sich mit der Hand über die Stirn. Verwundert stellte Java fest, dass sie nicht nur Mitleid verspürte, sondern sich ein anderes, fremdes Gefühl in ihr ausbreitete. Es war nicht allein das Begehren, einen Mann zu besitzen, der ihrer Feindin gehörte. Sie musste sich eingestehen, dass sie Luc wirklich gernhatte, dass sie sich wünschte, er würde sie so ansehen, wie er Lianne angesehen hatte. Es überraschte sie, dass sie so für einen Menschen empfinden konnte. War sie dabei, sich zu verlieben? Und war dies eine gute Sache oder sollte sie es lieber schnellstens unterdrücken?

Der Händlervogt hatte seine Rede beendet und die Runde lockerte sich auf. Die Männer griffen zu Getränken und Gebäck, dann vertieften sie sich in Gespräche untereinander. Die Stimmen drangen nur noch als ein Brummen an Javas Ohr, einzelne Worte waren nicht mehr herauszuhören. Ärgerlich verzog sie das Gesicht; auf diese Art würde sie nichts herausfinden! Nun, dann musste sie eben später ihren Vater aushorchen, wie seine Pläne aussahen. Sie gab es auf, die Unterhaltungen verfolgen zu wollen, und verlegte sich wieder auf die Beobachtung des Geschehens.

Luc stand abseits, umklammerte seinen Becher und schien angestrengt nachzudenken, mit welchem der Herren er ein Gespräch beginnen sollte. Unterdessen hatte sich Javas Vater zu dem Vogt gesellt und ging neben ihm mit langsamen Schritten durch den Saal. Sie unterhielten sich, als seien sie alte Bekannte. Die hängenden Augen des Vogtes zogen sich sogar zu einem Lächeln zusammen, was sie nicht wacher, aber doch eine Spur lebendiger aussehen ließ. Auch dieser Mann trug keine Perücke, sein langes braunes Haar war mit weißen Strähnen durchzogen, hing aber voll und lockig über seine Schultern und den riesigen Kragen.

Für einen kurzen Moment wandte Java den Blick von den beiden, um nach Luc zu sehen, der es tatsächlich gewagt hatte, einige Händler anzusprechen. Diese musterten ihn jedoch mit derart gleichgültigen Mienen, dass das Mitleid Java erneut einen Stich versetzte.

Als sie wieder zu ihrem Vater schaute, fuhr sie erschrocken zurück. Der Vogt und er waren nur noch zwei Schritte von der Tür entfernt und schienen den Saal verlassen zu wollen. Der Blick ihres Vaters war geradewegs auf sie gerichtet. Hatte er sie gesehen? Java sprang von der Tür fort, mit wenigen Sätzen quer durch den Raum und zurück hinter die Mäntel. Es gelang ihr, einige Male schnaufend Luft zu holen, bevor sich die Tür öffnete und die beiden Männer in die Eingangshalle traten.

Java bemühte sich, so flach wie möglich zu atmen, um sich nicht zu verraten. Dies fiel ihr angesichts des eben erlebten Schreckens schwer, zum Glück jedoch dämpften die dicken Kleidungsstücke alle Geräusche. Sie biss sich auf die Lippen und veränderte ihre Position noch einmal geringfügig, damit sie durch einen Spalt zwischen zwei Umhängen spähen konnte. Dann vermied sie jede weitere Bewegung und lauschte.

»Mein lieber Lexius, was ist denn zu persönlich, um es in Anwesenheit der anderen Herren zu besprechen?«

»Oh, nichts von Bedeutung, verehrter Henri.« In einer großen Geste hob er beide Hände und lachte herzlich. »Eine Kleinigkeit lediglich. Darf ich so offen sein?«

Java vernahm erstaunt den höflichen, beinahe untertänigen Tonfall ihres Vaters. Nie zuvor hatte sie ihn so reden hören.

»Selbstverständlich, mein Sohn. Sprecht frei heraus.«

Java musste ein Glucksen unterdrücken. *Mein Sohn?* Gewiss, der Vogt mochte zwanzig Jahre älter sein als ihr Vater, aber solch eine Anrede einem viel größeren Mann gegenüber, der noch dazu eine derart beeindruckende Erscheinung bot?

»Nun, es ist mir ein wenig unangenehm ...«

Unangenehm? Lexius Bellier? Java konnte kaum an sich halten. Ihr Vater spielte wahrhaft glänzend Theater! Sie sah in dem Lichtschein, der durch die Tür in das Halbdunkel der Halle drang, die zerknirschte Miene, mit der er den Vogt anblickte.

»Was habt Ihr nur, mein Lieber?«

»Dort unter den Händlern gibt es einen jungen Mann, der mir Kopfzerbrechen bereitet.«

»In welcher Hinsicht?«

»Er hat mir große Schmach zugefügt.«

»Geschäftlich?«

»Nein, nein! Was den Handel angeht, sind sein Vater und ich schon lange eng verbunden. Es ist eine persönliche Angelegenheit.«

»Da Ihr aber mich ansprecht, geht es wohl doch um das Geschäft.«

»Ja. Ich möchte aus verschiedenen Gründen nicht, dass sich der junge Mann in Paris etabliert.«

Der Vogt zog die schmalen Augenbrauen hoch, was seinen Blick tatsächlich einmal wacher erscheinen ließ.

»So? Und ich soll meinen Einfluss in dieser Richtung geltend machen?«

»Wenn Ihr so gütig wärt, lieber Henri.«

»Möchtet Ihr sein Geschäft hier in Paris übernehmen?«

»Nein, mich zieht es nicht in die Hauptstadt, ich habe mein Auskommen in Saint-Malo mehr als gesichert.«

»Das weiß ich doch, mein Lieber. Wir sprachen ja bereits mehrfach über Euren erfolgreichen Handel.« Unverhohlene Neugier trat auf das Gesicht des Vogtes. »Dann sagt mir aber, welchen Schaden der Mann Euch zugefügt hat.«

»Er verhalf meiner Dienstmagd zur Flucht und bestärkte sie darin, mich zu verleumden. Nun will er sie ehelichen, sobald sie in der Stadt eintrifft. Dabei habe ich mich mit seinem Vater längst auf eine Heirat zwischen ihm und meiner Tochter verständigt. Ihr müsst verstehen, mein armes Kind ist untröstlich über diesen Verrat.«

»Wie unschön! Waren sie denn bereits verlobt?«

»Noch nicht, daher habe ich nichts Rechtliches in der Hand, um den Jungen in die Pflicht zu nehmen. Aus diesem Grunde bitte ich um Eure Hilfe. Wenn sein Geschäft hier erfolglos bleibt, kann er die kleine Hex...«, er räusperte sich, »... Heuchlerin nicht heiraten. Dann müsste er reumütig zu seinem Vater zurückkehren und dem Glück meiner Tochter stünde nichts mehr im Wege. Ihr versteht mich sicherlich, Ihr seid doch auch Vater!«

»Vier Söhne und eine Tochter habe ich.« Stolz schwang in der Stimme des Vogtes mit.

»Dann stellt Euch vor, Eurem lieben Mädchen würde solch ein Unglück widerfahren. Ich habe nur dieses eine Kind, und es weint sich die Augen aus, Tag für Tag. Ich kann es nicht ertragen. Ich bitte Euch, helft mir!«

Java jubilierte innerlich. Wie leicht ihrem Vater die Lügen von den Lippen kamen! Nun rang er auch noch verzweifelt die Hände. Sie sah, wie das Gesicht des Vogtes weich wurde.

»Um welchen Mann handelt es sich denn?«

»Um den jungen Lavie.«

»Oh? Das überrascht mich. Sein Vater hat bei der Gilde für ihn vorgesprochen, er schien ganz angetan von den Plänen des Sohnes.«

»Da wusste er noch nicht, dass diese Pläne auf die Heirat mit meiner entlaufenen Magd abzielten. Sie ist ein liederliches Geschöpf, unehelich geboren, wie ihre Mutter von höchst zweifelhaftem Ruf. Nur aus Gutmütigkeit nahm ich sie schon als Kind in meinen Haushalt auf, doch Dankbarkeit erfuhr ich nicht. Vielmehr hat sie meine arme Tochter jahrelang gequält. Diese hat die Demütigungen still ertragen und sich mir erst nach dem Fortlaufen der Magd anvertraut.«

»Wie kommt es dann, dass der junge Lavie diese Frau ehelichen will?«

»Oh, sie hat durchaus ein einnehmendes Wesen und
versteht es, sich schutzbedürftig zu geben. Es gibt Männer, die darauf hereinfallen. Zu seinem eigenen Wohl
sollten wir ihn davor bewahren!«

Der Vogt schien zu überlegen. Eine Weile blieb er
stumm, dann sagte er: »Der junge Mann scheint sehr
bemüht, sich in der Stadt bekannt zu machen. Er bietet
gute Ware zu niedrigen Preisen und dürfte damit über
kurz oder lang anderen Händlern den Rang ablaufen.
Der Vorsteher der Gilde sprach mich bereits wegen seiner Aufnahme an, um seine Preisgestaltung der der übrigen Kaufleute anzupassen.«

»Doch die Aufnahme in die Gilde würde helfen, ihn zu
etablieren. Ich ersuche Euch, dies zu verhindern. Wenn
man dann noch in Umlauf bringen würde, dass die
Güte seiner Stoffe nur auf den ersten Blick genügt ...«

Der Vogt runzelte die Stirn, und Java befürchtete, ihr
Vater habe es übertrieben. Lexius bemerkte es offenbar
selbst, denn er hob die Hände.

»Versteht mich nicht falsch, mein lieber Henri. Ich
will den jungen Mann nicht ruinieren. Ich werde bei-
zeiten helfend eingreifen. Ich möchte nur, dass er an
die Westküste zurückkehrt und meine Familie und die
seine auch in Zukunft geschäftlich und persönlich verbunden sein können. Jegliche finanziellen Schäden
werden selbstverständlich von mir ausgeglichen.«

»Mein Gewissen wird mich plagen, mein lieber Lexius.«

»Würde es Euch nicht ebenso bedrücken, das Glück
meiner Tochter nicht unterstützt zu haben?«

»Oh, das würde es. Doch ich habe eine Verantwortung dieser Stadt und ihren Geschäftsleuten gegenüber, deshalb zweifle ich.«

»Könnte ich Euren Zweifeln möglicherweise durch eine größere Summe abhelfen oder durch einen schönen Ballen venezianischer Seide? Nicht als Bestechung, nur als ein Geschenk an Eure liebe Gattin und Kinder. Als Entschädigung für Eure Mühen.«

Der Vogt sah sich um, als habe er Angst, jemand könnte das Angebot mitgehört haben.

»Ich benötige Euer Geld nicht, ich besitze selbst genug.«

»Aber natürlich, mein lieber Henri. Es soll doch nur eine Geste der Freundschaft sein.«

Die beiden Männer betrachteten sich eine Weile stumm, dann reichte der Vogt seinem Gegenüber die Hand.

»Ich werde sehen, was ich ausrichten kann.«

»Vielen Dank, das vergesse ich Euch nie.«

»Ihr kennt die Adresse meines Stadthauses? Wegen der Seide meine ich. Es wäre ... unzweckmäßig, sie hierher ins Rathaus liefern zu lassen.«

»Aber selbstverständlich.«

»Dann kommt mit hinein, ich möchte die Versammlung auflösen.«

»Ich habe dort nichts mehr zu verrichten. Erlaubt mir, mich gleich zu verabschieden.«

Java wurde flau im Magen. Wenn ihr Vater nun seinen Mantel nähme, würde er sie gewiss entdecken. Und selbst wenn nicht, wäre er dennoch vor ihr daheim und sie würde erklären müssen, wo sie gesteckt hatte.

Der Vogt jedoch kam ihr unabsichtlich zu Hilfe, indem er sagte: »Ich werde den Diener anweisen, die Kutschen zu rufen. Solange kommt mit in den Saal und trinkt noch ein Schlückchen.«

Ein erboster Ausdruck erschien auf dem Gesicht ihres Vaters, als der Vogt ihm die Hand auf den Rücken legte und ihn zur Tür schob. Dann jedoch glättete sich seine Miene wieder.

»Aber gern, mein lieber Henri.«

Der Vogt zog an einem Band bei der Tür, und eine Glocke erklang. Im selben Augenblick tauchte ein Dienstbote auf. Nachdem dieser seine Anweisungen erhalten hatte, lief er aus der Vordertür, und die beiden Männer betraten den Saal.

Java wartete nicht ab, bis sich die Tür hinter ihrem Vater geschlossen hatte, sondern stürmte los, dem Diener nach, aus dem Gebäude und in den Innenhof. Dieser war nicht mehr menschenleer wie zuvor, doch die Dämmerung war inzwischen eingetreten, sodass niemand sie erkennen würde. Sie rannte quer über den Platz, aus dem Torbogen und die Straße hinauf, als sei der Teufel ihr auf den Fersen – und fast so verhielt es sich auch, fand sie. Wenn ihr Vater hinter ihr heimliches Treiben käme, würde er schnell vergessen, wie er seine Liebe zu ihr vor dem Vogt gepriesen hatte. Er würde ihr den Kopf abreißen, wenn nicht Schlimmeres. Sie musste vor ihm zu Hause ankommen, sonst würde es ihr an den Kragen gehen!

So hastete Java durch die beginnende Dunkelheit und ließ ihre Gedanken wandern. Wie schade, dass es ihr verwehrt geblieben war, einen weiteren Blick auf Luc zu werfen. Die Gelegenheit würde sich jedoch noch oft genug ergeben, wenn sie erst verheiratet waren. Sie lachte laut auf, ohne ihre Schritte zu verlangsamen. Sie war sicher, dass der Händlervogt auf die Wünsche ihres Vaters eingehen würde. Dann würde Luc zu keinem Erfolg in der Stadt kommen und wäre auf Hilfe angewiesen.

Wie lange mochte es dauern, bis es so weit kam? Hoffentlich musste er aufgeben, bevor die elende Lianne eintraf. Und möge Gott verhüten, dass der alte Lavie wieder in Paris auftauchte und womöglich aufdeckte, dass Lexius Bellier nicht die Wahrheit gesprochen hatte, was die Pläne für sie und Luc betraf ... Java nahm sich vor, die morgendlichen Gebete im Kloster in Zukunft inbrünstiger mitzusprechen.

Atemlos und tropfnass geschwitzt erreichte sie die Tür des Stadthauses, rannte die Stufen hinauf in ihre angemietete Wohnung und riss sich die Kleider vom Leib. Sie war gerade in ihr Nachtkleid und unter die Bettdecke geschlüpft, als sie die Schritte ihres Vaters auf der Treppe vernahm. Gern hätte sie ihn angesprochen, denn er würde sich wundern, wenn sie ihn nicht mit neugierigen Fragen bestürmte. Doch das Haar klebte ihr feucht am Kopf, und ihre Wangen mussten hochrot sein, so, wie sie sich anfühlten. Also zog sie es vor, sich schlafend zu stellen und am Morgen mit ihm zu reden.

Sie schloss die Augen und rührte sich nicht, als ihr Vater die Tür öffnete. Er zog sich wieder zurück, und Java atmete auf. Sie hoffte, die ganzen Anstrengungen und Heimlichkeiten würden sich auszahlen. Dann hätte sie wieder ein bequemes Leben, an der Seite eines hübschen Mannes – mit dem Wissen, ihn Lianne weggenommen zu haben. Sie lächelte ins Dunkel bei diesem wundervollen Gedanken. Der dummen Gans sollte es nicht einfallen, zu früh aufzutauchen. Dann würde es ihr schlecht ergehen, denn keinesfalls würde sich Java Luc wegnehmen lassen. Koste es, was es wolle – sie würde ihn heiraten!

Java lag noch lange wach und träumte von ihrem Leben mit Luc. Leider drängte sich ihr immer wieder Liannes Anblick auf, und brennender Hass überkam sie. Sie malte sich aus, was sie alles unternehmen würde, um die elende Magd von Luc fernzuhalten. Am Ende ihrer Gedankenspiele sagte sich Luc von Lianne los und nahm sie, Java, zur Frau, glücklich und zufrieden. Über dieser schönen Vorstellung schlief Java endlich ein.

7

Karibik, Oktober 1688

Wer hat mir die Lider zusammengeklebt?

Ich wollte sie öffnen, doch sie gehorchten mir nicht. Dafür brannte es hinter ihnen wie Feuer. Was war mit den übrigen Körperteilen, würden sie tun, was ich von ihnen verlangte? Ich versuchte es mit einer Hand, und tatsächlich, sie wanderte zu meinen Augen und begann zu reiben. Endlich lösten sich die Verklebungen, und ich konnte wieder sehen.

Wo war ich?

Durst! Grauenhafter Durst!

Ich kannte das Gefühl ...

Ich war an Bord des Schiffes, auf das ich vor meinem Herrn geflohen war, hatte vor wenigen Tagen Saint-Malo hinter mir gelassen, mich einsam im Laderaum zum Sterben hingelegt und war doch wieder aufgewacht.

Gleich würde der Engel kommen.

Jeden Augenblick würde er mir Wasser vor den Mund halten und mich retten, mich mit seinen strahlend blauen Augen ansehen.

Doch was kam, war eine grüne Schildkröte, die dicht vor meinem Gesicht vorbeiwatschelte, mir einen strengen Blick zuwarf, durch ein gewaltiges Loch in der Wand kroch und im Meer verschwand.

War dies ein Traum?

Da meine Hand ohnehin noch dort lag, kniff ich mich in die Wange. Wenn es wehtat – und das tat es –, träumte ich nicht. Oder?

Ich versuchte, mich aufzusetzen, stützte mich dazu mit der anderen Hand auf, und ein gleißender Schmerz durchfuhr mich. Ich wollte schreien, doch auch mein Mund war verklebt wie zuvor meine Augen. Mühsam rappelte ich mich auf, ohne die Hand zu benutzen, setzte mich auf den Hosenboden und sah mich um.

Erinnerungen stürmten auf mich ein, als ich den zerstörten Raum betrachtete, während ein wahnsinniges Pochen meinen Schädel erfüllte, das mir beinahe den Atem nahm. Die ganze Höllenfahrt kam mir wieder zu Bewusstsein. Oben war nicht länger oben gewesen und unten nicht mehr unten, der Fußboden hatte sich unter mir aufgebäumt wie ein wildes Pferd, und so fühlte ich mich auch: als hätte mich eines abgeworfen und wäre dann noch über mich hinweggetrampelt. Ich spürte jeden Knochen in meinem Leib, all meine Glieder und auch meine Kehle brannten, das Hämmern im Kopf verursachte mir Übelkeit. Ich sah an mir hinab. Das Kleid klebte mir feucht am Körper, doch meine bloßen Arme und Beine waren trocken und mit weißen Krusten bedeckt, zwischen denen rote Striemen und offene Wunden hervorschauten.

Der Boden, der nun wieder der Boden war, war übersät mit zerstörten Möbelstücken. Der Spiegel lag in

Scherben, und ich erkannte den Tisch, diesen elenden Verräter, der mich daran gehindert hatte, das sichere Bett zu erreichen. Er hatte nur noch ein Bein.

Das sei ihm gegönnt, dachte ich, und dann: *Sicher?*

Nichts in diesem Raum, nichts auf diesem Schiff war sicher gewesen. Auch das Bett lag in Einzelteilen über die Planken verstreut.

Ich sah zu dem Loch hinüber, durch das die Schildkröte verschwunden war. Es klaffte in der Bordwand, genau unter der Stelle, an der sich einst das Fenster befunden hatte. Die Scheibe war geborsten, lediglich Reste von Glassplittern hingen noch im Rahmen und glitzerten trügerisch im Sonnenlicht.

Sonnenlicht?

Es war später Nachmittag gewesen, als wir in den Sturm geraten waren. Was war in der Nacht geschehen?

Das Bett – Emeni! Wo war sie?

Und Vater? Und René!

Ich kämpfte mich auf die Füße, wankte zur Tür, dann zur Treppe. Überall lagen Holzstücke und zerstörtes Glas herum, vorsichtig stieg ich über alles hinweg. Es bereitete mir Mühe, die Stufen hinaufzusteigen. Bei jedem Schritt schmerzten meine Beine, und ein grässliches Schwindelgefühl plagte mich. Als ich an Deck und in das grelle Tageslicht trat, fuhr ein erneuter Stich in meinen Kopf, der mich beinahe zu Fall brachte. Ich lehnte mich an die Reling – immerhin war diese noch da – und hielt eine Hand an die Stirn, um meine Augen vor der Sonne zu schützen.

Zwei Männer kamen in meine Richtung, schleppten einen dritten zwischen sich zu der Stelle, an der ein

Holzbrett auf die Reling ragte. Ich erkannte Pierre, den Koch, der aus einer Wunde am Kopf blutete wie die Schweine, wann immer er sein riesiges Messer freudig in ihre Hälse stach. Wieder fragte ich mich, ob es eine Macht gab, die die Dinge auf der Welt auf ihre Art ausglich. Schuf Gott so Gerechtigkeit? Was aber hatte ich getan, um so viel Unglück zu verdienen?

Die Männer schafften Pierre über den Steg von Bord. Ich folgte ihnen. Auf halbem Wege kam mir René entgegen. Ein heftiges Gefühl der Erleichterung durchströmte mich. Zumindest er war am Leben und offenbar unverletzt.

»Gut, du bist wach. Komm schnell mit mir, du musst etwas trinken.« Er griff nach meinem linken Arm, und ich schrie auf, was durch meinen ausgetrockneten Mund jedoch kaum zu hören war.

»Bist du verletzt?«

Ich konnte nicht sprechen, zuckte nur mit den Schultern, was einen erneuten Schmerzhieb auslöste. Es fühlte sich an, als sei die alte Verletzung wieder aufgebrochen. Würde mich die böse Vergangenheit denn nie verlassen?

Vorsichtig nahm René meine andere Hand und führte mich von Bord, in den Schatten einer Mangrove, die direkt am Strand wuchs. Er drückte mich auf eine der mächtigen Wurzeln, die ein dichtes Geflecht um den Baum herum bildeten.

»Bleib hier sitzen, ich hole Wasser und erkläre dir alles.«

Ich war verwirrt – was gab es zu erklären? Ich wollte wissen, wo mein Vater und Emeni waren!

Viel dringender jedoch wollte ich trinken.

Die Hitze lähmte mich und meine Gedanken, und ich konnte nichts tun, außer zu warten und vor mich hin zu starren.

Was ich sah, ließ mir das Herz schwer werden. Die *Liberté* lag da wie ein riesiges verletztes Tier, das zwar lebte, aber aus unzähligen Wunden blutete. Vom Hauptmast war nur noch ein Stumpf übrig, an den anderen Masten hingen zerfetzte Segel an verknoteten Seilen. Am Bug war ein Stück der Reling herausgebrochen; der Anblick erinnerte mich an ein Gebiss mit einem ausgeschlagenen Zahn. Weitere Löcher überzogen die Bordwand, und die Galionsfigur war verschwunden. Ich blickte auf die leere Stelle, an der der hölzerne Frauenkörper gehangen hatte, und mein Herz krampfte sich zusammen.

René kam zurück und reichte mir einen Krug. Ich trank gierig, und das lauwarme Wasser schmeckte mir so gut wie der edelste Wein. Mein Freund setzte sich neben mich und seufzte.

»Wir haben nach dir gesehen, kaum dass die *Liberté* gestrandet und der Sturm fortgezogen war. Dein Vater hat entschieden, dich schlafen zu lassen. Du sahst ganz friedlich aus.«

»Ich war ohnmächtig!«

»Es wäre sinnlos gewesen, dich wach zu rütteln. Wir hätten nichts für dich tun können, wohl aber für die anderen.« Er deutete hinüber zu einer Reihe von Palmen, und ich erkannte in ihrem Schatten wimmelnde Gestalten. »Dort liegen unsere Verwundeten. Pierre war der letzte, er wurde erst jetzt unter Deck gefunden.«

»Geht es Vater gut?«

»Er ist noch schreckensstarr wie wir alle. Er sagt, ein solches Unglück habe er in all den Jahren nicht erlebt. Aber ja, er ist unverletzt. Ebenso wie deine Freundin übrigens. Nun, bis auf einige kleinere Wunden. Sie ist ein starkes Mädchen und nützlich dazu. Sie hat die Annäherung zu den Inselbewohnern hergestellt, deren Sprache der ihren ähnelt.«

»Welche Insel ist das hier?«

»Sie nennen sie *Hiluma*, was immer das bedeutet. Wir konnten sie auf keiner Karte finden. Es gibt auch keine europäischen Siedler hier, nur die Einheimischen.«

»Und sind sie freundlich?«

»Sehr! Und hübsche Weiber haben sie.«

»Du bist unmöglich, René!« Aber lachen musste ich doch, endlich einmal lachen nach den vielen Stunden der Angst. Mein Freund stimmte ein, etwas zittrig zunächst, dann voller Erleichterung. Ich spürte, dass auch ihm der Schrecken in den Gliedern saß, obwohl er sein loses Mundwerk wiedergefunden hatte. Er zog mich in die Arme.

»Ich bin so froh, dass du lebst, Lianne. Wir haben versprochen, dich deinem Luc zurückzubringen. Wie hätten wir ihm gegenübertreten sollen ...« Er brach ab, konnte nicht aussprechen, welchem Schicksal wir alle soeben entronnen waren.

»Werden wir ihm denn gegenübertreten? Ich meine, wie steht es um die *Liberté*?«

»Es ist zu früh, das ganze Ausmaß der Schäden festzustellen. Erst einmal zählen nur die Menschenleben.«

Ein Schatten legte sich über sein Gesicht. Ich schluckte.

»Wie viele?«

»Fünf sind schwer verletzt, vier vermisst.«

Vermisst. Ich wusste genau, was das bedeutete.

»Kann ich bei den Kranken helfen?«

»Sie werden gut versorgt. Sie haben Brüche, Quetschungen und blutende Wunden, nichts, was nicht die einheimischen Frauen richten könnten. Du solltest dich selbst einmal untersuchen lassen.«

»Ach nein. Das ist unnötig.«

René nahm behutsam meine linke Hand und hielt sie neben die rechte.

»Siehst du? Sie ist geschwollen.« Vorsichtig tastete er meine Finger ab, drehte das Gelenk. Es tat weh, der Schmerz war aber auszuhalten. »Nicht gebrochen, immerhin. Bald wird sie wieder gut sein. Hast du weitere Verletzungen?«

Ich besah meinen Körper und stellte fest, dass die Blutungen nachgelassen hatten. Nur das Pochen im Kopf und in der linken Schulter war noch immer beständig vorhanden.

»Die alte Sache schmerzt wieder, du weißt schon ...« Ich wollte es nicht aussprechen, die Erinnerung fortschieben, und mein Freund verstand. »Und irgendwo muss ich eine gewaltige Beule am Schädel haben, ich bin immerhin nicht grundlos ohnmächtig geworden.«

René fuhr mir über das verklettete Haar und fand die Stelle, an der mich – was auch immer – getroffen hatte. Ich zuckte zusammen.

»Es ist nur geschwollen, aber keine offene Wunde. Das wird bald wieder.«

»Ich möchte Vater und Emeni sehen.«

»Sicher. Der Kapitän ist bei den Verwundeten, so wie all unsere Männer. Deine Freundin hält sich abseits, und das solltest du auch tun.«

»Warum?«

»Das wirst du gleich feststellen.«

Er half mir auf die Füße und brachte mich in das Krankenlager. Feindselige Blicke trafen mich, die ich mir nicht erklären konnte. Nur mein Vater, der neben Pierre kniete und auf ihn einredete, hob den Kopf und betrachtete mich liebevoll.

»Schön, dich wohlauf zu sehen, Kind.«

Vielstimmiges, gehässiges Murmeln erklang aus den Mündern der Männer, mit denen ich noch vor kurzer Zeit zusammen getrunken und gesungen hatte. Vater erhob sich und richtete sich zu seiner vollen Größe auf.

»Ich habe es bereits zuvor gesagt, lasst diese Bemerkungen sein! Niemand beschuldigt ungestraft meine Tochter und ihre Magd. Wir alle sind zutiefst verzweifelt über unsere Verluste, doch nun ist es genug, meine Geduld ist am Ende. Den Nächsten, der abergläubischen Unfug verbreitet, peitsche ich eigenhändig aus!«

»Bei allem Respekt, Herr Kapitän, es ist bekannt, dass Weiber an Bord ...«

»Schluss!«, brüllte mein Vater den Seemann an, der es gewagt hatte, seine Stimme zu erheben. »Willst du ungebildeter Esel behaupten, zwei Frauen würden nicht nur Unglück über ein einzelnes Schiff bringen, sondern gleich noch zwei Piratenschiffe mit ins Verderben stürzen? Der gesamte Konvoi ist vermutlich in den Sturm geraten, soll das auch die Schuld meiner Tochter sein? Ganz zu schweigen von den Verwüstungen, die das Unwetter an Land verursacht haben muss!«

Der Gescholtene senkte den Kopf. »Nein, Herr Kapitän.«

»Dann halt dein törichtes Maul, und das gilt für euch alle!«

Er war zurück, mein Fels in der Brandung. Die Ängste, die ich während des Unglücks in den grauen Augen gesehen hatte, waren verschwunden. Mein Vater war wieder der starke Beschützer – beinahe. Sein sonst stets ordentlich gebundener Zopf hatte sich aufgelöst, und die langen braunen Strähnen hingen lose um seinen Kopf. Als er zu mir trat und mich in die Arme zog, spürte ich das leichte Zittern, das seinen Körper durchströmte.

»Hör nicht auf die Dummköpfe.«

»Hat Emeni auf sie gehört? Hat sie verstanden, was sie uns vorwerfen?«

»Ich fürchte ja. Zu ihr waren sie noch viel grausamer. Und das, nachdem sie uns so geholfen hat. Du musst das in Ordnung bringen.«

»Wo ist sie?«

»Dort drüben sitzt sie.« Er deutete auf eine Palme, die ein ganzes Stück entfernt stand. Erst auf den zweiten Blick erkannte ich das Mädchen. Emeni hob sich kaum von dem Baumstamm ab, gegen den sie sich lehnte. »Geh hinüber und sprich mit ihr. Ich werde nun nach der Ladung sehen.«

Ich ging zu ihr, setzte mich und ergriff ihre Hand.

»Nitu. Wie geht es dir?«

Es dauerte lange, bis sie mich ansah, in den Augen noch den Schrecken, den ich ebenfalls verspürte.

»Wasser«, wisperte sie. »Kalt. Angst.«

»Ja, ich habe mich auch gefürchtet. Doch wir haben es überstanden.«

Dann fiel mein Blick erneut auf die *Liberté*. Wir hatten es noch längst nicht überstanden.

Kurz darauf kam Vater von Bord und trat zu uns.

»Die Ladung ist fast vollständig erhalten, nur einige Fässer mit Rum und Zuckermasse sind geborsten und ausgelaufen. Der Frachtraum klebt wie ein Bienenstock, und ebenso viel Getier wimmelt dort herum.« Er lachte auf, noch immer ein wenig zittrig. »Das Blauholz ist im anderen Raum sicher verwahrt und unbeschädigt.«

»Und die *Liberté* selbst?«

Ich sah die Wahrheit in seinem Gesicht, doch seine Antwort war ausweichend.

»Heute brauchen wir nichts als eine Mahlzeit, einen großen Schluck Rum und viel Ruhe. Morgen beginnen wir damit, die Scherben zusammenzukehren.« Er strich mir über den Kopf, und ich bemühte mich, nicht zusammenzuzucken, als er die Beule berührte. »Ich schicke euch eine der einheimischen Frauen, sie soll euch in ihr Dorf führen und dort sicher unterbringen. Ich habe die Männer zwar zurechtgewiesen, aber in ihrer Trauer sind sie unberechenbar. Ich möchte euch nicht über Nacht in ihrer Nähe wissen.«

Er wandte sich um und ging mit schleppenden Schritten zum Krankenlager hinüber. Er wirkte viel älter, als er war.

Bald trat eine junge Frau zu uns und sprach Emeni an. Diese erhob sich mit einer einzigen fließenden Bewegung, so als hätten die Strapazen der letzten Stunden keine Spuren bei ihr hinterlassen. Ich dagegen rappelte mich mühsam auf, bemüht, nicht meine linke Hand zu belasten, kam schwankend auf die Füße und lehnte mich gegen die Palme, um nicht gleich wieder umzufallen. Emeni folgte der Frau ohne Mühe, doch mir gelang es kaum, den raschen Schritten zu folgen.

Ich stolperte mehr, als dass ich lief, und das Gehen wurde erst leichter, als wir den Strand und damit den tiefen Sand hinter uns ließen und auf festeren Boden traten. Hier und da passierten wir umgestürzte Bäume, doch die Schäden durch den Sturm schienen sich in Grenzen zu halten. Bald erreichten wir eine kleine Ansammlung von Lehmhütten. Auf einigen ihrer Dächer hockten Kinder und befestigten die offenbar herabgewehten Palmblätter erneut. Die junge Frau wies uns den Weg zu einer Hütte, vor der eine ältere kniete und Teig knetete. Ihr Kopf schoss in die Höhe, als wir vor sie traten, und ihr scharfer Blick wurde erst weicher, als sie erkannte, dass von uns keine Gefahr drohte. Obwohl sie mit ihrer Arbeit beschäftigt war, wirkte sie wie eine Wächterin. Das neben ihr liegende lange Messer verstärkte diesen Eindruck. Ich hörte, wie Emeni aufatmete. Mit dieser Wache vor der Tür würde sich kein Mann, Einheimischer oder Seefahrer, zu uns trauen.

Es wurden einige Worte gewechselt, die ich nicht verstand, dann folgte ich Emeni durch die niedrige Tür. Durch das Blätterdach drang genug Licht, dass ich eine schmale, auf hohen hölzernen Beinen stehende Schlafstatt erkennen konnte, des Weiteren eine Schüssel mit Wasser und einen Haufen Stoffstreifen auf dem Boden. Die junge Frau trat ein und bedeutete uns, auf dem Bett Platz zu nehmen und uns auszuziehen. Emeni wehrte ab und behielt ihr Kleid an, ich dagegen gehorchte.

Sorgfältig reinigte und verband unsere Gastgeberin meine Wunden. Trotz eines heftigen Brennens fühlte es sich gut an, als endlich Schmutz und Salz herausgespült wurden. Ich bedankte mich herzlich, die junge Frau lächelte, dann ließ sie uns allein.

Emeni legte sich auf das Lager und schlief augenblicklich ein. Ich wusste nicht, wie sie die Nacht und den Morgen verbracht hatte, aber offenbar hatte sie nicht geschlafen. Auch ich streckte mich vorsichtig auf dem Bett aus, denn ich fühlte mich trotz – oder vielleicht auch wegen – der langen Ohnmacht matt und zerschlagen.

Als ich die Augen schloss, begann sich in meinem Kopf alles zu drehen, und Übelkeit wallte in mir auf. Ich riss die Augen auf, und der Schwindel ließ nach. Dies wiederholte sich einige Male, bis ich beschloss, nicht mehr an Schlaf zu denken. Ich starrte das Blätterdach an.

Wir waren verloren gewesen, längst totgesagt, zuerst bei dem Piratenangriff, dann im Sturm. Wir hatten überlebt, ich, Vater, René, Emeni.

Warum konnte ich mich nicht freuen?

Weshalb fühlte sich meine Kehle an, als habe jemand einen Strick darum gelegt und würde diesen von Augenblick zu Augenblick fester ziehen?

Ich wollte die Tränen nicht zulassen, schalt mich eine Närrin, biss mir kräftig auf die Unterlippe. Dennoch dauerte es nicht lange, bis nasse Rinnsale über mein Gesicht flossen.

Wann würde ich Luc wiedersehen? Und – wenn überhaupt – würde er dann noch auf mich warten?

Emeni erwachte erst, als sich der Tag seinem Ende neigte, aß etwas von dem Eintopf, den uns die alte Frau brachte, und legte sich sogleich wieder zum Schlafen nieder. Ich neidete ihr diese Fähigkeit, stocherte – entgegen meiner Natur – nur in dem Essen herum und kämpfte weiter gegen die Übelkeit. Als kein Licht mehr in die Hütte drang, war meine Traurigkeit noch immer nicht verflogen. Ich haderte mit unserem Schicksal und brachte es nicht über mich, hoffnungsvoll in die Zukunft zu blicken.

Ich musste schließlich doch eingeschlafen sein, denn plötzlich war es taghell. Emeni löffelte Brei aus einer Holzschüssel und lächelte zu mir herüber. Ich streckte meine schmerzenden Glieder und stand auf. Der Schwindel packte mich erneut, und ich fragte mich, ob er je vergehen würde. Ich versuchte, einige Bissen herunterzubringen, dann hielt mich nichts mehr im Dorf. Ich nickte den Einheimischen zu, zog Emeni hinter mir her und lief zum Strand.

Mein Vater begrüßte uns mit müden Augen; er hatte offenbar wenig geschlafen. Im Gegensatz zum Vortag trug er sein Haar jedoch wieder ordentlich gebunden. Verwirrt betrachtete ich es. Waren die silbrigen Strähnen an den Schläfen schon vor dem Sturm dort gewesen? Sie waren mir nie aufgefallen.

Ich hörte die Erleichterung in seiner Stimme, als er sagte: »Sie haben alle die Nacht überlebt. Die Unverletzten sind auf dem Schiff und suchen nach ihren Habseligkeiten. Das solltet ihr auch rasch tun, Mädchen. Gleich kommen einheimische Arbeiter. Sie werden uns bei den Reparaturen helfen, gegen gute Bezahlung natürlich. Aber ohne sie wären wir verloren.«

Wir kletterten an Bord der *Liberté* und stiegen hinab in unser Zimmer. Wie ich befürchtet hatte, war meine Truhe vollständig zerstört worden. Ich fand einige heile Kleidungsstücke von Emeni und mir. Meine Malkreiden in ihrem Ledertäschchen waren jedoch zu einem vielfarbigen Klumpen verschmolzen und sämtliche Blätter, die bemalten und die leeren, unrettbar durchweicht und zerrissen. Es waren nur Gegenstände, doch der Schmerz über den Verlust nahm mir den Atem. Unzählige Stunden hatte ich gezeichnet, so viel Liebe darauf verwandt, alles für Luc festzuhalten, was ich gesehen und erlebt hatte. Meine Beine gaben nach, ich sank zu Boden, presste die Überreste meiner Kunst an mich und konnte nicht aufhören zu schluchzen. Die Welt versank in Verzweiflung, ich wollte mir das Herz herausreißen, nichts mehr fühlen, nicht mehr atmen.

Ich wusste nicht, wie lange ich dort gelegen hatte, bis sich ein Schwall von Wasser über meinen Kopf ergoss und eine ärgerliche Stimme erklang.

»Herrgott, Lianne! Nimm dich zusammen. Es sind Menschen gestorben, meine Kameraden, und du heulst wegen deiner Bilder.«

René stand da, die tropfende Schüssel in der Hand, Emeni hinter ihm. Sie musste ihn geholt haben, als ich mich nicht mehr beruhigen wollte. Ich schluckte, zog die Nase hoch und wischte mir über das nasse Gesicht.

»Es tut mir leid«, flüsterte ich.

René hockte sich neben mich und zog mich in seine Arme.

»Prinzessin, ich kann dich doch verstehen. Aber wir müssen nun nach vorn schauen.«

Von diesem Augenblick an bemühte ich mich um Fassung, doch es fiel mir schwer. Ich musste mich stets daran erinnern, dass es viel schlimmer hätte kommen können, dass es für einige viel schlimmer gekommen war. Doch die Schwermut überkam mich wieder und wieder.

Wir verließen die *Liberté* und gingen zurück an den Strand. Nun fielen die Einheimischen über das Schiff her wie die Fliegen über ein Stück Fleisch. Nur dass sie es nicht vernichten, sondern retten wollten. Vater und die unverletzten Seeleute wiesen die angeworbenen Arbeiter an, zeigten ihnen, was zu tun war. Ab und zu kam Vater zu uns herüber, berichtete uns, wenn er neue Erkenntnisse gewonnen hatte, doch die meiste Zeit blieben wir allein.

Emeni hockte im Schatten einer Palme, ich dagegen saß daneben in der prallen Sonne und grub die Zehen in den heißen Sand. Ich genoss den Schmerz auf der Haut, denn er spiegelte meine Stimmung wider. Noch immer verspürte ich leichte Übelkeit, die Dinge in meinem Blickfeld schienen zu schwanken. Meine Finger tasteten nach etwas Hartem, doch sie fanden nur feine Körner. Ich hatte auf einen Stein gehofft, den ich werfen konnte, in den ich all meine Wut auf die See und das verfluchte Schicksal hätte legen können. Doch es gab keine Steine an diesem Strand, und das Stück Treibholz, das ich schließlich fand und in Richtung Meer schleuderte, fiel wenige Schritte von mir entfernt zu Boden. Ein Schrei stieg in mir auf, und als er meine Kehle verließ, klang er in meinen eigenen Ohren so verzweifelt wütend, dass ich dachte, er würde jede Menge

Menschen anlocken, die meinten, mir zu Hilfe eilen zu müssen.

Natürlich kam niemand, alle waren beschäftigt. Gut so!

Ich hätte Hoffnung haben sollen, mehr als in den Stunden auf See, in dem grässlichen Unwetter. Mehr als am gestrigen Morgen, als ich aufgewacht war, ohne zu wissen, wohin die Gewalten uns getragen hatten, ob überhaupt jemand außer mir lebte. Mein Vater hatte Hoffnung, seit er festgestellt hatte, dass die Ladung beinahe unbeschädigt und das Schiff zu reparieren war. Dass er nur vier seiner Leute – wenige angesichts der Umstände, wie er mir versicherte – an die See verloren hatte. Er war zuversichtlich, seit die Männer erschienen waren, die die *Liberté* wieder in Ordnung bringen wollten.

Ich jedoch konnte mich nicht daran erfreuen, dass wir überlebt hatten. Von *wenigen Wochen Verzögerung* ging mein Vater aus. Wir waren Richtung Süden vom Kurs abgekommen, doch nicht so stark, wie es hätte passieren können. Wenige Wochen! Jeder zusätzliche Tag war mir zu viel. Ich hatte mit den Westindischen Inseln abgeschlossen, wollte nur noch nach Hause zu Luc.

Ich spürte, dass mir Emeni etwas mitteilen wollte, denn die übliche kühle Gleichgültigkeit war von ihr abgefallen. Aus dem Augenwinkel sah ich sie zappeln. Ich seufzte und rollte mich auf den Bauch, um ihr ins Gesicht sehen zu können.

»Was?«, fragte ich ein wenig zu barsch, und sie runzelte die Stirn.

»Schiffe.« Sie hielt beide Fäuste hoch, dann streckte sie nach und nach die Finger, so als würde sie zählen. »Schiffe.«

»Die anderen Schiffe? Der Konvoi?«

Emeni nickte. »Schiffe, Menschen!« Sie ließ sich mit geschlossenen Augen zur Seite fallen.

»Ich weiß nicht, ob Menschen tot sind. Vielleicht hat der Sturm sie gar nicht erreicht.«

»Böse Männer tot?«

»Die Piraten? Einige sicherlich.«

Sie setzte sich auf und nickte eifrig. »Tot! Ich sehen Schiffe.« Sie hielt zwei Finger hoch, dann beide Fäuste. Diese ließ sie gegeneinander krachen.

»Ja, ich habe es ebenfalls gesehen.«

Das Bild, das ich hatte verdrängen wollen, tauchte wieder in mir auf. Ich wollte nicht, dass sie mir leidtaten, sie hatten uns schließlich in den Sturm getrieben. Ich musste jedoch daran denken, dass auch mein Vater ein Räuber der Meere gewesen war ...

»Lianne nicht tot, Vater nicht tot. *Igundani.* Glück!«

Ich wusste, sie hatte recht. Selbstmitleid! Wie ich diesen Zug an mir hasste! Dennoch konnte ich ihn in unserer jetzigen Lage nicht ablegen. Es gab weniger Grund als so viele Male zuvor in meinem Leben, mich verloren zu fühlen. Doch die Schatten lagen fest auf meinem Gemüt und brachten mich dazu, all die Schönheit der Umgebung nicht mehr mit den Augen der Neugier und der Freude zu betrachten, sondern sie als Feind anzusehen, der mich fernhielt von Paris, vom Malen, von meinem Liebsten. Welches Recht hatte ich, so zu denken, wenn andere tot waren? Emeni sah dies so viel klarer als ich, und mit ihren wenigen Worten hatte sie es mir deutlich gemacht. Welches Recht hatte ich – doch welches Recht hatte das Schicksal, mir wieder einmal das vorzuenthalten, wonach ich mich sehnte?

Emeni kippte erneut zur Seite, diesmal nicht, um mir etwas begreiflich zu machen, sondern um ihr Gesicht nah an meines zu bringen. Die schwarzen Augen blickten mich offen an, dann streckte sie die Hand aus und legte sie mir auf den Kopf.

»Nitu«, flüsterte sie und lächelte. Tränen schossen in meine Augen. Dieses heimatlose Geschöpf, dieses arme misshandelte Mädchen, das keine Ahnung hatte, wohin ihr Weg sie führen würde, sah mich so vertrauensvoll an, dass mit einem Mal alle Schatten von mir abfielen.

»Nitu«, erwiderte ich und strich ihr über die Wange.

Ich wusste jedenfalls ungefähr, was auf mich zukommen würde. Zwar kannte ich Paris nicht, hatte jedoch genug Geschichten gehört, um Freude und Angst gleichzeitig zu empfinden. Emeni dagegen wusste nichts von meiner Welt, würde sich wahrscheinlich sogar in einer kleinen Stadt wie La Rochelle oder Saint-Malo – ein Schauder überlief mich bei dem Gedanken an Letzteres – verloren vorkommen.

Wir setzten uns wieder auf, diesmal beide in den Schatten der Palme, und Emeni tippte meine Hand an, um mir zu zeigen, dass sie mir noch etwas zu erzählen hatte. Neugierig blickte ich sie an.

»Vater«, sagte sie.

»Ja?«

»Vater Frau?«

»Ob mein Vater eine Frau hat? Nein, die hat er nicht.«

Emeni schüttelte den Kopf. »Vater Frau Lianne.« Sie sah aus, als denke sie angestrengt nach. Plötzlich erhellte sich ihre Miene. »Mutter!«

»Oh, ich verstehe.«

Ich sah sie vor mir, diejenige, die mich geboren hatte, sah ihre kalten schwarzen Augen, hörte im Geiste die harte Stimme und fragte mich einmal mehr, ob mein Vater es tatsächlich wahr machen würde. Ob er sie wirklich treffen und mit ihr reden würde. Ich wusste nicht, ob ich es mir wünschen sollte.

Wieder spürte ich eine Berührung an der Hand. Emeni verlangte nach Aufmerksamkeit, und ständig schweiften meine Gedanken ab. Wie unhöflich ich doch sein konnte!

»Mutter«, wiederholte sie. »Emeni Mutter Vater.«

»Deine Eltern? Von ihnen willst du mir erzählen? Von deinem Vater und deiner Mutter?«

Sie schüttelte den Kopf und runzelte die Stirn, dann versuchte sie es erneut. »Muttervater.«

Es klang wie ein einziges Wort, und ich verstand.

»Der Vater deiner Mutter? Dein Großvater!«

»Ja. Emeni Großvater. Schiff.«

Sie zeigte auf das Meer, bewegte die Hände in Wellenbewegungen und wies dann hinüber zur *Liberté*, an der sich immer mehr Männer mit Werkzeug zu schaffen machten.

»Dein Großvater ist auch in ein Schiffsunglück geraten?«

Die Falten auf der Stirn wurden tiefer, Emeni trommelte mit den Fingern auf ihre Knie. Offenbar hatte sie meine Worte nicht verstanden.

»Da!« Sie begann, in den Sand zu zeichnen. Eine Insel, ein Schiff, zunächst richtig herum, dann strich sie es durch und malte ein weiteres, mit dem Mast nach unten.

»Ist dies deine Insel? Saint-Vincent?«

Sie nickte.

»Und dein Großvater ...«

Weiter kam ich nicht. Emeni krabbelte davon und kehrte sogleich zurück, ein verkohltes Stück Holz in der Hand. Sie wies darauf, dann auf ihren Arm. Was meinte sie nur? Die Ungeduld stand ihr ins Gesicht geschrieben.

»Lianne.« Sie stieß ihren Finger in das Fleisch meines Armes. Ein weißer Fleck breitete sich aus und verschwand gleich darauf. »Emeni.« Sie pikte sich selbst, nicht weniger hart, dann das Holzstück. »Großvater.«

»Oh, ich verstehe! Großvater hatte schwarze Haut?«

Sie nickte heftig.

»War er ein Sklave?«

»Ja. Nein!« Sie bewegte die Finger, um ein Laufen anzudeuten, dann hielt sie die Hände vor ihr Gesicht.

»Er ist fortgelaufen?«

»Ja! Frei! Großvater, Mutter, Emeni. Frei!« Stolz straffte sie die Schultern.

Jetzt wurde mir klar, warum ihr Aussehen eine so eigentümliche Mischung zwischen dem der einheimischen Frauen und dem der Sklaven war. Auf den Schiffen wurden hauptsächlich Männer hierhergebracht. Wenn ein entlaufener Sklave eine Frau nehmen wollte, musste es eine Einheimische sein.

»Deine Großmutter war von hier?« Ich deutete auf den Umriss der Insel im Sand.

Emeni runzelte die Stirn, dann hellte sich ihr Gesicht auf. »Großmutter. Ja. Insel. Frei.«

»Und die anderen Männer vom Schiff?« Ich wies auf die Kohle und die Zeichnung des Wracks. »Haben sie auch Frauen von Saint-Vincent genommen?«

»Ja. Männer Insel ...« Sie begann, mit den Armen zu fuchteln, in die Luft zu schlagen und zu stechen, dann ließ sie sich wie tot in den Sand fallen, um sich gleich darauf wieder aufzurichten und mich anzulächeln. »Tot.«

Ich musste lachen. Trotz der wenigen Worte hatte ich genau verstanden, was sie mir sagen wollte, so bildhaft war ihre Vorführung gewesen.

»Die Männer haben sich bekämpft, darum hatten viele Frauen keinen Mann und nahmen die Sklaven bei sich auf?«

Emeni antwortete erneut mit einem eifrigen Nicken.

»Frauen frei. Sklaven frei. Emeni frei!«

»Und die Menschen hier?« Ich machte eine ausholende Handbewegung, die die ganze Insel umfasste.

»Ja. Frei.«

Frei. Offenbar der wichtigste Ausdruck in Emenis begrenztem französischem Wortschatz. Dies war verständlich in einer Gegend, in der Unfreiheit Schmerz und Missachtung bedeutete. Und war meine Sehnsucht nach Freiheit nicht auch der Grund, warum ich Luc verlassen hatte? Wäre ich glücklich geworden, wenn ich gleich bei ihm geblieben wäre? Er hatte es sich gewünscht, doch ich war stur gewesen. War dies meine Strafe?

8

Karibik, November 1688

In den folgenden Wochen blieb mir keine Zeit für Selbstmitleid und Grübeleien. Die Tage waren mit Arbeit gefüllt, denn es galt, die _Liberté_ wieder seetüchtig zu machen. Die Männer der Besatzung, ebenso wie die Einheimischen, rackerten sich von früh bis spät ab, schafften Holz herbei, bearbeiteten es, hämmerten und hobelten mit den einfachen Werkzeugen der Insel, bis ihnen der Schweiß in Strömen über die Körper rann.

Auch mein Vater packte mit an, arbeitete so hart, dass ich begann, mich um ihn zu sorgen. Zwar versicherte er mir, dass er stark genug sei, doch ich sah, dass er sich abends vollkommen zerschlagen fühlte. Auch die Männer waren nicht in der Lage, ihre üblichen zügellosen Feste zu feiern. Wir aßen gemeinsam, nahmen vielleicht einige Schlucke Rum zu uns, dann sanken wir alle in tiefen Schlaf.

Emeni und ich waren froh, zumindest ein wenig helfen zu können. Stunde um Stunde, Tag für Tag nähten wir die zerrissenen Segel, bis unsere Finger wund und zerstochen waren und meine lädierte Hand anschwoll und schmerzte. Die einheimischen Frauen halfen uns, versorgten uns darüber hinaus mit Köstlichkeiten, wir lachten sogar zusammen. Nach den ersten Augenblicken der Trübsal nahm ich mein Schicksal an, das so viel schlimmer hätte ausgehen können. Ich würde Paris erreichen, Luc wiedersehen.

Und dann, nach vier endlos langen Wochen, kam der Tag, an dem die *Liberté* in altem Glanz erstrahlte. Sicherlich, wenn man genau hinsah, konnte man deutlich die Ausbesserungen erkennen, das Flickwerk, das die Arbeiter mit den geringen Mitteln auf dieser Insel meisterhaft vollbracht hatten. Es minderte nicht meine Freude über ihren Anblick. Die *Liberté* lag endlich wieder heil vor mir und verströmte all die Kraft, die sie einst besessen hatte.

Etwas jedoch fehlte. Sie hatten keine neue Galionsfigur angebracht. Die Zeit war zu kurz gewesen, und jede Arbeitskraft war für die Herstellung des Hauptmastes und die anderen Arbeiten benötigt worden. Noch immer wurde mir das Herz schwer beim Anblick der leeren Stelle. Die Figur war so schön gewesen, wild und frei. Nun lag sie tausende Meter tief auf dem Meeresgrund, gefangen unter Wassermassen. So wie auch wir Gefangene gewesen waren auf dieser winzigen Insel, an die der Sturm uns gespült hatte. Doch dies hatte nun ein Ende! Wir würden zum zweiten Mal unsere Reise beginnen, hoffentlich unter besseren Sternen als zuvor.

Die Einheimischen verabschiedeten uns singend und winkend, nicht allein aus reiner Freundlichkeit, da war ich mir sicher. Unser Aufenthalt hatte sich für sie gelohnt, sie hatten einige Fässer Rum sowie eine große Menge der Zuckermasse erhalten. Sie selbst bauten nur Getreide und Früchte an und hielten Schweine, sodass unsere Waren für sie durchaus Wert besaßen. Das

Blauholz, den kostbarsten Teil der Ladung, hatten sie glücklicherweise nicht gefordert. Über die Gaben hinaus hatten wir versprechen müssen, kein Wort von ihrer Insel verlauten zu lassen. Sie lebten abgeschieden und glücklich, wollten weder Handel treiben noch in irgendwelche Auseinandersetzungen verstrickt werden. Zu nah war die Erinnerung an die versklavten Vorfahren, die gefahrvolle Reise über das Meer, die schließlich mit dem Schiffbruch geendet hatte wie die von Emenis Großvater auf Saint-Vincent. Ich verstand sie gut, jedoch glaubte ich nicht, dass sie diesen Zustand der Unabhängigkeit auf Dauer aufrechterhalten konnten. An uns jedoch sollte es nicht scheitern ...

Wir standen noch lange an Deck, meine Freundin und ich. Anders als bei unserem ersten Aufbruch blieb Emeni an meiner Seite und blickte gemeinsam mit mir zurück auf die Menschen Hilumas, die letzten verwandten Seelen, die sie je sehen würde. War ihr bewusst, dass es ein Abschied für immer war? Ich hatte nach den Erfahrungen der vergangenen Wochen wenig Bedürfnis, noch einmal eine solche Reise zu wagen, und sogar Vater hatte gemeint, er würde sich zukünftig lieber anderen Gegenden zuwenden. Wie würde Emeni es verkraften, in einer Welt zu leben, die sie nicht kannte und die selbst mir Angst einjagte?

Wir kamen zunächst nur langsam voran. Ein warmes, müdes Lüftchen umspielte die Insel und vermochte es kaum, der *Liberté* Schwung zu geben. Erst als Hiluma außer Sichtweite war, frischte der Wind auf, blähte unsere Segel, und wir nahmen Fahrt auf. Die angstvollen Blicke der Besatzung den neuen Hauptmast hinauf ließen nach, bald fassten wir alle wieder

Vertrauen in die *Liberté* und ihre zurückgewonnene Stabilität.

Bei aller Ungewissheit, wie die Zukunft aussehen würde, überwog die Freude und machte mein Herz nach den bangen Wochen endlich einmal wieder leicht.

Paris! Du herrliches, leuchtendes Juwel – bald werde ich dich kennenlernen, deine Pracht und deinen Glanz.

Luc! Bald bin ich bei dir, Liebster. Warte auf mich!

9

Paris/La Rochelle, Dezember 1688

Die Zahlen begannen auf dem Papier zu tanzen, dann verschwammen sie. Luc kniff die Augen zusammen und öffnete sie wieder, doch weder ebbte das Brennen ab, noch klärte sich seine Sicht. Zu sehr flackerte die Kerze, zu spät war die Stunde. Stöhnend ließ er den Kopf auf den Schreibtisch sinken.

So viel hatte er sich vorgenommen, als er nach Paris gekommen war. Nichts davon hatte er erreicht. Tag für Tag saß er in seinem Kontor fest und drehte und wendete die kläglichen Beträge, die er einnahm. Am Ende einer jeden Woche hegte er die Hoffnung, durch die Verkäufe endlich einmal seine Ausgaben decken zu können, doch es wollte ihm nicht gelingen. Dabei aß er kaum und leistete sich nur das Nötigste an Kleidung, um nicht ungepflegt zu erscheinen. Aber die Miete für Geschäftsräume und Lager war hoch. Seine Wohnung im oberen Stockwerk des Hauses hatte er bereits aufgegeben. Er schlief im Hinterzimmer des Kontors zwischen Stoffmustern und Papieren, um Kosten zu sparen.

Und doch reichten die Einnahmen nie aus. Er konnte sich glücklich schätzen, dass die Händler in den Markthallen so freigiebig damit waren, möglichen Kunden

Kostproben ihrer Waren anzubieten. Er musste nur achtgeben, dass sie nicht bemerkten, dass er stets nur kostete und so gut wie nie kaufte. Das schlechte Gewissen, wenn er sich einmal mehr an den Käse- und Wurstständen satt gegessen hatte, spülte er mit dem Wein hinunter, den es ebenfalls zu probieren gab.

Ärgerlich zerrte er an seinem viel zu engen Kragen. Wie er diese Kleidung hasste, die Rüschen, die Schleifen, den samtenen Stoff! Der mögliche Kunde, der sich angekündigt und für den er sich extra so angezogen hatte, war nicht erschienen. Er hatte nur einen Boten geschickt mit der Nachricht, er habe einem preiswerteren Anbieter den Vorzug gegeben.

Preiswerter! Über die Kosten hatten sie noch nicht einmal gesprochen. Es musste andere Ursachen für sein Scheitern geben, doch so sehr sich Luc mühte, es wollte ihm kein Grund einfallen. Er machte die gleiche Arbeit wie in La Rochelle, und dort war er erfolgreich gewesen! Hier jedoch, in dieser verdammten, stinkenden Stadt voller Wahnsinniger, wollten die Beträge nicht stimmen.

Er setzte sich auf, schlug das Buch zu und raufte sich die Haare. Dann ging er ins Hinterzimmer, riss sich den schweren, goldgeknöpften Überrock vom Leib, schleuderte ihn auf den Boden und zog ein schlichtes Hemd an. Endlich wieder fähig zu atmen, ließ er sich erneut auf den Stuhl fallen.

Was würde Lianne von ihm denken, wenn sie von ihrer Reise zurückkam? Ein großes Haus mit einer hellen Wohnung unter dem Dach, damit hatte er sie überraschen wollen. Ein Ort zum Malen, ein Zuhause für ihr gemeinsames Leben.

Und nun? Nichts! Ohne das Geld seines Vaters aus La Rochelle hätte er längst aufgeben müssen. Der letzte Brief war voller Vorwürfe gewesen, angefüllt mit Drohungen, ihm die Unterstützung zu versagen. Was sollte dann werden? Nur dem Zureden von Adelais, so berichtete der Vater, war es zu verdanken, dass er den missratenen Sohn nicht schon fallen gelassen hatte.

Plötzlich fehlte ihm seine Schwester noch viel stärker als bei ihrem Auszug nach ihrer Vermählung. Ein rauschendes Fest war es gewesen, als Adelais ihrem Verlobten Paul angetraut worden war, und Luc hatte sich den ganzen Tag nur gewünscht, dies irgendwann einmal mit Lianne zu erleben.

Dieser Tag rückte mit jedem geschäftlichen Verlust, mit jedem geplatzten Auftrag in weitere Ferne. Niemals würde er eine Ehefrau versorgen können mit den mickrigen Einkünften, die sein Tuchhandel verzeichnete.

Das Pochen in seinem Kopf wurde stärker, wie jedes Mal, wenn er diese Gedanken zuließ. Meist verdrängte er sie und machte einfach weiter, zog die verhasste steife Kleidung an und bemühte sich um Kontakte zur feinen Gesellschaft. All die parfümierten Damen und Herren, die sich als etwas Besseres fühlten. Die ihn spüren ließen, dass er nicht von Adel war, sondern nur der Sohn eines Kaufmanns aus einer Kleinstadt, die noch vor wenigen Jahrzehnten gegen den König gemeutert hatte. Zu allem Überfluss war er nicht einmal Mitglied der Gilde. Erst hatten sie ihn hingehalten, dann offen abgelehnt. Es war ihm unbegreiflich.

Plötzlich hielt Luc die Enge seiner Geschäftsräume keinen Augenblick länger aus. Er musste hinaus, er brauchte Luft! Polternd fiel der Stuhl um, als er aufsprang. Er riss seinen Mantel vom Haken und stürzte auf die Straße. Dort zügelte er den Drang, holte tief Atem und verschloss sorgfältig die Tür zum Kontor. Dies war reine Gewohnheit, die sinnloseste aller seiner täglichen Pflichten. Als ob es bei ihm etwas zu stehlen gab!

Die Winterkälte kroch unter sein dünnes Hemd, als Luc die schmale *Rue des Lombards* in Richtung der *Rue des Arcis* entlangschritt. Er zog den Mantel über und wandte sich nach Süden, hinunter zum Fluss. Es wurde nie vollständig dunkel in dieser Stadt, dafür sorgte die neuartige Beleuchtung, die die Straßen sicherer machen sollte. Das tat sie gewiss, und es war auch viel einfacher, des Nachts vorwärtszukommen, doch manchmal wünschte sich Luc die Finsternis herbei. Diese gab es jedoch nur in seinem Herzen.

Er erreichte den Fluss, trat neben der dicht und hoch bebauten Pont-Notre-Dame-Brücke ans Ufer und spähte hinab. Dabei tat er einen tiefen Atemzug, schnaubte aber sogleich. Das verfluchte stinkende Rinnsal war mit dem Meer ebenso zu vergleichen wie ein Schwein mit einem Pferd. Träge floss die Seine dahin, und plötzlich vermisste er die frische, salzige Luft, den Klang der an die Mauern klatschenden Wellen und die aufspritzende Gischt seiner Heimat so sehr, dass es wehtat.

Er schob den Gedanken fort, denn es war seine eigene Entscheidung gewesen, hierherzukommen, und es war noch immer seine Wahl. Für Lianne wäre er ans Ende der Welt gezogen, in die einsamste Wildnis oder die dreckigste Stadt von allen. Und so schlecht war Paris gar nicht – wäre er nur nicht von all den Wundern ausgeschlossen gewesen, den Festen, den Salons ... Auf dem anderen Seine-Ufer gab es neuerdings sogar ein Kaffeehaus, wo man dieses seltsame Getränk aus Übersee zu sich nehmen konnte. Einmal war er daran vorbeigegangen und hatte in die Fenster geschaut. Die Herrschaften dort hatten an Tassen aus feinstem Porzellan genippt. Luc hatte der Eindruck beschlichen, als verzögen einige das Gesicht, nachdem sie einen Schluck genommen hatten, doch sie schienen sich ansonsten sehr wohlzufühlen – und sehr wichtig. Nie würde er es schaffen, in diesem Haus einzukehren. Seine Orte in Paris waren die billigen Wirtshäuser in der Nähe der Häfen, wenn es ihn einmal nach einem Becher Wein in Gesellschaft gelüstete, was selten genug vorkam.

Luc seufzte und wandte dem Fluss den Rücken zu. Es war entschieden zu kalt, um lange dort stehen zu bleiben. Langsam schritt er die Straße entlang, die er gekommen war, vorbei an der Kathedrale *Saint-Jacques*. Er sah im Vorbeigehen an dem im Dunkeln liegenden Glockenturm hinauf. Wie seltsam es war, dass allein die Fleischer diesen Prachtbau als ihre Kirche beanspruchten, während alle übrigen Markthändler sich in *Saint-Eustache* versammelten. Immerhin gab es noch die Pilger, die gern in *Saint-Jacques* einkehrten, da sie den Namen des Apostels trug, dessen Grab das Ziel ihrer Reise war.

Was war das Ziel seiner Reise? Würde er es je erreichen? Manchmal zweifelte er daran.

Er bog in die *Rue des Lombards* ein, ließ sein Kontor aber links liegen und ging weiter, am Friedhof vorbei und auf die Markthallen zu, wo alle Kaufleute erfolgreich ihren Geschäften nachgingen. Alle außer ihm. Halb umrundete er die zu dieser Zeit unbeleuchtete Gebäudeansammlung und kam vor *Saint-Eustache* zum Stehen. Da es die Kirche der Händler des benachbarten Marktes war, hatte Luc sie des Öfteren besucht. Er war nie ein begeisterter Kirchgänger gewesen, und der Anblick all der wohlgenährten, gut gekleideten Kaufleute, die sich sonntags auf den Bänken herumdrückten, machte es ihm nicht leichter. Er hatte gehofft, wenn er sich dort regelmäßig zeigte, würde dies die Aufmerksamkeit der Gilde erringen und ihm Vorteile bringen, doch das war nicht geschehen.

Er sah an dem massigen Bau hinauf, der im Dunkeln über ihm aufragte. Wenn er doch nur daran glaubte, dass ein Gebet in den Räumen ihm helfen würde, er wäre jeden Tag dorthin gegangen und hätte eine Kerze für den Heiligen entzündet. Doch Gott war für ihn schon immer außerhalb der Kirchenmauern gewesen, in den Wellen des Meeres, dem Kreischen der Möwen und den wärmenden Strahlen der Sonne. Er konnte nicht aus seiner Haut, sosehr er versuchte, sich anzupassen. Er wandte sich ab und schlurfte zurück zu seinen trostlosen Räumen.

Was konnte er noch tun, um Erfolg zu haben? Was täte sein Vater?

Warum nur wollte ihm nichts gelingen?

Das Bild von Bellier erschien ihm, wie dieser im *Hôtel de Ville* vertraulich mit dem Händlervogt gesprochen hatte. Doch es war Unsinn, sich einzureden, der Mann sei für alles Übel der Welt verantwortlich. Er hatte ihn nur das eine Mal in der Stadt gesehen, und das war Monate her.

Nein, es war seine eigene Schuld, dass er keinen Kontakt zu guten Kunden bekam. Lianne musste sich beeilen, wenn sie ihn noch in Paris antreffen wollte.

Doch wenn sie kam, was sollte er dann tun? Ihr in dieser Verfassung gegenübertreten?

Luc spürte, wie seine Kehle eng wurde. Es war nicht das erste Mal, dass Tränen in ihm aufstiegen. Er schalt sich einen Weichling, beschwor sich, nur ja nicht aufzugeben, doch angesichts seiner aussichtslosen Lage war dies schwer.

Er betrat das Kontor, zündete jedoch keine Kerze an, sondern ging geradewegs in das Hinterzimmer. Er warf die Tür zu, und endlich umfing ihn die vollkommene Dunkelheit, die zu seiner Stimmung passte.

Nur schlafen, die Gedanken aussperren.

Doch nicht einmal das wollte ihm gelingen.

***

Adelais saß breitbeinig an ihrem Schreibpult, da ihr rasch wachsender Bauch verhinderte, dass sie sich vornüber zum Tisch beugte. Das weite Kleid verhüllte die undamenhafte Haltung. Sie vermutete, dass ihr Leibesumfang so früh in der Schwangerschaft, knapp fünf Monate nach der Hochzeit, mit ihrem Heißhunger auf Gebäck zu tun haben mochte. Dieser war schon zuvor alles andere als schwach ausgeprägt gewesen, doch nun war er kaum zu bezähmen. Es machte ihr wenig aus, und auch das Gerede der Leute, die über eine voreheliche Vereinigung tuschelten, scherte sie nicht. Nun gab es endlich eine Ausrede, weshalb ihre Kleider immer knapper wurden! Die liebe Marie hatte zwar alle Hände voll zu tun, mit dem Nähen hinterherzukommen, schien sich aber nichts daraus zu machen. Schließlich kannte die Magd sie und ihre Vorlieben schon lange.

Mit der Linken griff Adelais nach einem weiteren Küchlein, mit der Rechten fuhr sie fort, den Brief an ihren Bruder zu schreiben. Sie kaute zufrieden vor sich hin, versunken in ihre Tätigkeit, bis die Tür aufflog und sie erschrocken den Kopf hob.

Ihr Ehemann Paul, der gewöhnlich einen recht dunklen Hautton besaß, stand bleichgesichtig im Türrahmen.

»Liebster, was hast du? Bist du krank?«

»Wir werden diesen Brief nicht abschicken. Wir müssen selbst nach Paris reisen.«

»Ich soll reisen?« Sie zeigte auf ihren Bauch.

»Der Konvoi ist zurück. Teile davon. Sie berichten, dass die *Liberté* ...«

»Oh nein!« Adelais stand schwankend auf und umarmte ihren Gatten. »Lianne! Was ist geschehen? Der arme Luc!«

»Das Schiff wurde von Piraten angegriffen, kurz bevor es den Verband erreichte. Darüber hinaus kam später ein Sturm auf, genau aus der Richtung, in die die Freibeuter die *Liberté* gejagt hatten. Sie müssen direkt hineingeraten sein. Den Konvoi hat er nur am Rande gestreift, dennoch haben sie zwei kleinere Galeonen verloren. Niemand weiß, was aus der *Liberté* geworden ist. Du musst es Lucien sagen, ehe er es von Fremden erfährt. Nur du wirst ihn trösten können.«

Adelais küsste Paul auf die Wange. Jede andere Frau hätte betteln müssen, in ihrem Zustand auf die Reise gehen zu dürfen, um den Bruder aufzusuchen. Ihr Gatte jedoch nahm ihr die Sorge ab, indem er darauf bestand, dass sie gemeinsam fuhren. Nie hatte sie ihren Mann mehr geliebt als in diesem Augenblick.

»Ich danke dir.«

»Geh packen, ich gebe Vater Bescheid und bemühe mich um ein Schiff.«

Pauls Anstrengungen zeigten raschen Erfolg, und so begaben sich die Eheleute auf die lange Reise in die Hauptstadt. Nach beinahe einer Woche auf verschiedenen See- und Flussschiffen stiegen sie in Rouen in eine Mietkutsche um und machten sich auf, das letzte, beschwerlichste Stück des Weges zurückzulegen.

Adelais hielt die Hände auf ihren Bauch gepresst.

Mein armes Kind, dachte sie. *Du solltest es bequemer haben, da du noch nicht einmal geboren bist.*

Sie lehnte sich weit zurück, bemüht, die heftigen Stöße abzufangen, die die Kutsche erschütterten, wenn sie durch eines der zahlreichen Löcher rumpelte. Der Weg entlang der Seine war nicht der beste, und sie wünschte, sie hätten in Rouen auf ein weiteres Flussschiff gewartet, anstatt den Landweg zu wählen. Die Reise von La Rochelle nach Le Havre war, verglichen mit dieser Tortur, ein Vergnügen gewesen. Auch wenn die Bark und ihre Besatzung nicht ganz dem entsprochen hatten, was sich Adelais ausgesucht hätte, wenn mehr Zeit gewesen wäre. Die Weiterfahrt nach Rouen war ebenfalls gut verlaufen, es gab jedoch wenige Schiffe, die flussaufwärts Passagiere mitnahmen, war es doch ohnehin schwer genug, sie gegen die Strömung zu befördern. So hatten sie sich entschieden, nicht zu warten, bis sich ein Schiffer herabließ, ihr Geld anzunehmen, und stattdessen dem Kutscher zu Reichtum verholfen. Er hatte genau gemerkt, dass sie in Eile waren, und dies schamlos ausgenutzt. Doch es drängte Adelais, nach Paris zu kommen, um ihrem Bruder die schreckliche Neuigkeit mitzuteilen.

Trotz des Kindes fühlte sie sich, als sei ein Loch in ihren Leib gerissen worden, als Paul ihr die Nachricht überbracht hatte. Sie spürte, sie würde keine Ruhe finden, ehe die Worte ihren Mund verlassen hatten, die Luc in Verzweiflung stürzen würden.

Wäre es gütiger, ihm die Wahrheit zu verschweigen? Ihn in dem Glauben zu lassen, alles sei in Ordnung? Ihm ein paar weitere Wochen Hoffnung zu schenken?

Solche Gedanken jedoch waren unsinnig. Adelais konnte schlimme Neuigkeiten nie für sich behalten. Sie meinte, platzen zu müssen, bis sie es ausgesprochen hatte. Dass sie diese lange Reise machen musste, bevor sie ihre Seele erleichtern durfte, war ohnehin schon eine Quälerei. Und nun zu allem Überfluss dieses Gerüttel!

Adelais fühlte den Blick ihres Mannes auf sich, sah ihn an und versuchte ein Lächeln.

»Verzeih, dass ich so schweigsam bin, Liebster.«

»Das ist verständlich.« Paul ergriff ihre Hand und drückte sie. »Es ist schließlich keine Vergnügungsreise.«

Da erschütterte ein erneuter Stoß die Kutsche, und Adelais stöhnte auf. Nein, ein Vergnügen war diese Fahrt gewiss nicht ...

Sie war erleichtert, als nach einer durchfahrenen
Nacht am Nachmittag des zweiten Tages die Abstände
zwischen den Häusern kleiner wurden und die Menschen zahlreicher und geschäftiger. Sie näherten sich
der Hauptstadt. Der Kutscher und seine Karosse waren
ihr Geld wert gewesen. Der Mann hatte keine Mühen
gescheut, ihnen an jeder möglichen Station frische
Pferde zu besorgen, sodass sie ohne längere Rast die
Strecke hinter sich bringen konnten. Darüber hinaus
waren die Fenster verglast und es gab Decken und Polster. Adelais wähnte sich dennoch halb erfroren. Außerdem meinte sie, ihr Hinterteil wäre mindestens blau
verfärbt, wenn nicht gar blutig von dem Geruckel. Paul
sah nicht viel wohler aus.

Sie fuhren von Norden nach Paris hinein. Adelais
spähte zwischen den Vorhängen hindurch und war wider Willen beeindruckt. Die Stadtmauern waren abgebrochen und die Gräben zugeschüttet worden; weitläu-
fige freie Streifen zeigten an, wo Louis' Prachtstraßen
entstehen sollten, von denen das ganze Land sprach.
Hier und da standen schon Reihen von jungen Bäumen.
Aufgrund der Jahreszeit waren sie blattlos, ihre dünnen Äste schwankten im kalten Luftzug. Adelais
konnte sich dennoch vorstellen, wie es hier einmal aussehen würde.

Sie folgten einer breiten Straße hinein in die Stadt.
Winterlicher Dunst lag über Paris, und Adelais fühlte
sich, als würde sie zwischen den Gebäuden ver-
schluckt. Die Beklemmung in ihrem Herzen entsprang
jedoch nicht allein der ungewohnt dichten Bebauung
und der Höhe der Häuser, die allesamt zahlreiche

Stockwerke umfassten. Vielmehr graute ihr davor, ihrem Bruder gegenüberzutreten. Sie zog die Felldecke enger um sich, doch ihr Zittern ließ nicht nach.

Das Gesicht des Kutschers erschien am Fenster, er brüllte durch die geschlossene Scheibe ein dumpf klingendes »Wohin?«

»Tuchhandel Lavie, *Rue des Lombards*«, rief Paul zurück.

Der Kopf verschwand, und weiter ging die Fahrt, immer geradeaus, vorbei an lang gezogenen Häuserreihen, so dicht gebaut, wie Adelais sie noch nie gesehen hatte. Je weiter sie in die Stadt vordrangen, desto belebter wurden die Straßen. Allerlei Handwerk war hier vertreten, sie mussten sich bereits im richtigen Viertel befinden. Zu ihrer Rechten tauchte eine gewaltige Kirche auf, die Adelais staunend betrachtete. Gerade als sie sich zu wundern begann, dass sie nie abbogen, machte die Kutsche einen Satz nach links, und Adelais wich erschrocken vom Fenster zurück. Sie schrammten so nah an einer Gebäudeecke vorbei, dass sie dachte, sie würden sie rammen und umstürzen. Die Kutsche jedoch blieb auf allen vier Rädern und fuhr weiter.

Nun ging es um mehrere Ecken, die Neugier siegte, und Adelais schaute wieder hinaus. Sie wünschte sich, die Stadt unter anderen Umständen zu besuchen, denn sie fand sie überaus bemerkenswert. Sie passierten einen Friedhof und eine weitere Kirche, bogen noch zweimal ab, dann kam ihr Gefährt zum Stehen. Adelais quälte sich mithilfe ihres Ehemannes durch die schmale Türöffnung. Als sie das Pflaster betrat, gaben ihre Knie nach, die sie so lange nicht hatte strecken können. Sie klammerte sich an Paul, der aufstöhnte und Mühe hatte, seine alles andere als federleichte Gattin auf den Füßen zu halten. Er umschlang Adelais' zitternden Leib, zog die Felldecke liebevoll um ihre Schultern und führte sie zur Eingangstür mit dem kleinen Schild *Drapiers Lavie*.

Bevor sie eintraten, spähten sie durch das Fenster. Luc saß zusammengesunken hinter dem mächtigen Schreibtisch, den Kopf in die Hände gestützt. Adelais' Herz wurde noch schwerer, als es schon war. Ihr Bruder blickte auf, so langsam und müde, als sei er bereits gänzlich ohne Hoffnung. Und nun musste sie ihn noch mehr verletzen. Sie stieß die Tür auf und betrat, gefolgt von Paul, das Kontor. Sie brachte kein Wort heraus, starrte nur in das geliebte Gesicht und las in ihm wie in einem Buch. Erst war da Überraschung, ein Hauch von Freude, dann sogleich die Erkenntnis, dass sie niemals grundlos eine solche Reise auf sich genommen hätte. Und mit dieser Gewissheit trat Angst in die himmelblauen Augen.

Luc sprang auf, rannte zu seiner Schwester und ergriff ihre Hände.

»Was ist geschehen? Ist es Vater? Mutter? Geht es den beiden gut?«

Adelais nickte, um Fassung bemüht.

»Dann kommt ihr über die Weihnachtstage? Das ist schön.«

Wie hoffnungsvoll seine Stimme klang! Adelais schossen die Tränen in die Augen, und mit ihnen brachen die Worte heraus, die seit Tagen in ihr brannten.

»Oh, Luc, es tut mir so leid! Es ist Lianne. Der Konvoi ist ohne die *Liberté* zurückgekehrt. Sie sind vermisst, vermutlich verloren. Luc, ich ...« Sie konnte nicht weitersprechen, nicht mehr ertragen, das Gesicht ihres Bruders zu sehen. Sie riss sich los und fiel Paul schluchzend in die Arme.

Luc hatte die Worte vernommen, in der verzweifelten Miene der Schwester die Wahrheit gelesen, und doch war sein Geist unfähig, die Bedeutung zu erfassen. Eben noch waren Zahlen seine Sorge gewesen, nun waren sie vergessen, verschwunden hinter einer dicken Wolke aus Nebel, die sich um ihn gelegt hatte. Sein Schwager Paul sprach mit ihm, erklärte, was geschehen war, und Luc fühlte sich nicken, als gehöre sein Kopf jemand anderem.

Vermisst.

Verloren.

Lianne.

Er brachte die Worte in keinen Zusammenhang, verstand nicht, was sie miteinander zu tun haben sollten. Langsam ging er zu seinem Schreibtisch, setzte sich, verschränkte die Hände. Sein Blick fiel auf eine Notiz, die er gemacht hatte. Er runzelte die Stirn, betrachtete das kleine Stück Papier, dann stand er auf.

Er hörte kaum seine eigene Stimme, als er sagte: »Ich muss die Beleuchtung in der Straße anzünden. Heute ist mein festgelegter Tag dafür.«

Er ergriff die Laterne und den langen Stab, den sein Nachbar ihm an diesem Morgen übergeben hatte, ließ Schwester und Schwager stehen und trat hinaus in die Winterkälte, ohne einen Mantel anzuziehen. Verwirrt blickte er in den Himmel, der noch immer hell war, dann zuckte er die Achseln und begann, eine Straßenlampe nach der anderen in der *Rue des Lombards* zu entzünden. Verwundert bemerkte er, dass die Leute ihn anstarrten. Die eisige Luft kroch unter sein dünnes Hemd. Er ging schneller, um sich warmzuhalten, dann rannte er, ließ Laterne und Stab fallen, rannte und rannte und rannte, als sich der Nebel in seinem Kopf lichtete und die grausame Wahrheit in sein Bewusstsein drang.

Lianne!

Verloren.

Er brüllte, rannte, schrie die ganze verdammte Stadt zusammen, scherte sich um nichts und niemanden, brüllte und schlug und trat um sich, bis er keine Kraft mehr besaß. Seine Knie gaben nach, zitternd und erschöpft sank er zu Boden. Die Hitze seiner Verzweiflung und die Kälte des Winters schüttelten seinen Körper gleichermaßen. Er lag am Ufer des Flusses, der ins Meer führte, in das verfluchte Gewässer, das ihm das Liebste genommen hatte, und starrte in die sanfte Strömung, als würde sie ihm Lianne zurückbringen.

Sie fließt in die falsche Richtung, dachte er noch, dann verlor er das Bewusstsein.

Als er erwachte, war nichts vergessen. Der Nachtwächter hatte ihn gerüttelt, bis er die Augen aufgeschlagen hatte, und war dann weitergezogen.

Warum bin ich aufgewacht?

Ich könnte liegen bleiben, einfach wieder einschlafen und erfrieren, dachte er.

Und dann: *Nein, sie ist nicht tot. Es kann nicht sein. Ich muss stark sein, für sie. Es ist nichts bewiesen.*

Eine Stimme in seinem Kopf widersprach.

Wie soll es einen Beweis geben, wenn sie auf dem Meeresgrund liegt?

Luc brachte die Stimme zum Verstummen. Es durfte nicht wahr sein! Er zog die Beine an, stützte die Hände auf und mühte sich, seinen steifen Körper in Bewegung zu setzen. Er fühlte sich wie erstarrt und unendlich müde. Mit schleppenden Schritten, jeder Meter eine schmerzhafte Qual, ging er zurück zum Kontor. Am Anfang der *Rue des Lombards* fand er Laterne und Stab, jemand hatte sie aufgehoben und an die Häuserwand gelegt. Die Straßenbeleuchtung brannte und verbreitete schummriges Licht.

Er stieß die Tür zu seinem Kontor auf. Paul saß hinter dem Schreibtisch und blätterte in den Geschäftsbüchern. Er blickte auf, als Luc eintrat.

»Da bist du ja wieder, das ist gut. Deine Schwester war verrückt vor Sorge. Sie wollte, dass ich mich auf die Suche nach dir mache, aber wie hätte ich dich finden sollen in dieser verdammten Riesenstadt?«

»Wo ist sie?«

»Ich habe sie gezwungen, sich hinzulegen.« Er wies auf die Tür zum Hinterzimmer.

Luc nickte, dann ließ er sich auf den Besucherstuhl fallen. Paul sah ihn an, und das Mitleid auf dem Gesicht des Schwagers hätte ihn wütend gemacht, wäre er nicht so entsetzlich müde gewesen.

»Es gibt keinen Beweis, oder?« Luc wollte seine Stimme fest klingen lassen, doch heraus kam nur ein Flüstern.

»Nein. Sicher ist nur, was die zurückgekehrten Seeleute berichten. Es gab einen Piratenangriff und einen

Sturm. Eins dieser Ereignisse ist schon schwer zu überstehen, aber zwei ...«

»Dennoch können sie es geschafft haben.«

»Dann wären sie inzwischen zurück.«

Luc straffte die Schultern.

»Lianne lebt, das weiß ich genau. Sie wird zurückkehren. Und hör auf, mich so anzuschauen!«

Er sah Paul an, dass sich dieser ernsthaft bemühte, sein Mitgefühl nicht mehr zu zeigen. Er schätzte ihn dafür, auch wenn der Versuch gründlich misslang. Seine Schwester hatte es gut getroffen mit ihrem Ehemann.

»Luc ... Ich habe mir deine Bücher angesehen.«

»Dann weißt du, dass Paris kein einfaches Pflaster für neue Unternehmungen ist.«

»Das scheint mir auch so. Können wir dir behilflich sein? Ich meine, falls du bleiben willst.«

»Selbstverständlich bleibe ich!« Endlich hatte er seine Stimme wiedergefunden, doch sein Tonfall klang nun barscher als beabsichtigt. Sanfter fuhr er fort: »Es wäre großartig, wenn ihr mir mit ein wenig Geld aushelfen könntet. Sonst muss ich wieder an Vater schreiben. Die Miete ...«

»Du brauchst nichts zu erklären, Luc. Wir sind eine Familie.« Paul nahm seinen Geldbeutel vom Gürtel und zählte die Münzen. »Leider hat die Kutschfahrt viel gekostet, und wir müssen wenigstens einige Tage ausruhen und so bequem wie möglich zurückreisen. Doch diese Summe hier ist sicherlich übrig.« Er schob Luc ein Häufchen Silbermünzen zu.

»Ich danke dir.«

»Das musst du nicht. Und nun lass uns deine Schwester wecken und etwas essen gehen. Auch wenn uns beiden kaum danach zumute ist, sie wird Appetit haben. Ich habe bisher nie erlebt, dass ihr der vergangen wäre.«

Paul lächelte, und Luc sah ihm an, wie sehr er Adelais mochte. Es machte ihn froh, erinnerte ihn aber gleichzeitig daran, dass er selbst darauf verzichten musste, seiner Liebsten nah zu sein. Und das, so hatte es den Anschein, noch für eine lange Zeit.

Für immer, sagte die Stimme in seinem Kopf.

Luc sprang auf.

Nein! Ich werde nicht verzweifeln!

Paul kam mit Adelais zurück, die Luc sogleich in die Arme schloss und auf die Wange küsste. Gemeinsam verließen sie das Kontor, um ein Wirtshaus aufzusuchen. Im Takt ihrer Schritte hallte die Stimme in Lucs Ohren.

Für. Immer.

Seine Kehle fühlte sich so zugeschnürt an, dass er befürchtete, bald keine Luft mehr zu bekommen. Er brachte kaum einen Bissen des Essens herunter, und als er später allein in seinem Bett lag, drohte die Verzweiflung ihn zu übermannen. Dieses eine Mal war der Schlaf mächtiger, doch er nahm ihn mit in ein Land voller Schrecken. Luc träumte von eisigem Wasser, Männern mit grässlichen Fratzen und blinkenden Messern, gerissenen Segeln und geborstenem Holz. Und der wilde Wind brüllte wieder und wieder dieselben Worte.

Verloren.

Für immer.

10

Auf See, Dezember 1688

Die Tage flossen gleichermaßen müde dahin wie das Wasser unter uns. Es war nicht so, dass ich mir unruhigere Gewässer herbeigesehnt hätte; der Angriff und der Sturm genügten für ein ganzes Leben. Doch die Langeweile hielt mich so fest im Griff, dass ich mit der Zeit sogar zu träge zum Zeichnen wurde. Außerdem trauerte ich meinen Kreiden nach, die bei dem Unglück verloren gegangen waren, ebenso wie meine Bilder. Die würde ich nun nochmals aus dem Gedächtnis anfertigen müssen, um all die Eindrücke der Reise mit Luc zu teilen. Und ich besaß nichts als ein paar trockene Palmblätter und einige Stückchen versengtes Holz. Es machte mir keine Freude, damit zu arbeiten. Ich verstand mich selbst nicht. Noch vor wenigen Monaten war es mein größtes Glück gewesen, auf gestohlenen Papierfetzen mit Kohle aus dem Herd zu zeichnen, und nun war ich zu verwöhnt dafür, nach so kurzer Zeit? Ich konnte mich jedoch nicht überwinden, Begeisterung bei der Arbeit zu empfinden.

Ich vermisste René, der seinen täglichen Verrichtungen ebenso nachging wie mein Vater. Die Verständigung mit Emeni wurde langsam leichter, doch viel konnten wir uns mit den einzelnen Worten nicht erzählen, die sie inzwischen kannte. So hing jede von uns ihren Gedanken nach.

Eines Tages nach dem Abendessen bedeutete mir Emeni, dass sie an Deck gehen wollte. Es war eine klare, kühle Nacht, doch der volle Mond leuchtete so sehr, dass man nur die hellsten Sterne ausmachen konnte. Emeni hob die Hand und deutete gen Himmel.

»Hati«, sagte sie. Ich blickte in ihr Gesicht, dessen Züge im Mondschein deutlich zu erkennen waren. Ihre Augen glänzten.

»Hati? Was bedeutet das?«

Sie beschrieb einen Kreis mit der Hand und zeigte erneut nach oben.

»Mond?«

Emeni nickte. »Hati. Mond.« Dann wies sie nach unten.

»Duna. Wasser.«

»Duna. Deine Sprache klingt schön, Emeni.«

»Nie mehr.«

Ich wusste, was sie meinte. Sie würde nie mehr jemanden ihre Sprache sprechen hören. Sie deutete auf ihre Brust.

»Nanigi.«

»Herz?«

Sie nickte. »Nanigi. Mein Herz. Traurig.«

Es war das erste Mal, seit sie in meine Dienste gekommen war, dass sie Kummer über den Verlust ihrer Heimat zeigte. Überhaupt gab es wenige Gefühlsregungen, die sie mit mir geteilt hatte, abgesehen von ihrer Angst während des Sturms.

»Das verstehe ich.« Ich legte den Arm um Emenis Schultern. »Nun bin ich für dich da. Ich sorge für dich. Du kannst mir vertrauen.«

»Vertrauen?« Sie sah mir ins Gesicht, Tränen rannen über ihre Wangen. »Emeni. Vertrauen.«

»Ja, Emeni kann Lianne vertrauen.«

Sie schüttelte heftig den Kopf und wischte sich die Tränen ab.

»Nein! Emeni. Name. Vertrauen!«

»Dein Name bedeutet Vertrauen?«

»Ja!«

Ich musste lachen. Wenn das nicht ein Zeichen war! Ich, die so große Probleme mit jenem Gefühl hatte, hatte eine Gefährtin mit diesem Namen gefunden.

»Nun werde ich nie wieder das Vertrauen verlieren!«

Sie verstand mich nicht, doch sie lächelte.

»Nitu.«

»Ja, du bist meine Schwester. Und meine Freundin. Ich bin froh, dass ich dich habe.«

Von diesem Tag an sprachen wir viel mehr miteinander. Emeni schien sich erst jetzt vollständig darauf einlassen zu können, dass sie fortan als Französin leben würde. Es gab noch Augenblicke, in denen Traurigkeit in ihrem Blick lag, doch immer häufiger entdeckte ich auch Neugier darin.

Mein achtzehnter Geburtstag, irgendwo im Nirgendwo des riesigen Ozeans, wurde ein fröhliches Fest. Emeni überwand sich sogar, sich an einen Tisch mit der Mannschaft zu setzen. Sie sang Lieder aus ihrer Heimat, die Seeleute stimmten ein, so gut sie konnten, dann gaben sie ihre eigenen Trinklieder zum Besten, und Emeni versuchte, sie nachzusingen. Mein Vater ließ Rum servieren, den wir mit heißem Wasser verdünnt tranken, und der Koch opferte eines der letzten großen Stücke Schweinefleisch, um einen herrlichen, schmackhaften Eintopf zu zaubern.

Als ich später in Emenis und meinem Bett lag, trunken von Rum und Frohsinn, tauchte Lucs Bild wieder einmal vor meinem inneren Auge auf. Ich schwor mir, komme was wolle, seinen Geburtstag im übernächsten Monat mit ihm zu feiern.

11

La Rochelle, Januar 1689

So viele Wochen auf See, all die Verzögerungen, alle
Ängste und Sorgen verflogen im ersten Morgenlicht
dieses zehnten Tages im neuen Jahr. Die vertraute Ha-
feneinfahrt tauchte in der Ferne auf, und mein Herz begann zu rasen. Würde Luc dort, hinter den Türmen, irgendwo in der Stadt auf mich warten? Die Vorfreude
nahm mir den Atem. Ich spürte, wie sich ein Lächeln
auf mein Gesicht legte und nicht wieder vergehen
wollte. Endlich!

Emeni trat neben mich. Sie hatte einen meiner wollenen Umhänge angelegt, ihr einziges Zugeständnis an
die in Frankreich übliche Kleidung. Ich selbst hatte
mich natürlich schicklich angezogen, obwohl es auch
mir schwergefallen war, die luftigen Stoffe und locke-
ren Schnitte meiner karibischen Bekleidung abzule-
gen. Zudem musste ich zugenommen haben, denn die
Gewänder, die den Sturm überstanden hatten, saßen
bei Weitem nicht mehr so bequem wie einst. Offenbar
hatte nicht einmal die karge Kost der Reise die Auswirkungen der zahlreichen *Barbacoas* wettmachen können ...

Unter dem Wollmantel trug Emeni eines ihrer bunt
gemusterten, formlosen Kleider und ihr einziges Paar

Schuhe, flache lederne Dinger, die den Fuß kaum schützen konnten. Lieber noch wäre sie barfuß gegangen, da war ich sicher. Nun aber bekam sie einen Eindruck der Winterkälte in dieser Gegend, und sie zog die Kapuze über den Kopf und den Umhang enger um ihren Körper.

»Sieh, dort liegt La Rochelle, die Stadt, von der ich dir so viel erzählt habe.«

»Wo sie dich geschlagen haben.«

»Ja, und wo ich mit Luc zusammen war. Alles hat zwei Seiten, meine liebste Emeni.«

»So wie ich.«

Ich vermutete, sie meinte nicht sich selbst, sondern ihre Situation, doch ich ließ die Bemerkung auf sich beruhen. Ich hatte festgestellt, dass zu viele Nachfragen sie verunsicherten und an ihren Fähigkeiten der französischen Sprache zweifeln ließen. Sie sprach sie mittlerweile nahezu fließend, manchmal musste man sich jedoch zusammenreimen, was sie sagen wollte.

Wir passierten den *Tour de la Lanterne*, dann die beiden Türme rechts und links der Einfahrt und steuerten unseren Liegeplatz an der westlichen Seite des Hafenbeckens an. Noch ehe wir angelegt hatten, hörten wir die Rufe auf dem Kai.

»Seht doch, die *Liberté*!«

»Sie ist zurück!«

»Ich dachte, sie sei verloren?«

Eine neugierige Menge versammelte sich, starrte und tuschelte und stob schließlich auseinander, als unsere Männer ohne Rücksicht auf die Gaffer den Steg auf den Kai klatschen ließen. Mein Vater wollte mich an Land führen, doch Emeni klammerte sich an meinen Arm.

Ich wusste, sie würde sich keinesfalls von einem Mann helfen lassen. Obwohl sie auf der Reise ihre Scheu ein Stück weit abgelegt hatte, reichte ihr Vertrauen dafür nicht aus. Also betraten wir zusammen die schwankende Holzplanke und standen endlich auf dem Boden der Stadt, in der ich meine besten Freunde zurückgelassen hatte. Ich reckte den Hals auf der Suche nach einem bekannten Gesicht in der Menge, doch ich fand keines. Enttäuschung überschwemmte mich, ohne dass es einen Grund dafür gab. Schließlich hatten Luc und Adelais gewiss Besseres zu tun, als ihre Zeit am Hafen totzuschlagen und nach einem verschollenen Schiff Ausschau zu halten!

Aber würde ich nicht zu jeder Flut dort stehen und auf Luc warten, wenn er vermisst wäre?

Vater gab den Männern letzte Anweisungen, überging die Hochrufe und Fragen der versammelten Bürger von La Rochelle und nahm meinen Arm.

»Wohin möchtest du gehen, meine Liebe?«

»Zu Adelais«, sagte ich nach kurzem Zögern. So sehr ich mich nach Luc sehnte – es wäre leichter zu ertragen, von seiner Schwester zu hören, dass er nicht mehr auf mich wartete.

So gingen wir durch die Straßen der Stadt, ich am Arm meines Vaters, Emeni an meinem. Sie hielt sich dicht bei mir, beäugte die fremden Menschen unter der Kapuze hervor, die sie ihrerseits vor allzu neugierigen Blicken schützte. Welch ein Aufsehen hätte sie erregt, hätten die braven Bürger die auswärtige Herkunft meiner Gefährtin bemerkt! Zwar handelte es sich bei La Rochelle um eine lebhafte, weltoffene Handelsstadt, jedoch um keine Großstadt. So manches, was hier geschah, erweckte den Eindruck, man würde sich in einem Dorf befinden. In Paris, so hoffte ich, wäre der Anblick von Menschen mit dunkler Hautfarbe weniger außergewöhnlich. Ich wünschte mir so sehr für Emeni, dass sie in ihrer neuen Heimat zur Ruhe kommen durfte.

Dann jedoch trat alles in den Hintergrund, was ich mir für andere Menschen ersehnte. Nun waren meine Wünsche an der Reihe, und es würde sich erweisen, ob all die Träume der vergangenen Monate der Wirklichkeit standhielten. Was galt noch von den Schwüren, die Luc und ich uns gegeben hatten? Meine Gefühle waren dieselben geblieben, doch wie sah es mit seinen aus? Und selbst wenn wir nun zueinanderfinden würden – war ich nach wie vor die Frau, die er wollte, oder hatten mich die Erlebnisse der letzten Zeit zu einer anderen gemacht?

Wir bogen in die *Rue des Merciers* ein, und gegen meinen Willen sah ich die Bilder vor mir, die noch immer, trotz all der Vorkommnisse auf der Reise, zu den schlimmsten meines Lebens zählten. Dort hatte ich Luc mit Bellier und Java gesehen und an einen Verrat geglaubt, der mein Innerstes erschüttert hatte. Nie zuvor und niemals wieder danach war ich so fassungslos gewesen wie in jenem Augenblick.

Mir wurde flau im Magen, als ich das Ladengeschäft der Familie Durand vor mir sah. Die massive Tür rechts davon führte hinauf in die Wohnräume. Dort hatte ich mich vor unserer Abreise in die Neue Welt mit Luc versöhnt, dort hatten wir uns geküsst und so vieles mehr ...

Mein Vater missachtete den fein geschmiedeten Tür-
klopfer mit den gekreuzten Schneiderscheren und ließ
seine Linke dreimal gegen das Holz krachen. Dann war-
teten wir. Ich wollte schon die Hoffnung aufgeben, eingelassen zu werden, da schwang die Tür auf. Marie,
Adelais' Magd, blickte uns höflich-gelangweilt an.
Plötzlich weiteten sich ihre Augen.

»Lianne? Wie … woher …« Sie wandte sich um und
brüllte die Treppe hinauf. »Madame Adelais! Kommt
schnell her! Oder – nein, wartet, wir kommen zu Euch!«

Auf ihr Gesicht hatte sich ein Ausdruck vollkomme-
ner Verwirrung gelegt. Sie winkte uns herein und
rannte uns voraus die Stufen hoch.

Oben angekommen, rief sie ungeduldig: »Nun macht
schon! Meine Herrin hat sich die Augen nach Euch aus-
geweint, und das in ihrem Zustand!«

Sie ließ die Räume der Hausherren im ersten Stock
hinter sich und erklomm die zweite, steilere Treppe. Als
wir den oberen Flur erreichten, trat Adelais aus einem
Zimmer und runzelte die Stirn.

»Was schreist du so, Marie?«

Dann sah sie mich und wurde blass.

»Lianne.« Ihre Stimme war kaum mehr als ein Flüstern, ihre Miene unergründlich, ein Ausdruck von widerstreitenden Gefühlen. Da war nicht die über-
schwängliche Freude, die ich von ihr gewohnt war und
auf die ich gehofft hatte. »Du lebst.«

Sie kam auf mich zu, eine Woge aus violettem Samt,
und ich erkannte, was Marie mit *Zustand* gemeint
hatte.

Die Magd knickste vor meinem Vater und sprach: »Kapitän Cartier, bitte folgt mir hinunter in den Salon. Madame Durand hat heute gebacken.«

»Oh, das klingt vorzüglich!« Vater ließ meinen Arm los, wollte stattdessen Emenis ergreifen, doch im letzten Augenblick beließ er es dabei, sie leicht am Rücken zu berühren. »Komm mit, Kind. Du wirst gleich etwas kosten, das dir deine neue Heimat versüßen wird.«

Dann waren Adelais und ich allein. Die Stimmen der Hausherrin und meines Vaters wehten die Treppe herauf, freundliche Worte der Begrüßung, Lachen und das Klappen einer Tür. Der Kloß in meinem Hals wurde größer. Adelais führte mich in ihr Zimmer, noch immer schweigend, dann deutete sie auf ein Sofa mit geblümtem Bezug. Die Polster waren so unerwartet weich, dass ich in ihnen versank und mehr lag als saß.

Ich kämpfte mich in eine aufrechte Haltung und sah Adelais an, die sich vorsichtig neben mich setzte, um nicht ebenfalls das Gleichgewicht zu verlieren. Mit dem gewaltigen Bauch würde es ihr vermutlich schwerfallen, wieder aufzustehen. Sie legte die Hände darauf, seufzte, dann erwiderte sie meinen Blick. Die hellblauen Augen füllten sich mit Tränen, und endlich – endlich! – nahm mich meine Freundin in die Arme und drückte mich so fest an sich, dass mir die Luft wegblieb.

»Ach, Lianne, was ist nur geschehen?«, murmelte sie dicht an meinem Ohr.

Ich schob sie rasch von mir, denn mir brach der Schweiß aus. Immerhin trug ich noch den Wollmantel, und der Kaminofen unweit des Sofas strahlte glühende Hitze aus. Außerdem brannte die Frage nach Luc heißer auf meiner Seele, als jedes Feuer vermocht hätte.

Ich zog den Umhang aus, riss mir das Tuch vom Halsausschnitt meines Kleides und atmete auf.

»Wir hatten ein wenig Pech auf der Reise. Aber sag, wie geht es dir?« Ich deutete auf ihren Bauch.

Adelais musterte mich. »Du willst doch etwas ganz anderes wissen.«

»Nein! Ja – auch. Beides. Ich möchte …«

»Luc war gesund, als ich ihn zuletzt sah. Das zumindest kann ich dir sagen.«

»Und was kannst du mir nicht sagen?«

Adelais hob die Schultern, setzte zu sprechen an, schüttelte dann aber nur den Kopf. Ihre Hände verkrampften sich auf ihrem Leib, als würde sie mit Macht etwas zurückhalten. Übelkeit stieg in mir auf.

»Wo ist er?«

»In Paris natürlich. Hast du etwas anderes erwartet?«

War da ein Vorwurf in ihrer Stimme?

»Oh … Dann hat er meinen Brief erhalten?«

»Ja, Anfang September, und schon eine Woche später war er fort.«

»Also wartet er auf mich, wie er es versprochen hat?«

Adelais' Gesicht nahm einen Ausdruck an, als wolle sie etwas sagen und doch wieder nicht, als würde sie zerspringen, wenn sie es nicht aussprach, und ebenso, wenn sie es tat. Dann brach der Damm und die Worte sprudelten aus ihr heraus.

»Er hat gewartet, doch ich bezweifle, dass er es jetzt noch tut. Der Konvoi kam ohne euch zurück, schon vor Wochen. Als wir es erfuhren, war ich verzweifelt. Lianne, wir alle dachten, du seist tot! Er musste es erfahren, von mir, nicht von jemand Fremdem! Das verstehst du doch, oder? Ich fuhr zu ihm und – und nahm ihm jede Hoffnung, dich noch einmal wiederzusehen. Er weigerte sich, mir zu glauben, doch ich denke, am Ende hat er es getan. Es war furchtbar! Der Boden wurde ihm unter den Füßen weggerissen, noch dazu hat er Geldsorgen, denn das Geschäft läuft schlecht. Ach, hätte ich doch abgewartet. Hätte ich nur Vertrauen gehabt! Aber alle waren so sicher, dass die *Liberté* es nicht geschafft haben konnte.«

»Das hätte sie auch beinahe nicht.« Ich meinte, das Schwanken des Schiffes zu spüren, und die Übelkeit wurde stärker. »Wenn Luc nun nicht mehr auf meine Rückkehr hofft, gibt es ...« Ich schluckte, denn ich hatte das Gefühl, mich jeden Moment übergeben zu müssen.

»Eine andere Frau? Sicher nicht, jedenfalls was sein Herz betrifft. Doch Vater ist zu ihm gefahren. Ich glaube, das bedeutet nichts Gutes. Er war furchtbarer Stimmung, als ich ihm bei meiner Rückkehr beibringen musste, dass sein Sohn wieder einmal Geld benötigt. Es war nicht das erste Mal. Zwar ließen wir ihm genug da, um einige Wochen auszukommen, doch kaum für länger. Ich habe keine Ahnung, wozu Vater Luc zwingen kann.«

Gewiss nicht zu einer Heirat, wollte ich sagen, da ertönte eine Stimme in meinem Kopf und verhöhnte mich. Sie klang wie die meiner Mutter.

Und warum nicht? Alle halten dich für tot, ihr wart nicht verlobt, er hat keine Trauerzeit einzuhalten. Ihm steht die Welt wieder offen!

»Nicht nach so kurzer Zeit!«, rief ich aus.

Adelais sah mich mitleidig an.

»Das glaube ich auch nicht. So bald findet sich niemand, selbst wenn es Vater seit Langem ein Dorn im

Auge ist, dass mein Bruder unverheiratet ist. Und es bleibt die Frage, ob Luc überhaupt zustimmen würde.«

»Und das Geschäft in Paris wirft keinen Gewinn ab?«, fragte ich, um mich abzulenken.

»Im Gegenteil. Noch bevor ich Luc von dir erzählt hatte, sah ich ihm bereits an, dass er der Verzweiflung nahe war. Mehr als drei Monate war er da schon in der Stadt und konnte doch noch keine nennenswerten Erträge verzeichnen.« Auf Adelais' Gesicht lag ein Ausdruck voller Sorge, Liebe, Mitleid und Schuld. »Es ist nicht recht, dass ich so glücklich bin, wenn mein Bruder zur selben Zeit all seine Träume begraben muss.« Sie ergriff meine Hände. »Lianne, du musst zu ihm! Gib ihm wenigstens dieses Glück zurück. Ich weiß, es ist ihm das Wichtigste.«

»Das ist es auch für mich. Doch du darfst dich nicht grämen. Selbstverständlich hast du ein Recht auf Freude, du wirst Mutter. Die beste der Welt, da bin ich sicher.«

»Oh, erst einmal muss dieses Kind aus mir heraus. Glaube mir, ich bin starr vor Angst bei dem Gedanken an die Geburt.« Ihre Stimme zitterte, obwohl sie lächelte.

»Hat man dir schlimme Geschichten berichtet? Du darfst ihnen keinen Glauben schenken. Die guten Dinge werden nicht weitererzählt, immer nur die bösen.«

»Ich hoffe, du hast recht. Meine eigene Mutter verunsichert mich täglich mehr! Sie sagt, ich sei schon bei meiner Geburt so prall gewesen, dass ich kaum aus ihr heraus passte. Und wenn ich weiter so viel esse, würde mein Kind auch nicht herauskommen. Sie berichtet von Höllenqualen, die einen in heißen Wellen überlaufen, einem Bauch hart wie Stein, Sturzbächen von Wasser und Blut, die unmittelbar vor der Niederkunft aus einem herausströmen ...«

»Das ist gehässig von ihr!«

»Sie meint es gewiss nicht böse, sie will mich nur vorbereiten.«

»Indem sie dich verängstigt?«

»Nicht nur.« Adelais streichelte ihren Bauch. »Sie sagt mir auch, was ich tun muss, wenn es so weit ist. Nur nicht still daliegen, am besten herumlaufen, tief atmen und schließlich hinhocken, wenn das Kind herauswill. Das soll ich mir gut einprägen, damit ich es nicht vergesse, wenn ich vor Schmerzen die Besinnung zu verlieren drohe.« Sie ließ ein kleines, ängstliches Lachen ertönen.

»Liebste Adelais, es wird alles gut gehen, sorge dich nicht.« Ich küsste sie auf die Wange und erhob mich. »Nun will ich versuchen, Vater von den Köstlichkeiten deiner Schwiegermutter fortzulocken. Ich möchte sogleich aufbrechen, solange der Wasserstand noch hoch genug zum Auslaufen ist.«

Ich tat mein Bestes, doch es war schwierig, sich aus den Fängen der Madame Durand zu befreien. Erst, nachdem ich ebenfalls mehrere Küchlein und *biscuits* gegessen und einen Becher warme Milch getrunken hatte, durften wir gehen. Als wir aus der Tür traten, sah ich, dass es zu schneien begonnen hatte. Dicke Flocken rieselten zu Boden – ein seltener Anblick in La Rochelle, wie mir mein Vater versicherte. Emeni erstarrte und weigerte sich, auch nur einen Schritt weiterzugehen.

»Wo ist der Berg?«, wisperte sie.

Ich begriff nicht, doch mein Vater lachte.

»Das ist keine Asche, Kind. Es gibt hier keine Feuer spuckenden Berge. Es ist gefrorener Regen.«

Zögernd streckte Emeni die Hand aus, fing einige Schneeflocken auf und betrachtete erstaunt, wie sie im Nu dahinschmolzen und nur ein nasser Fleck zurückblieb. Sie nickte langsam, dann folgte sie uns aus der Tür. Den ganzen Weg zum Hafen musste ich achtgeben, dass sie nicht vor ein Fuhrwerk oder gegen eine Mauer lief, da sie fortwährend in den Himmel starrte, die Mandelaugen weit aufgerissen und ein verzücktes Lächeln im Gesicht.

Vater hatte seine Männer fortgeschickt, sich in der Stadt zu vergnügen, da er nicht damit gerechnet hatte, sogleich wieder aufzubrechen. Er entsprach jedoch meinem Wunsch und sandte Boten aus, die Mannschaft zurückzuholen. Unruhig betrachtete ich das Hafenbecken. Noch zeigten sich keine Anzeichen, dass es sich bald leeren würde. Schließlich traf ein murrender Seemann nach dem anderen ein, sodass die *Liberté* ablegen konnte.

Wieder einmal stand Adelais mit Paul am Hafen und winkte uns zum Abschied zu. Es tat mir leid, die Freunde zu verlassen, denn die Zeit war viel zu kurz gewesen. Doch die Unruhe in mir wurde von Augenblick zu Augenblick stärker. Ich wollte zu Luc, musste ihm zeigen, dass ich lebte! Am liebsten hätte ich einen berittenen Boten vorgeschickt, denn etwas in mir schrie, dass Eile geboten war. Doch ich schalt mich eine Närrin und beherrschte den Drang, meinen Vater, der neben mir an der Reling lehnte, im letzten Moment doch noch darum zu bitten. Dann waren die Leinen gelöst, und wir ließen La Rochelle hinter uns.

»Was denkst du, Vater, wann werden wir Paris erreichen?« Es ärgerte mich, dass meine Stimme zitterte. »Vier Tage von hier bis Le Havre, nicht wahr? Und dann? Wie geht es von dort aus weiter?«

»Oh, das hängt von einer Menge Dinge ab ...«

Vater sah mich nicht an, blickte stattdessen mit betont harmlosem Ausdruck in den Himmel.

»Du weichst mir aus! Was ist los?«

»Madame Durand hat mir berichtet, dass der König nach Osten in den Krieg gezogen ist. Man kann nie wissen, wie sich dies auf unsere Reise auswirkt. Möglicherweise sind die Häfen betroffen, die Landwege ...«

»Vater! Das ergibt keinen Sinn. Nach Osten sagst du? Warum sollten die westlichen Häfen und Straßen davon berührt werden? Du willst mich für dumm verkaufen!«

»Nein, mein Kind.«

»Dann sag mir augenblicklich die Wahrheit! Warum weißt du nicht, wie lange wir für die Reise nach Paris benötigen werden?«

»Nun ja – wir müssen zuvor noch einen Besuch machen.«

Der Schreck fuhr mir in alle Glieder. Das konnte nicht sein Ernst sein!

»Jetzt? Vor Paris? Ich dachte, das würdest du später erledigen, ohne mich!«

»Saint-Malo liegt doch auf der Route, es ist nicht einmal ein Umweg«, sagte er beschwichtigend und nahm meine Hand. Ich entzog sie ihm.

»Es wird unsere Reise dennoch verzögern«, widersprach ich aufgebracht. Unglaublich, dass mich mein
Vater nicht verstand. »Ich muss zu Luc, das weißt du
doch! Er denkt, ich bin tot.«

»Wovor hast du denn Angst, mein Liebes? Er wird
bald genug erfahren, dass du lebst.«

»Er muss es jetzt wissen, sofort!«

»Weil sonst was geschieht?«

Ich konnte die Frage nicht beantworten, hatte ja
selbst keine Ahnung, warum es mich so drängte.

»Willst du denn nicht deine Geschwister sehen?«

»Nein!« Sogleich verbesserte ich mich. »Doch, natürlich, irgendwann. Zunächst aber muss ich zu Luc.«

»Wir bleiben ja nur für kurze Zeit. Du wirst es aushalten.«

Mit diesen Worten wandte er sich ab und ging. Ich
ballte die Hände zu Fäusten. Nun war mir klar, warum
er so bereitwillig zugestimmt hatte, La Rochelle umgehend wieder zu verlassen. Er verfolgte seine eigenen Interessen. Sicherlich, dies war sein gutes Recht, doch bisher hatte er stets Verständnis für meine Sorgen gehabt.
Das schien nun vorbei zu sein. Mein Vater legte neuerdings Züge an den Tag, die ich von ihm nicht kannte,
und sie gefielen mir nicht im Geringsten.

12

Paris, Januar 1689

Luc betrachtete seinen Vater, den ruhigen Mann, der so gern lachte. Jetzt sah das zerfurchte Gesicht aus, als habe seit langer Zeit kein Lächeln mehr darauf gelegen. Grau und eingefallen waren die einst so prallen Wangen, das Haar wirr und ungepflegt. Selbst das Hemd hing ihm aus der Hose, dem, der so viel Wert auf untadelige Kleidung legte.

Das schlechte Gewissen versetzte Luc einen Stich. Er war nie ein guter Sohn gewesen, immer nur auf seinen eigenen Vorteil bedacht. Jederzeit auf der Suche nach dem Schlupfloch, das es ihm ermöglichte, den geschäftlichen Verpflichtungen im Handelshaus der Familie zu entkommen. Und doch war der Vater immer gerecht gewesen, zwar streng, aber am Ende stets wohlwollend und verzeihend. Die Vorfälle um Lianne, das Zerwürfnis mit seinem Geschäftsfreund Bellier – sicherlich, er war wütend gewesen. Doch es hatte nicht lange gedauert, bis sich der Händler ohne Wenn und Aber hinter seinen Sohn gestellt hatte.

Auch seinen hochtrabenden Plänen, in Paris erfolgreich zu werden, hatte der Vater zugestimmt, nicht aus unternehmerischen Interessen, sondern aus Liebe. Und nun saß vor Luc ein gebeugter Mann, vor der Zeit gealtert und mit einem so leeren Ausdruck in den Augen, dass es Luc das Herz zerriss.

»Lucien, ich habe alles versucht.« Sein Vater fing an, in den Geschäftsbüchern zu blättern, die vor ihm lagen, schlug eine Seite um, dann die nächste, dann zwei wieder zurück. »Doch nun ist kein Geld mehr da.«

»Wenn Ihr verlangt, dass ich mein Geschäft hier in Paris schließe ...«

»Dafür ist es zu spät!« Die Heftigkeit des Ausrufs ließ Luc zusammenzucken. »Es geht nicht länger nur um Paris. Ich meinte es, wie ich es sagte. Es ist *kein Geld mehr da*. Auch nicht in La Rochelle.«

»Wie ...« Luc brach ab, schüttelte nur den Kopf. Das gesamte Handelshaus – bankrott? Das durfte nicht wahr sein!

»Wie das geschehen konnte? Ich habe dir vertraut, Junge, viel zu lange. Ich sah das Unheil kommen, las es in jedem deiner Briefe, in denen du um Geld betteltest. Ich wollte an dich glauben, dich gewähren lassen, denn schließlich hatte ich dir alles beigebracht, was ich über das Geschäft wusste. Doch du ...«

Luc schluckte. *Doch du hast alles falsch gemacht. Du hast uns ruiniert.* Er musste die Worte nicht laut ausgesprochen hören, um sie zu verstehen.

»Ich kann es mir selbst nicht erklären. Ich mache alles genau so, wie ich es von Euch gelernt habe, Herr Vater. Und doch will mir einfach nichts glücken.«

Lavie seufzte. »Wie auch immer, die Bücher sagen es überdeutlich. Wir sind verloren.«

»Nach nur vier Monaten? Wie kann das sein?«

»Ach, Junge, das weißt du doch genau. So etwas geht schnell. Die Kosten für die Lagerräume und das Kontor hier in Paris, dazu dein Unterhalt, die vielen teuren Stoffe, die wir eingekauft haben und auf denen wir festsitzen. Ich musste die Hochzeit und Mitgift deiner Schwester zahlen, dann einen Gehilfen einstellen, um dich zu ersetzen. Und all das ohne zusätzliche Einnahmen! Im Gegenteil, ich hatte erhebliche Einbußen durch die Lossagung von ... gewissen Handelspartnern. Sieh es ein, Lucien. Es ist vorbei.«

»Nein! Es muss eine Möglichkeit geben ...«

»Es gibt keine! Sieh selbst!«, brüllte der ältere Mann, ergriff die Geschäftsbücher und schleuderte sie über den Tisch, seinem Sohn ins Gesicht. Dann sank er in sich zusammen.

Luc hob die Hände, konnte jedoch nicht verhindern, dass der harte Einband eines der Bücher ihn am rechten Augenwinkel traf. Blätter stoben durch das Kontor, als die Bindung riss, die mühevolle Schreibarbeit der letzten Monate schwebte auf den staubigen Boden hinab wie Herbstlaub. Luc kamen die Tränen, und das nicht nur wegen des verletzten Auges. Er sank auf die Knie, raffte die losen Seiten an sich und versuchte verzweifelt, Ordnung in das Durcheinander zu bringen. Dann ließ er die Hände sinken, nur um sie sogleich vor das Gesicht zu schlagen, und sein Schluchzen erfüllte den winzigen Raum.

Gewiss, es hatte schwache Momente gegeben, doch er hatte sich stets wieder aufrichten können, sich zum Durchhalten gezwungen. Nun jedoch kam alles zusammen, die Sorge um Lianne, die Furcht, dass sie nie zu ihm zurückkehren würde, die ständigen finanziellen Probleme, die nun in seinem vollständigen Versagen gipfelten. Der Untergang des Lebenswerks seiner Familie war besiegelt, und dies allein durch seine Schuld. Hoffnungslosigkeit übermannte ihn, zerriss ihm das Herz, er wollte schreien, doch er hatte nicht die Kraft. Lianne, seine Liebste, für die er alles hatte erreichen wollen, war verschwunden, verloren – wie das Geschäft, wie sein Vater, wie er selbst.

Eine kleine Gestalt, den schwarzen Umhang gegen die Winterkälte fest um sich geschlungen, die Kapuze tief im Gesicht, drückte sich in der Gasse an der Hauswand des Kontors herum. Wann immer ein Mensch vorüberging, tat sie geschäftig, doch sobald niemand mehr zu sehen war, stellte sie sich auf die Zehenspitzen und spähte durch das Fenster ins Innere. Die beiden Männer bemerkten sie nicht. Die brüchige Stimme des Handelsherrn klang gedämpft durch die dünne Glasscheibe nach draußen.

»Lucien, reiß dich zusammen. Bald werden die Gläubiger kommen und ihr Geld verlangen. Wir müssen die Bestände verkaufen.«

»Niemand will meine Ware hier in Paris. Das Lagerhaus ist gefüllt bis unter das Dach.«

»Dann müssen wir die Stoffe fortbringen, nach La Rochelle, wo die Kunden noch nichts von unserem Unglück wissen.«

Luc stöhnte auf. Das Lager am Ufer der Seine räumen, das er so sorgfältig ausgesucht hatte, fortlaufen aus Paris, verjagt wie die Ratten. Er hatte die Ware eigens für diese Stadt ausgewählt, die feinen Tuche für die Adligen. Sie hatten sie keines Blickes gewürdigt. Würden sich in La Rochelle überhaupt Abnehmer finden? Er mochte seinem Vater nicht die letzte Hoffnung nehmen.

»Können wir denn den Transport bezahlen?«

Lavie schüttelte den Kopf. »Für die Fahrt die Seine hinab wird es reichen. Dann jedoch müssen wir hoffen, einen Eigner aufzuspüren, der uns sein Schiff zur Verfügung stellt und mit einer späteren Zahlung einverstanden ist.«

»Wenn doch Lianne hier wäre!«, brach es aus Luc heraus. »Ihr Vater würde uns helfen. Sie ...«

»Sie ist nicht hier und wird auch nicht kommen. Junge, begreif es endlich: Ihr Schiff wurde zerstört!«

»Dafür gibt es keinen Beweis! Ich werde die Hoffnung nicht aufgeben, bis ich Lianne begraben habe.« Er versuchte, seine Stimme fest klingen zu lassen, mehr um sich selbst zu überzeugen als seinen Vater.

»Das Meer hat sie begraben und wird sie nicht wieder hergeben. Du musst aufwachen! Viel zu lange bist du deinen Träumen von einer glorreichen Zukunft mit dem Mädchen gefolgt und hast uns alle damit zerstört. Wenigstens habe ich deine Schwester rechtzeitig verheiratet. Stell dir vor, Adelais hätte auch noch unter deinem Irrsinn leiden müssen!«

»Adelais könnte uns doch helfen, die Familie ihres Gatten ...«

Die Faust seines Vaters krachte auf den Tisch. Luc fuhr zusammen.

»Ich werde nicht meine schwangere Tochter anbetteln! So viel Stolz habe ich noch. Und das solltest du ebenfalls.«

»Stolz?« Luc schüttelte den Kopf. »Den habe ich bereits verloren, als ich den Kunden hinterhergelaufen bin, ihnen meine Waren angepriesen habe wie auf dem Bauernmarkt, und sie mich stets aufs Neue abgewiesen haben.«

»Wie auch immer.« Lavie seufzte. »Wir müssen tun, was zu tun ist. Morgen beschaffen wir ein Flussschiff und Arbeiter und setzen dem Wahnsinn *Paris* ein Ende.« Dann sank er in sich zusammen.

Wahnsinn. War es tatsächlich Wahnsinn gewesen? Wieder stiegen Luc die Tränen in die Augen. Er hatte alles so schön geplant, sie hatten es doch gemeinsam beschlossen, sein Vater und er – waren sie zu dumm, zu sorglos gewesen? Wie sollte er Lianne gegenübertreten, wenn sie zurückkam – *falls* sie zurückkam.

Du musst aufwachen!

Er wollte nicht aufwachen, konnte der Wirklichkeit nicht in das grausame Gesicht sehen. Seine süße Lianne, tot und begraben in den endlosen Tiefen des Meeres – unvorstellbar! Hätte er sie doch nur nie gehen lassen. Warum war sie nicht bei ihm geblieben? Hatte sie ihn zu wenig geliebt? War das Schiff am Ende gar nicht gesunken, war es vielmehr ferngeblieben, weil sie nicht mit ihm zusammen sein wollte?

Er wusste nicht, welche Vorstellung schlimmer war – beide zerrissen ihm das Herz.

Die Gestalt vor dem Fenster betrachtete ruhig das Geschehen im Inneren des Kontors, den zusammengesunkenen älteren Mann am Tisch, den jüngeren, der schluchzend am Boden kniete. Dann wandte sie sich, wie einer plötzlichen Eingebung folgend, auf dem Absatz um und eilte die Gasse hinunter.

Die vielen Wochen des Wartens hatten sich ausgezahlt. Über die Weihnachtszeit hatten die Nonnen sie selten aus ihren Fängen gelassen, sodass sie ihren Beobachtungsposten aufgeben musste, was ihre Pläne arg verzögert hatte. Offenbar war sie gerade rechtzeitig wieder zurückgekehrt. Java strahlte, als sie ihrem Vater berichtete, was sie soeben vernommen hatte.

»Ihr könntet ihnen Eure Hilfe anbieten, Herr Vater. Er müsste mich dafür nur heiraten.«

Bellier schritt im Zimmer auf und ab.

»Erst zerstöre ich sein Geschäft durch meine guten Beziehungen zum Händlervogt und dann soll ich ihm mein Geld hinterherwerfen? Und meine Tochter?«

»Dies waren doch Eure Pläne von Beginn an, oder nicht?«

Ihr Vater sah sie scharf an, und Java bemerkte ihren Fehler. Sie durfte nicht zu erkennen geben, dass sie das Gespräch mit dem Vogt belauscht hatte! Rasch sprach sie weiter.

»Es ging Euch doch nie darum, ihn zu zerstören. Also ist es nur recht, ihn nun zu retten. Es ist ein Handel, und Ihr seid doch Kaufmann.«

»Das ist wahr, es ging nie um ihn. Nur um die Hexe, die mir entkommen ist.«

»Die liegt tot auf dem Meeresgrund. Es ist vorbei! Der alte Lavie hat es deutlich gesagt, ihr Schiff wurde zerstört, sie und ihr Vater sind umgekommen. Doch sollte es einen Himmel geben, in dem sie nun weilt, wird es das Schlimmste für sie sein, mich mit ihrem Luc zu sehen.«

»*Sollte* es einen Himmel geben? Das lass nur nicht die Nonnen hören, dass du daran zweifelst.«

Java lachte auf. »Oh, denen spiele ich Theater vor. Darin bin ich gut.«

Ebenso wie Ihr, hätte sie am liebsten hinzugefügt, aber sie verkniff sich die Bemerkung. Er sollte nicht am Ende doch noch darauf kommen, bei welcher Gelegenheit sie seine Schauspielkunst hatte bewundern dürfen.

»Nun, Herr Vater? Gehen wir gleich zu dem alten Lavie, bevor er sich müht, andere Hilfe zu finden?«

Und bevor er sich an den Vogt wendet und der ihn fragt, warum Lucs zukünftiger Schwiegervater ihnen nicht hilft?

»Wir? Ich denke, es wäre unvorteilhaft, wenn du mitkommst. Wir wollen nicht zu begierig wirken.«

Stolz erfüllte Java. Ihr Vater sprach mit ihr wie mit einem gleichwertigen Partner, wie mit einer erwachsenen Frau. Endlich war sie nicht mehr das kleine Mädchen, von dem er sich zwar um den Finger wickeln ließ, das er aber ansonsten nicht ernst nahm.

»Ihr habt recht. Aber beeilt Euch besser. Er wird sicherlich bald in sein Gasthaus gehen. Vielleicht könnt Ihr ihn dort aufsuchen.«

»Du weißt nicht zufällig, um welches es sich handelt?« In der Stimme ihres Vaters schwang ein leiser Tadel mit, doch damit konnte Java leben.

»Zufällig weiß ich es.« Sie lächelte triumphierend. »Es ist die *Auberge Saint-Merri* in der *Rue de la Verrerie*.«

»Was du nicht alles hörst und siehst, mein Kind. Und welche Tatkraft du plötzlich an den Tag legst ... Das hätte ich dir nie zugetraut.«

»Nicht wahr, Herr Vater? Ich bin nützlich!«

»Nun, zumindest nützt du dir selbst. Denn du willst den Jungen doch um jeden Preis, oder nicht?«

»Mehr als alles andere.«

»Obwohl es nicht länger darum geht, ihn der ehrlosen Magd fortzunehmen?«

Java überlegte, ob es klug war, ihrem Vater die Wahrheit über ihre Gefühle zu offenbaren, doch dann platzte sie heraus: »Ich mag ihn. Er ist hübsch und freundlich.«

»Er dagegen dürfte wenig Gefallen an uns finden. Hast du Hoffnung, dass sich dies ändern wird?«

»Wenn er mich erst richtig kennenlernt ...«

Javas Worte gingen im schallenden Gelächter ihres Vaters unter.

»Liebes Kind, es bleibt zu hoffen, dass ihr bereits verheiratet seid, ehe das geschieht. Sonst wird er rennen, so schnell ihn seine Beine tragen!«

Er wischte sich die Lachtränen aus den Augen, und mit einem Male fühlte sich Java gar nicht mehr stolz und ernst genommen. Wut stieg in ihr auf, doch ihr Vater verließ den Raum, bevor sie etwas entgegnen konnte. Sie folgte ihm in den Flur hinaus, sah ihn seinen Mantel anziehen und erwiderte seinen Abschiedsgruß nur knapp. Nun machte er sich auf den Weg, die Früchte ihrer Anstrengungen zu ernten, und verhöhnte sie auch noch! Java ballte die Fäuste. Sie würde ihm schon beweisen, dass sie Luc Lavie für sich gewinnen konnte.

Zunächst jedoch wollte ihre brennende Neugier gestillt werden. Sie warf sich ihren Umhang über, zog wie stets die Kapuze tief herab und folgte ihrem Vater in einigem Abstand. Dieses Mal ging er zu Fuß durch die Straßen der Stadt, kam aber auf seinen langen Beinen rasch voran. Java musste rennen, um ihm auf den Fersen zu bleiben. Zwar kannte sie den Namen des Gasthauses, hatte ihn mitgehört, als der alte Lavie ihn Luc genannt hatte, doch sie wusste nicht genau, wo es lag. Einmal glaubte sie, die Spur ihres Vaters verloren zu haben, dann aber tauchte die dunkle Gestalt an der nächsten Kreuzung wieder auf.

Vor der *Auberge* standen einige Männer, die sich lautstark und offenbar betrunken unterhielten. Lexius drängte sie zur Seite und betrat das Gebäude. Gelächter und derbe Sprüche folgten ihm. Java wagte nicht, dichter heranzutreten, denn die Kerle würden ihr Erscheinen kaum unkommentiert lassen. Dann jedoch trat der Wirt vor die Tür, erhob drohend die Faust, und die Männer trollten sich die Straße hinab.

Java schlich näher, spähte erst in das eine, dann in das andere Fenster, bis sie schließlich eines fand, durch das sie die Gaststube einsehen konnte. Freudig stellte sie fest, dass es sogar geöffnet war. Wärme, saurer Weindunst und Gesprächsfetzen drangen zu ihr heraus. Mit der Zeit konnte sie die Stimmen den verschiedenen Gruppen von Männern zuordnen, die an den klobigen Tischen aßen und tranken.

Der alte Lavie saß allein in einer Ecke des Raumes, stocherte in einer Schüssel herum, ohne zu essen, nahm gelegentlich einen Schluck aus seinem Becher, verzog dabei aber das Gesicht. So weit gingen Javas neu erwachte Gefühlsregungen nicht, dass auch er ihr leidgetan hätte, vielmehr betrachtete sie interessiert, was nun geschah. Ihr Vater trat mit einem Becher in der Hand an Lavies Tisch. Dieser blickte auf und runzelte die Stirn.

»Bellier? Was tut Ihr in Paris?«

»Oh, dies und das. Darf ich mich zu Euch setzen?«

Lavie wies auf den freien Stuhl, der glücklicherweise mit der Rückenlehne zu Javas Fenster stand.

»Ihr seid mir nicht mehr gram, Bellier?«

»Wegen der Dienstmagd? Ach wo. Sie ist tot, hörte ich.« Lexius ließ seine Stimme gleichgültig klingen. »Nun, Ihr hättet aufgrund dieser Sache nicht unsere Handelsbeziehungen beenden müssen.«

»Mein Sohn ...« Lavie brach ab.

»Er ist ein Mensch, der nach seinem Gefühl handelt, scheint mir. Hat er denn nicht Euren Geschäftssinn geerbt?«

Obwohl Java wütend auf ihren Vater war, musste sie anerkennen, wie klug er Lavie das Messer in die Brust gestoßen hatte und es nun auch noch in der Wunde umdrehte.

»Leider nein. Wenn nicht ein Wunder geschieht, wird es bald kein Handelshaus Lavie mehr geben.«

»Ihr wartet auf ein Wunder? Ihr, ein Geschäftsmann, wie er im Buche steht? Wie kann das sein?«

»Ich habe mich übernommen, was die Finanzen betrifft.«

Java konnte nur staunen, wie offen er sprach, mit einem Mann, den ihm sein Sohn als den Teufel in Person dargestellt hatte! Er musste wahrlich verzweifelt sein.

»Kann ich Euch behilflich sein? Um der alten Zeiten willen.«

»Dazu wäret Ihr bereit?«

»Es hat mir zugesetzt, Euch als Handelspartner zu verlieren. Und das nur wegen der hässlichen Gerüchte. Sicher, ich war zu aufbrausend, als ich mir die kleine Magd zurückholen wollte. Aber sie war mein Eigentum, das versteht Ihr gewiss. Außerdem hatte meine Familie sie gern.«

Lavie nickte abwesend. Java wusste nicht, wie viel Luc seinem Vater von Liannes Geschichte erzählt hatte, doch offenbar bemerkte er Lexius' Lügen nicht – oder sie waren ihm in der jetzigen Lage gleichgültig.

»Welche Art der Hilfe habt Ihr mir anzubieten? Ich habe kaum Gegenleistungen, keinerlei Sicherheiten, die ich Euch geben kann.«

Lexius kratzte sich am Kopf. »Nun … irgendeine Sicherheit bräuchte ich schon«, murmelte er. Er machte eine Pause, um die Worte wirken zu lassen. Dies taten sie, denn die Verzweiflung kehrte zurück auf Lavies Gesicht. Lauter fuhr er fort: »Paris werdet Ihr aufgeben, nicht wahr?«

Lavie nickte abermals. »Es war nie mein Wunsch, hier zu investieren.«

Bellier lachte auf. »Wie uns doch die Liebe zu unseren Kindern in den Fängen hält! Denkt nur an meine kleine Java. Sie ist zur Frau geworden, und nun verfolgt sie mich mit ihren Forderungen. Stellt Euch vor, sie hat einen Narren an Eurem Luc gefressen, seit sie ihn im letzten Jahr kennenlernte. Nichts schreckt sie ab, nicht einmal die Sache mit der Magd. Ich habe keine Ahnung, was ich noch tun soll, um ihr den Jungen auszureden.«

Da war er, der Köder. Nun würde sich entscheiden, ob Lavie ihn schluckte. Java betrachtete angestrengt das Gesicht des Mannes und stellte erfreut fest, dass sich ein Hoffnungsschimmer darauf abzeichnete.

»Aber warum denn ausreden? Lucien ist niemandem versprochen.«

»Doch seine Gefühle sind gebunden. Ich möchte nicht, dass er meine Tochter unglücklich macht.«

»Die Frau, die er liebt, kehrt nicht zurück. Ich denke, das hat er endlich begriffen.«

»Dann glaubt Ihr, er würde einer Ehe mit Java zustimmen?«

Lavie richtete sich aus seiner gebückten Haltung auf und straffte die Schultern. »Das wird er müssen, wenn ich es verlange.«

Ein jähes Glücksgefühl durchfuhr Java, und sie musste sich zügeln, nicht in Jubel auszubrechen.

»Eine Verlobung zwischen meiner Tochter und Eurem Sohn würde die Frage nach Sicherheiten selbstverständlich unnötig machen. Mein Vermögen wäre damit Eures, und zusammen könnten wir den größten Tuchhandel der Westküste begründen. *Drapiers Lavie et Bellier* würde für Generationen den Reichtum unserer Familien sicherstellen!«

Java verstand, warum ihr Vater ein so erfolgreicher Geschäftsmann war. Er konnte äußerst überzeugend sein, wenn er wollte.

»Nun müsst Ihr nur noch Eurem Sohn unsere Pläne nahelegen.«

Lavie sprang auf. »Das werde ich, und zwar jetzt gleich!« Er streckte Lexius die Hand hin, die dieser ergriff. Er erhob sich ebenfalls.

»Ich wünsche Euch viel Erfolg. Lasst mich Euren Wein zahlen und kommt morgen mit Eurem Sohn zum Frühstück in mein Haus auf der *Île Notre-Dame*. Java wird hocherfreut sein.«

Die Erwähnung ihres Namens riss Java aus ihrem Glückstaumel. Ihr Vater zahlte bereits, und wenn sie den morgigen Tag und ihre Verlobung mit Luc noch erleben wollte, musste sie schnellstens nach Hause und in ihr Bett! So rannte sie, wieder einmal, durch die Straßen der Stadt, flog auf einer Wolke der Freude mit wehendem Umhang dahin und erreichte erneut knapp vor ihrem Vater die Wohnung. Diesmal würde er ihr nicht glauben, dass sie sich bereits schlafen gelegt hatte. So richtete sie rasch ihr Haar und ihre Kleidung, setzte sich an den Tisch und bemühte sich um einen neugierigen Gesichtsausdruck.

Lieber wäre sie Monsieur Lavie zu seinem Sohn gefolgt, um auch dieses Gespräch zu belauschen. Sie hörte jedoch aufmerksam ihrem Vater zu, bedankte sich überschwänglich und lieferte ein ebenso gutes Schauspiel ab, wie er es zuvor getan hatte.

***

Luc lag in seinem Bett und wälzte sich hin und her. So viele Wochen hatte er sich täglich von Neuem überzeugen können, dass Lianne es geschafft hatte, dass sie zu ihm zurückkehren würde. Der Streit mit seinem Vater jedoch hatte seinen Glauben erschüttert. Zum ersten Mal, seit Adelais ihm die schreckliche Nachricht überbracht hatte, wogen die Zweifel schwerer als die Hoffnung. Er wischte die Tränen nicht aus seinen Augen, wie er es sonst stets getan hatte, sondern erlaubte ihnen zu fließen. Die Mutlosigkeit ergriff von ihm Besitz, er schluchzte laut und scherte sich nicht darum, ob die Nachbarn ihn hörten.

Erst als er das Klappen der Tür im Vorderzimmer vernahm, rieb er sich mit dem Ärmel über das Gesicht und setzte sich auf.

»Lucien?«

Es war die Stimme seines Vaters. Was wollte er schon wieder hier, und zu so später Stunde? Luc holte tief Luft, noch immer von Schluchzen geschüttelt. Eine weitere Auseinandersetzung würde er nicht überstehen. Kurz erwog er, sich schlafend zu stellen, doch der Tonfall des Vaters überzeugte ihn, dass dieser ihn ohnehin wecken würde.

»Ich muss mit dir sprechen!«

Also quälte sich Luc aus dem Bett, strich sich die wirren Haare aus dem Gesicht und verließ das Hinterzimmer.

»Setz dich.« Lavie wies auf den Besucherstuhl, stellte seine mitgebrachte Laterne ab und nahm hinter dem Schreibtisch Platz.

»Was gibt es denn? Wir haben einen harten Tag vor uns. Ich hatte mich schon hingelegt.«

»Vergiss unsere Pläne für morgen. So rasch müssen wir Paris nun doch nicht verlassen. Wir werden die Sache hier vernünftig zu Ende bringen, ohne noch größere Verluste zu erleiden.«

»Und wie wollen wir das anstellen?«

Luc blickte verwundert in das Gesicht seines Gegenübers. Es zeigte neben einer Art übermütiger Erleichterung gleichsam einen Anflug von – Schuldbewusstsein?

»Ich habe ein Angebot erhalten.«

Die ausweichende Antwort ließ eine böse Vorahnung in Luc erwachen.

»Von wem?«

»Uns liegen nicht so viele Offerten vor, dass wir wählerisch sein könnten«, entgegnete Lavie. »Es geht um die Zukunft unseres Unternehmens und das Auskommen der Familie. Du hast uns in diese Lage gebracht, und nun werde ich dafür sorgen, dass wir heil wieder herauskommen.«

Das Kribbeln in Lucs Nacken wurde stärker, kalte Schauder überliefen ihn. Er brachte die Worte kaum heraus.

»Sagt mir, was Euer Plan ist.«

»Du wirst heiraten.«

Luc glaubte, sich verhört zu haben. Sein Vater wusste genau, dass Lianne die einzige Frau war, die er heiraten würde, doch sie konnte er nicht gemeint haben.

»Wen?«, presste Luc hervor.

»Eine hübsche junge Dame aus guter Familie.«

»Wen?«

»Du hast sie schon getroffen. Sie ist ...«

»Wen?«

»Java Bellier.«

Ein Lachen stieg mit solcher Macht in Luc auf, dass er es nicht unterdrücken konnte. Wenn eben noch Weinkrämpfe ihn geschüttelt hatten, so war es nun eine verzweifelte Heiterkeit, der grenzenlose Unglaube, dass sein Vater es ernst gemeint haben konnte. Wieder kamen Luc die Tränen, er kicherte und schluchzte gleichzeitig, und nur ein einziges Wort kam aus seinem Mund.

»Niemals.«

»Das hast nicht du zu bestimmen.«

Luc fühlte, wie sich sein Inneres auflöste, in sich zusammenfiel. Die Erkenntnis traf ihn wie ein Faustschlag. Sein Vater drohte nicht nur, er hatte bereits entschieden. Mit zitternden Händen rieb Luc über sein Gesicht.

»Warum willst du mich zu so etwas zwingen? Habe ich nicht genug durchgemacht?«

»Uns bleibt keine Wahl.«

»Es gibt immer eine andere Wahl, als den Bund mit dem Teufel zu schließen!« Luc sprang auf und begann, im Zimmer auf- und abzugehen. Er bemühte sich um Fassung, wollte sachlich mit seinem Vater reden, doch er fühlte sich, als bestünde er nur noch aus Einzelteilen, die sich nicht mehr zusammenfügen wollten.

»Bellier war mir jahrelang ein gerechter Handelspartner.«

»Er ist ein Schwein! Er benutzt dich doch nur für seine Rache an Lianne!«

»Warum sollte er sich an einer Toten rächen wollen?«

»Lianne ist nicht ...« Krachend fiel der Stuhl um, als Lavie aufsprang, und im selben Augenblick hatte er Luc am Hemd gepackt und schüttelte ihn.

»Hast du es noch immer nicht begriffen? Sie kommt niemals zurück!« Er stieß Luc von sich, der hart gegen die Wand prallte und erstarrt stehen blieb. »Hör mit dieser Träumerei auf! Und nun leg dich schlafen, wir gehen morgen zum Frühstück zu den Belliers und besprechen die Verlobung.«

Das ist es. Ich liege noch im Bett, bin eingeschlafen und träume den schlimmsten Traum von allen. Gleich werde ich feststellen, dass all dies nie geschehen ist.

Luc rührte sich nicht. Er wollte sich zwingen, aufzuwachen, doch er scheiterte. Das Bild seines Vaters wollte nicht verschwinden, die Worte prasselten mit unverminderter Härte auf ihn ein.

Verlobung. Bellier.

Erst als die Hand seines Vaters in sein Gesicht krachte, erwachte Luc aus seiner Starre.

»Nimm dich zusammen, Junge! Es geht nicht mehr um dich und deine glühenden Pläne. Du wirst tun, was notwendig ist, um unser Unternehmen zu retten. Sei froh, dass Bellier dir nichts nachträgt.«

»Er mir nichts nachträgt?« Lucs Stimme klang in seinen eigenen Ohren zittrig und schwach. Er straffte sich. »Ich trage ihm nach, was er Lianne angetan hat! Sie hatte nur wenige schöne Monate in ihrem Leben, und ich soll, kaum dass sie nicht mehr da ist, zu ihren Feinden laufen, um meine Haut zu retten?«

»Dann siehst du endlich ein, dass sie nicht zurückkommt?«, fragte Lavie sanft.

Luc horchte in sich hinein. Seit Wochen hatte er sich diese Gedanken verboten, nun aber erlaubte er sie sich, in der Hoffnung, Argumente gegen die Pläne seines Vaters zu finden. Doch das Ergebnis, zu dem er kam, war grausam. Der Januar war zur Hälfte vorüber, der Konvoi bereits Mitte Dezember in La Rochelle eingetroffen. Wenn Lianne den Angriff und den Sturm überlebt hätte, wäre sie längst mit einem anderen Schiff zurückgekehrt.

»Es hat wohl keinen Sinn, es weiterhin zu leugnen«, flüsterte er, und während er die Worte aussprach, zerriss es ihm das Herz.

»Ach, Junge, glaub mir, es tut mir sehr leid für dich.« Sein Vater zog ihn in die Arme wie ein Kind. »Wenn es eine Alternative gäbe ... Doch es gibt keine. Dieses Mädchen will dich. Und ist sie nicht so gut wie jede andere? Du kannst nicht ewig unverheiratet bleiben.«

Ein letzter Rest Widerstand regte sich in Luc, und er schob seinen Vater von sich. »Sie ist ebenso böse wie Bellier. Jede andere wäre mir lieber.«

»Du wirst sie dir zurechtbiegen, mein Sohn.«

Luc stellte sich vor, wie er Java in die Arme nahm, doch immer wieder drängte sich Liannes Bild vor das des blonden Mädchens. Seine Einbildungskraft reichte nicht aus, sich ein Leben an Javas Seite auszumalen. Er schüttelte den Kopf.

»Ich kann das nicht tun.« Doch er spürte, wie seine Gegenwehr bröckelte, und so klangen die Worte leise und kläglich aus seinem Mund. »Ich käme mir vor wie ein Verräter.«

»Du hast alles getan, um dein Versprechen zu halten. Für das Schicksal bist nicht du verantwortlich.« Je schwächer Luc wurde, desto stärker schien sich der Ältere zu fühlen. »Sei ein Mann und denk an unser Unternehmen.«

Luc dachte daran, wie gramgebeugt sein Vater an diesem Nachmittag gewesen war, wie er selbst sich gewünscht hatte, den leeren Ausdruck aus dessen Augen fortzuwischen. Nun lag es in seiner Macht. Was sollte er nur tun? Er war hin- und hergerissen, überwältigt von den widerstreitenden Gefühlen, nicht fähig zu einer Entscheidung.

»Könnt Ihr mir nicht noch ein wenig Zeit geben? Ich verspreche, über alles nachzudenken. Doch zwingt mich nicht heute dazu. Ich habe eben erst erfahren, wie es um unser Handelshaus steht.«

»Weitere Verzögerungen ändern nichts. Morgen beim Frühstück werden wir die Verlobung aushandeln.«

»Aber die muss doch nicht so bald stattfinden!« Ein letzter Funke Hoffnung glomm in Luc und ließ sich nicht ersticken. Zu lange hatte er an dem Glauben festgehalten, Lianne wiederzusehen. »Ich muss mich erst an den Gedanken gewöhnen, diese Ehe einzugehen. Bitte!«

Er sah seinem Vater die Ungeduld an und bemerkte, wie sich dieser zur Ruhe zwang.

»Nun gut. Wir werden als Verlobungstermin deinen Geburtstag vorschlagen. In der Zwischenzeit wirst du die junge Dame regelmäßig treffen und dich mit ihr vertraut machen. Du wirst sehen, alles regelt sich zum Besten.«

Zum Besten ...

Es wird nie wieder zum Besten um mich stehen!, wollte Luc brüllen, doch die Worte kamen nicht aus seinem Mund. Stattdessen fühlte er sich nicken.

Sein Vater verabschiedete sich, ergriff die Laterne und verließ erhobenen Kopfes das Kontor. In der Art, wie er schwungvoll die Tür zuwarf, lag eine solche Fröhlichkeit, dass Luc bei dem Knall zusammenzuckte. Dunkelheit umfing ihn, nur eine ferne Straßenlaterne ließ noch etwas Licht durch die Fenster hinein. Nun war er wieder allein mit seinen Gedanken, und er vermochte sie nicht zu ordnen. Zu viel war an diesem Tag auf ihn eingestürzt, zu wenige Kraftreserven waren übrig nach den langen Monaten der Verzweiflung.

Sein Geburtstag. Der siebte Tag des Februars. Noch etwas mehr als drei Wochen, dann würde der traurige Rest seines Lebens beginnen. Doch war es nicht bereits vorbei gewesen, als er von dem Schiffsunglück erfahren hatte? War er nicht schon lange tot, erfroren an jenem Nachmittag am Ufer der Seine? Er wünschte mehr denn je, er wäre dort liegen geblieben.

Luc zwang sich, in sein Bett zurückzukehren und sich niederzulegen. Bilder, Gedanken, Stimmen stürmten auf ihn ein, verwirrten seinen Geist, schienen danach zu trachten, ihm den Verstand zu rauben. Er warf sich hin und her, trotz der Kälte der Nacht brach ihm der Schweiß aus. Immer wieder sah er Lianne vor sich, immer wieder starb sie vor seinen Augen, und schließlich, am Ende, auch in seinem Herzen.

Und dann geschah etwas in Lucs Innerem. All die Gefühle, die Sorge, die Trauer, die Schuld, sogar die Liebe zu Lianne ballten sich zusammen, wurden zu einem großen Klumpen aus Schmerz, und mit einem gewaltigen, wahnsinnigen Schrei brachen sie aus ihm heraus.

Dann verstummte er, und im Nachhall seines Ausbruchs überkam ihn eine stumpfe, leere Gleichgültigkeit, ergriff von ihm Besitz und löschte alle Empfindungen aus.

So gut wie jede andere.
Warum nicht?

13

Saint-Malo, Januar 1689

In den vergangenen Tagen hatten wir uns nie weit von der Küstenlinie entfernt, was mir nach den vielen Wochen ohne den Anblick von festem Boden sehr recht gewesen war. Nach der Erfahrung, dass die Planken der *Liberté* nicht den unerschütterlichen Halt boten, den sie ausstrahlten, hatte mir die Unendlichkeit des Meeres zuweilen die Knie weich werden lassen. Nun jedoch, an diesem Wintertag, der einfach nicht hell werden wollte, näherten wir uns Saint-Malo, und plötzlich wünschte ich mich weit fort. Dennoch stand ich mit meinem Vater an Deck und blickte geradewegs auf den Ort meiner Kindheit, und die Erinnerungen ließen mich stärker frösteln als das Wetter.

Die graue Stadt ragte vor mir auf, und war mein Herz beim Anblick der Türme von La Rochelle froh geworden, so erstarrte es nun zu einem Klumpen Eis. Mich überkam der heftige Drang, Vater zu bitten, nicht anzulegen, einfach weiterzusegeln. Ein Blick in sein Gesicht zeigte mir jedoch, dass er den Gedanken an seine eigene Vergangenheit nachhing. Welches Recht hatte ich, ihm seinen Seelenfrieden vorzuenthalten? Er hatte immer wieder betont, meine Mutter treffen zu wollen, und das Bedürfnis schien stärker geworden zu sein, je besser wir uns kennenlernten. Ich verstand ihn. Irgendwo in meinem Inneren nagte ebenfalls eine Schuld, nach deren Vergebung ich mich sehnte. Ich hatte meine Geschwister verlassen, und möglicherweise würde es auch meine Seele befreien, sie wohlbehalten wiederzusehen.

Das sagte mir mein Verstand.

Mein Gefühl jedoch, das Kind in mir, schrie auf. Diese Stadt beherbergte all die Menschen, die mich auf mehr als eine Art und Weise verletzt hatten, und ich wollte ihnen nicht gegenübertreten, nicht einmal in ihre Nähe kommen! Was wäre, wenn wir auf Bellier träfen? Warum sollte ich mich erneut den kalten Augen meiner Mutter aussetzen? Ich hatte wahrlich genug erlitten, um das Recht zu haben, dies zu verweigern!

»Vater, ich werde an Bord bleiben.« Meine Stimme klang bei Weitem nicht so fest, wie ich beabsichtigt hatte.

Sein Blick kehrte aus der Ferne der Erinnerungen zurück und richtete sich auf mich, mit einem Ausdruck, als sähe er mich zum ersten Mal. Dann legte sich ein Lächeln auf sein Gesicht.

»Ich hätte dich so gern dabei.«

»Wozu?«

»Um zu beweisen, dass ich kein schlechter Mensch bin.«

»Warum ist dir das wichtig?« *Wozu einem Scheusal beweisen, dass man selbst keines ist?*, fügte ich in Gedanken hinzu, wagte jedoch nicht, die Worte auszusprechen.

»Weil ich Robina Leid zugefügt habe. Und ich möchte nicht mit ihrem Hass weiterleben.«

»Es kann dir doch gleichgültig sein, mit welchen Gefühlen sie an dich denkt. Wir müssen keinen Umgang mit ihr pflegen.«

»Du sprichst wie ein verletztes Kind. So kenne ich dich nicht.«

»Es ist diese Stadt! Sie macht mich dazu, hier war ich nie etwas anderes.« Tränen schossen mir in die Augen, und ich ließ ihnen freien Lauf.

»Das weiß ich. Doch nun ist es an der Zeit, dass wir beide erwachsen werden.«

»Vielleicht möchte ich das gar nicht.« Ich fuhr herum, rannte über das Schiff, suchte und fand René und warf mich ihm an den Hals. »Ach, René! Ich will fort von hier.«

Er ließ das Tau fallen, das er hielt, und schloss seine Arme um mich.

»Lianne, hab doch keine Angst. Du bist nicht mehr das arme Bauernkind, du kehrst als Prinzessin zurück. Alle werden dir zu Füßen liegen und dich um Verzeihung bitten für die Untaten, die sie an dir verübt haben. So gehen die Geschichten immer aus, nicht wahr?«

Gegen meinen Willen musste ich lächeln. »Du hast zu viele schlechte Schauspielaufführungen gesehen.«

»Die meisten waren gar nicht so übel.«

»Das Leben ist aber kein Schauspiel.«

»Oh doch, das größte von allen.« Mein Freund küsste mich auf die Wange. »Und du bist die strahlende Heldin. Niemand kann dir mehr wehtun.«

»Nur weil – *er* mich beschützt.« Ich wies in die Richtung meines Vaters, ohne hinzusehen.

»So ist es. Und darum wirst du auch mit ihm gehen, nicht wahr? Um seiner Freiheit willen und für deine eigene.«

Manchmal verfluchte ich René dafür, wie gut er mich kannte! Seufzend schob ich ihn von mir weg.

»Wenn doch nur das Wetter nicht ebenso grau wäre wie meine Stimmung ...«

»Schau da hinüber, es klart bereits auf.« René wies nach Osten. Und tatsächlich, dort kämpfte sich eine bleiche Wintersonne durch den verhangenen Himmel.

Noch ehe wir angelegt hatten, strahlte sie mit aller Kraft, die ihr die Jahreszeit ermöglichte. Ich schritt schicksalsergeben am Arm meines Vaters den Steg hinab auf den Boden der Stadt, die ich nie wieder im Leben hatte betreten wollen. Ich wäre froh gewesen, zumindest Emeni bei mir zu haben, doch Vater hatte bestimmt, dass sie an Bord bleiben sollte. Es sei eine Familienangelegenheit, die wir zu regeln hätten.

Wie üblich nach Tagen auf See fielen mir die ersten Schritte an Land schwer. Ich schwankte, und ein leichtes Gefühl der Übelkeit stieg in mir auf. Nur ebbte es nicht wie sonst nach wenigen Augenblicken ab, sondern wurde mit jedem Meter stärker, den wir uns dem Stadtkern näherten. Vater musste mich stützen, damit meine Knie nicht nachgaben.

Wir schlugen einen weiten Bogen um die Straße, in der das Haus der Belliers stand. Dennoch war mir, als lauere mein früherer Herr hinter jeder Ecke, bereit, mich anzufallen und in Stücke zu reißen. Die Angst nahm mir den Atem.

»Hast du noch Verwandte in Saint-Malo?«, fragte ich, um mich von den finsteren Gedanken abzulenken.

»Nein. Meine Eltern sind verstorben, und wohin es meine Brüder verschlagen hat, ist mir unbekannt. Ich habe diese Stadt lange gemieden, zu lange, um meiner Familie noch behilflich sein zu können, obwohl ich schon die Mittel dazu gehabt hätte. Dies ist eine Schuld, die ich nicht mehr tilgen kann. Vielleicht liegt mir deshalb so viel daran, die Sache mit Robina ins Reine zu bringen.«

Wie ich sie kenne, wird dir das nicht gelingen, dachte ich, wollte ihm jedoch nicht die Hoffnung rauben. Schließlich waren erst durch mich diese Gewissensbisse in ihm erwacht.

Wäre er zufriedener, wenn er mir nie begegnet wäre? Dann müsste er sich jetzt nicht seiner Vergangenheit stellen ...

Wir schritten an der Kathedrale *Saint-Vincent* vorbei, und ich war erleichtert, dass es sich bei den bettelnden Kindern vor dem Portal nicht um meine Geschwister handelte. Wie oft hatte ich sie in meinen Albträumen dort gesehen, zerlumpt und hungernd. Dann jedoch erschrak ich vor mir selbst. Wie konnte ich froh sein, fremde Kinder in Not dort hocken zu sehen? Rasch steckte ich den drei ärmlich gekleideten Mädchen einige Münzen zu. Diese Stadt! Sie machte mich vollkommen verrückt.

Plötzlich packte mich mein Vater an beiden Oberarmen und zog mich an sich.

»Du bist ein guter Mensch, Lianne, und ich bin glücklich, dass ich dich bei mir habe. Ich fürchte mich zu Tode vor der Begegnung, die mir bevorsteht. Allein würde ich es nicht schaffen.«

»Warum machst du dich so klein vor dieser Frau? Du hast keinen Grund für Schuldgefühle.«

»Das dachte ich auch. Nun jedoch ...« Er seufzte. »Nun kenne ich dich.«

»An mir hast du mehr als wiedergutgemacht, was ich dir vorwerfen könnte.«

»Was immer ich jetzt zu deinem Wohle tun kann, es wird niemals die traurige Kindheit wettmachen. Das stelle ich umso deutlicher fest, seit Saint-Malo am Horizont aufgetaucht ist. Doch darum geht es nicht. Dafür bräuchte ich Robina nicht zu treffen.« Er machte eine kleine Pause und raufte sich das Haar. »Es ist so: Ich kannte nie eine Frau außer ihr – nun, jedenfalls nicht näher. Ich hatte keine Ahnung, was Frauen antreibt, wie sie denken und fühlen. Nun aber kenne ich dich. Sie war damals jünger als du jetzt. Und wenn ich mir vorstelle, Luc würde dich schwängern und dann verlassen – egal wie die Umstände wären, ich würde ihn umbringen! Nur hatte Robina keinen Vater, dem daran gelegen war, mich meiner Verantwortung zuzuführen.«

»Sie hat dich hintergangen! So etwas würde ich niemals tun.«

»Ich behaupte nicht, dass du wie sie bist. Aber versteh doch, auch ihr Leben war nicht leicht. Menschen treffen falsche Entscheidungen, das geschieht andauernd.« Er nahm mich bei den Händen. »Ja, sie hat mich getäuscht. Und heute bin ich froh darüber, denn sonst hätte ich jetzt keine wunderbare Tochter. Darum muss ich Frieden mit ihr schließen.«

»Das verstehe ich ja. Aber verlange nicht von mir, dass ich mich ebenfalls mit dieser Frau aussöhne. Sie hat mich an Bellier verkauft. Sie wollte, dass ich seine Mätresse werde.«

»Ich weiß, und all das wird zur Sprache kommen. Doch vergiss nie, dass ich es bin, den sie hasst, nicht du. Mich konnte sie nicht bestrafen, da ich mich ihr entzogen habe. Sie hatte nur dich.«

»Nur trug ich keine Schuld an ihrem Unglück.«

»Du hast ein so großes Herz, mein Kind. Öffne es, ich bitte dich.«

Ich konnte nichts mehr erwidern. Was immer ich mir jetzt vornehmen würde, um meinem Vater einen Gefallen zu tun, ich wusste, es würde dem Blick in die Augen meiner Mutter nicht standhalten.

Schweigend schritten wir voran, und als die Sonne ihren höchsten Stand eingenommen hatte, erreichten wir unser Ziel. Ich biss mir auf die Unterlippe und trat hinter meinem Vater in die Handwerkergasse.

War es die plötzliche Wärme, die mich unter dem wollenen Mantel schwitzen ließ, oder lag es an der Furcht? Das Unterkleid klebte mir bereits am Rücken, und meine Füße brannten, als steckten sie in siedendem Wasser. Zu jedem Schritt musste ich meine zitternden Beine zwingen. Was würde mich erwarten? Ich sah das Gesicht meiner Mutter vor mir, glaubte, die harten Augen auf mir zu spüren. Ihre grausame Stimme klang mir in den Ohren. Dann wieder sah ich die Bilder, die Vater mir von ihr mit Worten gemalt hatte, Robina als junges Mädchen, klug, schön und verzweifelt. Doch meine eigenen Erinnerungen waren stärker als die, mit denen er hatte Verständnis in mir wecken wollen. Meine Erfahrungen mit dieser Frau wogen schwerer, und ich wollte sie nicht sehen!

Dennoch folgte ich dem Mann, der mein Leben gerettet hatte und nun um jeden Preis mit seiner Vergangenheit aufräumen wollte. Als er stehen blieb und sich suchend umsah, wies ich ihm den Weg, obwohl alles in mir danach schrie, umzukehren und fortzurennen. Doch zusammen näherten wir uns dem Haus meiner Mutter.

Das Erste, was mir auffiel, war die geöffnete Tür der Schreinerei. Geräuschvolles Hämmern tönte hinaus auf die Straße, Männerstimmen erklangen. Lebte meine Familie womöglich gar nicht mehr hier? Erleichterung überschwemmte mich und wurde sogleich von einer Woge der Sorge um meine Geschwister fortgewaschen. Ich ballte die Hände zu Fäusten, um nicht von meinen widerstreitenden Empfindungen übermannt zu werden und in mich zusammenzufallen.

Da trat ein goldgelocktes Mädchen aus der Tür neben der Schreinerei, und alle Ängste verflogen. Mit ihnen verschwand leider auch das Gefühl der Befreiung, und der Widerwillen, Mutter zu begegnen, legte sich erneut wie eine Eisenkette um mein Herz.

Meine jüngste Schwester blinzelte in die Wintersonne. Das Kind musste inzwischen zwei Jahre alt sein, es wirkte wohlgenährt in dem schlichten, sauberen Kleidchen und strahlte über beide leuchtend roten Backen.

»Sophie, komm mit!«

Hinter der kleinen Agnès trat ein schlankes Mädchen von etwa sechs Jahren auf die Straße, meine zweite Schwester.

»Hör auf, so zu schreien. Ich bin schon da.«

Auch Sophie war groß geworden. Es kam mir vor, als hätte ich sie Jahre nicht gesehen, und doch lagen nur acht Monate zwischen meiner Flucht aus Saint-Malo und der Rückkehr in die Stadt. Wärme breitete sich unerwartet in mir aus. Sophies schmales Gesicht strahlte eine Ernsthaftigkeit aus, die mich an mich selbst erinnerte. Ich meinte sogar, einige Gemeinsamkeiten in unseren Zügen zu entdecken, obwohl ich hauptsächlich meinem Vater ähnelte. Dieser sprach meine Gedanken aus.

»Deine Schwestern? Die Große hat viel von dir, Lianne.«

»Ich hoffe, dieser Umstand bringt ihre Mutter nicht gegen sie auf.«

Ich konnte den Blick nicht von den beiden Mädchen abwenden. Nie hatte ich mir eingestanden, wie sehr ich sie vermisste und wie schuldig ich mich dafür fühlte, sie allein gelassen zu haben.

Als sich jedoch auf Sophies Gesicht ebenfalls ein Lächeln legte, erkannte ich, dass es ihnen gut gehen musste. Kein Schatten verdüsterte die Augen hinter der Fröhlichkeit. Diese Kinder wurden geliebt. Als wären meine Gefühle nicht schon genug in Aufruhr, gesellte sich nun auch noch der altbekannte Neid hinzu, den ich jedes Mal verspürt hatte, wenn Mutter zärtlich zu meinen Geschwistern gewesen war.

»Jean!«, brüllte Agnès zwischen zwei Hammerschlägen in die Schreierei hinein. Sie besaß eine äußerst kräftige Stimme für ein so winziges Ding. »Komm heraus!«

Ich hielt den Atem an. War auch mein Bruder wohlauf? Einen Augenblick später trat dieser aus der Tür, wischte sich die Hände geschäftig an der Schürze ab und sprach: »Ach, Agnès, du weißt doch, ich kann nicht mit dir spielen. Ich muss dem Meister helfen.«

»Spielen!«, trotzte Agnès.

»Ich will bald in die Lehre gehen, und dass ich schon jetzt mithelfen darf, ist eine große Ehre«, sagte Jean mit aller Würde, die ein Siebenjähriger aufzubringen vermochte.

Mein Herz flog dem kleinen Kerl zu, ich konnte nicht mehr an mich halten und rief: »Jean! Mädchen!«

Alle drei wandten die Köpfe, und im nächsten Augenblick lagen zwei von ihnen in meinen Armen. Ich presste Jean und Sophie an mich, während sich Agnès langsam näherte und mich mit gerunzelter Stirn betrachtete. Es versetzte mir einen Stich, dass sie sich offenbar nicht an mich erinnerte.

»Meine Schätze! Wie geht es euch?«

»Oh, Lianne, du bist zurück! Agnès, komm her, es ist doch Lianne, unsere Schwester.« Sophie winkte die Kleine herüber, und mir wurde gnädig erlaubt, das lockige Köpfchen zu küssen. Ich roch Lavendelseife und wusste, mein Vater hatte ihnen mehr als nur ein wenig Geld geschickt, als ich ihn darum gebeten hatte. Jean bestätigte dies mit seinen nächsten Worten.

»Es geht uns sehr gut. Denk dir, eines Tages kam ein Schreinermeister und wollte die Werkstatt mieten. Obwohl doch kaum noch Geräte und Werkzeuge darin waren, aber die hat er alle mitgebracht. Er sagte, so geeignete Räume hätte er woanders nicht finden können. Mutter bekommt dafür viel Geld von ihm, und ich darf dort arbeiten und bald in die Lehre gehen!«

Ich sah meinen Vater an, und sein verschmitztes Lächeln zeigte mir, dass ich seinen Einfluss unterschätzt hatte. Hatte er befürchtet, Mutter hätte sein Geld abgelehnt? Jedenfalls war diese Lösung weitaus eleganter, als einfach ein Säckchen voll Münzen zu schicken.

Sophies Blick war meinem gefolgt. »Wer ist der Mann?«, flüsterte sie in mein Ohr.

»Das ist mein Vater, Kapitän Cartier.«

Ich sah weder Furcht noch Ablehnung in den Gesichtern der drei, nur Neugier und viele Fragen. Wenigstens das hatte meine Mutter richtig gemacht, die Kleinen nicht mit ihrem Groll aufwachsen zu lassen.

Jeans Augen weiteten sich. »Ein Kapitän? Habt Ihr ein großes Schiff, Monsieur Cartier?«

»Ja, die *Liberté*. Sie hat drei Masten, einer davon ist sogar ganz neu.« Er zwinkerte mir zu.

»Und hat sie auch Kanonen?«

»Natürlich, zwanzig auf jeder Seite!«

»Lianne, dann bist du fortgegangen, um mit deinem Vater auf See zu gehen? Warum hast du uns das nicht erzählt? Wir haben uns so um dich gesorgt!« Sophie sah mich ernst an.

»Ich habe es nicht gewagt. Unsere Frau Mutter mag keine Seefahrer.« Ich biss mir auf die Zunge. Wollte ich jetzt den Fehler machen, den meine Mutter nicht begangen hatte? Schnell sagte ich: »Außerdem hatten wir es eilig, wir mussten einen wichtigen Auftrag für den König erfüllen.«

Jean und Sophie starrten mich mit offenen Mündern an.

»Wohin seid ihr denn gefahren?«, fragte der Junge.

»Wir kommen eben von den Westindischen Inseln.«

»So, wart ihr also auf großer Fahrt?« Die harte Stimme trieb alle Hitze aus meinem Körper und ließ mich erstarren. Der Schatten meiner Mutter fiel auf mich, da ich noch immer zu meinen Geschwistern heruntergebeugt stand. Ich richtete mich auf und trat ihr gegenüber. Woher ich die Stärke nahm, war mir unbegreiflich. Vielleicht wollte ich auch nur verhindern, dass sich mein Vater bereits im ersten Augenblick vor ihr erniedrigte.

»Guten Tag, Frau Mutter. Wir würden gern mit Euch reden.« Ich musste die Worte herauspressen, denn sie hätten meinen Mund niemals freiwillig verlassen. Nichts, was mit dieser Person zu tun hatte, tat ich *gern*.

Sie blickte von mir zu meinem Vater, Boshaftigkeit blitzte in ihren Augen auf.

»Kommt nur herein.« Dann wandte sie sich an meine Geschwister. »Geht spielen, meine Lieben. Eure Schwester wird später für Euch Zeit haben.«

Wir traten ein, und ich bemerkte, dass der Raum viel heller war als früher. Meine Mutter hatte ein größeres Fenster einbauen lassen, außerdem brannte ein Feuer im Kamin. Die harten Stühle waren Sesseln mit geblümten Polstern gewichen. Der Schreiner schien eine überaus großzügige Miete zu zahlen.

»Setzt euch doch. Ich habe schon von der wundersamen Zusammenführung von Vater und Tochter gehört.« Ihr Tonfall war ausdruckslos. Hielt sie ihren Hass mühsam im Zaum? Es musste so sein, denn auch als sie weitersprach, war ihrer Stimme kein Gefühl zu entnehmen. »Unser verehrter Monsieur Bellier hat mir davon berichtet, während er meine Möbel und das Fenster zerschlug und meine Kinder in Angst und

Schrecken versetzte, als er von einer Natter brüllte, die ich ihm ins Nest gesetzt hätte. Nun, zum Glück kam kurz darauf das Angebot meines Mieters. So konnte ich die zerstörten Dinge ersetzen.«

»Ich sollte dem Herrn doch noch einen Besuch abstatten«, murmelte mein Vater.

»Um mich zu rächen?« Mutter lachte auf. »Das ist nicht notwendig. Er kam nur dieses eine Mal, seitdem habe ich ihn nicht mehr gesehen. Vermutlich ist er nicht einmal in der Stadt. Er soll häufig auf Reisen sein, erzählt man sich.« Erneut erklang ein freudloses Lachen. »Welch wundersame Tatsache, dass alle Welt auf Reisen gehen kann – außer mir natürlich. Selbst du hast nun ferne Länder besucht, Lianne. Seltsam, dass eine Frau an Bord plötzlich keine Umstände mehr macht. Wo es dir doch unmöglich war, mich damals mitzunehmen, *Kapitän* Cartier!«

Sie verschränkte die Arme vor der Brust, ihre Unterlippe schob sich ein winziges Stück vor. Es fehlte nicht viel und meine Mutter hätte mit dem Fuß aufgestampft.

»Oh, Robina, bist du denn niemals erwachsen geworden? Du sprichst wie ein gekränktes kleines Mädchen. Der Unterschied zwischen meinen damaligen Möglichkeiten und den jetzigen sollte dir doch klar sein! Wie kannst du deiner Tochter die Erfahrung neiden?«

»Das tue ich nicht!«, widersprach sie, doch ihr Gesicht sagte das Gegenteil. Vater sah es ebenso deutlich wie ich.

»Du machst dir die Wahrheit bis heute, wie sie dir gefällt. Hast du nichts gelernt aus deinen Fehlern? Oder denkst du noch immer, dass du alles richtig gemacht hast?«

Robinas Augen verengten sich. »Wirfst du mir vor, dieses Kind bekommen zu haben?« Ihr Finger stieß in meine Richtung, als führe sie ein Messer. »Dabei behandelst du sie doch, als sei sie der kostbarste Edelstein auf Erden! Prügelst dich sogar ihretwegen, befreist sie aus den Fängen von Bellier. Mich hast du ihm überlassen, ohne zu zögern.« Sie wandte sich an mich. »Nun sieh uns an, Tochter. Derjenige, der dich nicht wollte, liebt dich nun so sehr, dass er alles für dich tun würde. Mir dagegen, die er zu lieben vorgab und dann verließ, macht er unentwegt Vorwürfe.«

Tochter ...

Es war nicht so, als hätte sie das Wort ausgespien, es hatte nicht einmal einen anderen Klang als die vorhergegangenen gehabt. Dennoch hörte es sich seltsam fremd an aus ihrem Mund.

Mutter wandte sich wieder meinem Vater zu, blickte ihn mit ihren schwarzen Augen an, und er raufte sich das Haar.

»Ach, Robina, wenn es so einfach wäre. Manchmal erkennt man viel zu spät, was man will und wie sehr man etwas liebt. Es gibt eine Zeit für alle Dinge, und wenn sie noch nicht gekommen ist, weiß man nicht zu schätzen, was man hat.«

Sie ging nicht auf seine Worte ein, sondern fragte stattdessen: »Hat es sich wenigstens gelohnt, hast du deinen Traum gelebt? Bist du all das geworden, was du werden wolltest? War es das wert, mich alleinzulassen, dein Kind alleinzulassen?«

»Deine Worte sind ungerecht, Robina. Ich wusste nichts von ihr.«

»Oh doch, du wusstest von ihr!« Sie funkelte ihn an. »Ich hatte es dir gesagt.«

»Schon. Doch ich habe dir nicht geglaubt.«

»Du wolltest mir nicht glauben, weil es so bequemer für dich war!«

»Ich war jung.«

»Das war ich auch.«

Meine Mutter verschränkte erneut die Arme vor der Brust und straffte ihren Rücken, ganz die kalte, stocksteife Gestalt, die sie für mich immer gewesen war. Mein Vater seufzte und schüttelte kaum merklich den Kopf.

»Um deine Frage zu beantworten: Ja, ich bin all das geworden, was ich mir erträumt hatte. Ich wollte so dringend meiner armen Herkunft entfliehen, unbedingt reich werden. Nun bin ich es. Jetzt kann ich meiner Tochter etwas bieten. Es ist schlimm, dass sie vorher leidvolle Erfahrungen machen musste. Das aber hast du zu verantworten, nicht ich!«

Es dauerte eine Weile, in der sich das Schweigen wie eine Last über den Raum senkte, dann kam Bewegung in den starren Körper meiner Mutter. Ihre Arme und Schultern fielen herab, sie schloss die Augen.

»Das weiß ich längst«, flüsterte sie. »Ich wusste es immer. Doch mein Hass war so groß, ich konnte nicht anders, als sie zu verstoßen – als dich zu verstoßen.« Sie sah mich an. »Hätte mein Gatte überlebt, wäre ich nie zu dir gekommen. Dann hätte ich kein Geld von dir verlangt. Ich war zufrieden, mit der Schreinerei, unserem Auskommen und meiner Familie. Es war die beste Zeit meines Lebens, schöner sogar als meine Kindheit. Ich war eine fröhliche Ehefrau und Mutter. Beinahe neun Jahre lang habe ich jeden Gedanken an dich verbannt, mitsamt dem Hass tief in meinem Herzen begraben. Ich mied die Orte, an denen ich dir hätte begegnen können, und bald war es, als hätte es dich nie gegeben. Doch das Schicksal ließ mir meinen Frieden nicht.« Sie rieb sich über die Stirn, als hätte sie Kopfschmerzen. »Ich war auf dein Geld angewiesen, wollte dich eigentlich darum bitten, es mir zu geben, für das Überleben deiner Geschwister. Doch dann sah ich dich dort stehen, sechzehn Jahre alt, ein Ebenbild deines Vaters. Sauber gekleidet, wohlgenährt, ohne eine Sorge im Leben. So dachte ich, und der Hass kehrte zurück.«

Als hätte es dich nie gegeben ...

»Gab es je einen Augenblick, in dem Ihr mich gern hattet, Frau Mutter?« Die Frage brach aus mir heraus, bevor ich die Worte zurückhalten konnte. Wollte ich die Antwort überhaupt wissen? Was würde sie für mich bedeuten?

Der Blick aus den schwarzen Augen ruhte noch eine Weile auf mir, dann wanderte er in die Ferne, und ich sah, dass sich ihre Gedanken nach innen wendeten.

»Ja ... Ganz am Anfang, als du in meinem Bauch warst.« Die Stimme war kaum hörbar, wie in einem Traum gefangen.

»Versuch dich daran zu erinnern, Robina«, flüsterte mein Vater. »Sie ist dein Kind, ebenso wie die anderen.«

Beide starrten wir gebannt auf die Miene der Frau, die alle Schuld dem Schicksal gab und doch selbst Schicksal gespielt hatte, mit ihm, mit mir. Als hätte jemand einen Zauber gesprochen, wichen alle Schatten von ihr.

War das noch meine Mutter? Ich konnte es nicht glauben. Die Gesichtszüge – so weich, ohne jede Bitterkeit. Sie lächelte.

»Ich wollte dich so sehr.« Meinte sie meinen Vater oder mich? »Meine Familie war mir genommen, und die Aussicht auf die neue, die verhasste, die mich gekauft hatte, war grausam. Ich wollte eine eigene, wollte lieben und geliebt werden. Ein Kind bekommen, von einem anderen als Lexius, von dem Mann, der wieder Farbe in mein elendes Dasein gebracht hatte. Das war mein Wunsch und Bestreben.«

Ihr Blick kehrte zurück in die Wirklichkeit, offener als je zuvor richtete er sich auf mich.

»Vorhin sagte ich, die Zeit mit meinem Gatten war die beste meines Lebens. Es gab jedoch eine Zeit, die noch schöner war. Es waren die Wochen, in denen ich wusste, dass ich dich erwartete, und bevor ich es Lexius und deinem Vater mitteilte. Nie wieder habe ich mich so kraftvoll gefühlt, so voller unbändiger Liebe und Hoffnung auf die Zukunft. Es war aufregend, beängstigend und wundervoll.«

»Wie konnte es dann geschehen, dass Ihr mich so verabscheut?«

»Nur die größte Liebe vermag den größten Hass hervorzurufen.« Es war mein Vater, der sprach. »Diese beiden sind die stärksten aller Gefühle, doch man kann – und muss! – ihre zerstörerischen Folgen überwinden. Ich war so wütend, dass du mir meinen Traum von der Seefahrt vereiteln wolltest. Ja, ich habe dich auch gehasst. Doch heute bin ich gekommen, um dich um Verzeihung zu bitten dafür, dass ich dich allein ließ. Es würde mir viel bedeuten, wenn du unsere Tochter ebenfalls um Verzeihung bitten könntest. Kannst du sie in dein Herz lassen, jetzt, wo ich hier stehe und Abbitte leiste?«

»Würde es etwas ändern?«

Sie fragte mich, nicht ihn. Ich horchte in mich hinein, auf der Suche nach der Antwort. Etwas hatte sich bereits verändert durch dieses Gespräch. Meine Mutter war für mich zu einem Menschen geworden. Dennoch konnte und wollte ich nicht verzeihen und vergessen, jetzt nicht! Ich verschränkte die Arme vor der Brust, ganz das Spiegelbild ihrer vorherigen Haltung.

»Ich weiß es nicht. Es wäre vielleicht ein Anfang.«

»Bitte glaube mir, es hat mir immer leidgetan, dass ich unfähig war, dich zu lieben. Nun kennst du die Gründe, die nichts mit dir zu tun hatten. Ich bereue, dass es mir unmöglich war, mich über meine Verletzungen zu erheben und eine Mutter zu sein.«

Es war eine Entschuldigung, und sie klang aufrichtiger, als wäre sie weinend auf die Knie gefallen und hätte mich angefleht, ihr zu verzeihen. Ich nickte.

»Danke«, sagte mein Vater leise. Ihr Blick löste sich von mir und richtete sich auf ihn, und in den schwarzen Augen lag nur noch ein Rest von Schmerz, dafür eine Menge Traurigkeit.

»Ich weiß, sie braucht Zeit. Doch ich werde ihr beweisen, dass ich eine Mutter sein kann. Dir trägt sie schließlich auch nicht nach, sie verlassen zu haben.«

»Weil ich nicht sie verlassen habe, sondern dich. Und eben deshalb wird sie dir vergeben. Weil du *mich* hasst und nicht sie. Glaube mir, ich verstehe deine Gefühle. Du warst jung. Du hast all deine Hoffnungen in mich gesetzt so wie ich all meine Hoffnungen in die Anstellung auf dem Schiff. In die einmalige Gelegenheit, größer zu werden, als meine Geburt mir erlaubte.«

»Ja, die Geburt ... Ich bin nun so viel kleiner als das, was meine Herkunft eins versprach. Meine Tochter dagegen kann Größeres erwarten, allen Widrigkeiten zu Trotz. Ich wünsche mir so sehr für meine anderen Kinder, dass auch sie über sich hinauswachsen, über *mich* hinauswachsen und über das, was ich ihnen zu bieten vermag.«

»Die schlechten Zeiten sind vorbei, Robina.« Vater erhob die Stimme, ganz Kapitän, sprach mit Überzeugung und Begeisterung, so wie an Bord der *Liberté*. »Deinen Kindern – allen vieren – soll es an nichts mehr mangeln, und auch dir nicht. Denn du bist die schönste Erinnerung an meine Jugend, du bist meine erste Liebe. Und – glaube es oder nicht – die einzige bisher.«

»Und doch war sie nicht groß genug, um bei mir zu bleiben.«

»Sie wäre es gewesen, wenn ich schon ein Mann gewesen wäre und kein mittelloser Knabe, wenn ich bereits ein Leben gehabt hätte, aber ich hatte keines. Sie wäre groß genug gewesen. Sie ist es noch heute. Wenn ich dich so ansehe ... erwachsen jetzt, immer noch schön, Mutter von vier Kindern, Mutter meiner geliebten Tochter. Ich habe bisher keine andere lieben können, ich kann es heute nicht, und ich werde es nie können.«

»Du bist derselbe Künstler geblieben, malst die Welt mit Worten ebenso bunt wie damals.«

»War sie es denn nicht – damals? Wir hatten doch schöne Zeiten. Warum hast du sie nicht in deinem Herzen behalten, so wie ich, und der traurigen Wirklichkeit die Stirn geboten?«

»Wäre ich stärker gewesen, hätte ich es getan. Doch ich war ein verwöhntes Kind, zur Träumerin erzogen von einem Vater, der mich zu sehr liebte und doch nicht genug.«

»Ein Träumer war ich ebenfalls. Nur träumten wir dereinst von verschiedenen Dingen.«

Es war ein sonderbares Gefühl, meine Eltern reden zu hören, als sei ich gar nicht im Raum.

»Wir haben beide Fehler gemacht, nicht wahr, Jacquo?« Ein feines Lächeln erschien auf dem Gesicht meiner Mutter. »Es ist seltsam, deinen Namen ohne Bitterkeit auszusprechen. Das habe ich lange nicht mehr getan.«

Er ergriff ihre Hände, und sie entzog sie ihm nicht. Ich war sprachlos. Bahnte sich da etwa eine Versöhnung an? Und was würde das für mich bedeuten?

Sie nahmen mich nicht mehr wahr, also verließ ich das Haus. Ohnehin brauchte ich dringend frische Luft. Mein Kopf schien platzen zu wollen, zu viele Gedanken wirbelten durcheinander. Ich wusste nicht, was ich fühlen sollte. Alles war verrückt. Was gestern noch Wirklichkeit gewesen war, sollte nun nicht länger gelten? Meine Mutter war kein grausames Scheusal, mein Liebster wartete nicht mehr auf mich ... Was würde noch alles geschehen?

Meine Geschwister waren nicht spielen gegangen. Sie hielten sich an den Händen, Jean in der Mitte, und starrten die Tür an, aus der ich trat.

»Nun, meine Schätze? Wollen wir uns ein wenig unterhalten?«

»Ist dort drinnen alles in Ordnung?« Jean sah mich mit gerunzelter Stirn an, ganz Beschützer seiner Mutter.

»Aber natürlich. Mein Vater ist ein guter Mann.«

»Nicht wie der, der unsere Möbel zerschlagen hat?«, fragte Sophie.

»Vollkommen anders, glaube mir. Doch sagt, gibt es noch die Bäckerei am Ende der Straße?«

»Kuchen?« Agnès strahlte.

»Wenn ihr mögt ...«

»Ja!«

Also gingen wir die Handwerkergasse entlang zu der kleinen Backstube, aus der ein betörender Duft drang, kaum dass wir uns ihr näherten. Auch wenn ich beinahe sicher war, dass sich Bellier nicht in dieses ärmliche Viertel verirren würde, blickte ich mich die ganze Zeit unsicher um. War er wirklich nicht in der Stadt? Wenn er die *Liberté* doch im Hafen gesehen hatte, würde er herkommen, in der Hoffnung, mich allein anzutreffen? Hegte er überhaupt noch Rachegedanken oder war ich ihm inzwischen gleichgültig?

»Lianne, du hörst ja gar nicht zu!« Empört sah Sophie mich an. »Wir wollten uns doch unterhalten.«

»Du hast recht, meine Kleine. Es tut mir leid.« Ich verscheuchte die finsteren Gedanken und kaufte für jedes meiner Geschwister ein Stück Kuchen. Ich selbst hatte keinen Appetit – erstaunlicherweise –, doch ich nahm einige Kekse, die ich Emeni mitbringen wollte. Nach der Erfahrung im Hause Durand konnte sie kaum aufhören, von den französischen Backwaren zu schwärmen.

Wir schlenderten zurück zur Schreinerei, denn ich fühlte mich in der Nähe meines Vaters doch sicherer. Dieser war nicht zu sehen, die Tür zur Wohnung noch immer geschlossen. Ich breitete meinen Mantel nahe der Hauswand aus, und wir setzten uns darauf. Während meine Geschwister kauten, erzählte ich von unserer Reise, von den Tieren und Pflanzen, den fremden Menschen und natürlich auch von den Piraten. Sie hörten mir gebannt zu, und ich bedauerte, sie so bald wieder verlassen zu müssen. Doch es zog mich nach Paris, und obgleich ich das Wiedersehen genoss, wollte ich so schnell wie möglich die Fahrt fortsetzen. Jeder Tag, jede Stunde Verzögerung war zu viel!

Dann öffnete sich die Tür, und meine Eltern traten heraus. Ich traute meinen Augen nicht. Sie hielten sich an den Händen. Ich wusste nicht, wie ich darüber denken sollte, darum verdrängte ich alle Gefühle außer dem einen. Ich stand auf.

»Können wir jetzt aufbrechen, Vater? Wir haben es eilig.«

»Nun ...« Er räusperte sich. Sah ich richtig, errötete er? »Du wirst dich noch ein wenig gedulden müssen. Deine Mutter und ich sind übereingekommen ...«

»Einen Augenblick mal! Ich dachte, wir beide waren uns über etwas einig.«

»Wie sprichst du denn mit deinem Vater?«, wisperte Sophie entsetzt. Sie hatte ja recht, aber ich war zu aufgebracht, um mich zu mäßigen.

»Nun hör mich doch erst einmal an. Es ist ja auch zu deinem Wohl. Du hast mehrfach betont, wie du diese Stadt verabscheust.«

»Was hat das ...« Ich brach ab, nun gänzlich verwirrt.

»Ich möchte deine Mutter mitnehmen nach Le Havre, ihre Geburtsstadt. Ich will versuchen, ihr Elternhaus zurückzukaufen. Sie und deine Geschwister könnten dort leben. Sie wären viel näher an Paris und bei dir. Und da ich in Zukunft auch öfter in der Stadt sein werde, würde ich regelmäßig an Le Havre vorbeikommen, um bei ihnen – nach dem Rechten zu sehen.«

Die Wangen meines Vaters leuchteten flammend rot, er sah aus wie ein verliebter Knabe! Ich war fassungslos.

»Das alles hat doch Zeit! Diese Pläne könnt ihr verwirklichen, wenn ich erst einmal mein Leben in Paris begonnen habe. Warum geht es plötzlich nur noch um sie?«

»Es geht auch um dich und die Kleinen. Du müsstest nie wieder nach Saint-Malo kommen, und die drei wären nur halb so weit von dir entfernt wie hier, weniger als eine Wochenreise.«

Eine weitere scharfe Erwiderung lag mir auf der Zunge, doch damit hätte ich meine Geschwister verletzt, und das hatten sie nicht verdient. Ich straffte die Schultern und sagte mühsam beherrscht: »Und was ist nun zu tun, bevor wir nach Paris reisen können?«

»Ich werde mit dem Mieter der Schreinerei über einen Kauf verhandeln und ihm auch das Wohnhaus anbieten. Deine Mutter wird ihre Angelegenheiten regeln und packen. Morgen, spätestens übermorgen können wir aufbrechen. Wir fahren geradewegs nach Le Havre, wo ich meine Geschäftspartner treffe und die karibischen Waren verkaufe. Danach erkundigen wir uns nach dem Haus. Je nachdem, wer inzwischen der Eigentümer ist, werden die Verhandlungen mehr oder weniger Zeit in Anspruch nehmen. Vielleicht ist es nötig, vorübergehend eine andere Wohnung anzumieten. Möglicherweise müssen wir Möbel erwerben, dann natürlich einen Lehrer für Sophie und Jean finden ...«

»Schon gut«, unterbrach ich ihn. »Solange du nicht aus den Augen verlierst, wohin wir eigentlich unterwegs sind.«

Mein Vater ließ Robinas Hände los und ergriff meine.

»Liebste Tochter. Du hast die Wochen auf Hiluma überstanden, als niemand wusste, wie es mit uns weitergeht. Nun wirst du doch wohl die letzten Tage hier in Frankreich aushalten.«

»Auf Hiluma wusste ich nicht, dass mich Luc für tot hält.«

»Das weißt du auch jetzt nicht. Vielleicht spürt er, dass du lebst. Glaube mir, es kommt nicht auf die wenigen Tage an.«

Ich wollte es so gern glauben, doch ich konnte nicht. Mein Herz sagte mir, dass es auf jede Stunde ankam.

14

Paris, Februar 1689

Aus den Tagen waren Wochen geworden. Zwar hatten wir Saint-Malo zügig verlassen, doch in Le Havre waren Schwierigkeiten aufgetreten. Es war ein Kampf um die wertvolle Ladung der *Liberté* entbrannt. Besonders die Käufer des Blauholzes hatten sich gegenseitig immer wieder überboten, was gut für meinen Vater war, für mich jedoch weitere quälende Verzögerungen zur Folge hatte. Ich sagte mir, dass die Geschäfte auch für mich wichtig waren, denn je mehr Geld Vater dem König bringen konnte, desto gesicherter war meine Zukunft. Es fiel mir jedoch schwer, so zu denken. Als dazu noch Probleme beim Hauskauf entstanden waren, war ich der Verzweiflung vollends erlegen.

Letztendlich hatte Vater das Elternhaus meiner Mutter erwerben können, doch es waren zähe Verhandlungen nötig gewesen. Mit gemischten Gefühlen hatte ich Robina dabei beobachtet, wie sie staunend und gerührt das Haus ihrer Jugend durchstreifte, ihre Hände über Treppengeländer und Türen gleiten ließ. Einerseits verstand ich ihre Freude und neidete sie ihr auch nicht, obwohl unser Verhältnis noch immer kühl war. Andererseits hatte sie eine schöne Kindheit, an die sie zurückdenken konnte. Mir blieb nur die Zukunft, und die fühlte ich mit jeder Stunde schwinden. Ich wusste nicht, was der Grund dafür war, doch meine Unruhe wuchs ins Unermessliche.

Dann, endlich, hatten mein Vater und ich aufbrechen können. Als geachteter Seemann war es ihm ein Leichtes gewesen, ein Schiff zu finden, das uns flussaufwärts mitnahm. Quälend langsam war die Fahrt verlaufen, der schwer mit Weinfässern beladene Kahn musste mühselig gegen die Strömung gezogen werden.

Mit dem Auftauchen der ersten sandigen Stadthäfen, der gewaltigen Holzstapel an beiden Ufern und schließlich so weitläufiger Parkanlagen, wie ich sie noch nie gesehen hatte, neigte sich unsere Reise ihrem Ende zu. Zur Linken tauchte ein prächtiges Bauwerk auf, in dessen Mitte ein hohes Kuppeldach glänzte.

»Das ist der Tuilerien-Palast«, erklärte mein Vater.

»Lebt dort der König?« Aufgeregt packte ich Emenis Hand. Sie fühlte sich eiskalt an.

Vater lachte. »Nein, er ist vor Kurzem in einen Vorort gezogen. Bis dahin hat er im Louvre-Palast gelebt, den du gleich sehen wirst.«

Er deutete in die Ferne, doch ich konnte meinen Blick nicht von dem Gebäude abwenden, das sich jenseits der Parkanlage über deren gesamte Breite ausdehnte. Die Kupferdächer schimmerten dunkelgrün im Licht der schwachen Wintersonne, die sich durch den grauen Himmel gekämpft hatte. Dann fuhren wir unter einer steinernen Brücke hindurch, an der noch gebaut wurde, und ich konnte den Palast nicht mehr sehen.

Dafür erstreckte sich eine lange, durchgehende Häuserfassade am Ufer der Seine entlang, und an ihrem Ende erschien das Schloss, das Vater gemeint haben musste. Auf den ersten Blick wirkte es wenig prunkvoll, ein flacher, viereckiger Bau, der nur an den Ecken und in der Mitte seiner Seiten erhöhte Dächer aufwies. Vater erklärte uns, dass man die zahlreichen Türme abgerissen hatte, die den Palast in vergangenen Jahrhunderten geschmückt hatten. Außerdem sei er unter den letzten Herrschern des Landes vielfach umgebaut worden.

Ich wollte meine Aufmerksamkeit schon anderen Dingen zuwenden, da sagte mein Vater: »Weißt du, Tochter, seit der König nicht mehr dort lebt, wird der Palast arg vernachlässigt. Doch die Räume sind teilweise an Künstler vermietet. Wer weiß, vielleicht wirst du dort eines Tages malen dürfen.«

Sogleich betrachtete ich das Gebäude mit anderen Augen. Ich sah die hohen Fenster an, durch die viel Tageslicht dringen mochte, stellte mir vor, wie ich in den Räumen dahinter arbeiten würde. Meine Kehle fühlte sich wie ausgetrocknet an, und ich wünschte mir nichts sehnlicher, als endlich mein Leben in Paris beginnen zu dürfen.

Wir fuhren unter weiteren Brücken hindurch, mein Vater wies hierhin und dorthin, zeigte auf Häfen, Inseln, Kirchen und andere Bauwerke. Doch ich hörte nicht länger zu, sah nicht einmal mehr hin, konnte nur noch daran denken, hinter welcher dieser Mauern mein Geliebter lebte, wo mein zukünftiges Heim sein würde. Als wir endlich den Weinhafen erreichten und das Schiff anlegte, zog ich Emeni sogleich von Bord. Ich vermochte kaum stillzustehen, während Vater in aller Seelenruhe unsere Fahrt bezahlte, sich höflich verabschiedete und schließlich gemessenen Schrittes an Land trat.

»Wohin gehen wir nun? Wo werden wir wohnen? Wie sollen wir herausfinden, wo Luc lebt?«

»Ruhig, mein Kind.« Vater lachte. »Es wird sich alles fügen.«

Er hielt einen vorübereilenden Jungen an, drückte ihm eine Münze in die Hand und sprach ein paar Worte mit ihm. Dann ging er voraus am Ufer des Flusses entlang, auf jeder Schulter eines unserer Reisebündel. Emeni und ich folgten ihm, zwei kleine Mädchen in der großen Stadt, einander an den Händen haltend und verschreckt über all das Neue, das auf uns einstürmte.

Nie zuvor hatte ich so viele Menschen gleichzeitig gesehen, so hohe Gebäude und ein ganzes Flussufer voller Geschäftigkeit. Es war nicht so sehr die Anzahl der Passanten, die mich erschreckte, sondern ihr Aussehen. Die Gegensätze zwischen Arm und Reich schienen in Paris stärker als in anderen Städten, augenfälliger gar als auf den Westindischen Inseln mit ihren Herren und Sklaven. Während pelzbekleidete Adlige in feinen Kutschen an uns vorbeirumpelten, knieten am Ufer schmutzige Frauen und Kinder hinter Kisten mit Fischen. Finster aussehende Gestalten, die sogar das Gesindel in den Tavernen der karibischen Häfen in den Schatten stellten, drückten sich in Grüppchen an Hausecken herum. Wir gingen an zwei Bettlern vorbei, die verdreckte Uniformen trugen. Einem von ihnen fehlte ein Bein, dem anderen ein Auge und das halbe Gesicht. Lallend sprach Letzterer uns an. Erschrocken wandte ich den Blick ab und eilte weiter.

Schließlich erreichten wir die Insel, die wir bereits mit dem Schiff passiert hatten.

»Seht, Mädchen. Dies ist die Kathedrale *Notre Dame de Paris.*«

Mein Vater wies auf ein mächtiges Bauwerk, das sich am äußersten Zipfel der Insel in unmittelbarer Nähe des Flussufers erstreckte. In der Mitte des lang gestreckten Baus ragte ein schlankes Türmchen in den Himmel auf, weitere niedrigere schmückten ein prächtiges Portal, über dem ein riesiges Rosettenfenster prangte. Wie herrlich musste es erst vom Inneren der Kirche aus anzusehen sein, wenn seine farbigen Glasscheiben richtig zur Geltung kamen!

Es gab noch andere Fenster, kleine runde und hohe schmale, dazu spitze Dächer, steinerne Bögen und Streben, Figuren, verschnörkelte Verzierungen und vieles mehr, das das Auge im Vorbeigehen gar nicht schnell genug erfassen konnte. Der Drang, augenblicklich zu Stift und Papier zu greifen, wurde übermächtig. Emeni jedoch schien nah bei meinem Vater bleiben zu wollen, denn sie gönnte mir keinen weiteren Blick, sondern zog mich unerbittlich mit sich.

Wir schritten voran, am Ufer des Flusses entlang, bis uns Vater durch ein festungsgleiches Tor und über eine bebaute, mit Menschen überfüllte Brücke geleitete. Noch einmal rechts abgebogen, dann standen wir plötzlich vor der Kathedrale. Von hier aus waren die Größe und die Pracht des gesamten Baus nicht zu erkennen, man sah nur eine vergleichsweise schmale Fassade mit drei Portalen. Darüber erhoben sich kräftige, eckige Zwillingstürme, ein kleineres Rosettenfenster und eine lange Reihe von Statuen, die offenbar Könige darstellten.

Ein Mann in abgerissener Kleidung, der einen üblen Geruch verströmte, lenkte meinen Blick von dem Gebäude ab. Er näherte sich uns mit bettelnd ausgestreckter Hand. Mein Vater wies ihn schroff ab, dann wandte er sich an uns.

»Wir wollen hineingehen und für unsere glückliche Ankunft danken.«

Ich konnte mich nicht abwenden, starrte dem Bettler nach, der langsam davonhumpelte.

»Lianne, du musst dich daran gewöhnen. Es gibt viel Elend in Paris, und wir können nicht jedem helfen.« Mein Vater ergriff meine freie Hand und zog mich sanft mit sich.

Wir schritten auf die Kirche zu, passierten weitere magere Gestalten in Lumpen, und mein Herz wurde schwer. Wie konnte es sein, dass im Schatten der prächtigsten Bauwerke ein halbes Volk hungerte? Ich hatte in La Rochelle schon Ausgestoßene kennengelernt, die Bewohner der Brandruine, doch diese hier waren noch ärmer, noch verzweifelter.

Ich blickte Emeni an und fand, dass sie blasser aussah als gewöhnlich. Ihre Mandelaugen waren weit aufgerissen, sie schien sowohl die vielen Gebäude als auch die Menschen mit Misstrauen zu betrachten. Sie umklammerte meine Hand so fest, dass ich meinte, meine Finger würden brechen. Als wir die Kathedrale durch das hohe, mit unzähligen Figuren geschmückte Hauptportal betraten, hörte ich, wie Emeni scharf den Atem einsog. Auch ich war überwältigt.

Das Halbdunkel umfing uns, hüllte uns ebenso ein wie die Stille. In der kühlen Luft lag ein betörend süßer Duft. Emeni nahm ihn ebenfalls wahr.

»Blumen?«, wisperte sie.

Mein Vater lachte leise. »Nein, Kind. Sie verbrennen während der Messen ein Baumharz, man nennt es Weihrauch.«

Ich sah zu der hohen, gewölbten Decke auf, zu den Fenstern aus bemaltem Glas, die sich genau darunter befanden, und ich konnte nicht ermessen, wie dieses Wunderwerk erbaut worden war. Dicke Säulen säumten den endlos scheinenden Gang durch das Mittelschiff, der an langen Reihen von Bänken vorbei zum Hauptaltar führte. Langsam schritten wir ihn entlang. Auf halbem Wege wandte ich mich nach rechts, und da war sie, die Fensterrosette, die ich von draußen gesehen hatte. Ihr genau gegenüber befand sich ein zweites, gleichermaßen prächtiges Exemplar. Beide leuchteten so bunt wie benutzte Malerpaletten, wobei ein sattes Blau und ein strahlendes Rot vorherrschten. Doch auch die anderen Farbtöne, das Grün, das Gelb, sogar das Weiß waren von einer solchen Klarheit und Tiefe, dass sie mein Herz im Innersten berührten. Es war mir gleichgültig, was auf den Fenstern abgebildet war, obwohl die einzelnen Motive äußerst kunstvoll gestaltet waren. Wie ich mich danach sehnte, derartige Farben anmischen und verwenden zu dürfen! Würde ich die Gelegenheit bekommen, es zu lernen? Ich wünschte es mir so sehr, dass es wehtat. Mit Mühe riss ich mich von dem Anblick los.

Wir gingen an Nischen mit Altären vorbei, die mit Heiligenfiguren, Statuen und Bildern geschmückt waren und vor denen unzählige brennende Kerzen standen. Ich musste an mich halten, um nicht bei jedem Gemälde den Farbauftrag und die Absicht des Malers, die er mit diesem oder jenem Pinselstrich verfolgt hatte, zu deuten. Wie würde es erst werden, wenn ich selbst solche Fertigkeiten erlernt hatte? Würde ich je wieder unvoreingenommen ein Bild betrachten können?

Vater führte uns zu dem breiten Hauptaltar und bedeutete mir, neben ihm niederzuknien. Ich folgte seiner Anweisung, und Emeni tat es mir nach, obwohl er es von ihr nicht verlangt hatte und sie gewiss nicht wusste, was der Grund dafür war. Ich sah sie an und bemerkte, dass sie uns aufmerksam musterte. Vater und ich bekreuzigten uns, und auch Emenis dunkle Hand versuchte, das Zeichen zu machen, blieb jedoch auf halbem Wege in der Luft hängen. Es rührte mich, dass meine Freundin bereit war, sich uns anzupassen.

Im nächsten Augenblick jedoch, als Vater sein Dankgebet für unsere Rettung mit dem *Ave Maria* begann und Emeni die lateinischen Worte nicht verstand, schwang ihre Stimmung um. Sie stieß sich vom Boden ab, stand auf und verschränkte die Arme vor der Brust. Am liebsten wäre ich ihrem Beispiel gefolgt, hätte – bei all ihrer Schönheit – die Kathedrale hinter mir gelassen und sogleich die Suche nach Luc begonnen.

Ich zwang mich zur Ruhe und vertiefte mich in die Stimme meines Vaters, der inzwischen dem Herrn und allen Heiligen mit seinen eigenen Worten für unsere glückliche Heimkehr dankte. Erst als er aufstand, erhob ich mich ebenfalls. Auf dem Weg zurück durch das Mittelschiff betrachtete ich erneut die Fensterrosetten und schwor mir, zurückzukehren und sie zu malen – sofern dies in der Kirche keinen Anstoß erregte.

Als wir ins Freie traten, war die Sonne verschwunden, und ein eisiger Wind fuhr vom Fluss her in die

Gassen der Insel. Fröstelnd zog ich meinen Umhang fester um mich, doch mein Zittern rührte weniger von der Kälte als vielmehr von der Ungeduld her, die ich während des Dankgebets nur mühsam unterdrückt hatte.

»Was nun, Vater?«

»Ich wohne stets im selben Haus, wenn ich in Paris bin. Monsieur Braque hat einige Wohnungen, die er an Reisende vermietet. Mit Glück ist eine frei und mein Bote hat unsere Ankunft schon angekündigt. Folgt mir bitte, werte Damen.«

Noch immer schleppte er unsere schweren Reisebündel so mühelos, als wären sie federleicht. Nachdem meine Hand glücklicherweise Emenis Umklammerung entkommen war, schritten wir nebeneinander her, jede in eigene Gedanken vertieft, durch das Gewirr der Gassen. Als wir vor einem dreistöckigen Haus ankamen und mein Vater stehen blieb, kam sogleich ein älterer Herr aus der Tür geschnellt und strahlte.

»Kapitän Cartier! Welch eine Freude! Ihr kommt spät.«

»Wir wurden aufgehalten, Monsieur Braque.« Vater schüttelte dem Mann die Hand, dann wies er auf uns. »Meine Tochter Lianne und ihre Magd Emeni.«

Für einen Augenblick legte sich die Stirn unseres Vermieters in Falten, als er Emeni betrachtete, dann jedoch begrüßte er sie ebenso freundlich wie mich.

»Mir sind Menschen aus aller Welt stets willkommen«, sagte er und wies mit überschwänglicher Geste auf seine Haustür. »Eure bevorzugte Wohnung ist bereits hergerichtet, Kapitän.«

Wir schritten eine enge Treppe hinauf und betraten einen geräumigen Salon. Vater stieß ein winziges Schnauben aus, als er die Bündel fallen ließ. Sie zu tragen, war wohl doch anstrengender gewesen, als er uns hatte weismachen wollen. Monsieur Braque zeigte uns die Räumlichkeiten, als sähe mein Vater sie zum ersten Mal.

»Hier ist das Schlafzimmer der jungen Damen, seht das großzügige Bett und die schönen Vorhänge! Es steht schon warmes Wasser bereit, damit Ihr Euch die Hände reinigen könnt, und selbstverständlich Parfum zur Erfrischung. Und dort werdet Ihr nächtigen, Kapitän. Essen erhaltet Ihr wie üblich nebenan in meinem Hause. Madame Braque richtet Euch bereits ein Mahl.«

Als Monsieur endlich gegangen war, bestürmte ich meinen Vater.

»Ich habe keinen Hunger. Ich möchte gleich Luc suchen, bitte erlaube es mir.«

»Willst du ihm so unter die Augen treten? Wasch dich erst einmal, Lianne, kleide dich sauber an und iss einen Happen. In der Zwischenzeit werde ich den Boten von vorhin anweisen, Lucs Aufenthaltsort herauszufinden. Ich habe gesehen, dass sich der Kerl in der Hoffnung auf weitere Münzen noch immer in der Gasse herumdrückt.«

Er verließ den Salon, und ich ergriff Emenis und mein Bündel und zerrte sie in unser Schlafzimmer. Ich entnahm die Kleidungsstücke, Emenis wallende, bunte Gewänder, an denen sie unbeirrt festhielt, und die wenigen Kleider, die mir nach dem Sturm geblieben waren. Ein weiteres hatte ich in Le Havre erworben, um die ersten Tage in Paris zu überstehen. Dann, so hatte Vater gemeint, würden wir uns ohnehin neu einkleiden müssen. Es war noch ungetragen, ein hübsches hellgrünes Stück mit langen Ärmeln, zwar verknittert, aber sauber. Ich strich es glatt, so gut ich konnte, wusch mir Gesicht und Hände und kleidete mich um. Emeni half mir schweigend, machte jedoch wie üblich keine Anstalten, sich vor mir zu entblößen. Ich ließ sie allein, nahm meinen Umhang und betrat den Salon. Im selben Augenblick kam auch mein Vater zurück.

»Der Junge ist unterwegs. Nun dauert es nicht mehr lange, mein Kind.« Er küsste mich auf die Wange.

»Denkst du, Luc wird sich freuen? Vielleicht hat er längst mit mir abgeschlossen ...«

»Dann ist er ein Schwachkopf!«, entfuhr es meinem Vater.

»Das ist er gewiss nicht.«

»Richtig. Aus diesem Grunde brauchst du dich auch nicht zu sorgen.«

Emeni kam aus der Tür zu unserem Schlafzimmer. Ich konnte nicht feststellen, ob sie ebenfalls das Gewand gewechselt hatte, denn eins sah wie das andere aus, ich vermochte die wilden Muster nicht voneinander zu unterscheiden. Ich sah, wie mein Vater die Stirn runzelte. Nur zu gern würde er sie in ein französisches Kleid stecken, das wusste ich. Doch sie trug ihre gewohnte Kleidung mit einem solchen Stolz, dass dieses Vorhaben schwierig zu verwirklichen sein würde.

»Kommt, Mädchen. Lasst uns die Kochkünste von Madame Braque auf die Probe stellen, dann suchen wir Luc auf.«

»Ich habe wirklich keinen Hunger. Und ich möchte gern allein gehen. Der Bote kann mich hinführen. Bitte, Vater!«

Ich wollte den Augenblick des Wiedersehens mit niemandem teilen, mich nicht zurückhalten müssen, nach all der langen Zeit meinen Gefühlen freien Lauf lassen. Der Gedanke, meinen Vater oder gar Emeni mitzunehmen, erschien mir unerträglich.

An dem Klang seines Seufzens erkannte ich, dass ich den großen Kapitän Cartier wieder einmal um den Finger gewickelt hatte. Bevor er es sich anders überlegen konnte, rief ich: »Einen guten Appetit euch zweien. Ich komme bald zurück.« Dann rannte ich aus dem Salon und die Stiege hinab. »Ich warte draußen auf den Jungen.«

Als ich aus der Tür in die Gasse trat, nahm mir die eisige Luft den Atem. Nun bemerkte ich erst, wie wohlig warm es in den Räumen gewesen war. Rasch zog ich meinen Umhang an und ließ meinen Blick über die Menschen streifen, die an mir vorbeigingen. Jedermann in dieser Stadt schien es eiliger zu haben als anderswo. Sogar die Ordensfrauen in ihren langen, dunklen Gewändern liefen geschäftig vorüber, in leise Gespräche vertieft, ohne ihre Umgebung eines Blickes zu würdigen. Mit Gemüse und Fischen beladene Karren rumpelten vorbei, geschoben von angestrengt dreinblickenden Männern. Gruppen junger Kerle mit Büchern unter den Armen stolzierten die Straßen entlang. Die Worte, die sie sich zuwarfen, deuteten eine Wichtigkeit an, die offenbar nur sie selbst empfanden. Das mussten die Studenten sein, von denen mir mein Vater erzählt hatte.

Als der Junge zurückkam, wollte er gleich an mir vorbei ins Haus stürmen.

»Warte!« Ich packte ihn am Arm. »Hast du Monsieur Lavie gefunden?«

Er runzelte die Stirn, nickte jedoch.

»Führ mich hin.«

»Das kostet extra«, forderte er, und ich zog eine Münze aus meinem Beutel und reichte sie ihm. Blitzschnell ließ er das Geldstück in seiner Tasche verschwinden. »Aber den zweiten Teil des Geldes vom Kapitän bekomme ich auch noch!«

»Natürlich. Wenn wir zurück sind.«

»Dann kommt schon, Mademoiselle.« Er machte kehrt und ging mit eiligen Schritten voraus. Ich folgte ihm die Straße hinunter, links um eine Biegung, noch einmal rechts herum, dann über eine dicht bebaute Brücke. Ich zählte fünf Stockwerke an den meisten der Häuser. Ein ungutes Gefühl überfiel mich. Es war mir ein Rätsel, wie die Brücke dieses Gewicht an Holz, Stein und Menschen aushielt. Ich atmete auf, als ich wieder auf festem Boden stand.

Weiter ging unser Weg durch die Stadt, an einem prächtigen Kastell und einer weniger ansehnlichen Fleischerei vorbei. Es drang ein so stechender Geruch heraus, dass ich daran zweifelte, weiterhin Fleisch essen zu wollen. Ein Mann führte eben drei Schweine in das Gebäude hinein. Ich beschleunigte meinen Schritt, überholte sogar den Jungen, der jedoch gleich wieder zu mir aufschloss und die Führung übernahm. Er geleitete mich immer weiter durch die Straße, an gut be-

suchten Läden vorbei, geschickt Menschen und Fuhr-
werken ausweichend, dann bog er unvermittelt nach
rechts ab.

»Da vorn ist es.« Der Knabe deutete die Gasse hinab.

»Hast du ihm schon gesagt, wer ihn sucht?«

»Nein. Wusste ja nicht, ob ich das sollte. Hab das Tür-
schild gesehen, und einer war drin. Hab den Nachbarn
gefragt, der sagt, es ist Lavie.« Er schnappte nach Luft.
So große Reden schien er üblicherweise nicht zu
schwingen.

»Danke. Den Weg zurück finde ich allein.«

Ich reichte dem Knaben eine zweite Münze, und er
stürmte davon, um seinen ungeahnten Reichtum weiter zu vergrößern und meinen Vater um noch mehr
Geld zu erleichtern.

Mit Mühe zügelte ich mein Verlangen, loszurennen,
und ging gemessenen Schrittes die Gasse hinunter.
Mein Herz schien meine Brust zum Platzen bringen zu
wollen, so heftig schlug es.

Eine Person trat aus einem Haus auf die Straße, dann
eine zweite. War Luc unter ihnen? Ich erkannte es aus
der Entfernung nicht. Dicht an der Häuserwand entlang ging ich näher heran.

Er war es! Luc! Tränen schossen mir in die Augen, ich
konnte meinen Blick nicht von der vertrauten Gestalt
abwenden. Dann jedoch vernahm ich eine hohe
Stimme und sah die andere Person an. Eindeutig eine
Frau. Sie stand mit dem Rücken zu mir. Eben stellte sie
sich auf die Zehenspitzen und berührte Luc an der
Wange.

Bevor ich einen klaren Gedanken fassen konnte, trat
mir ein Mann in den Weg.

»Möchtet Ihr Euch meine Auslagen ansehen? Schaut nur, ich habe schöne Borten und Spitzen.« Er deutete auf das Fenster, vor dem ich stehen geblieben war.

Verwirrt sah ich ihn an. »Danke«, stammelte ich. »Wer ist das Paar dort vorn?«

»Oh, das sind Lucien Lavie und seine Verlobte.«

Ich hatte das Gefühl, als würde sich eine eiserne Schlinge um meinen Hals legen.

Verlobte.

Ich war zu spät gekommen.

In dem Augenblick drehte sich die Frau um.

»Sie heißt Java Bellier. Ein hübsches Ding, der Junge hat Glück!«

Nein!

Es war wie damals in der *Rue des Merciers*, als mir schon einmal der Boden unter den Füßen weggerissen worden war. Die Gasse begann, sich um mich zu drehen, mir wurde übel, ich fuhr herum und rannte, wollte nur fort von dem Anblick, fort von dem Schmerz. Ich lief durch die Straßen, an einer Kirche vorbei und durch ein geöffnetes Tor in einer hohen Mauer auf ein Gelände, das ein Friedhof sein musste. Der Platz war menschenleer. Ich sank an der Mauer zu Boden und schrie, konnte mich nicht beruhigen, hieb auf den gefrorenen Untergrund ein, bis meine Hände brannten. Ich tobte wie eine Irre, doch wo hätte ich dies besser tun können als auf einem Friedhof? Niemand nahm Notiz von mir, und ich brüllte, bis es in meinen Ohren pfiff und mir die Stimme versagte.

Dann kehrten die Gedanken zurück, die verfluchten Gefühle, die mich eben übermannt hatten, drängten aus meinem Herzen in meinen Kopf und wollten geordnet werden. Dabei hätte ich am liebsten nie wieder nachgedacht, nie wieder gefühlt, nur noch geschlafen, für immer.

War alles umsonst gewesen? Der ganze lange Weg zurück, nur um nach Paris zu gelangen, um bei Luc zu sein – alles vergebens?

Er war verlobt. Mit Java. Warum hatte er das getan?

Selbst wenn er mich für tot hielt – warum sie? Wie konnte er dieses Mädchen heiraten, das mich jahrelang gequält hatte? Wie konnte er Bellier in sein Leben lassen, der ...

Ich verbot mir, in diese Richtung weiterzudenken, denn sonst hätte ich endgültig den Verstand verloren.

Es gab nur eine Erklärung. Er hatte nie etwas für mich empfunden, mich nie geliebt. Ich war so dumm gewesen!

Doch was tat er dann in Paris? Er hatte sich nie bereitwillig für das Unternehmen seines Vaters eingesetzt, sich nie darum gerissen, Verantwortung zu übernehmen. Warum hätte er hierherkommen sollen?

Hinter meinen Schläfen begann es zu pochen, ein dumpfer, drückender Schmerz erfüllte mich. Mein Kopf schien platzen zu wollen, denn er konnte die Gedanken nicht sortieren. Alles war so widersprüchlich!

Ich musste mit Luc sprechen.

Nein!, schrie es in mir. *Lauf fort und komm nie zurück! Er wird dich nur noch mehr verletzen!*

Beim letzten Mal war ich fortgelaufen, und nichts war so gewesen, wie ich es mir eingebildet hatte. Damals wäre es besser gewesen, ich hätte mit ihm gesprochen.

War es diesmal auch die richtige Lösung?

Nein! Was gibt es falsch zu verstehen? Er ist mit Java verlobt!

Die Verzweiflung ergriff erneut Besitz von mir, wildes Schluchzen erfasste meinen Körper und schüttelte mich. Dann aber sprang ich auf. Ich hatte einen Piratenangriff und die Willkür der Naturgewalten überstanden, jetzt würde ich nicht auf einem elenden Friedhof in Paris zugrunde gehen! Er war mir eine Erklärung schuldig, und gleichgültig, wie schmerzhaft sie wäre, ich musste sie hören. Und er musste sie aussprechen.

Ich trat zurück durch das Tor, blickte mich um in der Hoffnung, einen Anhaltspunkt zu finden, in welche Richtung ich gehen sollte. Weit war ich nicht gelaufen. Ich ging langsam an der Kirche vorbei, die breite Straße entlang, und schon an der übernächsten Häuserecke erkannte ich die Gasse, zu der mich der Junge geführt hatte. Die Übelkeit kehrte zurück, und ich war froh, meinem Vater getrotzt und nichts gegessen zu haben.

Unter den Menschen, die die Straße bevölkerten, waren weder Luc und Java noch der Mann zu sehen, der mich zuvor angesprochen hatte. Ich musste meine Füße zu jedem weiteren Schritt zwingen, dann jedoch stand ich vor der Tür mit dem Schild *Drapiers Lavie*. Durch das Fenster konnte ich das Kontor einsehen. Luc saß allein hinter einem Schreibtisch und hatte den Kopf in die Hände gestützt. Java war nirgends zu entdecken. Ich straffte die Schultern, atmete tief ein und stieß die Tür auf.

Luc hob den Kopf und sah mich an. Sein Gesichtsausdruck veränderte sich nicht, zeigte kein Erkennen. Er senkte die Lider.

Er hatte mich längst vergessen.

»So hatte ich mir meine Rückkehr nicht vorgestellt.« Unterdrückte Tränen verzerrten meine Stimme.

»Geh fort, lass mich in Ruhe«, murmelte er.

Brennende Wut stieg in mir auf und verdrängte alle Trauer.

»Wie kannst du so etwas sagen?«

»Du kommst nur, um mich zu quälen.«

Ich konnte nicht fassen, was ich hörte. Erst als er weitersprach, begriff ich endlich.

»Du bist nicht wirklich, nur das Bild meiner Träume – und Albträume. Das weiß ich genau. Geh fort.«

Ich trat neben ihn, holte aus und schlug ihm heftig ins Gesicht.

»Oh, ich bin wirklich! Überzeugt dich das oder muss ich es wiederholen?«

Luc hielt sich die Wange, sah mich erneut an, und langsam, ganz langsam, wich die Teilnahmslosigkeit aus seinem Blick.

»Lianne?«

»In Person, lebendig und wütend wie nie zuvor! Du bist verlobt? Mit Java? Wie konntest du!«

Er sprang auf, packte mich bei den Schultern, tastete, fühlte, als könne er nicht glauben, dass ich aus Fleisch und Blut war. Dann riss er mich in seine Arme.

»Lianne! Du lebst, Liebes. Ich ...«

Weiter kam er nicht. Ich nahm alle Kraft zusammen und stieß ihn von mir. Er taumelte gegen den Schreibtisch.

»Fass mich bloß nicht an!«

Zorn war so viel leichter zu ertragen als Schmerz, und ich ließ ihm freien Lauf. Von der Verzweiflung konnte ich mich später überwältigen lassen, jetzt wollte ich hören, wie er mir die Lage erklären würde.

»Was fällt dir ein, mich so zu verraten?«

Die himmelblauen Augen sahen mich an, schön wie eh und je. Ich schalt mich eine Närrin, in diesem Moment daran zu denken, was mir sein Blick bedeutet hatte. Ich verschloss mein Herz.

»So, du hast mir wohl nichts zu erklären«, fuhr ich ihn an. »Ich verstehe. Es war alles nur Lüge, von Anfang an.«

»Das ist nicht wahr.« Seine Stimme klang tonlos, verzweifelt. »Ich hatte keine Wahl.«

Dann geschah etwas, womit ich niemals gerechnet hätte. Luc sank vor mir auf die Knie, umschlang meine Beine, presste sein Gesicht gegen meinen Leib und weinte wie ein Kind. Sein Schluchzen erfüllte den kleinen Raum und hallte in meinen Ohren wider. Ich wollte nicht, dass er mir leidtat, doch ich konnte nicht verhindern, dass mein Herz sich ihm öffnete. Wie von selbst legte sich meine Hand auf seinen Kopf und strich über das wirre Haar. Er murmelte Worte an meinem Bauch, die ich nicht verstand, küsste mich durch den Stoff meiner Kleider.

Ich spürte seine Wärme, seine Lippen, erinnerte mich an sie, wie sie mich im vergangenen Sommer liebkost hatten. Und plötzlich veränderte sich mein Gefühl, war nicht länger Mitleid, sondern Sehnsucht. Hitze stieg in mir auf, brachte meine Wangen zum Glühen und mein Herz zum Rasen. Ich packte Luc an den Schultern, zog an ihm, bis er sich auf die Füße erhob, dann standen wir uns gegenüber. Unsere Augen trafen sich, ließen sich nicht mehr los, und wie von allein fanden auch unsere Lippen zueinander.

Ich küsste ihn mit verzweifelter Hingabe, und er war nicht minder stürmisch, noch atemlos vom Weinen, aber so leidenschaftlich, dass mir immer heißer wurde. Ich warf meinen Umhang ab, riss an meinem Kleid, wollte es loswerden, ihm ganz nah sein. Ich presste meinen Leib gegen seinen, seine Arme umfingen mich, schienen mich zerquetschen zu wollen, und auch ich umschlang ihn und hielt ihn fest, als sei er die letzte Rettung, damit ich nicht in der tobenden See untergehen würde.

Für einen winzigen Augenblick zögerte er, betrachtete mein Gesicht, musste die Zustimmung darin gelesen haben, denn sogleich schob er mich zu einer Tür und in ein dunkles, fensterloses Hinterzimmer, in dem ein schmales Bett stand. Unsere Kleider fielen schneller, als ich einen klaren Gedanken fassen konnte, dann lagen wir schon auf dem Bett.

War unsere Begegnung vor meiner Abreise ein vorsichtiges Herantasten zweier unerfahrener Kinder gewesen, geprägt von zärtlichen Berührungen und behutsamen Küssen, voller eben erwachter Liebe, so war die jetzige erfüllt von einer verzweifelten Leidenschaft, einem Begehren, wie ich es nie gekannt hatte. Ich wollte nicht länger sanft sein, wollte ihn spüren, nachdem ich ihn so lange vermisst hatte und er mir nun doch nie gehören würde. Ich wollte noch einmal diejenige sein, nach der es ihn verlangte. Und das tat es offensichtlich.

Er drängte meine Beine auseinander, schob sich dazwischen, hörte die ganze Zeit aber nicht auf, mich mit Küssen zu überschütten.

Es ist falsch! Er gehört dir nicht!

Ich hatte gewusst, die verdammte Stimme würde kommen, und da war sie.

Du verletzt dich nur selbst!

Es war die Wahrheit, das war mir klar. Doch in diesem Augenblick war es mir gleichgültig. Ich wollte ihn noch einmal für mich, ihn *ihr* wegnehmen, wie sie ihn mir gestohlen hatte, wollte, dass er für den Rest seines traurigen Lebens mit Java an mich denken würde.

Die Wut über seinen Verrat, die Trauer um unsere gemeinsame Zukunft und die Liebe zu diesem Mann, die mich so viele Monate lang in der Fremde begleitet hatte, überwältigten mich. Ich hob mich ihm entgegen, spürte ihn in mir, biss in seine Schulter, zerkratzte ihm den Rücken, wollte ihm wehtun und ihn gleichzeitig glücklich machen. Ich verstand mich selbst nicht mehr, doch dann war alles gleichgültig, dann war nur noch Verlangen.

Als es gestillt war, erhob ich mich, matt und ernüchtert, und tastete in der Dunkelheit nach meinem Kleid. Ich zog es über den Kopf, machte mir aber nicht die Mühe, es ordentlich zu binden. Die ganze Zeit hatten wir nicht gesprochen, jetzt erklang Lucs Stimme.

»Was tust du?«

Wortlos stieß ich die Tür zum Arbeitszimmer auf und ließ mich auf den Besucherstuhl fallen. Draußen vor dem Fenster gingen weiterhin geschäftige Menschen vorbei, und in mir stritten die Gefühle. Ich musste ihn zur Rede stellen, Abschied von ihm nehmen, doch ich fühlte mich so kraftlos.

Luc kam mir nach. Auch er war wieder angezogen und setzte sich mir gegenüber. In seinen Augen, die zuvor so leidenschaftlich gestrahlt hatten, lag nun ein trauriger Ausdruck, ebenso in seiner Stimme.

»Bereust du schon, was geschehen ist?«

Tat ich das? Ich horchte tief in mich hinein. Nein, ich bereute es nicht, obwohl es für mein Seelenheil besser gewesen wäre, wenn es nie passiert wäre. Und das meinte ich gewiss nicht im religiösen Sinne. Ich schüttelte den Kopf.

»Vorhin wäre ich beinahe wieder fortgelaufen.«

»Wann?«

»Als ich dich mit *ihr* sah und dein Nachbar mir von eurer Verlobung erzählte.«

»Das tut mir leid.«

»Es war wie einst in La Rochelle. Nur dass ich dort alles falsch verstanden hatte – oder nicht?« Herausfordernd sah ich ihn an. »Vielleicht hatte ich sogar die richtigen Schlüsse gezogen. Vielleicht wolltest du sie damals schon.«

»Du weißt genau, dass das nicht wahr ist.«

»Weiß ich das? Und woher? Weil du es mir gesagt hast? Nun, du hast vieles gesagt. Zum Beispiel, dass du auf mich warten würdest.« Meine Kräfte kehrten zurück und mit ihnen der Zorn. Ich sah in seinem Gesicht, dass ich ihn verletzte, und machte weiter. »Doch du konntest gar nicht schnell genug in die Arme meiner Feindin fallen. Was bist du nur für ein Mensch?«

»Ich dachte, du wärest tot!« So viel Schmerz lag in diesem Ausruf, dass mir meine Worte augenblicklich leidtaten. »Sie haben es alle gesagt, alle versuchten, mich zu überzeugen, dich aufzugeben. Ich wollte es nicht glauben, habe gehofft bis zuletzt.«

Er bemühte sich, seine Tränen zu verstecken, schlug sich die Hände vors Gesicht, doch ich hatte sie schon gesehen.

»Was ist geschehen, dass du die Hoffnung verloren hast?«

Er wischte sich mit dem Ärmel über die Augen, blickte auf und hob die Schultern.

»Ich weiß nicht. Ich hatte wohl keine Kraft mehr, mich zu wehren. Als mein Vater mir sagte, dass ich unser Unternehmen in den Ruin getrieben hatte, brach alles über mir zusammen.«

»Das ganze Unternehmen? Wie kann das sein?«

Ein erneutes Achselzucken. »Ich bin eben kein Geschäftsmann. In Paris kommt man nicht weiter mit Theaterspielen.«

»Du hattest keinen Erfolg?«

Er lachte bitter auf. »Weniger als keinen. Sieh mich doch an.«

Ich blickte zum ersten Mal bewusst in sein Gesicht, musterte es mit einem anderen Blick als dem der Liebe und der Wut. Er hatte sich verändert. Er sah älter aus als mein Vater. Falten überzogen seine Stirn, die Augen waren schwarz umschattet.

»Ach, Luc. Du hast deine Fröhlichkeit verloren.« Ich streckte die Hand aus und strich ihm über die Stirn. Sie glättete sich ein wenig, doch ganz wollten die Furchen nicht verschwinden. Ich befürchtete, sie würden unwiderruflich dort bleiben. »Das habe ich nicht gewollt.«

»Du trägst daran keine Schuld. Paris ...« Er brach ab und fuhr sich durch das Haar. »Ich hatte es mir anders vorgestellt. Einfacher.«

Ein unbändiges Kichern erfasste mich, gleichzeitig kamen auch mir die Tränen. »Glaub mir, ich hatte mir meine Reise ebenfalls leichter erträumt.«

»Erzählst du mir davon?«

»Nicht jetzt. Und vielleicht niemals. Du bist verlobt, wir können uns nie mehr wiedersehen.«

»Ich bin nicht verlobt.«

Ich glaubte, mich verhört zu haben.

»Willst du mich veralbern? Ich habe dich mit Java gesehen. Ihr wart sehr vertraut miteinander. Außerdem hat der Nachbar es mir erzählt.«

»Der gute Mann irrt. Aber ich kann verstehen, warum. Immerhin sucht Java mich täglich hier auf und verkündet aller Welt, ich sei *ihr Zukünftiger*. Die vertraulichen Gesten gingen dabei lediglich von ihr aus. Es hat keine Verlobung gegeben.« Er seufzte. »Noch nicht. In zwei Tagen soll sie stattfinden.«

Ich wusste nicht, was ich denken oder fühlen sollte. War ich doch noch rechtzeitig gekommen? Oder war schon alles zu spät, seit er den Entschluss gefasst hatte, Java zu heiraten? Die Vorstellung verursachte mir Übelkeit, trotz allem, was gerade geschehen war. Und dabei hatte ich mir bisher nicht einmal erlaubt, an Bellier zu denken. Nun jedoch drängte sich das Bild meines ehemaligen Herrn zwischen Luc und mich.

»So sitzt du gewiss schon regelmäßig am Tisch deines lieben Schwiegervaters, nicht wahr?«, platzte ich heraus. »Denkt er noch manchmal an mich?«

»Oh, Lianne, hör auf, mich zu quälen!«

»Dann erkläre es mir! Ich kann es nicht verstehen!«

»Nein, das kannst du nicht!«, rief er heftig aus, sprang auf und begann, durch das Zimmer zu laufen. »Du kannst nicht verstehen, wie es ist, wenn man denkt, das Liebste im Leben kehrt niemals zurück. Wenn einem der eigene Vater vorwirft, ein Versager zu sein. Wenn er einen zu einer Ehe zwingt, die zwar das Unternehmen und das Auskommen der Familie retten, aber das eigene Herz zerreißen wird. Wenn er von einem fordert, seine Seele zu verkaufen, sich an einen Tisch mit einem Monster zu setzen, freundlich zu tun, obwohl es einem die Kehle zuschnürt und man erbrechen möchte! Und wie dann, nach all dem, plötzlich so eine Leere da ist, eine Gleichgültigkeit, die sämtliche Empfindungen betäubt, und man sich in sein Schicksal ergibt in der Annahme, es sei unabänderlich. Nichts ist mehr, wie es war, wie es sein sollte, man ist nicht länger ein Mensch, nur noch atmendes Fleisch, ohne Willen, ohne Gefühl. Das alles kannst du nicht verstehen. Also hör auf, mich zu verurteilen!«

Sein Ausbruch machte mich sprachlos – doch nur für einen Augenblick. Ich konnte nicht anders, als weiter zu bohren.

»Denkst du nicht, ich war auch verzweifelt, als ich verletzt in einem zerstörten Schiff zu mir kam? Als mir klar wurde, dass der Zeitpunkt meiner Heimkehr in den Sternen stand? Doch ich habe nicht aufgegeben so wie du.«

Er lächelte traurig. »Du warst schon immer stärker als ich. Und du hattest Menschen bei dir, die das Gleiche wollten wie du. Ich stand allein gegen meinen Vater.«

»Du hast früher nie Rücksicht darauf genommen, was er wünschte. Wieso konnte er dich dieses Mal zwingen?«

»Möchtest du dir vorstellen, dass deine eigene Mutter deinetwegen Hunger leidet?« Er bemerkte seinen Fehler und berichtigte sich. »Oder deine Geschwister?«

»So schlecht kann es doch gar nicht um euch stehen.«

»Das habe ich mir auch lange eingeredet. Allerdings hat mein Vater mir das Gegenteil bewiesen. Als er dann zufällig hier in Paris auf Bellier traf, war seine Entscheidung gefallen.«

Zufällig, wollte ich sagen. *Das glaubst du doch nicht ernsthaft.*

Doch ich konnte nicht sprechen. Denn plötzlich ging mir auf, was die ganze Sache bedeutete, Javas Anwesenheit, die Verlobung.

Bellier war hier. In Paris.

Und ich war allein durch die Straßen gerannt, ohne einen Gedanken an die Gefahr zu verschwenden, die von ihm ausging. Weil ich zu schockiert gewesen war, nur an Luc hatte denken können. Mir wurde heiß und kalt, die alte Angst griff nach meinem Herzen und presste es schmerzhaft zusammen.

»Du bist blass geworden, Liebes. Was hast du?«

Hilflos schüttelte ich den Kopf. »Mir ist eben erst aufgegangen, dass er hier ist«, flüsterte ich. Meine Hand fuhr zu der Blüte in meinem Ausschnitt. »Vorher hatte ich es nicht begriffen.«

Luc fiel vor mir auf die Knie und ergriff meine Hände.

»Du musst dich nicht fürchten. Er denkt, du seist tot.«

»Dennoch tut er weiterhin alles, um sich an mir zu rächen. Da muss man sich doch fragen, was er erst tun wird, wenn er mich in die Finger bekommt.«

»Das wird er nicht. Dafür sorge ich.«

»Als Ehemann seiner Tochter?«

Ich wollte ihm meine Hände entziehen, doch er hielt sie fest.

»Lianne! Du denkst, ich würde Java jetzt noch heiraten? Niemals! Ich liebe dich, nur dich allein, und du sollst meine Frau werden, so wie es die ganze Zeit geplant war.«

»Dann gehst du davon aus, dass ich dich nach wie vor will?« Nun machte ich mich entschlossen von ihm los und verschränkte die Arme vor der Brust. »Nachdem du ein Bündnis mit meinen Feinden geschlossen hast?«

Luc stöhnte gequält auf. »Wie oft wirst du mir das noch vorhalten? Für den Rest unseres Lebens?«

»Zumindest so lange, bis diese Angelegenheit geklärt ist! Alle Welt hält dich für den zukünftigen Ehemann von Java Bellier. Was glaubst du, wie ich mich dabei fühle?«

»Ich kann es mir vorstellen. Doch fühlst du dich besser, wenn du mich verletzt?«

Ich antwortete nicht gleich, denn ich wollte ihn weder anlügen noch eingestehen, dass dies tatsächlich der Fall war. Es linderte meinen Schmerz, wenn ich ihn weitergab. Mir gefiel dieser neue Wesenszug an mir nicht, doch die letzten Monate hatten mir einige Seiten meiner Persönlichkeit gezeigt, die vorher nicht da gewesen waren. Zu viel war geschehen, als dass ich unverändert daraus hätte hervorgehen können, doch ich

nahm mir fest vor, wieder die alte Lianne zu werden –
irgendwann.

»Ich habe dir vertraut«, sagte ich leise, ohne seine
Frage zu beantworten. »Du weißt, wie lange es gedauert
hat.«

»Und ich habe dich enttäuscht. Das war nie meine Absicht, und es tut mir sehr leid. Ich kann es nicht unge-
schehen machen.« Er stand auf und wandte mir seinen
Rücken zu. »Wenn du mir jetzt sagst, dass es zu spät ist,
werde ich es hinnehmen.«

»Und Java heiraten?«

»Wenn das meine Strafe sein soll ...«

»Ich will dich nicht bestrafen!« Ich sprang auf und
drehte ihn zu mir um. »Es tut nur so weh.«

Er sah auf mich herab, und was ich in seinen Augen
las, ließ endgültig alle Wut verrauchen. Ich presste
mein Gesicht gegen seine Brust, er zog mich an sich,
dann führte er mich schweigend hinüber in das dunkle
Hinterzimmer. Wir setzten uns auf das Bett, und dann
brach alles über mich herein: die Erinnerung an die Piraten, den Schiffbruch und die endlose Wartezeit auf
Hiluma, die mich beinahe hätte verzweifeln lassen, die
Tage der unbestimmten Angst, seit ich erfahren hatte,
dass er mich tot glaubte. Ich erzählte ihm jede Einzel-
heit.

Danach berichtete er mir von seinem Leben in Paris,
den Misserfolgen, dem langen Kampf gegen den Bankrott und von seiner Verzweiflung, als er Kenntnis davon bekam, dass ich vermisst wurde. Wir hielten uns
fest, beide in die eigene Vergangenheit vertieft, sagten
uns alles, ließen nichts aus. Und erst, als es auch im

Vorderzimmer bereits finster geworden war, waren alle Worte gesprochen.

Da saßen wir nun, endlich schweigend. Zwei gebeutelte Geschöpfe, vom Schicksal in Einzelteile zerrissen, durcheinandergewirbelt von den Stürmen des Lebens, den wirklichen oder den von Menschen gemachten, dann mühsam wieder zusammengefügt. Noch weit entfernt davon, heil und ganz zu sein, doch auf dem Weg dahin. Beide lächelnd, noch mit Tränenspuren im Gesicht und den Blessuren unseres hemmungslosen Zusammenseins auf den Körpern, zerzaust, innerlich wie äußerlich aufgelöst. Voller Angst davor, was die Zukunft bringen würde, ratlos, wie alles anzustellen sei, und nur sicher in einer Sache:

Es würde eine gemeinsame Zukunft werden.

15

Luc tastete sich durch die Dunkelheit ins Vorderzimmer und entzündete zwei Laternen. Mattes Licht erhellte den Raum und ließ sein Gesicht bleich erscheinen, als er sich mir zuwandte.

»Komm zu mir, Liebes.«

Er sank auf den Stuhl nieder und stützte den Kopf in die Hände. Ich trat zu ihm, küsste ihn auf das Haar und setzte mich ihm gegenüber. Seine Stimme klang rau nach den vielen Stunden des Redens, das ungewohnt für ihn sein musste, nachdem er so häufig allein gewesen war.

»Wenn ich nur wüsste, wie ich es anstellen soll ...«

»Was denn?«

»Mich von Bellier loszusagen. Damit würde ich meinem Vater zum zweiten Mal in den Rücken fallen, seinen Geschäftspartner erneut vor den Kopf stoßen. Das würde er mir nie verzeihen. Ganz abgesehen von unserer finanziellen Lage ...«

»Über die musst du dir keine Sorgen machen. Mein Vater wird euch helfen. Er hat in Le Havre einen beachtlichen Gewinn erzielt.«

»Wie ich ihn einschätze, wird er mich eher umbringen, nach allem, was ich dir angetan habe.«

Ich kicherte, und es tat so gut, endlich wieder einmal unbeschwert zu sein, wenigstens für einen Moment.

»Meinst du, dass du dich mir unsittlich genähert hast? Das wird er schon verstehen. Er war in deinem Alter nicht besser, sonst säße ich heute nicht hier.«

Als hätte ich allen Schmerz aufgebraucht, tat nicht einmal mehr der Gedanke an meine Mutter weh. Ich wollte nicht länger leiden, keine Sorgen mehr haben.

Luc sah mich verwirrt an, und ich erkannte, dass er noch nicht so weit war. Meine Probleme mochten gelöst sein, die seinen fingen eben erst an. Er musste sich dem Vater in den Weg stellen, und ich sah, dass er an seiner eigenen Kraft zweifelte. Ich ergriff seine Hand und drückte sie fest.

»Du wirst es schaffen, die Dinge in Ordnung zu bringen. Du musst es nur wollen.«

Er lächelte, noch immer traurig, doch es war ein Anfang.

»Es ist das Einzige, was ich will.«

Krachend flog die Tür auf, und wir fuhren zusammen.

Bellier!, war mein erster Gedanke.

Doch es war mein Vater, der im Türrahmen stand und mit gerunzelter Stirn auf uns herabblickte. Ich schnaufte erleichtert.

»Musst du uns so erschrecken?«

»Nun, ich dachte, nach den vielen Stunden könnte ich die traute Zweisamkeit durchaus einmal stören, Tochter.«

Selbst mir fiel es nicht leicht, zu entscheiden, ob die Stimme meines Vaters wütend oder belustigt klang. Ich entschied mich für Letzteres, Luc jedoch entzog mir schnell seine Hand und sprang auf.

»Kapitän Cartier, ich ...«

»Danke, Lucien, dass Ihr mir Euren Platz anbietet.«
Vater warf die Tür hinter sich zu, durchmaß den Raum
mit wenigen Schritten und setzte sich wie selbstverständlich an den Schreibtisch. »Ich bin ein alter Mann,
und die Reise war anstrengend.«

Ich prustete los.

»Oh, Vater, du bist alles andere als alt. Hör schon auf,
uns zu necken.«

»Ich weiß nicht, ob mir tatsächlich so spaßhaft zumute ist. Ich versuche nur, meine Gefühle im Zaum zu
halten.« Er sah mir ins Gesicht. »Du hast geweint. Muss
ich ihn nun zum Duell fordern?« Er wies mit dem Kopf
auf Luc, ohne seinen Blick von mir zu nehmen.

»Untersteh dich!«

»Es wird viel geredet in Paris«, sagte er ruhig. »Mir ist
einiges zu Ohren gekommen in den letzten Stunden.«

»Oh, mir auch, Vater. Das kannst du mir glauben.
Doch nun ist alles gut.«

»Ist es das?« Die grauen Augen richteten sich auf Luc,
der wie erstarrt dastand, zu keiner Bewegung fähig. Die
Anspannung war greifbar und erfüllte den kleinen
Raum. Ich ertrug es nicht mehr, stand auf und trat zu
Luc.

»Ich denke, es ist Zeit für ein Gespräch unter Männern.« Ich schob ihn zu meinem Stuhl und drückte ihn
herunter. »Ich gehe derweil an die Luft.«

Die Tür hatte sich noch nicht hinter mir geschlossen,
da waren die zwei bereits in ihre Unterhaltung vertieft.
Ich trat auf die Gasse, blickte in beide Richtungen, doch
es war kein Mensch in der Nähe zu sehen. Auf der breiten Querstraße eilten einige hin und her, aber niemand
nahm Notiz von mir. Am liebsten wäre ich gelaufen,

hinunter zum Fluss, allein der Gedanke an Bellier hielt mich zurück. Es ärgerte mich maßlos, dass dieser Mann noch immer die Macht besaß, mich zu behindern, nach allem, was ich durchgestanden hatte. Doch die Furcht war größer als der Freiheitsdrang.

Ich lehnte mich an die Hauswand, und die Winterkälte kroch unter mein Kleid. Ich befestigte endlich die Schnürung ordentlich, was aber keine Besserung erbrachte. Ohne Umhang war es zu dieser Jahreszeit einfach zu kalt. Zitternd spähte ich durch das Fenster und sah, dass die beiden Männer noch immer ins Gespräch vertieft waren. Es war besser, ich ließ ihnen ihre Ruhe. Mal wurde es lauter, einmal krachte sogar die Faust meines Vaters auf den Schreibtisch. Luc schien sich jedoch nicht einschüchtern zu lassen. Entgegen seinem ersten Schrecken saß er hoch aufgerichtet im Stuhl, die Schultern gestrafft. Hoffnung erfasste mich. Wenn er es schaffte, meinem Vater gegenüberzutreten, würde er auch seinem eigenen widerstehen können.

Ich glaubte, erfrieren zu müssen, wenn ich noch länger unbewegt dastand. So ging ich ein paar Schritte die Gasse auf und ab, im dumpfen, gelben Licht der Straßenlaternen – eine wundersame Erfindung, wie ich sie bisher in keiner anderen Stadt gesehen hatte. Sie machten die Nacht weniger bedrohlich. Dennoch entfernte ich mich nie so weit vom Kontor, dass mich die Männer nicht rufen gehört hätten. Ich schlang die Arme um meinen Körper, ging mal schneller, mal langsamer, hüpfte sogar auf der Stelle, doch die Kälte blieb. Lediglich der Atem schwand mir.

Tief sog ich die eisige Luft ein, und mir wurde bewusst, dass dies einer der wenigen Tage in meinem bisherigen Leben war, an denen mir kein Meeresgeruch in die Nase stieg. Viele weitere würden folgen, da ich nun in Paris wohnen würde, und ich sollte mich besser rasch daran gewöhnen. Doch mir fehlte die frische, salzige Brise mehr, als ich mir eingestehen wollte. Der Geruch, der hier herrschte, war beim besten Willen nicht angenehm zu nennen. Ich konnte ihn nicht bestimmen, doch ich befürchtete, dass Abfall und Ausscheidungen einen gewissen Anteil daran hatten. Dazu kam der Fluss, der mir schon auf der Fahrt von Le Havre hierher mit seinen Dünsten zeitweilig unangenehm aufgefallen war.

Reiß dich zusammen, schalt ich mich. *Du bist kein kleines Mädchen mehr. Du wirst wohl ein bisschen Gestank überleben.*

Als ich mich umblickte, um mich von den traurigen Gedanken abzulenken, und nichts sah außer Mauern, Häusern, die viel höher waren, als ich sie bisher gekannt hatte, wurde mein Herz schwer. Mein ganzes Sehnen der vergangenen Monate hatte darin gelegen, wieder bei Luc zu sein. Nun durfte ich es, nachdem wir die Kämpfe der letzten Stunden durchgestanden hatten, und sollte mich glücklich fühlen. Warum fehlte mir jetzt schon die Weite des Meeres, der freie Blick auf Wälder und Wiesen? Wieso dachte ich in diesem Augenblick an René, wenn die beiden liebsten Männer meines Lebens dort saßen und über meine Zukunft sprachen?

Ich schüttelte mich und verbot mir jeden weiteren meiner finsteren Gedanken. Es war zu viel geschehen, ich war zu müde, um jetzt zu grübeln. Es würde schon gut werden. Alles würde sich fügen. Plötzlich wollte ich nur noch schlafen.

Vorsichtig öffnete ich die Tür zu Kontor und sah, dass mein Vater soeben Luc die Hand reichte. Dann kam er auf mich zu.

»Verabschiede dich für heute. Es war ein langer Tag.«

Er ging an mir vorbei, und ich trat ein. Luc hob meinen Umhang vom Boden auf und half mir hinein. Dankbar kuschelte ich mich in die wärmende Wolle.

»Wie ist es gelaufen?«

»Ganz gut, denke ich. Lass uns heute nicht mehr reden, meine Stimme versagt schon. Und ich muss morgen noch einige Gespräche führen.« Er beugte sich zu mir herunter, ich hob ihm mein Gesicht entgegen, und seine warmen Lippen berührten meine eisigen. »Ich liebe dich, Lianne.«

»Und ich liebe dich, Luc. Es wird alles gut, nicht wahr?«

»Wenn du mir wahrhaftig verzeihen kannst ...«

Ich küsste ihn noch einmal, antwortete aber nicht mehr. Ich wollte nichts versprechen, was mir dann doch schwerfallen würde. Die Zeit musste zeigen, wie viel von dem Schmerz übrig bleiben würde.

Draußen trat ich zu meinem Vater, der den Arm um mich legte und mich sicher durch die Straßen der riesigen Stadt zu unserem Mietshaus führte. Eine Weile liefen wir schweigend nebeneinander her, dann hielt ich es nicht mehr aus.

»Warst du sehr hart zu Luc?«

»Anfangs schon, und das mit voller Absicht. Um ihn daran wachsen zu lassen. Morgen erwarten ihn schwerere Kämpfe als der mit mir, und darauf wollte ich ihn vorbereiten.«

Das war mein Vater, ganz Kapitän, gewohnt, junge Männer zu führen. Ich war ihm dankbar und hoffte, Luc hatte etwas dabei gelernt. Die Art, wie sich seine Haltung zum Ende des Gesprächs geändert hatte, machte mich zuversichtlich.

»Meinst du, er schafft es?«

»Das wird er, Tochter. Er will dich, und dafür wird er alles tun.«

»Denkst du, ihm droht Gefahr? Bellier könnte gewalttätig werden!«

»Das glaube ich nicht. Mit dem bin ich schon einmal fertiggeworden, und Luc wird keinen Zweifel daran aufkommen lassen, dass ich in der Nähe bin und hinter ihm stehe.«

Ich biss mir auf die Unterlippe, dann fragte ich: »Und wenn du fort bist? Was ist dann mit Luc? Und was mit mir? Er wird sich an mir rächen wollen!«

»Ich werde zusehen, dass ich dich gut unterbringe, sodass du immer beschützt bist, auch wenn ich nicht in Paris sein kann.«

»Wann wirst du fortgehen?«

Er antwortete nicht, hob nur die Schultern.

Als ich unser gemeinsames Schlafzimmer betrat, schlief Emeni bereits fest. Sie lag zusammengerollt wie ein Kätzchen auf dem Bett, und wie bei einem solchen zuckten auch ihre Hände im Traum. Ich legte mich neben sie und löschte die Kerze. Kaum hatte mein Kopf das Kissen berührt, konnte ich mich schon nicht mehr

bewegen. Lähmende Schwere erfasste meine Arme und
Beine, sodass ich mich nicht einmal auf die Seite drehen konnte. Nur meine Gedanken wollten nicht zur
Ruhe kommen. Ich befürchtete, niemals einschlafen zu
können. Doch dann, als die Erinnerungen an das leidenschaftliche Zusammensein mit Luc alles Schlechte
verdrängten, ich wieder seine Hände spürte, die weichen Lippen, den warmen Atem an meinem Hals, glitt
ich glücklich hinüber in die stille Welt des Schlafes.

Ich schrak auf. Mein Traum war verwirrend gewesen,
und eine nagende Leere in meinem Inneren quälte
mich. Wo war ich? Graues Dämmerlicht erfüllte den
Raum, in dem ich mich befand. Ich blinzelte, konnte jedoch keine Einzelheiten erkennen. Eine altbekannte
Angst erfasste mich – wurde ich gesucht? War ich entdeckt? Ich sprang auf, lief zur hellsten Stelle des Zimmers, packte zu, fühlte samtige Weichheit. Da erinnerte
ich mich und schnaufte erleichtert. Das schöne Schlafzimmer im Hause Braque, die edlen Vorhänge ... Es war
alles in Ordnung. Außer dass ich schwach vor Hunger
war. Kein Wunder, dass ich nicht gleich gewusst hatte,
wo ich mich befand. Ich hatte zum letzten Mal gehungert, als ich in La Rochelle auf der Straße gelebt hatte.
Sicher, das Essen zum Ende der Schiffsreise war weder
sonderlich lecker noch nahrhaft gewesen, doch es hatte
stets den Bauch gefüllt. Nun aber, nachdem ich am Vortag zwei Mahlzeiten verpasst hatte, fühlte ich mich, als
bestünde mein Leib einzig aus einem großen Loch. Sofort erfasste mich das schlechte Gewissen. Andere Menschen, die vor der Kathedrale zum Beispiel, hungerten
und froren zweifellos entsetzlich, und ich litt bereits,
wenn ich einmal kein Abendessen zu mir nahm. Doch

es half nichts – ich war wach und wusste, ich würde nicht wieder einschlafen.

Ich zog die Vorhänge zur Seite, blinzelte in den eben beginnenden Morgen – und erschrak. Steine, überall Mauern, hellbraun, rötlich, grau, Häuser, Kirchen, wieder Häuser, kein Baum, kein Strauch, kein Wasser. Ich stieß das Fenster auf, schnappte panisch nach Luft. Eiseskälte schlug mir entgegen, doch sie klärte nicht meinen Kopf, sondern machte mich mit ihrem üblen Geruch noch beklommener. Dann erst nahm ich die Geräusche wahr, die selbst zu dieser frühen Stunde schon durch die Straßen klangen. Rufe, Poltern, Hufgeklapper – wie in jeder anderen Stadt, nur so viel lauter, vielstimmiger. So fremd. Kein einziger Möwenschrei, kein Meeresrauschen, das mein ganzes bisheriges Leben begleitet hatte.

Was habe ich mir nur dabei gedacht, hier leben zu wollen?

Diese Stadt war ein Ungetüm, so riesig und voller Lärm, und kein Meer weit und breit, nur der schmutzige Fluss. Tränen stiegen in mir auf, so schwer wurde mir das Herz. Ich dachte an René, der weiterhin die Freiheit der See genießen durfte, und vermisste ihn so sehr, dass es wehtat.

Ein leises Rascheln hinter mir riss mich aus meinem Selbstmitleid. Emeni trat still neben mich, ich spürte das Beben ihres Körpers, dann kam Bewegung in den schweren Samt der Vorhänge. Emeni wickelte sich darin ein, sodass nur noch ihr Kopf herausschaute, den sie auf meine Schulter legte.

Wenn ich mir schon fremd vorkam, wie mochte sie sich erst fühlen? Ich schluckte die Tränen hinunter, die

mir mit einem Mal kindisch und ungerecht erschienen.
Ich hatte Luc, ich würde meine Ausbildung haben.
Emeni hatte nur mich, und ich musste stark sein, für
uns beide.

***

Java Lavie. Wie schön das klang.

Immer wieder sprach sie den Namen laut aus, den sie
bald tragen würde, übte ihre Unterschrift und träumte
sich in ihr Leben mit Luc hinein. Als ihr Vater sie rief,
war Java im ersten Augenblick erzürnt über die Stö-
rung, als er jedoch ihren zukünftigen Ehemann und
Schwiegervater ankündigte, begannen ihre Wangen zu
glühen. Schnell steckte sie sich die ungekämmten
Haare auf und verfluchte sich, die Magd zum Frisieren
erst für den folgenden Morgen bestellt zu haben. Sie
hatte nicht damit gerechnet, Luc an diesem Tag zu sehen. Was wollte er nur? Konnte er es nicht mehr abwarten, mit ihr das Eheversprechen zu tauschen? Wollte er
an seinem morgigen Geburtstag schon als verlobter
Mann erwachen?

Java atmete tief durch und ging gemessenen Schrittes
hinüber in den Salon. Da war er, ihr Luc, schön wie immer, ernst wie immer. Ein wenig müde sah er aus. Der
alte Lavie stand mit verwunderter Miene neben ihm.
Wusste auch er nicht, was sein Sohn vorhatte?

Sie trat vor Luc und sah zu ihm auf. Der Ausdruck in
den Aquamarinaugen hatte sich verändert, und was sie
dort las, versetzte sie in Sorge. Zwar war endlich die
Leere gewichen, wie sie es sich so lange gewünscht

228

hatte, doch er blickte nicht wie ein Mann, der vor Vorfreude auf seine Verlobung verging – im Gegenteil.

»Guten Morgen, Luc. Habt Ihr gut geschlafen?«

Verärgert stellte Java fest, dass ihre Stimme wie die eines aufgeregten Kindes klang. Sie wollte ihm die Hand auf den Arm legen, doch er wich ihr aus und ging hinüber zu ihrem Vater. Dieser musterte den jungen Mann mit gerunzelter Stirn.

»Ich habe überhaupt nicht geschlafen«, sagte Luc mit einem Unterton, der im Widerspruch zum Inhalt seiner Worte kein bisschen müde, sondern vielmehr entschlossen – und beinahe böse – klang. Konnte das sein?

Als er fortfuhr, wusste sie es.

»Hiermit löse ich unsere Vereinbarung auf.« Er wandte sich an Bellier. »Ich werde mich nicht mit Eurer Tochter verheiraten.«

Der alte Lavie sog hörbar die Luft ein.

»Junge, was redest du da?«

»Es tut mir leid, Herr Vater, Java.« Er straffte die Schultern. »Die Dinge haben sich ...«

»Was?«, hörte sich Java brüllen. Sie fühlte sich, als würde sich der Boden unter ihren Füßen auftun. Nicht verheiraten? Wie kam er dazu, das zu sagen, nach all den Wochen? Tränen schossen ihr in die Augen. »Nein! Das nehme ich nicht hin.«

Zum ersten Mal in ihrem Leben hatte sie etwas wirklich gewollt, sich ernsthaft für jemanden interessiert, sich mit aller Kraft eingesetzt, alles getan – spioniert, gelogen, ihre Gesundheit riskiert – und nun ließ er sie fallen? Sie stampfte mit dem Fuß auf, weinte lauthals, schlug ihm sogar ins Gesicht. Luc blieb ungerührt.

»Nehmt Eure Worte sofort zurück!«

Er schüttelte den Kopf.

»Herr Vater, so tut doch etwas!«

»Java, geh auf dein Zimmer.«

»Was? Niemals! Ihr müsst ihm sagen, dass er mich heiraten muss.«

»Hör auf, dich so zu erniedrigen. Geh jetzt!«

Ihr Vater sah aus, als würde er im nächsten Augenblick die Hand gegen sie erheben. Schluchzend lief sie aus dem Salon, drehte sich an der Tür jedoch noch einmal um.

»Das werdet Ihr bereuen, Lucien Lavie!«, schrie sie. »Ich verwünsche Euch! Ihr sollt nur noch Leid erfahren in Eurem Leben!«

In ihrem Zimmer fiel Javas Blick auf das Papier, auf dem sie ihre Unterschrift geübt hatte. Sie stürzte sich darauf, riss es in Fetzen und trampelte auf ihnen herum.

Er würde es bereuen, das schwor sie sich!

Dann presste sie ihr Ohr an die Tür, um ja kein Wort von dem zu verpassen, was im Salon gesprochen wurde.

Luc war froh, dass Java das Zimmer verlassen hatte. Gemocht hatte er sie nie, doch ihr Schmerz schien ihm aufrichtig, und obwohl er wusste, wie hässlich sie zu Lianne gewesen war, regte sich Mitleid in ihm.

Das Gefühl verging jedoch, als er Bellier ansah. Dieser stand ihm mit geballten Fäusten gegenüber, reglos, mit versteinertem Gesicht, dennoch wirkte er gefährlich wie noch nie. Luc sah ihm an, dass er am liebsten auf ihn und seinen Vater gleichzeitig losgegangen wäre, doch er schien sich unter Kontrolle halten zu wollen.

»Verehrter Bellier, glaubt mir, ich weiß nicht, was in meinen Sohn gefahren ist.«

»Das werden wir gleich erfahren, nicht wahr?«, presste Bellier hervor.

»Das Warum hat keine Bedeutung«, sagte Luc so kalt, wie er es vermochte. »Es zählt nur die Tatsache. Die Absprache ist hinfällig.«

»So seid Ihr kein Ehrenmann.«

»Ist es nicht ehrenhaft, etwas Falsches im letzten Augenblick richtigzustellen? Aber sei es drum, wie auch immer Ihr von mir denkt, es soll mir recht sein.«

»Die Vereinbarung gilt. Jeder Richter würde diese Ansicht unterstützen.«

»Ich habe keine Unterschrift geleistet. Beweist mir, dass ich etwas zugesagt habe.«

»Dafür gibt es Zeugen.«

»Meinen Vater und Eure Tochter. Somit steht Aussage gegen Aussage.«

»Ganz Paris weiß von der Sache. Und Euer Vater macht nicht den Anschein, für Euch sprechen zu wollen.«

Tatsächlich machte sein Vater nicht den Anschein, je wieder sprechen zu wollen. Mit offenem Mund stand er da, das Gesicht bleich und schweißbedeckt, und griff sich an die Brust.

»Das wird er schon.«

»Eure Aussage ist wertlos, da ich den besseren Leumund besitze. Ihr seid bankrott ...«

»Nicht mehr. Herr Vater, lasst uns gehen. Es ist alles gesagt.«

»Ihr werdet in dieser Stadt keinen einzigen Verkauf mehr tätigen!«

Zum ersten Mal schien die Wut Bellier zu übermannen, denn er brüllte Luc und seinem Vater ohne jede Beherrschung nach, als sie den Salon verließen.

»Ich werde Euch zerstören! Ganz gleich, woher Ihr jetzt Geld habt, Ihr werdet es wieder verlieren! Aber dann kommt nicht zu mir!«

»Ihr habt keine Macht mehr über mich«, sagte Luc ruhig, ohne sich umzudrehen.

»Ihr ahnt nicht einmal, wie weit meine Macht reicht! Was glaubt Ihr, warum niemand hier Eure Stoffe kaufen will? Das ist mein Werk, meines ganz allein!« Bellier kam ihnen nach, bis sie auf die Straße traten. »Und nun verschwindet, lauft in Euer Unglück!«

Sie hörten ihn noch brüllen, als sie längst um die nächste Ecke gebogen waren. Da erst ging Luc auf, was die letzten Worte bedeuteten. Am liebsten wäre er zurückgerannt und hätte Bellier den Schädel eingeschlagen. Die vielen Monate des Leidens, die Erfolglosigkeit, der Ruin des Unternehmens, all das waren Belliers Machenschaften gewesen. Und dann spielte er sich als Retter auf, um seine elende Tochter an den Mann zu bringen!

»Habt Ihr das gehört, Herr Vater? Es war nicht meine Schuld! Es lag an seinen Intrigen, dass mein Erfolg ausblieb.«

»Der Grund ist mir gleich, denn das Ergebnis ist dasselbe«, sagte Lavie müde. »Wir sind verloren.

»Ihr irrt Euch. Mein Schwiegervater wird uns helfen.« Luc musste lachen, als er das entgeisterte Gesicht seines Vaters sah. »Nur ist es nicht mehr derselbe Mann wie noch vor einer Stunde.«

»Du hast ihm keinen Grund genannt?«

Luc schüttelte den Kopf.

»Also weiß er nicht, dass ich lebe.«

Sollte ich darüber erleichtert sein? So oder so würde ich mich verstecken müssen, solange Bellier in der Stadt war. Vielleicht wäre es besser gewesen, er hätte es gewusst. Wenn er mich dann fand, würde zu seinem Hass nicht noch die Überraschung hinzukommen und ihn noch unberechenbarer machen.

Wir saßen in meinem Schlafzimmer auf dem Bett, während sich unsere Väter im Salon über Geschäftliches unterhielten. Emeni war bei uns, nicht als Anstandsdame, sondern weil es keinen Ort gab, an dem sie sich sonst aufhalten konnte. Nach der kurzen Begrüßung, bei der sie Luc gemustert hatte, wie sie alle Männer ansah, misstrauisch und abweisend, hatte sie uns den Rücken zugekehrt. Nun stand sie reglos am Fenster und starrte hinaus.

»Wie geht es nun weiter mit uns, Luc?«

Er zog mich an sich und küsste mein Haar.

»Ich denke, auf mich wartet viel Arbeit. Dein Vater will mir Kontakte zum Hof vermitteln. Bellier mag zwar Einfluss auf die Kaufleute und die Gilde haben, vermutlich gar auf den Händlervogt.« Er schnaubte. »Doch gewiss nicht auf den Adel.«

»Ist es wirklich wahr, dass Bellier an deinem Misserfolg die Schuld trägt?«

»Das sagte er, und ich sah ihn vor Monaten im vertraulichen Gespräch mit dem Vogt. Es ist mir jedoch unbegreiflich, welche Beweggründe er hatte.«

»Er wollte nicht, dass ich ein schönes Leben habe, wenn ich heimkehre. Glaube mir, sein Hass sitzt so tief.«

Und das ist das Werk meiner Mutter!

Ich schüttelte den Kopf. Hatte ich mir nicht vorgenommen, nicht mehr so schlecht von ihr zu denken?

»Aber als er dann glaubte, du seist tot ...«

»Nicht einmal da konnte er von seinen Rachegedanken ablassen. Deshalb fürchte ich mich so sehr davor, ihm zu begegnen.«

»Hab keine Angst, Liebes. Ich beschütze dich.«

»Wie willst du das machen? Jeden Augenblick des Tages über mich wachen? Du wirst arbeiten, und ich auch.«

»Wenn ich nicht bei dir sein kann, müssen es eben andere. Deine Magd hier scheint geeignet, dein Leben zu verteidigen. So böse, wie sie mich vorhin angeschaut hat.« Er lachte. Dann wurde er wieder ernst.

»Liebes ... Du weißt, dass ich mir nichts sehnlicher wünsche, als dich zu heiraten. Doch erst einmal möchte ich uns beide aus eigener Kraft versorgen können. Sobald ich nicht mehr auf das Geld deines Vaters angewiesen bin, nehme ich dich sofort zur Frau – wenn du mich willst. Bitte versteh das.«

»Natürlich. Wir haben Zeit.«

»Dennoch würde ich gern schon jetzt um dich anhalten. Was meinst du, darf ich deinen Vater um deine Hand bitten?«

»Du möchtest dich mit mir verloben, am selben Tag, an dem du eigentlich Java das Eheversprechen geben wolltest? Wie komme ich mir denn da vor? Nein, Luc. Auch das muss noch warten. Ich will kein Ersatz sein.«

»Das bist du nicht, und das weißt du genau. Doch ich verstehe dich. Sage mir, sobald du bereit dazu bist.«

Ich küsste ihn auf den Mund.

»Das werde ich. Und nun sei fröhlich, Liebster. Heute ist dein Geburtstag.«

»Ja, und du ahnst nicht, wie erleichtert ich bin. Ich hatte geglaubt, es würde der furchtbarste Tag meines Lebens. Und nun sitze ich hier mit dir.«

»Es regnet«, erklang da Emenis Stimme.

Sie öffnete das Fenster, schob sich die Ärmel hoch und streckte die Hände hinaus. Ich trat zu ihr und beobachtete, wie dicke Tropfen auf die braune Haut prasselten. Sie sah mich an, zum ersten Mal seit langer Zeit mit einem Lächeln im Gesicht.

Es klopfte an der Tür. Das Gespräch unter Männern war beendet, und wir gingen zu dritt hinüber in den Salon. Mein Vater, wie üblich, übernahm das Ruder.

»Es ist alles geklärt. Monsieur Lavie wird heute abreisen, mit genügend Geld im Gepäck, um seine Außenstände zu bezahlen. Natürlich bekomme ich einen schönen Anteil, wenn die Geschäfte erst wieder in Schwung gekommen sind. Schließlich bin ich ein Korsar, immer auf meinen Gewinn bedacht.« Er grinste breit. »Lucien, auch Eure Gläubiger machen zunächst keine Probleme mehr, Eure Miete ist für die kommenden zwei Monate bezahlt, danach solltet Ihr in der Lage sein, selbst dafür aufzukommen. Ich werde als Nächstes herausfinden, wo sich der König aufhält. Offenbar führt er gerade Krieg. Wir müssen sehen, ob er trotz dessen gesprächig für unsere Anliegen ist. Ansonsten gibt es aber bei Hofe genügend Menschen, denen ich wohlbekannt bin. Lianne, wir werden uns dort vorstellen und uns nach einer Lehrstelle für dich erkundigen. Ich bin sicher, das nächste Fest lässt nicht lange auf sich warten. Dort sind immer Künstler anwesend, die auch ausbilden. Es sollte sich alles sehr schön fügen.« Mit selbstzufriedenem Gesichtsausdruck blickte mein Vater in die Runde, als würde er Beifall erwarten. Ich tat ihm den Gefallen.

»Danke, Vater. Du bist großartig.«

Luc und Monsieur Lavie stimmten mir zu, beiden schien eine gewaltige Last von der Seele genommen zu sein, so aufrecht und gelöst standen sie da.

Nur Emeni blieb starr, mit hängenden Schultern und noch immer tropfnassen Händen verharrte sie stumm wie eine Statue. Was sollte sie auch sagen? Niemand hatte an sie gedacht, auf sie wartete keine aufregende Zukunft. Ich nahm mir vor, ihr die Zeit so angenehm wie möglich zu machen, sie nie wie eine Dienerin zu behandeln, ihr eine gute Freundin zu sein. Ich trat zu ihr.

»Nitu. Sei nicht traurig. Auch du wirst es schön haben in Paris.«

Sie nickte nicht einmal, sah mich nur an, der Ausdruck in den Mandelaugen unergründlich.

16

»Es ist mir gelungen!« Vater baute sich vor mir auf, einmal mehr ganz und gar von sich überzeugt. »Unser geschätzter König will die Adligen bei Laune halten, um sie von seinem Krieg abzulenken. Der ist nämlich nicht so schnell zu beenden, wie er es vorgehabt hatte. Aus diesem Grunde gibt es ein Fest – und wir beide sind eingeladen.«

»Ein Fest bei Hofe?« Aufregung ergriff mich. »Wann denn?«

»Schon morgen, Tochter. Morgen werden wir den Grundstein für deine Zukunft legen. Louis ist ein großer Förderer der Künste. Ich hoffe sehr, ihn von dir überzeugen zu können.«

»Ich habe keine Bilder mehr, die ich ihm vorlegen könnte.«

»Das ist nicht schlimm. Ich besorge dir Kreide und Papier, die du mit zum Fest nehmen wirst. Wenn er es erlaubt, kannst du gleich dort etwas zeichnen. Und neue Kleidung beschaffe ich dir auch. Leider reicht die Zeit nicht aus, um etwas für dich anfertigen zu lassen. Aber mein Schneider hat oftmals einen kleinen Vorrat aus fertigen Stücken, an denen seine Lehrlinge ihr Können erprobt haben. Ach, und dann brauchst du natürlich jemanden, der dich frisiert.« Er lachte laut auf und strich sich über das Haar. »Was bin ich froh, ein Mann zu sein! Ich kämme mich, setze einen Hut auf und bin bereit.«

Früh am nächsten Morgen, draußen dämmerte es noch, klopften zwei junge Damen an meine Tür. Die erste brachte mein Festgewand, ein Korsett, einen Gürtel mit Hüftpolstern daran und einen Umhang; sie schien unter der Last der Kleidungsstücke beinahe zusammenzubrechen. Schnaufend legte sie sie auf unserem Bett ab, aus dem Emeni gerade noch rechtzeitig heraushüpfen konnte, ehe die Stoffmassen sie unter sich begruben. Mit großen Augen betrachtete meine Freundin die Kleider, während das Mädchen wiederum sie anstarrte, die Fremde mit dem ungewöhnlichen Äußeren und dem wallenden bunten Nachtkleid. Ich sah, wie sich die Stirn der jungen Frau in Falten legte. Sie musterte Emeni, als wolle sie sie mit den Blicken vermessen, um ihr ebenfalls ein Gewand zu bringen.

»Ich bin die Tochter des Schneiders, den Euer werter Herr Vater in Paris gern aufsucht«, sagte sie, ohne die Augen von Emeni abzuwenden. »Ich soll Euch dieses Kleid anpassen.«

»Habt Dank, Mademoiselle. Es ist jedoch viel zu früh, das Fest ist erst am Abend.«

»Wisst Ihr denn nicht, wie lange die Fahrt nach Versailles dauert? Ihr müsst bald aufbrechen, um rechtzeitig dort zu sein.« Der hochnäsige Tonfall der Schneiderstochter missfiel mir. Ihr Blick legte sich nun auf mich, abschätzig, wie ich fand. »Und es scheint, als müsse ich noch Änderungen vornehmen.«

Ich trat ans Bett, hob das Kleid auf und hielt es mir an.

»Es hat die richtige Größe«, sagte ich kalt. »Sollten noch Kleinigkeiten geändert werden müssen, wird meine Magd dies erledigen. Ich danke Euch.«

Damit winkte ich die zweite junge Dame heran, die schon ungeduldig von einem Fuß auf den anderen trippelte. Die Schneiderin schnaubte und verließ das Zimmer.

»Wer seid Ihr, Mademoiselle?«

»Ich bin Louise, ich soll Euch das Haar richten«, sagte das Mädchen schüchtern, wohl in der Angst, ebenfalls fortgejagt zu werden. »Ich muss aber erst die Eisen heiß machen, Ihr könnt Euch gern noch in Ruhe vorbereiten.« Sie zeigte mir einen Korb, in dem sich verschiedene Utensilien befanden – lange Eisenstäbe, große Scheren, Kämme, Dosen und Schachteln, bunte Bänder und vieles mehr. »Und es wäre gut, wenn Ihr Euer Haar anfeuchten könntet.«

Sie verließ das Zimmer, und ich hörte, wie sie sich an der Ofentür im Salon zu schaffen machte. Mit Emenis Hilfe wusch ich mir über der kleinen Waschschüssel die Haare und ging hinüber, um mich Louise auszuliefern. Sie drückte mich auf einen Stuhl, den sie mitten in den Raum gerückt hatte, sodass sie Platz hatte, um mich herumzugehen.

Mit geübten Bewegungen kämmte sie mir die feuchten Strähnen durch, und ich musste zugeben, dass es weniger ziepte, als ich erwartet hatte. Als sie sich mir mit dem ersten heißen Eisen näherte, zuckte ich zurück, doch mit der Zeit gewöhnte ich mich an das Gefühl, meine Kopfhaut würde verbrennen. Dies sei nicht der Fall, versicherte mir Louise, und es gelang mir, mich zu entspannen. Die junge Frau besaß ein angenehmes Wesen, unterhielt mich mit ihrer leisen Stimme und kümmerte sich nebenbei sogar um Emeni, indem sie sie ebenfalls kämmte und ihr Locken in die kurzen Haare drehte.

Nach einer Ewigkeit, als mein Hinterteil bereits schmerzte und meine Beine jegliches Gefühl verloren hatten, hörte ich endlich die erlösenden Worte.

»Es ist vollbracht.«

Mit weichen Knien folgte ich Louise zu dem Spiegel in Emenis und meinem Zimmer. Als ich hineinsah, erschrak ich. Eine Fremde blickte zurück, eine Frau mit einer beeindruckenden Lockenpracht, hochgesteckt und mit Bändern geschmückt. Niemals hatte ich mir vorstellen können, so auszusehen. Fand ich mich schön? Ich konnte es nicht sagen.

Ich dachte an die Magd, die ich bis vor wenigen Monaten gewesen war, grau in grau, hoffnungslos. An das Mädchen auf der Reise, die bloßen Beine schlammverschmiert, trunken von Rum und Gesang. Dann an die Frau, die in Lucs Armen gelegen hatte, nackt und leidenschaftlich, hemmungslos.

Und nun sah ich mich im Spiegel, eine Dame, zwar noch im Nachtkleid, doch mit der Frisur einer Adligen. Dieselbe Lianne und auch wieder nicht. Hatte jeder Mensch so viele Seiten, so viele Leben in einem? Dabei war ich noch so jung! Plötzlich fühlte ich mich schwach, überfordert von all dem, was in letzter Zeit geschehen war. Meine Beine gaben nach, ich ließ mich auf das Bett fallen, und es war mir gleichgültig, ob das neue Gewand zerdrückt wurde. Emeni und Louise beugten sich über mich, im Gesicht der einen die Sorge um meine Gesundheit, bei der anderen die Sorge um ihr Meisterwerk. Ich musste lachen.

»Es ist alles in Ordnung. Ich glaube, ich hätte gern einen Schluck Wein.«

Louise verabschiedete sich und wünschte mir einen schönen Abend, und Emeni brachte mir einen gefüllten Becher. Schon während ich trank, ging es mir langsam besser. Ich musste mir verbieten, so viel nachzudenken!

Mein Vater trat zu mir, bewunderte meine Frisur und verlangte, dass wir umgehend eine Kleinigkeit aßen. Da erst fiel mir auf, dass Emeni und ich nicht gefrühstückt hatten. Im Salon von Madame Braque war bereits ein Mahl angerichtet.

»Aber iss nicht so viel, Tochter, sonst passt du nicht in das neue Kleid.« Mein Vater lachte. »Es wundert mich, dass du bei deinem Appetit noch nicht aussiehst wie deine Schwägerin.«

»Ja, ist es nicht ungerecht? Über Adelais wird gelacht, und ich esse gewiss nicht weniger als sie.«

»Die Menschen sind verschieden, und die Welt ist nicht gerecht. Das weißt du doch, mein Kind. So, nun musst du aber wirklich anfangen, dich anzuziehen. Die Kutsche wird bald da sein. Hier habe ich noch ein Paar Schuhe für dich.«

Das Frühstück hatte mich gestärkt. Mit neuer Kraft ergriff ich die hochhackigen Schuhe und ging in unser Zimmer. Emeni folgte mir und schloss die Tür hinter uns. Ich entkleidete mich vorsichtig, um nicht die Frisur zu zerstören. Dann stellte ich mich nackt vor den Spiegel. Eine unbestimmte Traurigkeit überkam mich, als ich feststellte, dass keine Spuren meines Zusammenseins mit Luc mehr auf meinem Körper zu sehen waren. Wann würde ich wieder in seinen Armen liegen können?

Ich riss mich aus den Gedanken und schlüpfte in das Korsett, zum ersten Mal in meinem Leben. Emeni stand mit gerunzelter Stirn hinter mir.

»Schließe bitte die Schnüre, Emeni. Du musst ordentlich strammziehen, damit ich in dem Kleid gut aussehe.«

Ich reichte ihr die Enden der Bänder und betrachtete mich im Spiegel, in Erwartung meiner neuen schlanken Figur, mit der ich bei Hofe hoffentlich nicht unangenehm auffallen würde.

Emeni zog mit einem Ruck an den Schnüren, und ich fühlte mich, als würde sämtliche Luft aus mir gepresst. Sie hatte so viel Kraft! Ein Knirschen ertönte und ließ mich hoffen, dass es von dem Kleidungsstück und nicht von meinen Rippen stammte. Emeni trug lange Ärmel, doch ich konnte im Geiste vor mir sehen, wie sich ihre braunen Arme spannten und die Sehnen hervortraten. Oft genug hatte ich dies beobachtet, gleich bei unserer ersten Begegnung, als sie angegriffen wurde, und auch später, als sie mit Leichtigkeit die schweren Segel anhob, die wir flicken sollten.

Dann sah ich nichts mehr außer unzähligen Lichtpunkten, die vor meinen Augen tanzten. Ich wollte ihr sagen, sie möge aufhören zu ziehen, doch ich brachte kein Wort heraus. Erinnerungen an Bellier flackerten auf, wie er mich würgte und ich keine Luft mehr bekam. Wie ein Fisch im Netz begann ich zu zappeln, immer verzweifelter, bis mir nichts anderes übrig blieb, als mit beiden Fäusten auf Emeni einzuschlagen, damit sie losließ.

Die Schnüre lösten sich, ich fuhr herum und blickte in wütende schwarze Augen. Emeni stieß mich von sich, ich taumelte rückwärts und fiel zu Boden. Worte in der unbekannten Sprache füllten den Raum, und ein Blick in das dunkle Gesicht bestätigte mir, dass sie so böse gemeint waren, wie sie klangen.

Ich rappelte mich auf und rieb mir das Hinterteil.

»Entschuldige, Emeni. Ich wollte dich nicht schlagen. Aber ich konnte nicht atmen!«

Ich wusste, sie verstand nicht alles, doch der Wortschwall verstummte. Die Augen blitzten weiterhin, und die Haare in meinem Nacken stellten sich auf. Auch wenn sie mein Mündel war, so war Emeni doch älter und weitaus kräftiger als ich. Wenn sie wollte, könnte sie mich mit bloßen Händen erwürgen. Ich erschauderte und zwang mich, an die Verbundenheit zu denken, die wir auf der Reise gespürt hatten.

»Emeni. Nitu. Es tut mir leid.« Vorsichtig trat ich einen Schritt auf sie zu. Ich zog das Korsett aus. Im Spiegel sah ich rote Striemen, wo das Gestänge in meine Haut gepresst worden war. »Sieh mal. Du hast zu fest gezogen.«

Da wurden die schwarzen Augen noch größer, als sie ohnehin waren, und das Gesicht der jungen Frau nahm einen weichen Ausdruck an. Sie ergriff meine Hand, küsste sie und murmelte leise Worte, die ich nicht verstand. Ich strich über das ungewohnt lockige Haar.

»Es ist gut, ist ja nichts passiert.«

Emeni hob das Korsett auf und hielt es mir hin. Ich schüttelte den Kopf.

»Nein, ich denke, das lassen wir besser. Der König wird mir schon nicht nah genug kommen, um mich zu dick zu finden.«

Ich zog mein eigenes Unterkleid an und band darüber den Gürtel mit den Hüftpolstern. Dann half mir Emeni in das Gewand. Glücklicherweise passte es recht gut, war nur hier und da ein wenig zu weit, aber das störte mich nicht. Es war ein Ungetüm aus dunkelgrüner und goldener Seide, schulterfrei, mit einem tiefen Ausschnitt, bauschigen Ärmeln, glänzenden Stickereien und jeder Menge Schleifen in derselben Farbe, die auch die Bänder in meinen Haaren hatten. Ich zog es vor, die Schnürung im Brustbereich selbst zu schließen, und achtete darauf, dass ich ausreichend Luft bekam.

Dann allerdings nahm mir mein Anblick im Spiegel doch noch den Atem. Erneut fragte ich mich, ob ich diese Frau sein wollte, die ich dort sah. Wo war das Mädchen geblieben, das mit dem Freund in Pfützen hüpfte? Meine Kehle wurde eng, und ich fühlte das Aufsteigen der Tränen, ehe ich sie bei meinem Spiegelbild sah.

Sobald Hufgeklapper von draußen das Vorfahren der Kutsche anzeigte, verging der Schrecken über das Geschehene ebenso wie alle Zweifel und Traurigkeit. Aufgeregt schlüpfte ich in die hohen Schuhe, die sich eng und ungewohnt anfühlten, dann ließ ich mir von Emeni in den neuen roten Umhang helfen, ein schweres samtiges Stück, das mich an unsere Vorhänge erinnerte.

»Wünsch mir Glück, Nitu«, bat ich.

Emeni sah mich an, und ein winziges Lächeln zeigte sich auf ihrem Gesicht. Es war nicht ganz das, was ich mir erhofft hatte, doch wenigstens war es nicht das vorwurfsvolle Starren, das mir in letzter Zeit so häufig von ihr entgegengebracht wurde. Ich lächelte zurück und ging die Stufen hinab. Vater wartete schon an der geöffneten Kutschentür, in der Hand einen großen samtenen Beutel, in dem ich meine Malutensilien vermutete.

»Meine wunderschöne Tochter. Ich freue mich so auf das Fest. Hoffentlich kommen wir rechtzeitig in Versailles an.«

***

»Herr Vater!« Java schnaufte, so sehr war sie gerannt. »Ich habe sie gesehen! Die elende Lianne ist am Leben!«

Lexius Belliers Gesicht zeigte keine Regung. Er musterte seine Tochter.

»Du hast dich gewiss getäuscht.«

Java ballte die Fäuste.

»Auf keinen Fall!«

»Und wo willst du sie entdeckt haben?«, fragte Bellier müde.

Java sah ihren Vater an. Es war nicht so, dass er vor Gram verging, doch seit dem Zwischenfall ihrer abgesagten Verlobung lag ein Schatten auf ihm, den selbst sie nicht deuten konnte, obwohl sie ihn so gut kannte. Er hatte Luc Lavie Rache geschworen, tat jedoch seit Tagen nichts, um sie zu verüben. Ganz im Gegensatz zu ihr selbst. Vom ersten Augenblick an, nachdem sie den Schrecken überwunden hatte, war sie Luc gefolgt, hatte beobachtet, wohin er ging und wen er traf. Schließlich hatte sie ihn gemeinsam mit seinem Vater das Wohnhaus auf der *Île de la Cité* betreten sehen. Zwar hatten sie es bald wieder verlassen, doch irgendetwas sagte Java, dass sich in jenem Haus des Rätsels Lösung verbarg. Seitdem hatte sie ihre Aufmerksamkeit zwischen diesem Ort und Lucs Kontor aufgeteilt. Und nun war ihre Hartnäckigkeit belohnt worden. Gift und Galle waren in ihr aufgestiegen, als sie Lianne gesehen hatte.

»Sie war gekleidet wie eine Adlige und stieg zusammen mit ihrem Vater, dem Kapitän, in eine Kutsche nach Versailles.« Java spie die Worte aus. »Das Miststück hat überlebt und sich Luc zurückgeholt. Und nun tanzt sie im Schloss des Königs!«

Mit Erleichterung stellte Java fest, dass sich das Gesicht ihres Vaters vor Zorn verzerrte. Seine Faust krachte auf den Tisch, an dem er saß.

»Wie hat die Hexe das geschafft? Sie sollte tot auf dem Meeresgrund liegen!«

»Wenn es nach mir geht, wird sie das bald. Herr Vater, was können wir unternehmen?«

Bellier stand auf und begann, durch den Raum zu gehen, langsam, der ganze Körper angespannt vor unterdrückter Kraft, so wie ein Vulkan kurz vor dem Ausbruch. Java hoffte, seine Wut würde nicht sie treffen, und zog es vor, sich ruhig zu verhalten.

»Ich werde mir das Weibsstück schon holen«, stieß er plötzlich hervor. »Doch solange ihr Vater in der Nähe ist, wird es kaum Gelegenheit dazu geben. Ich muss abwarten.«

Warte nur nicht zu lange, wollte Java rufen. Sie wusste jedoch, es war besser für sie, ihren Vater in dieser Stimmung nicht anzusprechen. Sie würde schon dafür sorgen, dass die Rache binnen Kurzem erfolgen konnte. Noch hatte sie keinen Plan, doch sie war sicher, es würde sich eine Gelegenheit finden. Zusammen mit der Wut ihres Vaters wuchs ihre eigene ins Unermessliche. Lianne würde bitter bereuen, zurückgekehrt zu sein und ihr Luc weggenommen zu haben!

Bald. Sehr bald.

***

Ich glaubte schon, die Fahrt hinaus aus der Stadt, vorbei an Wiesen, Feldern und Weinbergen würde nie zu Ende gehen, als schließlich das königliche Schloss vor uns auftauchte. Unsere Kutsche fuhr durch ein hohes Tor und hielt in einer Gruppe von vielen weiteren Gefährten, eines edler als das andere. Mein Vater half mir beim Aussteigen, und an seinem Arm schritt ich auf den Eingang des gewaltigen Bauwerks zu.

Der Abend war bereits hereingebrochen. Der Vorplatz wurde von zahllosen Fackeln erhellt und tauchte das aus rotem und gelbem Stein errichtete Gebäude in warmes Licht. An jeder Seite der Eingangstür standen zwei Gardisten in ihrer blauroten Uniform, in der Hand jeweils eine lange, spitze Hellebarde. Bei jedem Ankömmling kreuzten zwei der Männer mit weit ausholender, dramatischer Geste ihre Waffen vor der geöffneten Tür, brüllten ihre Frage nach dem Namen des Besuchers und zogen die Spieße schließlich zurück, damit dieser eintreten konnte. Offenbar brachte ich nicht genügend Verständnis für diese Handlung auf, denn auf mich machte sie keinerlei Eindruck, sondern erschien

247

mir übertrieben und lächerlich. Doch was wusste ich schon vom Leben bei Hofe? Vielleicht ergab ja alles einen Sinn und ich war nur zu aufgeregt?

Als wir die Eingangstür passiert hatten, nahm uns ein schwarz gekleideter Diener in Empfang. Er geleitete uns eine Treppe hinauf, die kein Ende zu nehmen schien, führte uns durch verschiedene Räume und öffnete schließlich die Tür zu dem gewaltigsten Saal, den ich je gesehen hatte. Es war mir nicht möglich, von einem Ende bis zum anderen zu blicken. Seine hohe Decke glich einem Gewölbe und war über und über mit prachtvollen Gemälden geschmückt. Leider konnte ich sie nicht in allen Einzelheiten erkennen, da sie zu weit entfernt waren. Ich liebte es, Bilder erst von Nahem und dann aus größerem Abstand zu betrachten, um die Wirkung der Farben und der einzelnen Pinselstriche zu begreifen. Hier jedoch musste ich mir den Hals verrenken, um sie überhaupt sehen zu können. Dennoch waren sie prächtig anzuschauen.

Lichter, Musik und Stimmengewirr umfingen mich, als wir eintraten. Ich vermochte nicht zu atmen vor lauter Bewunderung. Alles blitzte und blinkte, Gold, Silber, polierter Stein und Glas, immer wieder Glas, spiegelte und strahlte. In dem riesigen Raum war so viel Bewegung, dass ich nicht wusste, wohin ich zuerst schauen sollte. Ich klammerte mich an den Arm meines Vaters. Als mir die Sinne schwanden und meine Beine einknickten, hielt er mich und schlug mir leicht auf die Wange.

»Atmen, Liebes.«

Ich schnappte nach Luft, sog die vielfältigen Gerüche ein, erkannte Schweiß, Parfum und Puder, den süßen

Duft von brennenden Bienenwachskerzen und einen Hauch von gebratenem Fleisch. Sogleich ging es mir besser. Ich ließ meinen Blick durch den Raum wandern.

Frauen in ausladenden Gewändern, schöner noch als meins, wedelten sich mit zierlichen, bunten Fächern Luft in die bemalten Gesichter. Allesamt sahen sie aus, als hätten sie keine Schwierigkeiten gehabt, ihre Korsetts anzulegen. Ganz gleich, welche Maße sie hatten – ihre Körpermitten waren deutlich schmaler als der Rest von ihnen. Sie standen in Grüppchen, in Gespräche mit edlen Herren vertieft. Ich bemühte mich, in deren Hackenschuhen, bestickten Strümpfen und falschen Haaren etwas Anziehendes zu entdecken, doch es gelang mir nicht. Stets hatte ich nur Luc vor Augen, der mir in seiner schlichten Kleidung ausnehmend gut gefiel. Er hatte diese Art von Maskerade nicht nötig, so wie ich – so hoffte ich zumindest – nicht die dicke Schicht von Schminke, die die anderen Damen zierte. Mein Gewand jedoch behagte mir mit jedem Augenblick mehr. Es war ungewohnt, so viel Raum einzunehmen, doch es fühlte sich gut an. Stolz schritt ich am Arm meines Vaters durch den Festsaal, zwischen Hunderten von erlauchten Besuchern hindurch, und konnte mich nicht sattsehen an all dem Prunk.

Vielarmige goldene Leuchter, über und über geschmückt mit geschliffenem Glas, hingen im gesamten Saal von der Decke oder standen auf Säulen an den Wänden. Die gläsernen Perlen und Tropfen funkelten im Licht ihrer Kerzen wie das Meer an einem sonnigen Tag. Ich ertappte mich dabei, wie ich darüber nachsann, mit welcher Art von Farbe man dieses Glitzern auf einem Gemälde darstellen konnte. Der Reihe von Bogenfenstern gegenüber waren Spiegel in der gleichen Bauart angebracht, was den Raum noch größer erscheinen ließ.

Gerade als wir die in der hinteren Hälfte des Saales aufgebauten, langen Reihen von Esstischen erreichten, ertönte eine Trompetenfanfare.

»Das ist das Zeichen, dass der König eintreten und zu Tisch bitten wird«, rief mein Vater über das aufgeregte Murmeln der übrigen Gäste hinweg. Schon öffnete sich die Tür gegenüber derjenigen, durch die wir eingetreten waren. Von weiteren Gardisten geleitet, gab Louis XIV. seinem Fest die Ehre.

Erneut vergaß ich das Atmen. Der König bot einen glorreichen Anblick. Die dunklen Locken seiner Perücke fielen auf die breiten Schultern herab, die von einem pelzbesetzten, tiefblauen Samtmantel bedeckt waren. Unter dem wuchtigen Kleidungsstück schauten lediglich weiße Strümpfe und Schuhe heraus, beides mit Schleifchen geschmückt. Viel ließ sich nicht über den so verborgenen Körperbau des Herrschers sagen, doch wirkte er gut gewachsen und gesund. Er war genau fünfzig Jahre alt und schien in der Blüte des Lebens zu stehen, wohlgenährt und kräftig. Lediglich sein Gesichtsausdruck gefiel mir nicht. Ich konnte nicht sagen, ob ich ihn eher hochnäsig oder doch gelangweilt fand. Hätte man nicht gewusst, wie klug *Louis le Grand* seine Macht seit vielen Jahrzehnten verteidigte, hätte man seinen Blick als einfältig deuten können.

Der König hob den Arm, streckte den Zeigefinger und wies in einer herrischen, den ganzen Raum umfassenden Geste auf die Tische. Sogleich beeilten sich die

Gäste, an den langen Tafeln Platz zu nehmen. Vater zog mich mit sich, und wir ergatterten zwei Stühle nebeneinander, zwar weit entfernt vom Sitzplatz des Herrschers, aber wir konnten ihn von dort aus deutlich sehen.

Vor uns auf dem Tisch standen zierliche silberne Becher mit Rankenmustern, je ein flacher Teller und eine Schüssel. Daneben lagen ein Messer und ein Löffel, beide mit fein geschliffenen Mustern auf den Griffen. Ich ließ die Fingerspitzen über den Becher gleiten und musste an meinen alten Spiegel denken, den ich im Hause Bellier zurückgelassen hatte. Seine Rückseite war ähnlich gestaltet gewesen. Wie gern hatte ich die Blätterranken darauf berührt ... Ich hob den Becher, um festzustellen, ob ich mich auch darin spiegeln konnte, doch ich sah nur ein verzerrtes Abbild meiner selbst. Ehe ich mich's versah, stand ein Diener neben mir und goss mir Wein ein.

Louis ließ sich den Stuhl zurechtrücken und nahm Platz, während die Trompeter eine erneute Fanfare ausstießen, so laut und kraftvoll, dass ich sie in den Tiefen meines Leibes spürte. Neben den König setzte sich eine bildschöne junge Frau mit blondem Haar und engelsgleichem Gesicht.

»Seine Tochter Marie Anne«, erklärte mein Vater. »Der König ist Witwer, hat zwar eine heimliche Ehefrau, doch diese nimmt an dem Fest wohl nicht teil. Es gibt Adlige, die die Verbindung missbilligen. Und da diese Veranstaltung dazu gedacht ist, seine Anhänger zu beruhigen und vom Krieg abzulenken ...« Vielsagend hob er die Augenbrauen.

Bevor ich antworten konnte, erschien wie aus dem Nichts eine solch lange Reihe von Dienern, wie ich sie mir nie hätte erträumen können. Sie brachten silberne Tabletts, die sich unter dem Gewicht der Speisen bogen. Es gab gewaltige Bratenstücke, Berge von Gemüsen, bauchige Schüsseln, in denen Suppe dampfte, dunkles Brot, Unmengen von Hühnern, Platten mit Käselaiben und geräucherten Würsten. Zwei Diener schleppten sogar ein ganzes Lamm herbei.

Beim Anblick all der Köstlichkeiten war ich froh, das Korsett nicht angezogen zu haben. Der Geruch des gebratenen Geflügels erinnerte mich an die *Barbacoas*, die ich auf den Westindischen Inseln so geliebt hatte. Ich sah René vor mir, wie er schmatzend von der Perlhuhnkeule abbiss, und wünschte, er wäre bei mir. Seine ruhige Art hätte mir die Angst vor dem genommen, was mich erwartete.

Wie stets, wenn ein gefüllter Teller vor mir stand, rückten die unangenehmen Empfindungen bald in den Hintergrund. Es sollte Menschen geben, denen durch Anspannung der Appetit verging. Zu diesen gehörte ich gewiss nicht! Auch meinem Vater schien es zu schmecken. Sein Teller war in Windeseile geleert. Dann tunkte er Brot in die fette, dunkle Soße, die übrig war, wischte das Geschirr damit so sauber, dass es unbenutzt aussah, und unterhielt sich währenddessen angeregt mit dem Herrn neben ihm. Dankbarkeit erfasste mich, als ich hörte, dass er dem Adligen von Lucs Tuchhandel erzählte. Ich wünschte mir so sehr, dass es Vater gelingen würde, Lucs schlechten Ruf zu verbessern und ihm zu Geschäften zu verhelfen.

Satt und zufrieden lehnte ich mich zurück und genoss die Musik, die von dem hohen Deckengewölbe widerhallte. Lautenspieler entlockten ihren Instrumenten liebliche Klänge, darunter mischten sich Flötentöne, ebenso wohlklingend und süß. Ich kannte die Melodien nicht, denn im Hause Bellier hatte es keine Musik gegeben, nicht einmal bei den wenigen Festen. Bei dem Gedanken überkam mich sogleich ein ungutes Gefühl, doch zum Glück gab es im Saal so viel zu sehen, dass ich gleich wieder abgelenkt wurde.

Als sich der König erhob, ließen alle Anwesenden ihre Bestecke sinken. Auf ein Zeichen Louis' eilten Diener herbei, die die Speisereste, Teller und Schüsseln abräumten und neue Krüge mit Wein und Platten mit Gebäck brachten. Ich biss in ein Küchlein und stellte fest, dass es zwar angenehm süß war, aber bei Weitem nicht so lecker wie die, die Adelais' Schwiegermutter backte.

»Madame Durand sollte Hofbäckerin werden, findest du nicht, Vater?«

Er lachte. »Etwas Ähnliches habe ich auch soeben gedacht. Nur glaube ich nicht, dass mich unser werter König so sehr schätzt, dass ich ihm all meine Bekannten und Verwandten empfehlen kann. Erst einmal müssen wir deine Zukunft sichern.« Er erhob sich. »Warte hier, ich versuche, vorgelassen zu werden. Man darf den gnädigen Herrn nicht ansprechen, daher muss ich mich ihm zeigen, in der Hoffnung, dass er mich anspricht.« Vater zwinkerte mir zu.

Mit zitternden Fingern hielt ich meinen Becher umklammert und beobachtete, wie mein Vater auf den König zuging. Zwei Bedienstete sprangen ihm in den Weg.

Er hob seinen Beutel hoch, sodass der König diesen sehen konnte, und sprach ein paar Worte mit den Männern. Ich sah, wie der König ein Handzeichen machte. Daraufhin traten die Diener zur Seite, mein Vater verbeugte sich tief vor dem Herrn des Landes und übergab ihm das Säckchen mit den Münzen. Der größte Teil unserer Beute würde als Bankanweisung aus Le Havre eintreffen, doch Vater legte stets Wert darauf, auch etwas Handfestes abzuliefern.

Der König schien erfreut, denn er winkte meinem Vater, neben ihm Platz zu nehmen. Dafür scheuchte er Marie Anne von ihrem Sitz. Die junge Frau gehorchte, errötete sogar ganz zauberhaft, als sich mein Vater vor ihr verbeugte. Ich glaubte, in ihren Augen Begehren zu erkennen. Sie blieb hinter dem Stuhl stehen, ihre Hand ruhte auf der Lehne. Viel fehlte nicht und sie hätte das Haar meines Vaters berührt.

Ein seltsames Gefühl erfasste mich, Ärger gemischt mit einer unerklärlichen Eifersucht. Ich wollte nicht, dass sich eine Frau an meinen Vater heranmachte – doch warum? Wegen meiner Mutter? Sie liebte meinen Vater noch immer, das hatte ich deutlich erkannt. Ich konnte mir jedoch kaum vorstellen, dass mir plötzlich wichtig war, wie sie sich fühlte. Dennoch betrachtete ich die Königstochter weiterhin argwöhnisch.

Stolz erfüllte mich dagegen, als ich sah, wie sich die beiden Männer unterhielten, gerade so, als seien sie gleichen Ranges. Mein Vater hatte wahrlich einen weiten Weg zurückgelegt von dem armen Jungen in Saint-Malo zu dem gefeierten Korsarenkapitän. Wohin würde mein eigener Weg mich führen? Fort von der

Dienstmagd zur Tochter eben dieses berühmten Kapitäns – und weiter?

Als mir mein Vater zuwinkte und mir bedeutete, zu ihm zu kommen, sank mein Mut. Ich sollte vor den König treten, ich, Lianne, ein kleines Mädchen im viel zu edlen Gewand, nicht einmal fähig, ein Korsett anzulegen? Mit weichen Knien erhob ich mich. Vater machte weitere Handzeichen, und ich verstand. Ich ergriff den Beutel mit der Malkreide und den Papierbögen, den er unter seinem Stuhl abgelegt hatte, und schritt durch den Raum, am ganzen Leib zitternd. Schließlich erreichte ich den Tisch des Königs und knickste, wie Louise es mich am Morgen gelehrt hatte.

In meinen Ohren rauschte es so sehr, dass ich die Worte nicht verstand, die der König zu mir sprach. Aus der Bewegung seiner Hand jedoch schloss ich, dass ich mit dem Zeichnen beginnen sollte. Mir wurde ein Stuhl hingeschoben und der Tisch vor mir freigeräumt. Fieberhaft überlegte ich, welches Motiv weder zu nichtssagend noch zu anmaßend wäre. Ich blickte mich um, meine Gedanken rasten. Ich sah den König, wie er wohlwollend zu Marie Anne aufblickte, die auf ihn herablächelte – und plötzlich stand mir das Bild vor Augen. Ich entnahm dem Beutel meine Zeichenutensilien, und wie üblich begann die Kreide, wie von selbst über das Papier zu wandern. Alles um mich herum verschwand, verstummte, es gab nur mich und mein Werk.

Als ich fertig war, überreichte ich es mit bebenden Fingern einem Diener, der es dem König zeigte. Ich wischte mir mit dem Ärmel den Schweiß von der Stirn und hielt den Atem an. Würde ich gleich zum Teufel gejagt werden und mein Vater dazu?

Das Gesicht des Königs verzog sich erst zu einem Lächeln, dann lachte er gar laut auf, was seinem gelangweilten Antlitz einen beinahe liebenswürdigen Zug verlieh. Mir wurde abwechselnd heiß und kalt. Louis sprach jedoch nicht mich, sondern meinen Vater an, der sich sogleich erhob, mich am Arm nahm und fortzerrte. Ich umklammerte meine Zeichenutensilien und stolperte hinter ihm her durch den Saal, zurück zu unseren Sitzplätzen. Von dort aus beobachteten wir, wie der König eine große ältere Dame mit einer auffälligen Hochfrisur zu sich rief, ihr mein Bild zeigte und dann auf uns wies.

»Wir haben es geschafft«, sagte mein Vater. »Er hat dich empfohlen. Nun sei hübsch freundlich zu Madame, dann steht deiner glücklichen Zukunft nichts mehr im Wege.«

Er erhob sich und bot der Dame seinen Platz an, doch sie lehnte ab. So standen sie sich gegenüber, zwei annähernd gleich große Gestalten, wobei dies lediglich der Frisur der Frau zu verdanken war. Mir war noch immer schwindlig, sodass ich nur wie aus weiter Ferne das Gespräch mit anhörte. Es handelte von dem Bild, das ich für den König gezeichnet hatte, und von einer Lehrstelle. Dennoch kam es mir vor, als würde es mich gar nicht betreffen. Die Anstrengungen des Tages und das reichliche Essen machten mich so schläfrig, dass ich kaum noch die Augen offen halten konnte.

Tatsächlich mussten sie mir zugefallen sein, denn als ich das nächste Mal zu meinem Vater hinübersah, stand er allein dort. Er wandte sich mir zu und lächelte.

»Madame Chemin wird darüber nachdenken und uns Nachricht schicken. Damit müssen wir zufrieden sein.«

Ich erhob mich, in meinem Kopf drehte sich alles. Ausgelaugt von dem langen Tag ergriff ich den Arm meines Vaters.

»Können wir bitte gehen?«

»Es wird noch Tanz und ein Theaterstück geben. Möchtest du das nicht sehen?«

»Nichts kann das Schauspiel übertreffen, das sich mir bereits den ganzen Abend geboten hat.«

Er nickte, führte mich zur Garderobe und half mir in den Umhang. Wir ließen das Schloss hinter uns, die Pracht und die Falschheit, den Reichtum und die künstliche Schönheit, die geschminkten, gepuderten Gesichter, die verlogenen Worte. Ich sehnte mich nach wirklichen Menschen, nach Luc, nach Emeni.

»Du musst müde sein. Sollen wir lieber in ein Gasthaus einkehren, Tochter?«

»Es geht schon. Ich werde auch in der Kutsche umgehend einschlafen.«

Mit bleischweren Gliedern kletterte ich in das Gefährt, lehnte eine Wange gegen das Fenster und schloss die Augen. Noch immer spielte in meinem Kopf die Musik, mein Bauch schien überzuquellen von den Köstlichkeiten des Mahls. Alles erschien so unwirklich, dass ich mich fragte, ob ich tatsächlich dort gewesen war, den König gesehen hatte, eine Lehrstelle in Aussicht gestellt bekommen hatte. Ich konnte mich weder an die Worte des Herrschers noch an die der älteren Dame erinnern, konnte nicht einmal sagen, ob ihre Stimmen hoch oder tief geklungen hatten.

»Die Tochter des Königs fand dich attraktiv, Vater«, murmelte ich, dem Schlaf bereits nahe.

Ein dröhnendes Lachen antwortete mir.

»Das habe ich früher schon feststellen können. Doch glaube mir, in das Wespennest dieses Hofes werde ich mich gewiss nicht begeben. So schön die Tiere sind – sie stechen!«

Die Kutsche rumpelte los, mein Kopf schlug unsanft gegen das Fenster, doch ich öffnete die Augen nicht.

17

Paris, Februar-März 1689

Wenige Tage später wurde wahr, was mir auf dem Fest des Königs angekündigt worden war. Ein Bote der Madame Chemin schickte nach mir. Ich solle mit all meiner Habe und meiner Magd zu ihr in die *Rue Saint Honoré* kommen und meine Lehrstelle antreten. Mein Herz tat einen Hüpfer, als ich die Nachricht vernahm. Ich ergriff Emenis Hände.

»Oh, Nitu, nun wird mein Traum Wirklichkeit! Ich darf lernen, wie man richtig malt.«

Wie üblich schien sich Emeni zu einem Lächeln zwingen zu müssen, doch das trübte meine Freude nicht. Vater trat zu uns und küsste mich auf das Haar.

»Geht und holt eure Sachen. Ich rufe die Kutsche.«

Wenig später erreichten wir das mehrstöckige Haus, in dem ich meine Ausbildung erhalten würde. Ich hatte Madame Chemin bei dem Fest kennengelernt, die Eindrücke dort waren jedoch zu vielfältig gewesen, um mir ihre Erscheinung einzuprägen. Darum war ich überrascht, als uns die stattliche Dame selbst die Tür öffnete.

»Ah, mein Lehrmädchen und ihre Magd, wie schön!«

Sie winkte uns herein, und zum ersten Mal betrat ich das Haus einer Malerin. Enttäuschung überfiel mich unwillkürlich, denn die Eingangshalle hatte nichts Besonderes an sich. Als uns Madame jedoch in den Salon führte, stockte mir der Atem. Überall an den Wänden des lichterfüllten Raumes hingen riesige Gemälde. Die meisten zeigten Naturmotive, Bäume, Blumen, Tiere, so nah an der Wirklichkeit, dass ich nur staunen konnte. Mit einer weit ausholenden Geste wies Madame auf die Bilder.

»Dies sind meine Werke. Ich bilde am liebsten Gottes Schöpfung in all ihrer Mannigfaltigkeit ab – außer dem Menschen. An ihm erscheint mir vieles zu abscheulich, um ihm ein Denkmal setzen zu wollen. Wie steht es mit dir, Lianne? Was sind deine Motive?«

»Ich zeichne alles ...«

»Sprich lauter, Kind. Ich bin eine alte Frau.«

Ich räusperte mich und setzte erneut an.

»Ich zeichne alles, was ich sehe und was mich beeindruckt. Auch Personen, Gesichter vielmehr. Ganz nah und mit all ihren Einzelheiten.«

»Nun, dann bist du wohl zu jung, um meine Abneigung gegen den Menschen im Allgemeinen zu teilen. Du hast sicherlich bisher nur gute Erfahrungen mit unserer Spezies gemacht.«

Bilder blitzten vor meinem inneren Auge auf. Belliers dunkle Gestalt, die schwer bewaffneten Piraten, die Sklaventreiber mit ihren Peitschen, und, obwohl ich es nicht wollte, auch wieder das Antlitz meiner Mutter.

»Nein«, sagte ich schärfer als beabsichtigt. »Im Gegenteil. Doch es hindert mich nicht daran, die Menschen abzubilden, die schönen wie die hässlichen, die gottesfürchtigen und die grausamen.«

Madame Chemin lachte auf.

»Wobei Letzteres kein Gegensatz sein muss. Mein werter Herr Sohn rennt täglich in die Kirche, und doch sehnt er den Tag herbei, an dem ich kalt im Grabe liege, der elende Hungerleider!«

Im Widerspruch zu ihren Worten legte sich ein trauriger Ausdruck auf ihr Gesicht, verflüchtigte sich jedoch wieder, als sie weitersprach.

»Nun, im Porträtieren werde ich dich dennoch nicht unterrichten. Aber wenn du weiterhin so gut bist, wie dein Bild für den König zeigt, wirst du die Techniken, die ich dich lehre, auch darauf anwenden können. Sag, wie ist dir eingefallen, genau dieses Motiv für ihn zu zeichnen?«

»Ich hörte, er mag Kinder. Und dann sah ich es plötzlich vor mir, das kleine Mädchen mitten auf der Festtafel, wie es in das riesige Gebäckstück beißt.«

Ich verriet nicht, dass es das Lockenköpfchen meiner Schwester Agnès war, das ich gemalt hatte.

»Ein guter Einfall, zumal er das Essen noch viel mehr liebt als die Kinder. Ideen allein werden dich jedoch nicht weit bringen. Ich hoffe, du bist keines von den jungen Dingern, die denken, Ruhm sei ohne Mühsal zu erlangen.«

»Gewiss nicht. Ich kann arbeiten.«

»Das wirst du müssen. Ich bin anspruchsvoll. Nun kommt, ich zeige dir und deiner Magd euer Zimmer.« Sie bedeutete uns, ihr zu folgen, und erklomm die schmale Stiege ins Obergeschoss.

Unser Raum gefiel mir auf den ersten Blick. Durch das Fenster zur Straße fiel jede Menge Licht herein. Eine Staffelei stand so platziert, dass sie von der linken Seite aus erhellt wurde. So würde mir beim Malen nicht der rechte Arm im Wege sein und einen Schatten werfen. Leider befand sich noch keine Leinwand darauf. Auf einem Tischchen lag eine unbenutzte hölzerne Palette, ein ovales Brettchen zum Mischen der Farben mit einem Loch für den Daumen. Daneben stand ein Tonbecher. Ich zählte zehn verschieden dicke Pinsel, die in ihm steckten. Die Borsten mancher erschienen samtweich, andere dagegen sahen steif und struppig aus. Ich verschränkte meine Hände hinter dem Rücken, um nicht sogleich nach den Sachen zu greifen und sie mir genau anzusehen, herauszufinden, wie sie sich anfühlten.

An der gegenüberliegenden Wand standen, mit einem niedrigen Tisch zwischen ihnen, zwei Betten. Sie waren schmal, aber eines davon würde mir allein gehören. Es war nicht so, dass mich Emeni beim Schlafen störte. Sie war mir jedoch schon bei Tag stets so nah, dass mich die Vorstellung erfreute, zumindest nachts ein wenig Abstand von ihr zu bekommen. Im Hause Bellier war die winzige Schlafkammer mein einziger Rückzugsort, meine Zuflucht gewesen. Ich gab es ungern zu, doch es fehlte mir, abends allein mit mir und meinen Gedanken zu sein, in Ruhe träumen zu dürfen, in allen Farben der Welt.

Ein großer Kleiderschrank und ein Waschtisch mit Spiegel vervollständigten das Mobiliar in Emenis und meinem Zimmer.

»Sehr schön«, sprach mein Vater aus, was ich dachte. »Hier werden sich die Mädchen wohlfühlen. Nun, Madame Chemin, lasst uns über die Bedingungen der Lehre reden.«

Nachdem das Geschäftliche besprochen war – bei der Erwähnung der monatlichen Kosten für meine Unterbringung und Ausbildung war mir übel geworden –, wandte sich Vater in vertraulicherem Ton an meine neue Lehrherrin.

»Eines noch, Madame. Ich muss Euch bitten, besonders gut auf meine Tochter achtzugeben. Es mag sein, dass ihr Gefahr droht, und ich kann sie nicht selbst beschützen.«

»Seid unbesorgt. Dieses Haus ist gut gesichert. Habt Ihr gesehen, wie massiv die Eingangstür ist? Ohne Schlüssel kommt niemand herein. Und vor den Fenstern im Untergeschoss befinden sich stabile Gitter. Ich habe sie extra so einbauen lassen, dass sie Schutz bieten und dennoch den Räumen nicht das Licht nehmen.« Madame Chemin lachte glockenhell auf, doch es schwang eine Spur Traurigkeit mit. »Ich lebe allein mit meiner Magd. Unliebsame Besucher können wir uns nicht erlauben.« Es schien mir, sie dachte bei den Worten an jemand Bestimmten.

»Nichts für ungut, Madame. Ein männlicher Bewacher wäre mir dennoch lieber. Wenn es Euch recht ist, werde ich einen zusätzlichen Diener bezahlen, der Lianne auf allen Wegen begleitet. In der übrigen Zeit dürft Ihr ihn gern für Eure Zwecke beschäftigen.«

»Nun, ich möchte nicht, dass ein Mann hier im Hause lebt«, sagte Madame Chemin entschieden. »Dies ist ein Frauenhaushalt und soll es bleiben. Ihr mögt aber jemanden anstellen, nach dem ich schicke, wenn Lianne ausgeht.«

»Ist das wirklich notwendig, Vater? Emeni ist doch bei mir. Und wenn ich nur mit Madame ausgehe ...«

»Es ist mir lieber, Tochter. Ich möchte nichts riskieren.« Er nickte der Hausherrin zu. »Habt Dank. Und nun überlasse ich Euch mein Kind in vollstem Vertrauen auf Eure Fähigkeiten als Lehrherrin, Eure Gerechtigkeit, Güte – und natürlich auch Eure Strenge. Dieses Mädchen ist mein Goldschatz, das Wichtigste in meinem Leben.«

»Ich werde sie behüten und fordern, beides zu gleichen Teilen.« Madame Chemin lächelte mich an. »Leicht wird sie es mit mir nicht haben, aber ich mache sie zu der Künstlerin, die sie tief in ihrem Inneren längst ist. Ich werde das Beste aus ihr herausholen.«

»Ich freue mich, denn dies ist ihr größter Wunsch. Oder zumindest einer davon. Das führt mich zu meinem letzten Anliegen: Es gibt einen jungen Mann, dem Lianne sehr zugetan ist. Ich verbürge mich für ihn und seine Ehrbarkeit. Es würde mir gefallen, wenn Ihr den beiden gelegentliche Zusammentreffen ermöglichen würdet. Meine Tochter hat dazu meine ausdrückliche Erlaubnis.«

»Sind die beiden verlobt?«

»Bisher nicht. Monsieur Lavie möchte zunächst sein Geschäft in Schwung bringen. Er ist auf einem guten Weg, doch es braucht noch ein wenig Zeit. Lianne wird ihn Euch vorstellen, wenn Ihr erlaubt.«

Ein feines, wissendes Lächeln legte sich auf das Gesicht der älteren Dame.

»Nun, ich werde dem jungen Glück gern behilflich sein.«

»Das macht mich froh, denn ich kann nicht mehr selbst dafür sorgen, dass es meinem Kind an nichts fehlt. Ich muss fort.«

»Sogleich?« Entsetzt sah ich meinen Vater an.

»Leider ja.«

»Und das sagst du mir erst jetzt?«

Auf sein Gesicht legte sich ein zerknirschter Ausdruck.

»Ich weiß es seit dem Fest. Der König persönlich gab mir den Auftrag. Ich wollte dich nicht beunruhigen, bevor deine Ausbildung geregelt war.«

Ich schluckte, doch der Kloß in meiner Kehle wollte nicht verschwinden. Mir war nicht bewusst gewesen, wie sehr ich mich in allen Situationen meines neuen Lebens auf meinen Vater verlassen hatte.

Er nahm mich in die Arme, küsste mich auf die Stirn und raunte mir ins Ohr: »Ich fahre zunächst zu deiner Mutter und überzeuge mich, dass es ihr und den Kleinen gut geht. Davon wird der König schon nichts erfahren. Dann hole ich die Mannschaft zurück, und die *Liberté* wird wieder in See stechen.«

»Doch nicht in gefährliche Gewässer?«

»Natürlich nicht, das habe ich dir versprochen.«

Ich wusste, dass er es mir nicht sagen würde, wenn es anders wäre. Warum sonst hätte er mir das Ziel seiner Reise verschwiegen? Ich ersparte ihm jedoch weitere Fragen. Sie waren sinnlos, denn ein Auftrag des Königs war um jeden Preis zu erfüllen. Dagegen konnte ein kleines Mädchen nichts ausrichten.

Mein Vater verabschiedete sich von Emeni und Madame Chemin, der er noch ein Papier überreichte.

»Dies ist meine Adresse in Le Havre. Nur für den Fall, dass es Schwierigkeiten geben sollte.«

Dann war er fort, mein starker Beschützer, und hinterließ eine seltsame Leere in meinem Inneren. Mir blieb jedoch nicht lange Zeit, darüber nachzusinnen, denn Madame Chemin ergriff das Wort.

»Die ersten Lektionen werde ich dir hier im Hause erteilen, doch schon bald wirst du mit in mein Atelier im Louvre kommen. Und nun folgt mir. Ich stelle euch das Mädchen und die Köchin vor und zeige euch das übrige Haus.«

Sie führte uns durch das Speisezimmer, die Küche, in der eine freundlich dreinblickende Frau mittleren Alters gerade Fleisch zerschnitt, und durch zahlreiche weitere Räume, deren Nutzen ich sogleich wieder vergaß. Sie machte uns mit ihrer Dienstmagd Sandrine bekannt, einem netten jungen Mädchen, adrett gekleidet und wohlgenährt. Emeni schien froh zu sein, dass uns kein Mann begegnete. Obwohl sie langsam Vertrauen zu meinem Vater gefasst hatte, war sie sicherlich nicht traurig über seine Abreise ...

Madame Chemin ließ uns Zeit, uns an den Tagesablauf in ihrem Haus zu gewöhnen. Erst in der folgenden Woche sollte mein Unterricht beginnen. Wir lernten, dass die Dame auf pünktliche Mahlzeiten Wert legte, Besuche ihres Sohnes nur stundenweise duldete, gern ausging und es liebte, sich die Haare von Sandrine auftürmen zu lassen. Zu uns war sie stets freundlich, zeigte niemals Anzeichen von schlechter Laune – außer, wenn der Sohn sein Erscheinen ankündigte. Einmal schenkte ich ihr eine kleine Skizze ihres eigenen Gesichtes, und sie schien ehrlich erfreut.

Eines Tages machte sie mir ein besonderes Geschenk. Sie betrat unser Zimmer mit geheimnisvollem Gesichtsausdruck und winkte Emeni, ihr zu folgen. Kurz darauf klopfte es an der Tür. Als Luc eintrat, begann mein Herz zu rasen. Trotz der vielen neuen Erfahrungen hatte ich ihn schmerzlich vermisst – und er mich offenbar auch. Er riss mich in seine Arme, und ehe ich ihn begrüßen konnte, verschloss er meine Lippen mit seinen. Warm und sanft waren sie, doch ich wollte mehr, erwiderte den Kuss heftig, presste meinen Körper an seinen.

Ich erkannte mich selbst nicht wieder, doch es fühlte sich so gut an, Luc nahe zu sein. Seine Hände strichen über meinen Rücken, die Hüften, dann glitten sie hinab bis zum Po. Meine wohligen Laute mischten sich mit seinen, und schon lagen wir auf meinem Bett. Kurz sorgte ich mich, dass Emeni zurückkehren würde, dann wurde alles andere gleichgültig, es gab nur noch Luc, seine Hände, seine Lippen, seinen ganzen Körper, der meinen bedeckte.

Dieses Mal waren wir vorsichtiger, ich wollte ja nicht meine Lehre durch eine Schwangerschaft aufs Spiel setzen. Doch dies tat unserer Leidenschaft keinen Abbruch. Ich kostete Lucs Berührungen bis zum Letzten aus, und als wir schließlich erschöpft ineinander verschlungen in dem schmalen Bett lagen, war ich so glücklich, wie ich es nur sein konnte.

Bis ich in Lucs zufriedenes Gesicht blickte und das Bild von Java erschien, wie sie ihn dort gestreichelt hatte.

Ich wollte diese Gedanken nicht haben, versuchte, sie zu verscheuchen, doch es gelang mir nicht.

Du blöde Gans! Er ist bei dir, dich liebt er, dich begehrt er. Doch sie hätte er beinahe geheiratet.

»Was hast du, Liebste? Dein Gesicht verdunkelt sich.«

Ich wusste nicht, was ich antworten sollte. Es war töricht, ihm Vorwürfe zu machen, doch mein dummes Herz war noch immer verletzt. Und es wollte ihm dieselben Schmerzen zufügen.

»Ich muss immerzu an Java denken. Stellst du dir manchmal vor, sie läge in deinen Armen?«

Gequält lachte Luc auf.

»Warum sagst du solche Dinge, Lianne? Habe ich dir nicht soeben bewiesen, dass du die Einzige für mich bist?«

Ich antwortete nicht, und das schien ihn mehr zu verletzen als jedes Wort, das ich hätte sagen können. In seinen himmelblauen Augen schimmerte es feucht.

»Du wirst mir nie verzeihen, oder?« Seine Stimme klang belegt. »Welchen Sinn hat es dann, dass wir uns weiterhin treffen? Warum sollte ich noch an eine gemeinsame Zukunft glauben?«

Er stand auf, suchte seine Kleider zusammen und zog sich an. Ich war unfähig, mich zu bewegen.

Lass ihn so nicht gehen! Du willst ihn doch nicht verlieren!

Doch ich ließ ihn gehen – bis zur Tür. Im letzten Augenblick rief ich: »Luc! Sei mir nicht böse. Ich bemühe mich doch.«

Er drehte sich zu mir um, das Gesicht voller Schmerz.

»Ich weiß nicht, wie ich damit leben soll, Lianne. Du ziehst mich an dich, und im nächsten Moment stößt du mich fort. Bitte werde dir klar, was du willst.«

»Aber das weiß ich doch. Ich will dich.«

»Im Augenblick scheint es, du begehrst nur das körperliche Zusammensein, nichts weiter.«

»Das ist ja auch einfach. Es fühlt sich gut und richtig an. Das Übrige ist – schwierig.«

Er kam zurück, setzte sich auf die Bettkante.

»Du weißt, dass du mich mit deinem Verhalten verletzt, nicht wahr?«

Ich nickte.

»Und fühlst du dich danach besser?«

»Nein.«

Das Wort klang kläglich in meinen Ohren, und so fühlte ich mich auch, denn es war die reine Wahrheit. Meinen Schmerz weiterzugeben, milderte ihn nicht länger.

»Denkst du denn, ich habe diese Art von Strafe verdient?«

Ich schüttelte den Kopf. Selbstverständlich hatte er es nicht verdient. Ich kannte seine Gründe, die Heirat mit Java in Erwägung zu ziehen, und durfte ihm keine Vorwürfe machen. Er ergriff meine Hände, drückte sie fest, und als er jetzt sprach, klang seine Stimme so gequält, dass es mir das Herz zerriss.

»Dann, bitte, hör auf damit. Ich kann so nicht leben. Ich halte das nicht aus! Die letzten Monate haben mir sämtliche Kraft geraubt. Ich bin es so leid, zu kämpfen. Wenn du mir nicht verzeihen kannst, sag es jetzt, dann gehe ich und komme nicht zurück. Möchtest du das?«

»Natürlich nicht!«

Tränen schossen in meine Augen. Der Gedanke, Luc zu verlieren, ihn mit meiner dummen Eifersucht fortzujagen, war mir unerträglich.

Er zog meinen Kopf an seine Brust, sodass ich seinen Herzschlag hören konnte.

»Es schlägt allein für dich, Liebste. Und das war nie anders, ganz gleich, was ich beinahe getan hätte.«

Ich schloss die Augen und lauschte in Luc hinein und in mich selbst. Der gleichförmige Klang beruhigte mich, das stetige Pochen begann, meinen Körper und meinen Geist vollkommen zu erfüllen. Die Wirklichkeit verlor sich in dem Schlagen des Herzens, das mir das Wichtigste auf der Welt war.

»Vertraust du mir?«, hörte ich Luc fragen.

»Ja.«

Hatte ich das Wort gesagt oder nur gedacht? Ich wusste es nicht, und es war auch gleichgültig. Vertrauen. Liebe. Herzschlag.

Vertrauen.

Ich fuhr auf und starrte Emeni an, die erschrocken einen Schritt rückwärts tat.

»Es ist Essenszeit«, sagte meine Freundin leise.

Ich sah mich um. Luc war fort, meine Kleider lagen ordentlich am Fußende des Bettes. Ich schüttelte mich, um meinen Kopf frei zu bekommen und die Schläfrigkeit zu vertreiben.

»Geh nur schon, ich komme gleich nach.«

Emeni ging, und ich quälte mich aus dem Bett.

Von diesem Tag an sagte ich nie wieder ein Wort zu Luc über Java. Zwar blieb der Stachel der Eifersucht spitz, und er steckte tief in meinem Herzen, doch ich zwang mich, den Schmerz nicht an meinen Geliebten weiterzugeben. Unsere Treffen blieben selten und leidenschaftlich, doch mehr als je zuvor genoss ich auch die Nähe, die Gespräche, einfach nur Lucs Hände zu halten und bei ihm zu sein. Wir waren zusammen, und so war es gut.

Zu meiner ersten Unterrichtsstunde in einem Raum im Untergeschoss durfte Emeni mich begleiten. Als wir eintraten, fiel mein Blick sogleich auf ein halbfertiges Gemälde, das einen Fuchs zeigte. Das Tier lugte hinter einem Baum hervor mit einem listigen Ausdruck in dem schmalen Gesicht. Nur die Einzelheiten im Hintergrund fehlten dem Bild noch. Madame lachte.

»Ihn sah ich kürzlich, als ich auf einer Ausfahrt im Wald war. Ist er nicht zauberhaft?«

»Das ist er. Madame Chemin, ich dachte, Ihr malt im Louvre?«

»Ja, zumeist. Doch manchmal packt mich abends die Lust, nach dem Pinsel zu greifen. Das dürfte dir nicht unbekannt sein.«

Meine Lehrmeisterin hatte recht. Ich kannte den Drang, nachts aus dem Bett aufzustehen und zu zeichnen. Auch in diesem Augenblick, als ich die leere, eingespannte und bereits grundierte Leinwand neben dem angefangenen Bild sah, konnte ich meine Hände kaum bei mir behalten. Wie sehr wollten sie zu den Pinseln greifen und sich ausprobieren!

Ich sah mich in dem Atelier um. Es gab Wandborde und kurzbeinige Tische, auf denen flache, geschwungene Messer lagen, Spachtel in allen Größen, Bücher, Paletten und immer wieder Pinsel. Eine Waage hing an einem der Regalbretter, auf ihm stand eine Schüssel mit Eiern neben zahlreichen Tiegeln, Töpfen, Flaschen und Schalen. An der Wand lehnten verschieden große Holzrahmen, manche bespannt, andere leer, daneben Malstöcke und verschnürte Mappen.

Madame wies auf ein Wandbord, das die gesamte Breite des Raumes einnahm.

»Dies sind die Substanzen zur Herstellung der Ölfarben. Ich kaufe sie bei einem Apotheker ganz in der Nähe. Viele davon sind so wertvoll, dass ich sie lieber hier in meinem Haus aufbewahre und fertig vorbereitet mit in mein Atelier im Louvre nehme. Sie müssen vor Licht und Luft geschützt gelagert werden. Manche sind sehr giftig. Du musst also bedachtsam mit ihnen umgehen.«

Eine Vielzahl von tönernen, verkorkten Gefäßen stand dort sorgfältig aufgereiht und beschriftet. Ich entzifferte die Worte *Auripigmentum, Malachit, Terre de Sienne* und weitere seltsame, verheißungsvolle Namen, und ich fragte mich, welche Farben man aus ihnen zaubern konnte. Madame Chemin öffnete das Behältnis mit der Aufschrift *Outremer Lapis*, entnahm etwas und ließ es in ihrer Hand verschwinden, bevor ich es sehen konnte.

»Wenn du eine Farbe gewählt und den Grundstoff dafür dem Gefäß entnommen hast, geht es hier weiter.« Sie trat an einen Tisch, auf dem ein großer, steinerner Mörser stand, wie ich ihn aus der Küche an Bord der *Liberté* kannte. Nur wurden mit diesem wohl keine Gewürze zerkleinert.

Madame öffnete ihre Handfläche und zeigte uns, was sich darin befand. Es war ein daumengroßes, kantiges Stück Gestein von einem tiefen, strahlenden Blau, schön wie ein Schmuckstück. Sie ließ es in den Mörser gleiten.

»Wie fein ein Material gemahlen werden muss, ist von Farbe zu Farbe verschieden. Man muss die richtige

Größe der Körnchen treffen, erst dann erscheint die Farbe am Ende kräftig und leuchtend. Wir werden in den nächsten Stunden die Gefäße einzeln durchgehen, und du wirst dir Notizen zu den Substanzen machen. Heute lernst du erst einmal nur den Lapis kennen. Mit dem kannst du nichts falsch machen. Ihn musst du so fein reiben wie möglich.« Sie ließ ein klangvolles Lachen ertönen. »Übrigens, er ist sein Gewicht in Gold wert.«

Ihre Worte erzielten die offenbar gewünschte Wirkung, denn ich betrachtete das Gestein ehrfurchtsvoll. Wie viel Geld musste meine Meisterin besitzen, dass sie dieses kostbare Material für meine allererste Unterrichtsstunde ausgewählt hatte?

Sie ergriff den Stößel und zerstieß den blauen Brocken in zahllose Einzelteile. Dann begann sie, diese mit kreisenden Bewegungen zu bearbeiten.

»Nun versuche du es.«

Sie reichte mir das Werkzeug, das schwer in meiner Hand lag. Ich ahmte die Kreisbewegungen nach, doch bald wurde mein Arm schwach, ohne dass ich viel Erfolg gehabt hätte. Emeni lachte auf und streckte die Hand nach dem Stößel aus. Sie schob ihren Ärmel hoch und begann zu mahlen. Ich sah, wie sich ihr brauner Arm anspannte, und dachte mit Schrecken an die Erfahrung, die ich mit Emenis unbändiger Kraft gemacht hatte. Nun jedoch war sie von großem Nutzen, denn schon bald befand sich ein feines blaues Pulver in dem Mörser. Madame nickte anerkennend.

»Das hast du gut gemacht, Emeni. Leider muss ich von Lianne verlangen, es in Kürze ebenso gut zu machen. Du musst fleißig üben, Liebes. Die Vorbereitung der

Farbe gehört zum Malen wie das Einspannen der Leinwand. Das hebe ich mir jedoch für eine der nächsten Stunden auf. Erst einmal geht es jetzt weiter.«

Sie nahm den Mörser und trug ihn zu einem Tisch, auf dem eine dicke Steinplatte lag. Auf dieser standen aufrecht ein ovaler Stein mit flacher Unterseite, der eben in eine Hand passte, sowie mehrere Flaschen mit verschiedenfarbigen hellen Flüssigkeiten. Madame Chemin schüttete den Inhalt des Mörsers auf die Platte.

»Vorsichtig, Mädchen. Nicht zu tief einatmen. Es ist sehr schädlich für den Körper, wenn das Pulver hineingerät. Viele Maler sind krank und werden nicht besonders alt. Im Gegensatz zu mir, denn ich war stets achtsam!«

Sie lachte, und ich merkte ihr an, wie gern sie ihre Lehrtätigkeit hatte.

Begeistert fuhr sie fort: »Man könnte das Pulver nun waschen und filtern, um die strahlendsten Farbanteile herauszulösen. Doch das sparen wir uns für heute. Ich mag es außerdem, die goldenen, glänzenden Anteile darin zu belassen.« Sie wies auf die Flüssigkeiten. »Nun wählst du das Bindemittel aus. Wir haben hier Leinöl, das ich am häufigsten verwende, und mehrere Öle aus Nüssen und Samen.«

Sie entkorkte eine Flasche nach der anderen und ließ uns riechen. Am deutlichsten erkannte ich das Walnussöl. Sogleich bekam ich, wie üblich, Hunger, wenngleich das Frühstück noch nicht lange zurücklag.

»Man kann das Farbpulver auch mit Ei und Wasser vermischen«, fuhr Madame Chemin fort. »Das ergibt einen anderen Farbton. Ich tue es manchmal, doch ich bevorzuge die Ölmalerei. Die sollst du zuerst erlernen, obwohl sie als die schwierigste Technik gilt.« Sie ergriff die Flasche mit dem Leinöl und goss eine winzige Menge auf das blaue Pulver. »Nun nimmt man diesen Stein und vermischt das Öl mit der Farbe. Lianne, bitte versuche es einmal.«

Ich ergriff den Stein, der schwer und glatt in meiner Hand lag, und rieb zaghaft über die kostbare Substanz. Rasch bemerkte ich, dass ich so keine Paste erhielt, sondern lediglich Klumpen, und übte mehr Druck aus.

»So ist es gut, immer fein kreisen.«

Eine wohltuende Ruhe erfasste mich, während ich die gleichförmige Arbeit ausführte und meinem Ziel, die vollkommene Geschmeidigkeit der Paste zu erlangen, immer näher kam.

Ich wusste nicht, wie viel Zeit vergangen war, als Madame Chemin rief: »Das ist es. Nun haben wir die Beschaffenheit, die wir brauchen.«

Sie nahm mir den Stein aus der Hand, kratzte die Paste mit einem metallenen Spatel in ein Schüsselchen und ging hinüber zu der leeren Leinwand.

»Ich habe sie bereits mit mehreren Schichten Leim und Farbe grundiert, auch das lernst du später. Heute darfst du einfach einmal versuchen, wie sich das Malen mit Ölfarbe anfühlt.«

Sie blickte mich gespannt an, und ich stellte fest, dass ich seit dem Beginn der Unterrichtsstunde nicht mehr gesprochen hatte. Nun schien Madame es von mir zu erwarten, und ich sagte die ersten Worte, die mir einfielen.

»Ist es nicht Verschwendung, wenn ich einfach so drauflosmale, ohne es richtig zu können?«

Meine Meisterin lachte. »Aber Kind, wie willst du es denn sonst lernen? Du bekommst kein Gefühl für die Technik, wenn dir nur davon erzählt wird. Hier, nimm. Und dann beginne.«

Sie reichte mir einen langen, grobborstigen Pinsel. Ich tauchte ihn ein und machte einen vorsichtigen Strich auf die Leinwand. Wie rau sich der Untergrund anfühlte! Vollkommen anders als das Papier, auf dem ich mit Kreide malte. Die Haare des Pinsels sträubten sich, als ich mit zu viel Druck arbeitete, und Madame ergriff meine Hand und führte sie ganz leicht über die Leinwand.

»So, nicht zu fest. Hübsch geschmeidig, fließende Bewegungen. Und nimm immer ausreichend Farbe auf.«

Gemeinsam tauchten wir den Pinsel noch einmal ein. Nach wenigen Strichen ließ meine Lehrherrin meine Hand los, und ich malte allein weiter. Anfangs wusste ich nicht, was ich malen sollte, dann aber kam mir ein Einfall. Es musste doch möglich sein, auch ohne weitere Farben, ohne Weiß oder Schwarz, das Meer abzubilden, indem man hier mehr und dort weniger blaue Farbe auftrug, mal eine dicke Schicht und an anderer Stelle eine dünne ...

Als das Schüsselchen leer war, trat ich ein Stück zurück und betrachtete mein Werk. Es war weit davon entfernt, als Kunst bezeichnet werden zu können, doch man erkannte, was ich hatte abbilden wollen. Mit weißen Schaumkronen wäre es allerdings noch schöner gewesen ...

Es lag mir auf der Zunge, Madame danach zu fragen, da sagte diese: »Das sieht schon recht ordentlich aus, liebe Lianne. Nun lernst du noch, den Pinsel auszuwaschen und zum Trocknen zu stellen, dann sind wir für heute fertig.«

Ich wollte Widerspruch erheben, denn ich fand nicht, dass ich für einen Tag bereits genug gelernt hatte, doch da bemerkte ich, wie erschöpft ich war. Rasch führte ich die letzten Handgriffe aus und wandte mich Emeni zu, um sie nach ihrer Meinung zu meinem ersten Versuch der Ölmalerei zu befragen. Meine Freundin jedoch sah die Leinwand nicht einmal an. Mit verschränkten Armen und verschlossenem Gesichtsausdruck stand sie da und blickte aus dem Fenster. Es machte mich traurig, dass sie meine Freude nicht teilen mochte. Als meine Meisterin uns entließ, ging sie als Erste aus der Tür und die Treppe hinauf.

»Es war gut, solange sie helfen durfte«, raunte Madame Chemin mir zu. »Doch als du dich so in deiner Arbeit verlorst, fühlte sie sich offensichtlich ausgeschlossen. Ich werde mir etwas überlegen, was ich ihr zu tun geben kann.«

Am nächsten Tag, kurz bevor mein Unterricht begann, kam Sandrine mit einem Korb voller Handarbeitsutensilien zu uns ins Zimmer und verwickelte Emeni in ein Gespräch. Als ich zurückkehrte, wieder erfüllt von den neuen Eindrücken und Erfahrungen, saß meine Freundin allein auf ihrem Bett, umgeben von Stoffen und Garnen, und stickte an einem einfachen Blumenmotiv. Sie sah nicht sonderlich begeistert aus, aber auch nicht allzu unglücklich. Ich hoffte, dass sie etwas gefunden hatte, das ihr in Zukunft die Tage verkürzen würde, bis ich wieder bei ihr war.

Ich setzte mich zu ihr und berichtete, noch immer aufgeregt, von dem Lehrstoff des heutigen Tages. Ich beschrieb das Bleiweiß, das als Pulver so giftig war, dass ich mir beim Mischen mit Öl ein Tuch vor Mund und Nase binden musste, und mit dem ich die Schaumkronen auf mein Meer getupft hatte. Ich erzählte von den Eigenschaften der Substanzen aus den ersten fünf Gefäßen, die ich nun zu bearbeiten wusste, von Harzen, Wurzelstücken und – meine Kehle schnürte sich bei dem Gedanken noch immer zu – Tierknochen und dem Extrakt aus Läusen. Emeni schwieg, lächelte jedoch.

Leider wurde mit jedem Tag das Lächeln meiner Freundin schwächer, bis es schließlich ganz verschwand, obwohl ich mich bemühte, sie an meinem Leben teilhaben zu lassen. Die Garne und Stoffe lagen abends so unberührt da wie am Morgen. Das schlechte Gewissen nagte an mir. Emeni war einsam, und das war kein Wunder. Sie war in einer Gemeinschaft aufgewachsen, in der sie täglich von einer Vielzahl von Menschen umgeben gewesen war. Nun blieb sie die meiste Zeit des Tages allein. Sandrine hatte zu viel Hausarbeit zu erledigen, um Emeni Gesellschaft zu leisten, es gab aber wiederum nicht genug zu tun, um sie beide zu beschäftigen. Gelegentlich durfte Emeni in der Küche helfen, doch ich spürte, dass sie bei mir sein wollte. Ich jedoch genoss die Zeit im Atelier, versank vollkommen in der neuen Welt, die Madame Chemin mir eröffnete. Seite um Seite füllte ich in dem wunderhübsch in Leder gebundenen Büchlein, das Luc mir für meine Aufzeichnungen geschenkt hatte. Meine Meisterin lobte meinen Fleiß, und nach wenigen Wochen schon durfte ich mit ihr in den Louvre gehen. Bereits der Weg dorthin, auf dem ich die Stadt erstmals mit anderen Augen sah, begeisterte mich. Beschützt durch den von Vater angeheuerten Burschen genoss ich die Führung von Madame, die mir jedes Gebäude erklärte und, wie es schien, zu jeder Straßenecke eine Geschichte kannte.

Als wir dann die langen, mit prachtvollen Wandbehängen geschmückten Gänge des einstigen Königsschlosses durchschritten, blickte ich ehrfurchtsvoll durch die offen stehenden Türen die anderen Maler an. Die meisten bemerkten uns nicht einmal, so vertieft waren sie in ihre Arbeit. Diejenigen, denen ich vorgestellt wurde, waren ausgesprochen freundlich zu mir, und ich fühlte mich sogleich wohl.

Madame besaß ein Atelier im ersten Stock, viel heller und großzügiger als das in ihrem Haus. Ging es dort bisher zumeist um die Farbherstellung und Verwendung, würde ich hier nun endlich auch die Maltechnik selbst erlernen. Meine Meisterin erklärte mir die Wichtigkeit der Perspektive, sprach über Lichteinfall und Schatten, die Größenverhältnisse zwischen einzelnen Gegenständen, über Anordnung und Abstände. Ich stellte mit Stolz fest, dass ich bereits viele Dinge unbewusst richtig gemacht hatte.

Wenn Luc die Zeit dafür blieb, besuchte er mich bei der Arbeit. Zuerst befürchtete ich, Madame hätte etwas dagegen. Sie zeigte sich jedoch stets freundlich und bemerkte wohlwollend, dass ich den Lehrstoff noch besser im Gedächtnis behielt, wenn ich Luc davon erzählte. Und das tat ich ausgiebig. Er freute sich mit mir über meine Begeisterung und berichtete ebenso froh von seinen eigenen Erfolgen, die sich endlich einstellten.

Manchmal fanden wir ein paar Stunden Zeit, um gemeinsam die Straßen der Stadt zu durchstreifen. An warmen Tagen legten wir uns in einem der vielen Parks ins Gras und ließen uns von der bleichen Frühjahrssonne kitzeln. Luc setzte sich mit mir ins Halbdunkel der Kathedrale, damit ich die farbenprächtigen Rosettenfenster skizzieren konnte. Ich porträtierte ihn, wie er mit baumelnden Beinen auf einer Mauer an der Seine saß oder verträumt an die Wand einer Kirche gelehnt dastand. Luc kaufte Gebäck und stopfte mir kleine Stücke davon in den Mund, während ich die Häuser, die Brücken und all die Menschen der Stadt zeichnete. Er zeigte mir stolz die Schneidereien, die seine Stoffe gekauft hatten, und oft genug auch edle Herrschaften, an deren Leibern er seine Ware wiedererkannte. Wir küssten uns am Flussufer, wenn die Sonne unterging und Paris in goldenes Licht tauchte.

Ich war so glücklich wie nie zuvor – bis ich abends heimkam und Emenis verschlossenes Gesicht erblickte. Dann rührten sich Zweifel in mir, ob es richtig gewesen war, sie in dieses Land zu bringen.

18

Wie gut sie in den Monaten in der Hauptstadt gelernt hatte, sich hinter Häuserecken zu verbergen. Es war wesentlich einfacher als in Saint-Malo, denn hier gab es so viele Menschen, und keinen kümmerte die Gestalt, die mit weit heruntergezogener Kapuze vor Wohnhäusern herumlungerte. Einmal hatte ihr ein Mann sogar eine Münze vor die Füße geworfen. Java schnaubte bei dem Gedanken daran. Wie eine Bettlerin sah sie gewiss nicht aus! Doch es war ihr recht, dass sie nicht erkannt wurde.

Erst hatte sie ausdauernd und in jeder freien Minute, die die Lehrerinnen im Kloster ihr ließen, Luc Lavie beobachtet. Dieser tat jedoch nicht viel, außer dass er in Bücher schrieb und Kunden traf. Zwar sah er dabei wie immer unglaublich gut aus und war somit zumindest ein schöner, wenn auch langweiliger Anblick, aber es führte sie nicht an ihr Ziel, ihn anzustarren.

Also hatte sie entschieden, stattdessen die verhasste Lianne und ihre seltsame Magd zu beobachten, wie sie ein und aus gingen. In jüngster Zeit geschah dies immer häufiger getrennt. Lianne verließ das Haus gewöhnlich in Begleitung ihrer Lehrherrin und eines Dieners, so auch an diesem Tag. Der Mann ging zwei Schritte hinter den Frauen und schaute sich nach allen Seiten um. Java achtete darauf, dass sie nicht in das Blickfeld des

kräftigen Kerls geriet, der unverkennbar dafür angestellt worden war, Lianne zu beschützen.

Das wird dir nichts nützen, Hexe, dachte Java. *Wir werden dich dennoch erwischen!*

Die ersten Male war sie Lianne gefolgt, hatte jedoch
schnell festgestellt, dass diese stets in den Louvre ging,
wo die alte Schachtel von Lehrmeisterin ein Atelier besaß. Es war Java rasch zu eintönig geworden, durch die
Räume des verlassenen Palastes zu streifen und Maler
bei der Arbeit zu beobachten. Mit Abscheu dachte sie
daran zurück, wie ihr Vater sie gezwungen hatte, Liannes Selbstporträt zu kopieren, als sie sie im vergangenen Jahr suchen ließen. Zeichnen war eine solch unan-
genehme Tätigkeit, beinahe so schlimm wie Sticken!

Nun hatte sich Java darauf verlegt, die sonderbare
Magd zu beobachten, die stets kurz nach den beiden
Frauen das Haus verließ. Zuerst war sie zögernd und
mit vorsichtigen Schritten aus der Tür getreten, hatte
sich umgesehen, war dann langsam ein Stück die
Straße hinuntergegangen und bald wieder umgekehrt.
Mit jedem Tag jedoch war das dunkle Mädchen mutiger geworden, und nun lief es bereits forsch die Gassen
entlang. Allein wenn sich ein Mann oder gar mehrere
näherten, wich die Magd aus, als fürchte sie sich vor
ihnen.

Häufig führte ihr Weg sie zur Kathedrale. Sie schien
sich nicht sattsehen zu können an dem Bauwerk, das so
viele Menschen beeindruckte, Java aber nur ein müdes
Lächeln abrang. Als ob es einem einen Platz im Himmelreich sicherte, wenn man ein solches Gotteshaus
besuchte! Wobei Java nicht einmal sicher war, dass es

überhaupt ein Himmelreich gab und ob ein Aufenthalt dort tatsächlich erstrebenswert war ...

An diesem Tag, an dem endlich einmal die Sonne schien, war die Fremde schnell mit der Betrachtung der Kathedrale fertig. Sie blickte sich um, als würde sie etwas suchen. Gespannt beobachtete Java, was nun geschah. Die Magd trat auf zwei junge Frauen zu, die eben aus der Kathedrale kamen. Java konnte die Worte nicht verstehen, mit denen sie die beiden ansprach, doch das Gelächter, mit dem die Damen antworteten, wehte zu ihr herüber. Enttäuschung legte sich auf das Gesicht des fremdländischen Mädchens, als die Frauen, noch immer lachend, fortgingen. Dann veränderte sich der Ausdruck. Java meinte, Wut zu erkennen.

Sie beeilte sich, der Magd auf den Fersen zu bleiben, denn diese stapfte mit zornigen Schritten in Richtung der Ostspitze der Insel davon. Dort trat die Fremde zu drei jungen Frauen in strahlend weißer Novizinnentracht, die im Schatten eines Baumes saßen und schwatzten. Als sie das seltsame Mädchen erblickten, sprangen sie auf. Zwei der Novizinnen wichen hinter die dritte, kräftigere zurück, die die Hände in die Hüften stemmte und rief: »Was willst du von uns?«

»Ich möchte nur sprechen.«

»Du verstehst doch nicht einmal unsere Sprache«, höhnte die stämmige Novizin, und Java stellte fest, dass es mit der Nächstenliebe in den Klöstern auch nicht mehr weit her war.

»Aber ja, ich verstehe euch. Mein Name ist Emeni.«

»Denkst du, wir wollen mit so einer gesehen werden?« Nun wurden auch die anderen beiden mutiger. »Zieh dir erst einmal schickliche Kleidung an!«

»Und wie sieht überhaupt dein Haar aus?«

Java beobachtete, wie sich die Hände der Fremden zu Fäusten ballten. Die Novizinnen bemerkten es offenbar ebenfalls, denn sie wandten sich um und liefen davon. Ein Wortschwall in einer unvertrauten Sprache folgte ihnen, dann sank das Mädchen zu Boden. Tränen rannen über das dunkle Gesicht, und Java kam plötzlich ein großartiger Einfall, wie sie ihre Pläne verwirklichen konnte. Dieses eigenartige Geschöpf würde ihr helfen, ob es wollte oder nicht.

Java wagte nicht, die junge Frau in ihrer gegenwärtigen Stimmung anzusprechen. Die Wut in den Augen der Fremden hatte ihr Angst eingejagt. Immerhin kannte sie jetzt deren Namen, das würde ihr bei einer künftigen Gelegenheit sicherlich dienlich sein. Emeni. Sie musste sich ihn gut einprägen! Selbstzufrieden ging Java in Richtung des Klosters, um ihren Unterricht anzutreten – wieder einmal mit Verspätung, doch sie wusste, die Beschwerden der Schwestern kümmerten ihren Vater nicht.

Zwei Tage später ergab sich die Gelegenheit, die Fremde anzusprechen. Java hatte sich besondere Mühe mit ihrem Äußeren gegeben, sich in einem warmen Rotton gekleidet und ihr Haar mit Blütenspangen geschmückt in der Hoffnung, diese würden Emeni an ihre Heimat erinnern. Als die junge Frau aus dem Haus trat und die Straße hinabging, folgte Java ihr in einigem Abstand. An diesem Tag sprach Emeni niemanden an, sondern ging geradewegs hinunter zum Fluss und starrte in das rasch dahinfließende Wasser. Java stellte sich neben sie.

»Bist du Emeni?«

Mit überraschtem Ausdruck richteten sich die schwarzen Mandelaugen auf sie. Dann nickte die Fremde langsam.

»Ich habe gehört, dass Lianne eine neue Magd hat. Es wird gesagt, du seist die schönste Frau, die Paris je gesehen hat.«

Die Stirn ihres Gegenübers legte sich in Falten.

Nicht übertreiben!, schalt sich Java.

Laut sagte sie: »Du siehst wirklich sehr hübsch aus. Nicht so langweilig wie ich.« Sie senkte den Blick, sah jedoch, wie sich Emeni in die kurzen Haare griff. »Blond ist hier jedes zweite Mädchen«, fuhr sie fort. »Dein Haar ist etwas Besonderes!«

Emenis Gesichtsausdruck wurde weicher, und zum ersten Mal sprach sie nun.

»Du kennst Lianne?«

»Ja, schon lange. Sie ... war eine Freundin.«

»Jetzt ist sie keine mehr?«

Java versuchte sich an einer traurigen Miene, obwohl ihr zum Lachen zumute war.

»Nein. Sie hat mich vergessen. Früher waren wir oft zusammen, doch dann ist sie mit ihrem Vater fortgegangen. Seitdem kennt sie mich nicht mehr. Sie ist so ein Mensch, leider. Wenn sie etwas Neues hat, vergisst sie das Alte.«

Java sah an ihrem Gesichtsausdruck, wie es in Emenis Kopf arbeitete, und sie hoffte, das Mädchen hatte ihre Worte verstanden.

»Für dich hat sie gewiss immer Zeit.« Java strahlte Emeni an. »Schließlich hat sie dich von weit her mitgebracht, um ihr Gesellschaft zu leisten.«

Emeni antwortete nicht. Ihr Gesicht nahm einen verschlossenen Ausdruck an, vielleicht war es gar ein klein wenig ärgerlich. Java jubelte im Stillen. Der Grundstein für ihren Plan war gelegt. Nun musste sie sich nur noch als gute Freundin anbieten.

»Ist das Wetter nicht fabelhaft heute?«, sagte sie betont fröhlich. »Bald wird es wärmer. Du vermisst sicherlich die Sonne. Sag, ist es in deiner Heimat immer heiß?«

»Nicht immer. Aber viel wärmer als hier.«

Ein feines Lächeln legte sich auf das Gesicht des Mädchens.

»Gibt es dort wirklich so viele bunte Tiere und Blumen?«

»Ja. Hier sind keine Blumen, nur Steine.«

Java nickte, dann zog sie sich eine der Blütenspangen aus dem Haar und zeigte sie Emeni.

»Darf ich?« Sie steckte die Spange in das kurze schwarze Haar und klatschte in die Hände. »Wunderschön!«

Emeni tastete nach der Blüte und lächelte.

»Die darfst du behalten. Und noch mehr, wenn du magst.«

Java zog zwei weitere Haarnadeln heraus, und ihre langen Strähnen fielen herab. Emenis Augen wurden groß, als sie die flachsblonde Pracht sah. Mit einem breiten Lächeln reichte Java dem Mädchen die Spangen.

»Hier, damit kannst du dich jeden Morgen hübsch machen. Ich muss nun in die Schule gehen. Sehen wir uns wieder?«

Emeni nickte heftig und nahm den Haarschmuck entgegen.

»Schön! Ich habe nur eine Bitte: Erzähle Lianne nichts von unserem Treffen. Sie wird böse sein, dass ich dich angesprochen habe. Sie will nie teilen, weißt du? Dabei hoffe ich so, dass wir Freundinnen werden können. Ich mag dich, Emeni. Und ich liebe deinen Namen, er klingt so stolz!«

»Wie ist dein Name?«

»Oh, habe ich vergessen, ihn dir zu nennen?« Java kicherte, um Zeit zu gewinnen. Sie musste sich schnell etwas einfallen lassen, schließlich wusste sie nicht, wie viel Lianne der Magd von ihrer Vergangenheit erzählt hatte. Sie wählte den Namen ihrer Mutter. »Ich heiße Constance.«

»Constance. Schön.« Emeni lächelte. »Morgen wieder hier?«

»Gern!«

Fröhlich winkend ging Java davon. Hinter der nächsten Hausecke schnaufte sie und schnitt eine Grimasse. Das viele ungewohnte Lächeln hatte sie angestrengt. Wie mühelos das törichte Ding zu überzeugen gewesen war! Sie fühlte sich zweifellos schrecklich einsam. Dumme Lianne. Erst schleppte sie das Geschöpf mit nach Paris, dann vernachlässigte sie es. Sie musste sich nicht wundern, wenn das ausgenutzt wurde.

Doch sie würde sich wundern. Ganz gewiss sogar! Der Hass und die Vorfreude auf ihre Rache brachten Javas Wangen zum Glühen.

***

Als ich an diesem Abend heimkam, war Emeni in fröhlicher, beinahe ausgelassener Stimmung. Das schlechte Gewissen, das in den letzten Wochen mein ständiger Begleiter geworden war, verflüchtigte sich. Meine Freundin schien sich an die Situation zu gewöhnen. Ich nahm mir vor, bald wieder mehr Zeit für sie zu erübrigen, doch für den Augenblick musste es genügen, dass wir die Abende und das Frühstück zusammen verbrachten. Meine Arbeit mit Madame Chemin in ihrem Atelier im Louvre füllte mich vollkommen aus. Ich erfuhr täglich neue Dinge, schaffte es endlich, meine Gefühle so auf die Leinwand zu bannen, wie ich es mir schon immer gewünscht hatte.

Zwar lernte ich während des Tages nur Techniken und Kniffe des Zeichnens und der Malerei, das mühsame, langwierige Grundieren der Leinwand, wie man die verschiedenen Farbtöne einsetzte, um bestimmte Ergebnisse zu erzielen, und vieles mehr. Ich führte alle Tätigkeiten aus, die ein Lehrmädchen zu verrichten hatte, mischte Farben an, wusch Pinsel aus, half der großen Meisterin bei der Arbeit. Ich genoss das Vorrecht, ihr zuzusehen, wie sie ihre herrlichen Naturgemälde entstehen ließ. Dabei lernte ich ebenso viel, wenn nicht mehr, als wenn sie mir die Finessen des Malens lediglich erklärte.

Eines Abends jedoch hatte auf der Staffelei in meinem Zimmer eine große weiße Leinwand für mich bereitgestanden.

»Dies wird dein Prüfungsgemälde, dein erstes eigenes Ölbild, das du ohne Hilfe anfertigen musst«, hatte Madame mir erklärt. »Überlege dir gut, was du malen willst. Deinen Wünschen sind keine Grenzen gesetzt.

Nach erfolgreichem Bestehen darfst du den nächsten Schritt der Ausbildung antreten.«

Das Gefühl, das bei diesen Worten in mir aufgestiegen war, war unbeschreiblich. Furcht, die mir fast den Atem nahm, vermischt mit Stolz und einer unbändigen Lust an der Kunst, sowie rasende Vorfreude darauf, die Bilder aus meinem Kopf auf der Leinwand entstehen zu sehen. Ich schämte mich, doch das Gefühl ähnelte dem, das ich empfand, wenn Luc mich berührte.

Die wenigen Stunden, die mir mit meinem Geliebten blieben, genoss ich umso mehr, da sie so selten waren. Seine Arbeit mehrte sich täglich, seit mein Vater ihm adlige Kundschaft verschafft hatte. Ich war stolz darauf, wie gut er es verstand, mit den hohen und gewiss heiklen Ansprüchen der erlauchten Herrschaften umzugehen. Mit der Zeit gelang es mir immer besser, die Vorstellung zu verdrängen, was geschehen wäre, wenn ich zwei Tage später zurückgekehrt wäre. Leider stand mir noch häufig das Bild von Java zusammen mit Luc vor Augen, doch ich bemühte mich, es ihn nicht spüren zu lassen. Wenn wir allein waren, gab ich mich ihm hin, kostete seine Zärtlichkeiten aus, die mir jedes Mal wieder zeigten, dass ich es war, die er wollte, nicht Java. So vertiefte sich die Nähe zwischen uns mit jedem Tag mehr. Ich war glücklich.

Dass es Emeni endlich ebenfalls so ging, machte mich froh. Sie konnte oder wollte mir jedoch nicht sagen, was ihre Heiterkeit ausgelöst hatte, und ich fragte nicht weiter nach. Ich fand, dass sie hübsch aussah mit der neuen Blumenspange in dem kurzen schwarzen Haar, und das sagte ich ihr auch. Ihr darauf folgendes Lächeln hatte etwas Hintergründiges, und ich überlegte, ob vielleicht ein Mann dahintersteckte, der ihr das Schmuckstück geschenkt hatte. Ich verwarf den Gedanken jedoch sogleich. Sie hatte die Spange gewiss von unserer Gastgeberin bekommen. Emeni fürchtete sich noch immer vor Männern. Ich konnte mir nicht vorstellen, dass sie sich auf eine Affäre einließ.

Anders als Madame Chemin, wie ich festgestellt hatte. Die Wangen meiner Lehrmeisterin begannen zu glühen, wenn ein gewisser älterer Herr seinen Besuch ankündigte, was mindestens zweimal in jeder Woche geschah. Dies vermochte nicht einmal die dicke Schminke zu verdecken. Entweder verschwanden die beiden in Madames Zimmer oder sie fuhren aus, stets in einer Kutsche mit verhängten Fenstern, als hätten sie etwas zu verbergen. Sie bemühte sich, dass wir nichts von ihrer Liaison bemerkten, doch zumindest in meinem Fall war ihr dies nicht gelungen. Nun verstand ich, warum sie meinen Treffen mit Luc so vorbehaltlos zugestimmt hatte – sie besaß selbst einen Liebhaber, mit dem sie heimliche Stunden des Zusammenseins genoss. Bei all ihrem Argwohn über die menschliche Natur und ihrer Abneigung gegen Männer, sogar gegen den eigenen Sohn, war es einem Herrn gelungen, in ihr Herz vorzudringen. Ich freute mich für sie.

An diesem Abend, als ich endlich den Pinsel zur Seite legte, war Emeni bereits eingeschlafen. Schuldbewusst strich ich ihr über das Haar. Ich hatte mir doch vorgenommen, Zeit mit ihr zu verbringen! Nun hatte sie wieder einmal nur zusehen können, wie ich arbeitete.

Offenbar trug sie es mir jedoch nicht nach, denn am Morgen war ihre Stimmung weiterhin fröhlich. Sie winkte mir noch lange nach, als ich mit Madame Chemin und unserem Begleiter die *Rue Saint Honoré* entlang in Richtung des Louvre davonging.

***

»Und du hast Lianne gewiss nicht von mir erzählt?«

Emeni schüttelte nachdrücklich den Kopf, und Java lächelte.

»Das ist gut. Du weißt, dass sie dagegen wäre. Nun folge mir, ich möchte dir etwas schenken.«

Sie führte das Mädchen, das den ganzen langen Weg brav neben ihr herlief, auf die *Île Notre-Dame* und zu ihrem Wohnhaus.

»Hier lebe ich«, sagte Java und deutete auf eines der Fenster. »Kommst du mit hinauf?«

»Wohnst du allein?«

»Nein, mit meinem Vater.« Java sah, wie sich Emenis Augen verengten und ihr Gesicht einen verstockten Ausdruck annahm. »Er ist ausgegangen und kehrt nicht vor dem Abend zurück«, beeilte sie sich zu versichern. »Wir sind ganz allein.«

Nach einem kurzen Zögern nickte Emeni, und sie betraten gemeinsam das Haus und die Wohnung.

»Setz dich, ich bringe gleich dein Geschenk.«

Java drückte Emeni auf einen Stuhl und rannte in ihr Zimmer, um das Kleid zu holen, das sie ausgewählt hatte. Stolz präsentierte sie es der Karibin, die jedoch außer einem Stirnrunzeln keine Reaktion zeigte.

»Gefällt es dir nicht? Es ist vielleicht etwas kurz, da du so groß bist, dennoch wird es dir gut stehen.«

»Nein, danke«, sagte Emeni leise, aber entschieden.

291

Java musste sich beherrschen, ihre Wut nicht zu offenbaren. Was fiel dieser Wilden ein, ihr Geschenk zu verschmähen? Sie zwang sich zu einem Lächeln.

»Magst du diese Kleider, die du trägst? Erinnern sie dich an zu Hause?«

»Ja«, flüsterte Emeni und verschränkte die Arme vor ihrem Bauch.

»Nun, dann habe ich eine andere Idee.«

Java trug das Gewand zurück in ihr Zimmer und kam mit zwei bunt bestickten Schultertüchern wieder heraus, die sie ohnehin nie gemocht hatte. Ihre Mutter hatte sie für sie angefertigt.

»Gefallen dir diese?«

Emeni nickte, und Java legte ihr eines der Tücher um.

»Sieh nur, wie hübsch!«

Sie zog Emeni hinüber zum Spiegel und beobachtete, wie sich die junge Frau betrachtete. Das ernste Gesicht wurde weicher, und Java fühlte sich großartig. Wie klug sie doch war! Es würde ein Kinderspiel werden, diese dumme Wilde von ihrer Freundschaft zu überzeugen.

»Gefällt dir meine Wohnung?« Sie breitete die Arme aus und machte eine alles umfassende Geste. »Ist sie nicht schön?«

»Sehr.«

»Und wirst du mir auch eines Tages deine Wohnung zeigen? Ich würde mich so darüber freuen!«

Java sah, wie das Mädchen nachdachte. Dann erhellte sich das dunkle Gesicht, und Emeni sagte: »Gern. Bald.«

Stolz erfüllte Java einige Tage später, als Emeni die Tür aufschloss und ihr bedeutete, ihr die Treppe hinauf zu folgen. Ihr Plan ging vortrefflich auf! Das dumme Ding vertraute ihr, nachdem sie es tagelang umgarnt hatte, und sie würde dies auszunutzen wissen.

Sie betrat das Zimmer, in das Emeni sie führte, und sah sich um. Überall standen Farbtöpfe, lagen Pinsel, Bleistifte, Blätter mit Skizzen und allerlei anderes Malereizeugs herum. Der Hass auf Lianne überkam Java einmal mehr mit einer Heftigkeit, die sie noch immer verwunderte.

Auf einer Staffelei stand eine große Leinwand, die mit bunten Farben bemalt war. Java musterte das Gemälde. Es zeigte eine Szene, die sich in Emenis Heimat zugetragen haben musste. Ein Feld mit hohen Pflanzen, die lange, leuchtend grüne Blätter trugen, vor einem strahlend blauen Himmel, der an Lucs Augen erinnerte. In Javas Innerem verkrampfte sich alles. Um ein Haar hätte sie ihn besessen – so nah war sie ihrem Ziel gewesen. Nun malte dieses Miststück von Magd die Farbe seiner Augen auf ihr Bild!

Wider Willen musste Java zugeben, dass die Ausführung des Gemäldes meisterhaft war, und ihre Wut verstärkte sich. Sie zwang sich zur Ruhe und fuhr mit ihrer Betrachtung fort. Männer mit dunkler Hautfarbe arbeiteten in dem Feld, die im Vordergrund Abgebildeten waren deutlich zu erkennen, die Personen im Hintergrund verschwammen zu konturlosen Schemen. Ein Mann mit heller Haut und bösem Gesichtsausdruck war am rechten Rand dargestellt, er schwang eine Peitsche. Täuschte es oder ähnelten die Gesichtszüge Javas Vater? Wie konnte die kleine Hure es wagen, ihren rechtmäßigen Herrn als Sklaventreiber abzubilden? Es war höchste Zeit, ihr eine erste Lehre zu erteilen! Sie selbst konnte deutlich sehen, dass das Herz der Malerin auf Seiten der geschundenen Arbeiter schlug – doch sah Emeni dies auch? War es möglich, sie vom Gegenteil zu überzeugen?

Java trat näher an das Gemälde, danach wieder ein Stück zurück. Dann ging sie auf die Karibin zu und ergriff ihre Hände.

»Liebste Emeni. Wie muss dich das Bild verletzen.«

Sie bemerkte den fragenden Blick des Mädchens.

»Ich finde es ungeheuerlich, wie sie die Arbeiter darstellt. Sie wirken so – einfach. Als hätten sie keinen Geist. Und der Aufseher, schau doch nur, wie er lächelt. Es gefällt ihr, das sehe ich genau!«

Java schniefte leise und stellte erfreut fest, dass Emeni mit gerunzelter Stirn auf das Bild starrte.

»Deine Vorfahren waren Sklaven, nicht wahr?«

»So war sie nicht zu mir.«

»Oh, sie hat sich verstellt. Das kann sie gut! Vergiss nicht, dass ich sie seit ihrer Kindheit kenne.«

»Sie hat mir geholfen. Warum hätte sie das tun sollen? Warum hat sie mich mitgenommen?«

»Weil du in dem Augenblick interessant warst. Armes Ding. Nun sitzt du hier in Paris und bist ganz allein.« Java strich über das dunkle Haar. »Wie gut, dass wir uns getroffen haben, nicht wahr?«

Emeni nickte.

»Also ich würde ihr dieses Bild nicht durchgehen lassen.«

»Was soll ich tun? Sie ist so stolz darauf.«

»Sprich mit ihr. Vielleicht kann sie es dir erklären.«

Java war sich bewusst, dass es ein Risiko war. Emeni war verwirrt, möglicherweise würde es Lianne gelingen, Javas Einwände zu entkräften. Doch sie durfte nicht zu forsch vorgehen, sonst würde das Mädchen Verdacht schöpfen.

»Weißt du was? Ich besuche dich morgen, wenn alle fort sind, und du berichtest mir von dem Gespräch.«

Und falls sie dich nicht überzeugen kann, werde ich vorbereitet sein!

***

Emeni war in seltsamer Stimmung, als ich an diesem Abend nach Hause zurückkehrte. Es versetzte mir einen Stich, dass sich meine Freundin offenbar von mir entfernte. Sie begrüßte mich nicht einmal, sah mich nur mit Zweifel im Blick an.

»Was hast du, Emeni?«

Sie hob die Schultern.

»Bist du böse auf mich? Habe ich etwas falsch gemacht? Ich weiß, mir bleibt kaum Zeit für dich. Doch wenn ich erst die Prüfung bestanden habe, kann meine Ausbildung richtig beginnen. Du musst noch ein bisschen Geduld mit mir haben.«

»Ich mag das Bild nicht.« Sie deutete auf die Leinwand.

»Warum nicht?« Überrascht sah ich sie an.

»Es sieht aus, als ob du die schwarzen Menschen nicht magst.«

Ich musste lachen, so widersinnig war die Anschuldigung.

»Oh, Emeni, das meinst du nicht ernst!«

Ich sah, wie sich das Misstrauen in ihrem Blick in Wut verwandelte.

»Du weißt, dass meine Vorfahren Sklaven waren.«

»Natürlich!«

»Und du magst sie nicht.«

»Warum sagst du so etwas?«

»Das Bild sagt es.«

»Oh, Liebes, sei nicht dumm! Es zeigt nur, was ich gesehen habe, als ich in deiner Heimat war.«

Sie wandte sich ab, trat ans Fenster und starrte in die Dunkelheit. Die Kälte, die ihre Körperhaltung ausstrahlte, erschreckte mich. Ich spürte, ich konnte es ihr an diesem Abend nicht recht machen, also ließ ich sie in Ruhe und griff zu meinem Werkzeug. Prüfend betrachtete ich mein Gemälde, konnte aber beim besten Willen nicht feststellen, wie Emeni es falsch verstehen konnte.

So fuhr ich fort, hier und da Glanzlichter zu setzen, Schatten zu vertiefen, zu scharfe Umrisse verschwimmen zu lassen. Immer, wenn mein Blick auf den Sklaventreiber fiel, überlief es mich kalt. Ich hatte ihm nicht absichtlich Belliers Gesicht und Statur gegeben, dies war unwillkürlich geschehen. Doch nun war er dort, stand in diesem Raum, und ich konnte mich nicht entscheiden, ob ich ihn so auf dem Bild belassen oder seine Züge doch noch verändern sollte. Mein Herz verlangte, Bellier verschwinden zu lassen, doch die Künstlerin in mir bestand darauf, dass dies das einzig mögliche Aussehen für den Menschenschinder war. Nach getaner Arbeit drehte ich die Staffelei zur Wand. Ich wollte mich nicht nachts von ihm beobachtet fühlen.

***

Stumm betrachtete Emeni das Messer, das Java ihr reichte.

»Nimm es ruhig. Es ist dein Recht, das grässliche Bild zu zerstören. Glaube mir, anders wird sie es nie verstehen.«

»Sie hat gesagt, dass es nicht böse gemeint ist.«

»Oh, auf das Lügen versteht sie sich. So kenne ich sie seit unserer Kindheit.«

Emeni nahm das Messer aus Javas Händen. Sie trat auf das Bild zu, setzte die Klinge an und tat einen vorsichtigen Schnitt. Dieser hinterließ jedoch nur einen Kratzer auf der Leinwand. Fragend sah Emeni Java an.

»So geht es nicht, es sind zu viele Farbschichten darauf. Du musst mehr Kraft einsetzen!«

Als hätten die Worte einen Damm gebrochen, hieb Emeni plötzlich so heftig auf das Gemälde ein, dass Java zurückfuhr. Sie zog sich an die gegenüberliegende Wand des Zimmers zurück und beobachtete, wie die Karibin mit wutverzerrtem Gesicht die Leinwand in Stücke schnitt. Schwer atmend hielt sie erst inne, als keine größeren zusammenhängenden Teile des Bildes mehr vorhanden waren. Java sah, dass die Wut verraucht und einer Traurigkeit gewichen war, die ihr Herz berührt hätte, wenn sie zu solchen Empfindungen fähig gewesen wäre. So jedoch freute sie sich lediglich über das wunderbare Gelingen ihres Planes.

Emeni trat auf sie zu, die Stirn schweißglänzend, und hielt ihr das Messer hin. Einer Eingebung folgend wehrte Java ab.

»Du darfst es behalten. Paris ist eine gefährliche Stadt.«

Und wenn du es eines Tages gegen Lianne richten möchtest, habe ich nichts dagegen. Genug Zorn trägst du offensichtlich in dir, meine Liebe.

»Was soll ich Lianne sagen? Sie wird wissen, dass ich es zerstört habe.«

»Das musst du leugnen. Sie kann es dir nicht beweisen.«

»Wer soll es sonst gewesen sein? Es kann niemand herein.«

Emeni zeigte auf den Schlüssel, der an einem Lederband um ihren Hals hing. Java dachte nach.

»Hmmm ... Heute früh warst du mit der Magd einkaufen, nicht wahr?«

Emeni nickte.

»Warst du irgendwann allein in der Zeit?«

»Ja. Ich wartete mit den Körben draußen am Fluss, als Sandrine bei der Kerzenzieherin war. Die mag mich nicht. Sie macht mit der Hand das Kreuz, wenn sie mich sieht.«

»Dann könntest du inzwischen den Schlüssel verloren haben. Er könnte dir vom Hals gerutscht und in die Seine gefallen sein, als du dich hinunterbeugtest. Kannst du dich erinnern, ob die Magd die Tür aufschloss, als ihr zurückkehrtet?«

»Ja. Ich trug doch die Einkäufe.«

Java hatte es genau gesehen, doch sie wollte nicht, dass Emeni wusste, dass sie sie bereits den ganzen Morgen beobachtet hatte.

»Und dann ging Sandrine noch einmal fort und ist bis jetzt nicht zurückgekehrt.«

»Sie bringt Madame und Lianne von dem Gebäck, das
wir gekauft haben. Ich war allein, bis du kamst.«

»Das ist gut.« Java drehte und wendete die Vorkommnisse im Geiste, dann kam ihr der rettende Gedanke.
»Oh, ich weiß! Dir war ein wenig schwindlig, und du
wolltest ein paar Schritte gehen. Da du keinen Schlüssel hattest und niemand sonst im Hause war, hast du
die Tür angelehnt gelassen. Du wolltest nur ganz kurz
fort sein, doch dann hast du dich verirrt. Als du endlich
zurückfandest, sahst du eben noch, wie einige Kinder
aus dem Haus gerannt kamen. Du schämtest dich so,
dass du es niemandem erzählen mochtest.« Java grinste
breit. »Was meinst du, ist das eine gute Geschichte?
Wirst du sie dir merken können?«

Emenis Stirn hatte sich während Javas langen Vor-
trags in Falten gelegt. Langsam nickte sie und sagte
leise: »Ich habe Angst.«

»Aber wovor denn? Was kann sie dir anhaben?«

»Vielleicht glaubt sie mir nicht. Vielleicht bestraft sie
mich. Sie könnte mich einsperren. Dann können wir
uns nicht mehr treffen, Constance.« Die schwarzen Augen weiteten sich bei dem Gedanken.

Da hatte Java einen glänzenden Einfall, ihren besten
bisher, wie sie fand.

»Nun, Lianne wird glauben, du hättest deinen Schlüssel verloren. Du könntest ihn mir überlassen. Selbst
wenn sie dich dann einsperrt, könnte ich jederzeit zu
dir kommen.«

Ohne Zögern nahm Emeni das Lederband von ihrem
Hals und reichte Java den Schlüssel. Diese musste an
sich halten, um nicht triumphierend aufzulachen.

»Ich danke dir, Emeni. Es wäre schrecklich für mich, dich nicht mehr treffen zu können. Du bist doch meine einzige Freundin in Paris.«

Java küsste die Wange des Mädchens, wozu sie sich überwinden musste. Dann verabschiedete sie sich rasch. Sie war schon viel zu lange bei Emeni geblieben und wollte nicht riskieren, Sandrine oder gar der elenden Lianne bei ihrer Rückkehr über den Weg zu laufen. Fest umklammerte sie den Schlüssel wie einen Schatz. Mit der anderen Hand winkte sie Emeni zu.

Als sie außer Sichtweite war, stieß Java einen Freudenschrei aus, streckte beide Arme in die Luft und rannte die Straße hinab. In ihrer Wohnung angekommen, wartete sie ungeduldig auf ihren Vater. Es dämmerte bereits, als er endlich eintraf. Java sprang vom Sofa auf.

»Seht doch, was ich hier habe! Dies öffnet Euch die Tür zu Liannes Wohnhaus.« Mit triumphierendem Lächeln hielt sie den im Kerzenschein schimmernden Schlüssel dicht vor sein Gesicht. »Nun müsst Ihr nur noch den richtigen Augenblick abwarten, Herr Vater. Dann könnt Ihr meine und Eure Schmach rächen.«

Lexius Belliers dunkle Augen blitzten auf, und Java war einmal mehr froh, dass er ihr Vater und nicht ihr Feind war.

***

Ich konnte nicht fassen, was ich sah, als ich am Abend nach Hause zurückkehrte. Mein Bild: zerstört! In Fetzen geschnitten lag es am Boden unseres Zimmers. Ich glaubte, mein Herz müsse bei dem Anblick zerspringen. Die Tränen schossen mir in die Augen, ich fiel auf die Knie, mitten in die Schnipsel, und konnte nur den Kopf schütteln. Wer tat so etwas?

Da erst bemerkte ich, dass Emeni nicht wie üblich im Zimmer war. Rasch wischte ich die Tränen fort und rappelte mich auf, um meine Freundin suchen zu gehen. Sie war mir eine Erklärung schuldig! Immerhin hatte sie am Vorabend deutlich gemacht, dass sie das Bild verabscheute. Ich fand sie in der Küche bei Sandrine, wo sie bei der Zubereitung des Abendessens half.

»Emeni! Was ist geschehen?«

Sie blickte mich an, sprach jedoch kein Wort.

»Warst du in unserem Zimmer? Mein Gemälde ist zerstört, hast du das getan?«

Beinahe unmerklich schüttelte sie den Kopf, verzog aber keine Miene. Ich wusste nicht, was ich davon halten sollte. Wenn sie schuldlos war, hätte sie dann nicht widersprochen? Und anderenfalls schuldbewusst ausgesehen? Ich konnte nichts dergleichen feststellen, doch vielleicht war ich auch nur zu aufgewühlt, um die Zeichen richtig zu deuten. Emenis Schweigen machte mich rasend.

»Bist du heute ausgegangen? Hast du dabei die Tür offen gelassen?«

Das Mädchen stand nur da, die schwarzen Augen weit aufgerissen, stumm wie ein Fisch.

»Emeni! Um Gottes willen, sprich mit mir!«

Meine Stimme überschlug sich. Ich packte Emeni bei den Schultern, hätte sie am liebsten geschüttelt, doch da mir ihre heftigen Reaktionen bekannt waren, sah ich davon ab.

»Was ist in unserer Kammer geschehen?«

»Ich weiß nicht«, flüsterte sie.

»Also warst du heute nicht dort?«

Ein zögerliches Kopfschütteln.

»Wo warst du dann?«

Hilfesuchend sah Emeni Sandrine an.

»Sie hat viel Zeit mit mir verbracht«, sagte diese rasch. »Zuerst gingen wir in die Hallen, um einzukaufen. Als wir fertig waren, haben wir uns kurz getrennt, da ich sie nicht zur Kerzenzieherin mitnehmen konnte – die ist ein misstrauisches Weib und fürchtet sich vor Fremden. Danach kehrten wir zusammen heim. Ich brachte euch das Gebäck. Nur in dieser Zeit war Emeni allein im Hause, später half sie mir bei meiner Arbeit.«

»Hast du gut abgeschlossen, als ihr am Morgen gingt?«

»Natürlich, Lianne! Ich schließe immer ab.« Sandrine musterte mich empört, doch ich beachtete sie nicht.

»Was ist geschehen, als du hier allein warst?«, fuhr ich Emeni an. Wenn Sandrine die Wahrheit sagte, war dies die einzige Zeit, in der meinem Bild das Unglück hatte zustoßen können.

Ich erwartete, dass Emeni wie üblich verstockt auf meine heftige Ansprache reagieren würde, doch das Gegenteil war der Fall. Plötzlich war es mit ihrem Schweigen vorbei, und die Worte sprudelten aus ihr heraus. Sie erzählte eine abenteuerliche Geschichte von einem verlorenen Schlüssel, einer angelehnten Tür und ein paar Halbwüchsigen. Mir wurde übel.

»So leichtfertig darfst du nicht mit deinem Schlüssel und der Haustür umgehen, Emeni! Du weißt doch, dass mir Gefahr droht. Wenn sich nun der Falsche Zugang verschafft ...«

Der Gedanke, dass Bellier in meinem Zimmer gewesen sein konnte, ließ meine Beine einknicken. Ich setzte mich rasch auf die Küchenbank, um nicht umzufallen. In dem Augenblick kam Madame Chemin in den Raum und musterte uns fragend.

»Lianne, was ist geschehen? Du bist so bleich, als hättest du dir Bleiweiß ins Gesicht gerieben. Wirst du krank?«

Da brachen die mühsam unterdrückten Tränen wieder aus mir heraus.

»Oh Madame, es ist furchtbar! Mein Prüfungsgemälde ist zerstört, in Fetzen geschnitten von einem Unbekannten. Es war so gut wie fertig.«

Sie setzte sich neben mich und nahm mich in den Arm. Verzweifelt barg ich mein Gesicht an ihrer Schulter. Sie duftete beruhigend nach Puder und Leinöl.

»Jeder Verlust tut weh, doch das ist nicht das Ende aller Tage. Du wirst noch viele Bilder malen, Kind.«

»Ich habe jedes Bild verloren, das ich bisher gemalt habe!« Ich schluchzte haltlos, und der Schmerz über die im Sturm zerstörten Zeichnungen überfiel mich erneut mit Macht. »Die allerersten musste ich in meiner Kammer zurücklassen, als ich floh. Einige habe ich verschenkt, und diejenigen, die mir am wertvollsten waren, hat sich die See geholt. Und nun dies! Es ist zu viel! Vielleicht ist es ein Zeichen, dass ich nicht malen soll.«

Madame lachte leise.

»Trockne deine Tränen, mein Mädchen, und nimm es nicht so schwer. Ich weiß, du fühlst dich, als habe man ein Loch in deinen Leib gerissen. Jedes Bild ist wie ein eigenes Kind. Doch du hast die Gabe, immer wieder neue zu erschaffen, ganz nach deinem Wunsch. Das unterscheidet dich von den Menschen, die ihre Lieben begraben müssen.«

Ich schniefte und wischte mir mit dem Ärmel das Gesicht ab. Madame Chemin hatte recht. Selten hatte ich so weise Worte gehört. Ich würde das Prüfungsgemälde noch einmal malen. Es würde besser werden als das erste, und ich würde es jeden Tag mit in den Louvre nehmen, es nicht mehr aus den Augen lassen!

19

Madame Chemin betrat mein Zimmer, als ich eben beginnen wollte, die Farben anzumischen.

»Ich gehe noch für eine Weile aus. Sandrine begleitet mich.«

Ich hätte ihre Pläne auch ohne die Worte erkannt, denn sie trug ihren edelsten Mantel über einem Kleid, mit dem sie kaum durch die Tür passte. Ihrer Haarfülle hatte sie ebenfalls nachgeholfen. Die Frisur türmte sich so hoch, dass die ohnehin große Frau wie eine Riesin wirkte.

Der Blick meiner Meisterin wurde weich, als sie sah, dass ich diese Nacht erneut mit Malen verbringen würde.

»Mädchen, auch du solltest wieder einmal ausgehen. Seit Wochen verkriechst du dich hier. Gewiss, Kunst bedeutet Arbeit. Sie soll aber nicht hauptsächlich Mühsal sein, sondern Freude!«

»Sie ist mir doch eine Freude, meine größte sogar.«

»Tatsächlich? Es bereitet dir Vergnügen, nicht zu schlafen und deinen Verehrer nur für wenige Augenblicke alle paar Tage zu treffen?«

Ich sah die Zweifel in ihrem Blick und musste mir eingestehen, dass etwas Wahres in den Worten lag. Ich verbrachte wirklich kaum mehr Zeit mit Luc.

»Sicherlich vermisse ich – einiges. Doch ich will das Gemälde vollenden. So kann ich es nicht einreichen, und die Prüfung ...«

»Es wird eine andere Prüfung kommen. Du musst es nicht morgen abliefern.«

»Aber das möchte ich! Euer Vertrauen in mich, Eure Zeit und das viele Geld, all das will ich rechtfertigen.«

»Das ist unnötig. Ich weiß, was du kannst.« Ihr Blick wanderte über mein Bild. »Es ist beinahe perfekt.«

»Beinahe. Das genügt mir nicht.«

Das Lächeln zauberte Falten in ihr Gesicht und ließ sie dennoch jünger wirken.

»Ich hatte noch nie eine Schülerin wie dich.«

Dann zog sie den Kopf ein, schob sich seitwärts durch die Tür und verschwand. Ich fuhr fort, meine Palette vorzubereiten. Die sechs Töpfchen mit den angerührten Farbpasten, die ich für die Vollendung meines Werkes benötigte, standen schon bereit. Ich entnahm jedem mit dem Löffel eine Winzigkeit seines Inhalts und gab ihn auf das Holzbrett. Dann mischte ich aus diesen Grundfarben die Schattierungen an, die ich brauchte. In das kostbare Lapisblau rührte ich Bleiweiß für den sonnenhellen Himmel, die Grüne Erde erhielt einen Tupfer Schwarz für die Blätter der Palmen, die im Schatten lagen.

Langsam ließ ich den Pinsel kreisen, beobachtete, wie sich die Farben verbanden. Diese Tätigkeit erfüllte mich stets mit solcher Ruhe, dass sie die vollkommene Vorbereitung für das eigentliche Malen war. Ich atmete den Duft des Öls ein, nahm die entstehenden Farbtöne in mich auf ...

»Lianne. Schlafen!«

Ich schrak aus meiner Konzentration und sah Emeni an. Sie hatte bereits ihr Nachtgewand angelegt, ein noch weiteres, noch bunteres Ding als die Kleider, die sie bei Tag trug. Stand dort Schuldbewusstsein in den schrägen Augen? Hatte sie doch mit der Zerstörung des ersten Bildes zu tun? Ich wollte es nicht glauben. Wie hätte sie es auch anstellen sollen? Sie besaß nicht einmal ein Messer.

»Schlaf du nur. Mir bleibt allein diese Nacht, um das Gemälde fertigzustellen und die Prüfung doch noch zu bestehen. Lass mich bitte arbeiten.«

Sie hob die Schultern, nahm Nadel und Faden zur Hand und setzte sich auf ihr Bett. Sie stimmte ein leises, fremdes Liedchen an, doch es störte mich nicht. Vielmehr unterstrich es meine Stimmung, holte die Erinnerungen an Emenis Heimat hervor, die ich so dringend brauchte, um mein Gemälde zu vollenden.

Seit ich nach der Arbeit im Louvre-Palast geradewegs nach Hause ging, hatte ich das Gefühl, Emeni wieder näherzukommen. Sie verhielt sich freundlicher, weniger verstockt, schien es zu genießen, dass ich bei ihr war. Noch immer umgab sie ein Hauch von Heimlichkeit, und ich fragte mich, was sie tagsüber trieb. Viel Zeit jedoch nahm ich mir nicht, darüber nachzugrübeln. Der Drang, das Bild zu Ende zu bringen, hielt mich gefangen und rückte alles Übrige in den Hintergrund.

Ich sehnte den Sommer herbei, wenn endlich auch am Abend genug Lichtschein durch das Fenster dringen und meinen Arbeitsplatz erhellen würde. Zu dieser Jahreszeit blieb mir keine andere Wahl, als rings um mich meine Beleuchtung aufzubauen. Ich entzündete die Laternen, die Madame Chemin mir überlassen hatte, hängte sie an ihre Gestelle, rückte sie hin und her, bis endlich das vollkommene Licht auf die Leinwand schien. Ich atmete tief ein. Nun konnte ich beginnen.

Ich malte wie im Fieber, nahm kaum etwas um mich herum wahr, und unter meinen Pinselstrichen entstand das zerstörte Bild ein zweites Mal. Ich hielt nur inne, wenn ich eine Farbe neu anmischen musste, eine noch passendere für den jeweiligen Gegenstand zu finden versuchte. Wenn meine Augen zu tränen begannen, weil ich zu lange auf dieselbe Stelle gestarrt hatte, blinzelte ich und machte weiter. Die Welt um mich herum hörte auf zu bestehen.

Bis das Krachen ertönte.

Ich kannte es so gut. Zu gut.

Stiefel auf Holztreppen.

Er kam allein. Die Tür flog auf, und augenblicklich legte sich ein riesiger Schatten auf mein Bild. Ich erstarrte, konnte mich nicht rühren. Der Pinsel fiel mir aus der Hand. Das Geräusch, mit dem er auf die Holzdielen traf, wurde von einem durch die Zähne gepressten Zischen übertönt, das bedrohlicher klang als jedes Gebrüll.

»Meine Tochter wurde gedemütigt, meine geschäftlichen Pläne durchkreuzt! Diesmal kommt dein Vater nicht, um dich zu retten!«

Ich sah es in seinen Augen. Er würde zu Ende bringen, was ihm damals nicht gelungen war. Und ich war wieder sein Eigentum. Wie hatte ich annehmen können, ihm entkommen zu sein?

Warum war ich nach der langen Zeit noch immer nicht fähig, mich zu wehren? Er kam näher, warf einen abfälligen Blick auf mein Bild. Dann schlug er mir ins

Gesicht. Ich taumelte gegen eines der Lampengestelle, die Laterne fiel scheppernd zu Boden und rollte vor Belliers Füße. Er holte aus und trat zu, sie flog quer durch das Zimmer.

»Du kleine Hure, erst läufst du mir fort, blamierst mich vor aller Welt, dann nimmst du meiner Tochter den Mann – es reicht, ein für alle Mal!«

Ich hörte den Stoff meines Kleides reißen, doch ich konnte nur in sein Gesicht starren, die dunkle, hassverzerrte Fratze, die stechenden schwarzen Augen. Er hingegen senkte den Blick, runzelte die Stirn – und schlug mich erneut. Meine Lippe platzte auf, doch die grenzenlose, lähmende Angst übertönte jeden Schmerz.

»Du hast es gewagt, mein Zeichen übermalen zu lassen? Du bist mein Eigentum, daran ändert auch diese Blume nichts! Jetzt nehme ich mir, was mir gehört. Und danach drehe ich dir den Hals um und gebe dich dem Tod zurück, dem du gerade so entkommen bist!«

Er stürzte sich auf mich, und ich krachte so heftig gegen die Wand, dass ich meinte, mein Kopf würde zerplatzen. Dann drehte er mich um, drückte meine Wange hart an den kalten Stein. So musste ich wenigstens sein Gesicht nicht mehr sehen. Dafür musste ich ihn fühlen. Er presste seinen Körper an meinen Rücken, an mein Hinterteil. Riss mir das Kleid herunter. Grobe, grapschende Hände an meinen Brüsten, auf meinen Hüften, zwischen meinen Beinen. Stöße, die sich ihrem Ziel näherten. Noch hatte er es nicht gefunden, zu viel Stoff, mein Unterkleid, seine Hosen. Doch er würde es finden, das war sicher.

Plötzlich sah ich aus dem Augenwinkel ein Blitzen, hörte ein unmenschliches Brüllen. Mein Körper kam frei, ich drehte mich um, war endlich nicht mehr gelähmt. Da war Emeni mit einem riesigen Messer in der Hand, das sie in Belliers Richtung stieß. Dieser sprang zur Seite, doch der Augenblick, den er benötigte, um seine heruntergelassenen Hosen hochzuziehen, genügte Emeni. Sie stach auf ihn ein, erwischte ihn am rechten Arm. Sein Schrei ertönte gleichzeitig mit den Schritten, die sich von draußen näherten. Wieder ging die Tür auf, diesmal jedoch wurde das Zimmer hell. Luc kam herein. Die Erleichterung überschwemmte mich wie eine Welle. Er würde nicht zulassen, dass mir etwas geschah!

Luc sprang auf Emeni zu, griff ihren Arm, wollte ihr das Messer entreißen.

»Mach dich nicht unglücklich, Mädchen!«

Und dann zerfiel meine Welt in Trümmer.

Emeni stach und brüllte, brüllte und stach, war kein Mensch mehr, nicht mehr meine Freundin, nicht mehr Nitu. Nur noch Instinkt, nur noch Verteidigung, nur noch Überleben.

Das Messer blitzte, fuhr in die Männer, in Luc, in Bellier, immer wieder in Luc, bis er fiel. Dann war das blanke Metall rot, alles war rot. Belliers linke Faust krachte gegen Emenis Wange, sie taumelte und ging ohnmächtig zu Boden. Bellier stürzte nicht. Er presste die Hand auf seinen blutenden rechten Arm und rannte davon.

Ich warf mich neben Luc, in all das Blut, hörte sein Stöhnen, das in Wahrheit ein Röcheln war.

»Liebster, was tust du hier?«

Meine Tränen fielen auf sein Gesicht, während sein Blut mein Unterkleid tränkte.

»Habe dich vermisst. Haustür stand offen ...«

»Du hättest nicht kommen dürfen!«

Er atmete noch, doch seine Augen sahen mich nicht mehr. Dann schlossen sie sich.

Ich schrie, wollte nie wieder aufhören zu schreien. Jemand kam. Meine Meisterin, noch im Mantel, kniete sich neben Luc. Er verschwand beinahe unter ihrem Kleid. Dann sprang sie auf, stürzte zur Tür.

»Sandrine, schnell! Lauf und hol den Arzt!«

Sie kam zurück, die Edeldame mit den feinen Händen, tat all das, wozu ich nicht imstande war. Riss sein Hemd auseinander, besah sich die Wunden, presste Stoff auf die, aus der das Blut am stärksten sprudelte. Ich konnte nichts tun. Ich schrie. Emeni kroch herbei, ich hörte ihre Worte nicht. Sah nur ihr aufgequollenes Gesicht, verschwommen, wie im Traum. Alles nur ein Traum, der böseste von allen.

Er kam zurück, diesmal in Begleitung. Doch er brachte nicht den Arzt mit, sondern zwei Angehörige der Stadtwache.

»Sie sind verrückt, alle beide. Hört nur ihre Schreie! Und seht Euch den armen Kerl an, wie sie ihn zugerichtet haben. Und mich auch!«

Er hielt den rechten Arm mit der linken Hand hoch, als sei er außerstande, ihn eigenständig zu heben. Auch sein Blut floss, immerhin. Doch er stand aufrecht, atmete und sprach und log, während Luc ...

Je ein Wachmann griff sich Emeni und mich, wir wurden hochgerissen und fortgeschleppt. Ich schrie, wollte mich befreien, schaffte es nicht, schrie und schrie und konnte nicht mehr atmen. Wollte auch nicht mehr. Fiel in die Dunkelheit. Ins Nichts.

20

Ein leerer Raum, drei Stühle. Auf einem saß ich, aufrecht gehalten von Gurten um Brust und Arme. Ich konnte wieder atmen, doch nicht mehr schreien, denn in meinem Mund steckte ein Tuch. Neben mir Emeni, die meine Schwester gewesen war und nun die Mörderin meines Liebsten, ebenfalls geknebelt und an Arm- und Rückenlehnen gefesselt. Auf dem dritten Stuhl saß ein alter Mann in Richterrobe. Daneben stand Bellier, den Arm inzwischen verbunden.

»Ihr klagt diese Frauen an, Kaufmann?«

Bellier nickte. »Sie haben mich und meinen Geschäftspartner, den jungen Monsieur Lavie, angegriffen.«

»Was tatet Ihr zu der späten Stunde im Gemach der Damen?«

»Ich begleitete meinen Freund zu dieser Frau«, er zeigte auf mich, »die ihm in einseitiger Liebe zugetan ist. Sie hatte sogar verbreitet, er hätte seine Verlobung mit meiner Tochter gelöst. Lavie wollte ihr am heutigen Abend deutlich machen, dass sie nichts von ihm zu erwarten hatte.«

Wie leicht ihm die Lügen über die Lippen kamen!

»Wie ich sehe, seid Ihr halbwegs heil aus dem Vorfall herausgekommen. Aber der bedauernswerte Monsieur Lavie ...«

»Er wird es wohl nicht überleben. Der Blutverlust war bereits zu groß, als endlich der Arzt eintraf.«

Luc war noch am Leben? Noch …

Der Richter nickte.

»Welche der Damen führte das Messer?«

»Diese Wilde dort.« Bellier wies auf Emeni. »Sie wurde als Dienerin in unser Land gebracht, besaß alle Möglichkeiten, sich über ihre niedere Geburt zu erheben, und nun eine solche Tat!«

Emeni begann, sich gegen die Gurte zu wehren – ohne Erfolg. Ein Grollen ertönte tief aus ihrer Kehle. Der Richter sprach lauter.

»Wer ist die andere?«

»Sie war meine Magd, lief mir fort und fuhr mit einer Horde Kerlen zur See. Von dort brachte sie das unzivilisierte Geschöpf mit.«

»Hat sie je ihre Strafe für das Davonlaufen bekommen?«

»Nie. Sie machte einem angesehenen Herrn weis, seine Tochter zu sein. Er nahm sich ihrer an, doch dann glaubte er ihr nicht mehr und ging fort.«

»Warum durfte eine entlaufene Dienerin bei einer Meisterin wie Madame Chemin die Malerei studieren?«

»Sie muss auch diese getäuscht haben mit ihren falschen Referenzen.«

Es war ein Schauspiel. Ein gutes dazu, hätte ich unter den Zuschauern gesessen und wäre nicht ein Teil davon gewesen. Hier fand eine Gerichtsverhandlung statt, wie sie ungerechter nicht sein konnte. Wer würde für mich aussagen, wenn Luc starb und ich selbst am Sprechen gehindert wurde?

»Nun, ich werde die Dame befragen, wie sie zu ihrer Schülerin kam.«

Nach diesen Worten des Richters legte sich ein seltsamer Ausdruck auf Belliers Gesicht, eine Mischung aus Erschrecken und Nachdenklichkeit. Der Eindruck verflog jedoch so rasch, wie er gekommen war.

»Das wird so bald nicht möglich sein, fürchte ich«, sagte er. »Die Dame ist betagt, und die Ereignisse müssen sie mitgenommen haben. Ich werde mit ihrem Sohn sprechen, ob sie in der Verfassung für eine Befragung ist.«

Er würde diese Vernehmung zu verhindern wissen, das wusste ich. Fieberhaft überlegte ich, wer außer Madame Chemin Belliers Lügen entkräften konnte. Wer kannte die Wahrheit über Luc und mich?

Sandrine? Aber wer würde einer Magd glauben, wenn ihre Aussage gegen Belliers stand? Sie würden sie nicht einmal befragen.

Unsere Väter, doch die waren weit fort.

Und sonst?

Niemand mehr.

Wenn Luc starb.

Aber dann war ohnehin alles gleichgültig.

Der Richter seufzte. »Es ist spät. Ich lasse die beiden vorerst unterbringen, morgen wird unser Arzt sie untersuchen.«

»Sie sind nicht verletzt. Im Gegensatz zu mir! Ich werde meinen Arm möglicherweise nie mehr benutzen können, er fühlt sich vollkommen leblos an. Wie soll ich meine Geschäfte führen, ohne schreiben zu können?«

Der Richter ging nicht auf Belliers Wehklagen ein.

»Ich sprach von unserem Arzt für geistige Andersartigkeiten. Er kann mir sagen, ob es ratsam ist, die Frauen hierzubehalten.«

»Sollen sie etwa frei herumlaufen und weitere Männer verwunden oder töten?«

»Mein lieber Bellier, selbstverständlich sollen sie das nicht. Doch es gibt Gesetze, an die wir alle gebunden sind.«

»Ihr seid Richter, Ihr entscheidet über die Einweisung.«

»Ich bin auch ein Mann mit einem Gewissen, und ich benötige eine medizinische Notwendigkeit, sonst sperre ich niemanden weg.«

Bellier hob zu einer Erwiderung an, betrachtete dann Emeni und schwieg. Sein rechter Mundwinkel zog sich nach oben. Ich wusste, was er dachte. Emeni würde durch ihre Handlungen selbst für unsere Einweisung sorgen.

Die Herren verabschiedeten sich voneinander, dann rief der Richter die Männer der Stadtwache herbei. Wir wurden losgebunden und mit festem Griff durch das Gebäude geführt, lange Gänge hinab, an unzähligen verriegelten Türen vorbei, Treppen hinunter, immer tiefer in die Keller.

Am Ende eines Flurs stand eine Tür offen, der Raum dahinter lag in Finsternis. Die Ordnungshüter drängten uns hinein, ihre Laterne erhellte das winzige Zimmer. Eine Matratze, ein Eimer. Kein Fenster, nur ein Spalt nahe der Decke. Sie nahmen uns die Knebel ab, dann verschwanden die Männer.

Die Tür krachte ins Schloss, der Riegel quietschte, Dunkelheit umfing mich. Eingesperrt, wieder einmal.

Beim letzten Mal war es gut ausgegangen, doch mein Vater war weit weg, und Luc ... In meiner Kehle stieg ein Schrei auf, der dann doch nur zu einem kläglichen Wimmern wurde. Es war eine solche Menge Blut gewesen, so viele klaffende Wunden, aus denen es herausgeflossen war. War es möglich, dass er überlebte?

Emeni schien ihre Erstarrung überwunden zu haben. Sie begann zu toben, zu kreischen, trat gegen die Tür, gegen die Wände. Ich konnte sie nicht sehen in dem finsteren Raum, hörte jedoch jede ihrer Handlungen. Ich wartete auf die Wut, die ich auf sie hätte empfinden müssen. Sie hatte meinen Liebsten auf dem Gewissen! Wenn sie denn ein Gewissen besaß. Ich hätte den Wunsch verspüren müssen, sie zu töten, aber ich fühlte nichts dergleichen. Die Angst um Luc hielt mein Herz gefangen.

Von draußen polterte es an der Tür.

»Ruhe jetzt, ihr Wilden!«

Emeni fuhr zurück, taumelte gegen mich. Ich fing sie nicht auf, und sie ging vor mir zu Boden. Ich zog meine Füße unter ihr heraus, tastete mich durch den Raum, bis ich das Lager fand, und ließ mich darauf fallen. Eine Wolke üblen Geruches stieg aus der Matratze auf. Ich mochte mir nicht vorstellen, wer schon alles auf ihr gelegen hatte. Ungewollt traten mir die Bilder der Menschen vor Augen, die mich bei meiner Ankunft in Paris so erschreckt hatten.

Ich spürte die Bewegung, als sich Emeni neben mich setzte. Sie griff nach meiner Hand.

»Nitu?«

»Du bist nicht meine Schwester. Du hast meinen Geliebten getötet.« Ich schüttelte sie ab.

»Es tut mir leid. Ich weiß nicht – die Männer ...«

Ich verstand sie. Ihre Erfahrungen waren schuld, die Kerle in ihrer Heimat, die ihr Gewalt angetan hatten. Nicht sie, und dennoch ...

»Lass mich bitte.«

Sie zog sich zurück. Ich hörte ihr Schluchzen, doch es berührte mich nicht. Nichts konnte mich mehr berühren. Ich verspürte weder Hass auf sie noch auf Bellier. Die Wut würde kommen, gewiss. Später. Vielleicht tat Luc eben seinen letzten Atemzug, und ich durfte nicht bei ihm sein.

Emeni wurde still, wahrscheinlich war sie eingeschlafen. Ich hatte seit Tagen bis zum Morgengrauen gemalt, mir fehlten viele Stunden Ruhe, doch der gnädige Schlaf holte mich in dieser Nacht nicht. Ich starrte vor mich hin und dachte an Luc.

Irgendwann erkannte ich Umrisse, der Spalt unter der Decke wurde grau, dann grün. Draußen wuchs ein Gebüsch, einige Zweige ragten in den Raum. Es schluckte den Großteil des Tageslichts, das hätte hereindringen können. Ich sah Emeni an, die zusammengerollt neben mir lag. Ihre Mandelaugen waren geöffnet, die Wangen tränennass.

»Ich wollte dir nur helfen. Damit dir der dunkle Mann nicht antut, was sie mit mir getan haben.«

»Ich weiß. Doch dabei hast du mein Leben zerstört. Uns hierher gebracht, meinen Liebsten so schwer verletzt.«

»Er hat mich angefasst.«

»Er wollte dich beschützen, damit du nicht zu Belliers Mörderin wirst. Jetzt bist du seine.«

Sie konnte nichts erwidern, denn vom Flur her näherten sich Schritte. Was hätte sie meinen Vorwürfen auch entgegensetzen sollen? Ich war genauso im Recht wie sie, und es war ebenso sehr meine Schuld wie ihre. Ich hätte Luc sagen müssen, wie schwierig Emeni war, wie sie zuzeiten zur Gewalt neigte. Ich hatte es nicht getan, um ihn nicht zu beunruhigen. Darüber hinaus war Bellier der Auslöser all dieser Ereignisse, und der war allein hinter mir her.

Die Tür ging auf und es traten drei Personen ein, zwei kräftige junge Männer und eine schlicht gekleidete ältere Frau mit einer weißen Schürze.

»Ah, wach und ruhig, wie ich sehe«, sprach Letztere. »Meine Damen, folgt mir bitte.«

Emeni und ich standen auf, denn die Männer hätten uns ohnehin geholt, daran bestand kein Zweifel. Und womöglich würden wir Gelegenheit zum Reden bekommen, doch noch angehört werden. Vielleicht würde ich es noch zu Luc schaffen, bevor ...

Die Frau schritt voraus.

»Ich bringe euch nun zu Doktor Martel. Ihr werdet nicht sprechen, bis ihr gefragt werdet.«

Ich hoffte, wir würden gefragt werden.

»Emeni, du musst auf jeden Fall ruhig bleiben«, wisperte ich.

Ich fühlte, in dieser Lage kamen wir nur weiter, wenn wir uns an die Anweisungen hielten.

Wir liefen den ganzen Weg zurück, den wir am Vorabend gekommen waren. Diesmal war es nicht so leise in den Fluren, hinter den zahlreichen Türen waren Stimmen zu hören, Rufe, Schreie, Stöhnen.

»Madame, wo sind wir hier?«

Die Frau drehte sich halb zu mir herum, ging jedoch weiter.

»Fragen stehen Euch nicht zu, junge Dame. Aber da Ihr offenbar zu verwirrt seid, sie Euch selbst zu beantworten, will ich gern behilflich sein. Der Richter war der Meinung, Ihr seid keine kaltblütigen Mörderinnen, sondern hättet möglicherweise ein geistiges Problem. Dies wird Doktor Martel gleich herausfinden.«

»Und wo sind wir nun?«, traute ich mich, sie zu fragen, durch ihren Redeschwall mutig geworden. »Ich lebe noch nicht lange in Paris.«

»Dies hier ist die *Salpêtrière*, Kind. Ein Krankenhaus, das größte für Krankheiten des Geistes bei Frauen.«

Geisteskrank? Vieles hatte man mir bereits unterstellt, man hatte mich Hure genannt, Diebin, Unglücksbringerin, doch nie hatte ich etwas so Ungeheuerliches gehört! Ich öffnete den Mund zu einer scharfen Erwiderung, doch da blieb die Frau vor einer Tür stehen. Sie klopfte an, und eine Männerstimme antwortete.

»Tretet ein.«

»Herr Doktor, ich bringe Euch die Frauen.«

Sie schob uns in den großen Raum, dessen Wände rundherum bis zur Decke von Bücherregalen bedeckt waren. Sie hätten erdrückend wirken können, doch durch die hohen Fenster drang so viel Sonnenlicht herein, dass das Zimmer in gleißende Helligkeit getaucht wurde. Ich musste die Augen zusammenkneifen.

Wir kamen vor einem riesigen Schreibtisch aus dunklem Holz zum Stehen, er erinnerte mich an den meines ehemaligen Herrn. Ich schauderte. Glücklicherweise hatte der Besitzer dieses Tisches keine Ähnlichkeit mit dem des anderen, wie er so dastand, eine Hand auf der Tischplatte abgestützt, die zweite locker auf die Hüfte gelegt.

Er musterte uns und wir ihn, den Mann mittleren Alters, der mit seiner feinen Kleidung und der weißen Perücke ein Höfling hätte sein können. Dem farbenprächtigen Überrock stand ein unauffälliges Äußeres gegenüber, blasse Haut, unscheinbare Gesichtszüge, ganz und gar durchschnittlicher Wuchs, weder groß noch klein, weder dick noch dünn. Nur die hellbraunen Augen stachen aus der Mittelmäßigkeit hervor. Sie blickten wachsam, wissbegierig. Er trat vor uns und zog die Augenbrauen hoch.

»Frauen? Mädchen vielmehr, nicht wahr? Woher stammt das dunkle Geschöpf?«

»Von den Westindischen Inseln«, sagte ich, dann bemerkte ich an seinem Blick, dass er nicht uns gefragt hatte. Aber wer sonst hätte ihm diese Frage beantworten sollen?

Emenis Körper neben mir versteifte sich, wie immer, wenn ihr ein Mann zu nahe kam. Ich straffte die Schultern.

»Nun, dann wollen wir beginnen.«

Er trat hinter seinen Schreibtisch, nahm Platz und holte zwei Blätter Papier aus einer Schublade. Er legte sie nebeneinander vor sich, schraubte umständlich ein Tintenfass auf und griff zur Feder. Mit dieser deutete er auf mich.

»Ausziehen.«

Sein Tonfall duldete keinen Widerspruch, doch ich rührte mich nicht. Der Gedanke, nackt und bloß vor dem Mann zu stehen und seinen neugierigen, stechenden Blick auf meinem Körper zu spüren, war mir unerträglich. Emeni musste es ähnlich gehen, denn an ihr hatte er offensichtlich ein noch stärkeres Interesse als an mir. Darüber hinaus war er ein Mann ...

»Könnt Ihr nicht hören? Ausziehen!«

Die Helferin trat näher und griff nach meinem Unterkleid.

»Schon gut.«

Resigniert zog ich mir das Kleid über den Kopf. Als es auf den hellen Steinfußboden fiel, sah ich die roten Flecken überdeutlich. Sie erinnerten mich daran, dass ich versuchen musste, so schnell wie möglich aus dieser Lage herauszukommen.

»Herr Doktor, bitte, ich muss ...«

»Schweigt!«

Tränen schossen mir in die Augen.

»Bitte!«

Er betrachtete mich eindringlich, wie ein seltenes Tier. Als ich aufschluchzte, hob er die Augenbrauen, tauchte die Feder ins Tintenfass und machte eine Notiz auf dem rechten Blatt Papier. Ich ahnte, dass ein unbeherrschter Weinkrampf meine Lage nicht verbessern würde, und biss mir auf die Zunge, um mich wieder zu beruhigen. Nicht an Luc denken! Ich wischte mir über das Gesicht.

Der Arzt schrieb weiter, blickte auf, schrieb wieder, murmelte: »Normaler Wuchs, keine offensichtlichen Fehlbildungen.« Es klang beinahe enttäuscht.

»Umdrehen«, sagte die Frau. Mir war alles gleichgültig, also wandte ich dem Arzt mein bloßes Hinterteil zu.

»Das genügt. Zieht Euer Hemd wieder an.«

Ich hob den besudelten Stoff auf.

»Habt Ihr nicht bitte etwas Sauberes für mich? Oder dürfte ich das Kleid auswaschen?«

»Um Euch von Eurer Schuld zu befreien, Mademoiselle? Damit Ihr Euch einreden könnt, es sei nichts geschehen? Gewiss nicht.«

Nichts würde mich je von der Schuld befreien. Nichts je wieder gut werden. Ich zog mir das Unterkleid über den Kopf.

»Jetzt du.«

Hatte er bei mir noch die höfliche Anrede gewählt, hielt er es bei Emeni offenbar für unnötig.

»Nein!«, entgegnete sie finster und legte fest die Arme um ihren Körper.

»Emeni, es ist nicht so schlimm«, flüsterte ich. »Tu, was sie sagen, und bleib um Gottes willen ruhig.«

»Nein!«

Sie blieb alles andere als ruhig, sondern schlug die Hände der Frau weg, die ihr das Kleid ausziehen wollte. Sofort sprangen die beiden jungen Männer hinzu und hielten ihre Arme fest. Emeni trat um sich, schrie – der Doktor schrieb ein paar Worte auf das linke Blatt.

Plötzlich kam die Wut, auf die ich gewartet hatte. Nicht auf den Doktor und seine Helfer, die nur ihre Arbeit taten. Nein, es war Emeni, die mich unsagbar zornig machte! Sie richtete mit ihrer Unbeherrschtheit wieder einmal Schaden an, zerstörte jede Möglichkeit, dass dies doch noch ein gutes Ende nehmen würde! Ich trat vor sie und schlug ihr ins Gesicht. Sie erstarrte.

»Ruhig jetzt! Gehorche ihnen, oder willst du für immer hierbleiben?«

Sie zischte etwas in ihrer eigenen Sprache, böse Worte, doch sie ließ zu, dass sie entkleidet wurde.

Ich blickte den Arzt an, er schrieb – auf mein Blatt! Was deutete er wohl aus der Ohrfeige? War sie ein weiteres Zeichen für ihn, dass ich verrückt war? Ich hatte das Gefühl, dieses Spiel nicht gewinnen zu können …

Dann sah er auf, und seine Augenbrauen flogen in die Höhe. Ich folgte seinem Blick. Emeni stand da, braun und nackt, an beiden Armen von den Männern festgehalten. Unter ihren kleinen, festen Brüsten wölbte sich deutlich ein Schwangerschaftsbauch.

Es wurde totenstill im Raum, nur die Feder kratzte über das Papier, und der Arzt murmelte: »Keine Missbildungen. Schwanger.« Dann lauter: »Hast du einen Ehemann, Kind?«

Emeni blieb stumm, also antwortete ich für sie.

»Nein.«

»Ehebrecherin«, sagte der Arzt abfällig und schrieb.

»Das ist sie nicht! Ihr wurde Gewalt angetan! Deshalb hat sie auch zum Messer gegriffen, um mich vor demselben Schicksal zu bewahren.«

Es war ein verzweifelter Versuch, die Wahrheit mitzuteilen. Die winzige Hoffnung, dass der Arzt auch diese Worte notieren würde, dass sie irgendwo festgehalten würden, irgendjemand sie lesen und glauben würde, verlieh mir den Mut zu sprechen. Doch die Feder ruhte. Doktor Martel starrte mich an.

»Sie hat mich beschützt! Bellier wollte mich vergewaltigen!«

Er räusperte sich.

»Doch Bellier ist nicht derjenige, der die ärgsten Stiche abbekam. Wollte Lavie Euch ebenfalls missbrauchen?«

Sein Tonfall machte deutlich, dass er mir kein Wort glaubte.

»Nein! Er kam mir auch zu Hilfe.«

Es klang widersinnig, das war mir bewusst. Ich musste weitersprechen, es erklären, es ihm begreiflich machen. Immerhin hörte mir endlich jemand zu!

»Sie war so aufgeregt, sie konnte es nicht unterscheiden.«

»Sie war von Sinnen, meint Ihr?«

Ja, wäre die Wahrheit gewesen.

»Nein!«, rief ich, denn alles andere hätte Emenis Schicksal besiegelt. »Nur aufgewühlt, ängstlich. Es war ein Versehen!«

»Ein Versehen.«

Sie wollte Bellier töten, und Luc kam dazwischen, dachte ich.

»Sie wollte nichts Böses«, sagte ich stattdessen. »Nur helfen.«

»Weil Monsieur Bellier beabsichtigte, Euch Gewalt anzutun. Warum sollte er?«

»Er hat es schon früher versucht. Er hasst mich!«

»Und dennoch will er mit Euch den Akt vollziehen, behauptet Ihr.«

»Er will nicht *den Akt vollziehen,* er will mich besitzen!«

»Hältst du dich für so besonders?«

Nun sprach er auch mich ohne Höflichkeit an. Ich war gescheitert, das spürte ich. Ich schüttelte den Kopf. Die Feder bewegte sich wieder über mein Blatt Papier.

»Wahnvorstellungen«, murmelte der Arzt.

Alles verloren.

»Ruft meine Studenten«, sagte Doktor Martel zu seiner Helferin. »Dann bringt diese zurück.« Er deutete
auf mich. »Gebt ihr zu essen. Die andere bleibt noch.«

Er zeigte auf Emeni, die weiterhin nackt und im Griff
der Gehilfen dastand, starr wie eine Statue. Als jedoch
eine Gruppe weiterer Männer den Raum betrat und ich
von der Frau hinausgeführt wurde, begann sie zu
schreien. Die Tür wurde hinter uns geschlossen, doch
noch auf dem Flur hörte ich Emenis Gebrüll, die fremde
Sprache, Wut und Verzweiflung.

»Was tun sie mit ihr?«

Die Frau antwortete nicht.

Emeni allein mit einem Dutzend Männer, nackt,
schwanger und schutzlos. Mir wurde übel. Sämtliche
Wut, die ich eben noch auf sie verspürt hatte, war verraucht. Es war meine Schuld, dies, alles.

Unglücksbringerin.

21

Man brachte mir eine Schüssel voll mit dampfendem Brei, doch ich konnte keinen Bissen herunterbringen. Die Schreie aus den Räumen, an denen ich auf dem Weg zurück in die schmutzige Kammer vorbeigekommen war, hallten noch in mir nach und verursachten mir Übelkeit. Was geschah mit Emeni, wie ging es Luc? Rastlos wanderte ich in meiner Zelle auf und ab.

Eine Ewigkeit später näherten sich Schritte, dann wurde Emeni, noch immer im festen Griff der Helfer, in unser Verlies geführt. Als sie sie losließen, sank sie auf das Lager, rollte sich zusammen und vergrub das Gesicht in den Händen. Auch für sie wurde eine Schüssel Brei gebracht, die ich achtlos neben die andere stellte. Ich setzte mich zu ihr und strich über das langsam nachwachsende Haar. Sie erbebte, als sie meine Berührung spürte.

»Ich bin es nur. Was ist geschehen?«

Sie wandte mir ihr Gesicht zu, sodass ich die schwarzen, tränenblinden Augen sehen konnte.

»Sie haben mich angefasst, alle. Auf einer Liege festgebunden, Arme und Beine, und dann ...«

Sie begann zu schluchzen und brachte kein Wort mehr heraus. Ich richtete sie auf und nahm sie fest in den Arm, streichelte ihren verkrampften Körper. Dabei fühlte ich plötzlich etwas Feuchtes. Frisches Blut klebte an meinen Fingern, ich konnte es sogar im Halbdunkel des Raumes erkennen.

»Emeni, blutest du?«

Sie schob ihr Kleid hoch, gänzlich ohne Scham, anders als früher. Als hätte das eben Geschehene alles verändert. Und das hatte es wohl auch. Sie betrachtete ihre nackten Beine und nickte.

»Es läuft aus mir heraus.«

»Haben die Männer ...«

Ich konnte den Gedanken nicht aussprechen, doch sie verstand mich.

»Nur von außen. Alle haben meinen Bauch angefasst, von oben bis unten und an den Seiten gedrückt und sogar gekniffen. Es tat weh! Dann haben sie meinen Kopf gemessen. Sie wollten wissen, ob er groß genug ist, um klug zu sein. Ich war so wütend! Ich habe geschrien und gespuckt, da banden sie mir den Mund zu.«

»Nun hast du es ja überstanden.«

»Lianne? Denkst du, das Kind ist gestorben? Weil es so blutet, meine ich.«

»Ich habe gehört, dass es manchmal blutet. Das muss nichts Schlimmes bedeuten.«

Was wusste ich schon von diesen Dingen? Nichts! Doch ich musste sie beruhigen. Jede weitere Aufregung hätte ihren Zustand nur verschlimmert.

»Du allein kannst fühlen, ob das Kind am Leben ist. Du hast es doch bereits gespürt, oder? Seine Bewegungen?«

»Gerade eben, als sie den Bauch angefasst haben. Ich glaube, es hat sich auch gewehrt.«

»Siehst du, dann lebt es.«

»Aber jetzt ist es ganz ruhig.«

»Vielleicht ist es müde nach der Anstrengung.« Ich versuchte ein Lächeln. »Seit wann weißt du, dass du ein Kind erwartest?«

»Erst glaubte ich, die seltsamen Speisen sind schuld. Mein Bauch wurde größer und größer, seit wir in Paris angekommen waren. Darum konnte ich nie ein schönes Kleid anziehen. Ich hätte schrecklich ausgesehen.«

»Und ich dachte, du liebst deine weiten Gewänder!«

»Ich hatte Angst, dass ihr denkt, ich esse zu viel. Weil ich doch nichts dafür bezahlen kann. Dann fürchtete ich, dass jemand bemerkt, dass ein Kind kommt.«

»Wann hast du selbst es festgestellt?«

»Es ist noch nicht lange her. Du warst nicht da und ich hatte ein seltsames Gefühl im Bauch. Als ob sich etwas in mir bewegt. Ich habe mich nackt vor den Spiegel gestellt, und da habe ich es gesehen.«

»Wie hast du dich gefühlt?«

»Erst wollte ich, dass es weggeht. Weil es von einem der bösen weißen Männer ist. Aber dann habe ich erkannt, dass es meins ist, meins ganz allein. Es ist in mir drin, nicht in ihm. Er hat keine Bedeutung.«

Ich ließ Emenis Worte auf mich wirken. Wie viel klüger und großherziger war dieses einfache Mädchen im Gegensatz zu meiner gebildeten, wohlerzogenen Mutter! Robina hatte nicht begriffen, dass ein Kind für die Umstände seiner Zeugung keine Verantwortung trug ... Noch immer fiel es mir schwer, Robinas neuerdings veränderte Haltung mir gegenüber so recht zu glauben – doch dies war weder die Zeit noch der Ort, darüber nachzugrübeln. Es gab drängendere Sorgen.

»Wann war das mit den Männern, Emeni?«

»Ein paar Wochen, bevor du kamst.«

»Wie viele Wochen?«

»Ich weiß nicht. Sechs, sieben vielleicht. Damals habe ich nicht in Wochen gedacht.«

»Ende August also. Noch keine sieben Monate.«

Emeni nickte.

»Dann müsst ihr noch ein wenig durchhalten, du und das Kind. Aber wir müssen so schnell wie möglich hier herauskommen.«

»Der Arzt hat ganz viel geschrieben. Ich glaube, er wird uns hierbehalten.«

»Das befürchte ich auch. Doch möglicherweise ist dein Zustand ein Vorteil. Schwangere Frauen sollen zu Ausbrüchen neigen, habe ich gehört. Das bedeutet nicht, dass sie verrückt sind.«

»Vielleicht rettet uns auch meine Freundin, wenn sie erfährt, wo ich bin.«

Mit allem hätte ich gerechnet, doch nicht mit dieser Aussage.

»Du hast eine Freundin? Hier in Paris?«

Emeni nickte heftig. »Das hast du nicht einmal bemerkt. Immer nur die Arbeit und ...«

Luc, hatte sie sagen wollen. Ich wusste es, musste aber anerkennen, dass sie immerhin so viel Anstand besaß, es nicht auszusprechen.

»Dafür bin ich nach Paris gekommen.«

»Und warum bin ich hier?«

»Als meine – Gehilfin.«

»Ich durfte aber gar nicht helfen. Du hast mich allein gelassen. Ich hatte nur dich.«

»Und da hast du dir eine Freundin gesucht.«

»Sie ist so schön. Ihr Haar ist noch viel heller als deins. Und sie hat Gewänder, eins prächtiger als das andere.«

»Was tut sie in Paris?«

»Ich glaube, sie geht auf eine Schule. Sie ist so klug, sie weiß alles über den König und das Land.«

»Wie heißt denn dieses unglaubliche Geschöpf?«

Emeni zögerte. »Das darf ich dir nicht sagen«, wisperte sie dann.

Ein unheilvolles Gefühl überkam mich, mein Nacken begann zu kribbeln.

»Warum nicht?«

»Sie hat gesagt, du würdest böse werden.«

»Warum sollte ich? Ich kenne sie nicht.«

Emeni schwieg.

»Oder doch?«

»Sie hatte Zeit für mich. Hat mir Dinge erklärt. Du hattest keine Zeit.« Es klang trotzig, und ich spürte einen Anflug von Schuldgefühl. »Sie hat mir Haarspangen geschenkt.« Sie sagte es so, als würde das alles erklären.

»Und was musstest du dafür tun?«

»Ich musste gar nichts tun! Sie hat mich einfach gern, und sie wusste, du würdest es kaputtmachen! Du warst immer schon neidisch auf sie!«

Emeni schlug sich die Hände vor den Mund, als hätte sie versehentlich ein Geheimnis preisgegeben. Und das hatte sie wohl auch. Mir war plötzlich alles klar.

»Java.«

Das Mädchen runzelte die Stirn.

»Ist das ihr Name?«

»Nein. Sie heißt Constance.«

Ich lachte auf. »Constance? Das ist der Name ihrer Mutter. Sie hat dich angelogen. Es ist Java, das weiß ich genau.«

Verunsicherung legte sich auf Emenis Gesicht.

»Du hast dich mit meiner schlimmsten Feindin angefreundet! Sie hat dir also Geschenke gemacht. Hat sie dir vielleicht auch ein Messer zugesteckt? Mit dem du mein Gemälde zerstören konntest?«

Emeni sprang auf, Wut in den Augen. »Das Bild war böse! Sie hat es mir erklärt!«

»Und du hast ihr das geglaubt?« Ich war fassungslos. Nahm dies denn nie ein Ende? Würde mich meine Vergangenheit auf ewig verfolgen? »Warum hast du nicht mit mir geredet, mich gefragt?«

»Habe ich doch! Du hast gelacht und gesagt, ich soll nicht dumm sein. Aber ich bin klug! Mein Kopf ist ebenso groß wie der von allen anderen Frauen, sagt der Doktor.«

Ich erinnerte mich an die Begebenheit und schämte mich im Nachhinein. Doch wie hätte ich wissen sollen, aus welchem Grund Emeni solche Fragen stellte?

»Das tut mir leid, aber du hättest mir glauben müssen! Ich habe nur gemalt, was ich gesehen habe. Die Menschen auf Hiluma haben uns das Leben gerettet. Warum sollte ich schlecht von ihnen oder deinen Angehörigen denken?«

»Sie hat gesagt, du würdest lügen. So wie du immer lügst. Seit deiner Kindheit.«

»Emeni ...«

Ich verstummte. Es hatte keinen Sinn, es ihr erklären zu wollen. Sie wollte mir so wenig glauben wie Doktor Martel.

Wieder einmal Java. Wieder einmal der Schatten von Bellier. Nun hatte er es geschafft, mein Leben zu zerstören. Ich hob den Blick und sah Emeni an, die breitbeinig dastand wie ein verstocktes Kind, die Arme verschränkt und die Lippen fest aufeinandergepresst. Ich wollte ihr wehtun.

»Weißt du, Emeni, auf deine *Freundin* kannst du nicht hoffen. Ihr Vater war es, der mir Gewalt antun wollte. Ihn hast du auch verwundet, vergiss das nicht. Java hasst dich jetzt ebenso wie mich.«

Ihre Haltung veränderte sich nicht, doch ihr Blick wurde wieder unsicher. Die Genugtuung, die ich verspürte, machte mir Angst, dennoch sprach ich weiter.

»Ohnehin hat sie dir die Freundschaft nur vorgespielt, um mir zu schaden. Das allein war ihr Plan. Und sie hat es geschafft, nicht wahr? Mit deiner Hilfe hat sie mich beseitigt, fort von Luc, den sie für sich selbst haben will. Doch sie kennt dich nicht, wie ich dich kenne. Sie konnte nicht wissen, was ihr Messer anrichten würde, bei Luc und ihrem Vater. Überhaupt, ihr Vater – nun weiß ich, wie er ins Haus gekommen ist. Du auch, oder? Hast du Java deinen angeblich verlorenen Schlüssel gegeben? Wie hat sie dich dazu gebracht?«

Nun rollten Tränen über die braunen Wangen. Ich sah sie im schwachen Tageslicht glänzen, das durch den Lüftungsspalt drang. Und als hätten sie eine ansteckende Wirkung, fühlte ich plötzlich auch meine Augen feucht werden.

»Ach, Emeni. Komm zu mir.«

Ich klopfte auf das Lager. Sie zögerte, dann setzte sie sich neben mich. Wir sprachen an diesem Tag nicht mehr. Jede von uns hing ihren eigenen Gedanken nach, kämpfte mit ihren persönlichen Dämonen, Schuldgefühlen und Trauer. Ich sah es in Emenis Augen, so wie sie es in meinen sehen musste. In dieser Nacht schlief ich, Erholung jedoch brachte es mir nicht. Am Morgen war ich so kraftlos wie zuvor. Und Luc war immer noch verloren.

22

Le Havre, März 1689

Robina streifte durch die Flure und konnte es nicht fassen. Auch nach Wochen erschien es ihr unwirklich, dass dieses Haus ihr gehören sollte, wieder ihr Heim sein würde. Der Ort ihrer Kindheit, mit all den wundervollen und den schrecklichen Erinnerungen ...

Aus dem ehemaligen Arbeitszimmer ihres Vaters drang Gelächter auf den breiten Flur hinaus. Sie hatte den Raum bewusst als Spielzimmer der Kinder gewählt, damit sie mit ihrer Fröhlichkeit die Schatten daraus vertrieben. Dennoch hatte sie zunächst bei jedem Betreten das grauenhafte Bild des toten Vaters vor Augen gehabt.

Doch dies war Vergangenheit. Die Erfahrungen ihres Lebens hatten sie gelehrt, nicht auf die Beständigkeit des Glücks zu bauen, sondern den Augenblick zu genießen, in dem es da war. So Gott wollte, gab es für ihre Kleinen eine Zukunft. Jacquo hatte mehr als wiedergutgemacht, was er ihr angetan hatte. Nachdem sie eingesehen hatte, dass auch sie ihm gegenüber ungerecht gewesen war.

Robina seufzte. Einiges war ihr in letzter Zeit klar geworden. Insbesondere die Grausamkeit, mit der sie ihrer ältesten Tochter begegnet war, hatte sie sich vor Augen geführt. Seitdem schlief sie unruhig. Schuld war ein noch schlechteres Ruhekissen als Hass. Würde Lianne ihr je verzeihen? Verdient hatte sie es nicht ...

Sie ließ das Kinderlachen hinter sich und ging den langen Flur entlang. Vor ihrem geistigen Auge sah sie die Gemälde und Statuen, die hier zu den Zeiten ihrer Eltern den kargen Wänden Leben eingehaucht hatten. Nun gab es nur noch dunkle Ränder, wo einst Bilder gewesen waren. Früher oder später würde sie die kahlen Stellen füllen. Vielleicht sogar mit den Werken ihrer Tochter?

Robina stieg die breite Treppe hinauf. Sie hatte ihre alte Kammer bezogen und sich sogleich zu Hause gefühlt. Die Räume der Mutter dagegen mied sie. Irgendwann würde sie auch diese nutzen müssen, die Kinder wuchsen und benötigten Platz, doch noch war sie nicht so weit. Langsam, Schritt für Schritt, fand sie zurück in ihr früheres Leben. Sie trug wieder schöne Kleider, konnte sich zu essen kaufen, was sie gern wollte. Sogar eine Köchin kam täglich ins Haus.

Zunächst war es ihr schwergefallen, Geld von Jacquo anzunehmen, aber diese Gefühle waren verflogen. Andere dagegen wurden von Tag zu Tag stärker. Sie vermisste ihn, sehnte seine Rückkehr herbei. Zum Abschied hatte er sie geküsst. Es hatte sich angefühlt wie einst und doch anders, nicht ungestüm und verlangend, sondern vorsichtig, sanft. Fragend. Alle Empfindungen der Vergangenheit hatten in dieser kurzen Berührung gelegen und mit ihnen ein Versprechen, wie die Zukunft aussehen würde.

Es klopfte an der Tür, laut und ausdauernd. Robina riss sich aus ihren Gedanken und ging, um zu öffnen. Ehe sie ganz die Treppe herunter war, hatte Jean die Besucherin schon eingelassen. Der Junge stand nur da und starrte die große Frau an. Er hatte sich inzwischen daran gewöhnt, dass seine Mutter andere Kleider trug, mit viel mehr Stoff, sodass er kaum ihren Körper spürte, wenn er sie umarmte. Doch was ihm nun gegenübertrat, ließ ihm den Mund offen stehen.

Die Dame war nicht dick, aber ihr Gewand war so ausladend, dass es den gesamten Türrahmen ausfüllte, eine Masse aus hellblauem Samt, über und über mit Blumenmuster verziert, mit Schleifchen und Rüschen an den gebauschten Ärmeln und am Rock. Die Frau beugte sich zu Jean hinab, bis ihr Gesicht dicht vor seinem war.

»Ich suche Kapitän Cartier. Dies hier soll sein Haus sein.«

»Das ist es, doch wir leben darin«, platzte Jean heraus. »Das dürfen wir!«

Wie zur Bekräftigung winkte er seine Schwestern zu sich, die eben, von den lauten Worten angelockt, die Halle betraten.

»Jean! Sprich Madame nicht so unhöflich an.«

Robina erreichte den Fuß der Treppe und trat hinter die Kinder.

»Mein Junge, daran zweifle ich nicht«, entgegnete die Besucherin freundlich. »Doch nun sagt mir bitte, wo ich Monsieur Cartier finde. Es ist dringend!«

Da erst fiel Robina auf, wie müde die ältere Dame wirkte, wie umschattet ihre Augen waren.

»Hattet Ihr eine lange Reise, Madame?«

»Ich komme aus Paris, mit einem Flussschiff. Eine recht unbequeme Art zu reisen, muss ich gestehen, doch mir blieb keine andere Wahl. Immerhin ging es flussabwärts schnell. Auf dem Rückweg werden wir länger als zwei Tage unterwegs sein, fürchte ich.«

»Wir?«

Die Dame rieb sich die Augen, wobei ihre massige Lockenfrisur, die sich ohnehin bereits auflöste, noch mehr in Unordnung geriet.

»Ich bin gekommen, um Monsieur Cartier nach Paris zu holen. Seine Tochter ist in Gefahr.«

»Lianne!«

Robina wurde kalt. Unbekannte Regungen stürmten auf sie ein, die sie sich selbst nie zugetraut hätte. Im Geiste hörte sie nochmals die Worte ihrer Ältesten.

Gab es je einen Augenblick, in dem Ihr mich gern hattet, Frau Mutter?

Damals hatte sie wahrheitsgemäß geantwortet. Es hatte nur den einen Augenblick gegeben. Nun aber musste sie feststellen, dass das Gefühl zurückgekehrt war, die warme Empfindung, wenn sie an dieses Kind dachte, das unverdient all ihren Hass abbekommen hatte. Sie horchte in sich hinein, ob es ihr allein um Jacquo ging, ob sie für ihn beunruhigt war, doch das war nicht der Fall.

Madame starrte ihr ins Gesicht.

»Ihr seid blass geworden.«

»Ich bin ihre Mutter«, flüsterte sie und wunderte sich, wie bereitwillig sie die Tatsache zugab.

»Um Himmels willen, dann sagt mir schon, wo ich ihren Vater finde!«

»Er ist noch immer auf See, weit fort.« Tränen schossen in Robinas Augen. »Kann ich etwas tun?«

»Das weiß ich nicht. Mehr als ich vermutlich, denn ich bin eine alte Frau. Sie würden mich für verrückt erklären, genau wie das Mädchen. Mein eigener Sohn hat mich eingesperrt. Ihr könntet den Richter vielleicht überzeugen.«

»Dann komme ich mit Euch.«

»Maman, dürfen wir auch mitkommen?«

Robina fuhr zusammen, sie hatte die Anwesenheit ihrer Kinder vollkommen vergessen.

»Das geht nicht, Jean. Lauf schnell zum Haus der Köchin und frage, ob sie für eine Weile bei euch einziehen kann. Sie wird reich entlohnt werden.«

Der Junge schien den Ernst der Lage zu begreifen, denn er murrte nicht, sondern leistete den Anweisungen schweigend Folge. Die Mädchen blieben unbewegt in der Eingangshalle stehen und sahen ängstlich zu ihrer Mutter auf.

Plötzlich beugte sich die fremde Dame zu Agnès hinab und murmelte gedankenverloren: »Dieses Gesichtchen habe ich doch schon einmal gesehen ... Magst du Gebäck?«

Agnès nickte scheu, und Robina beobachtete verwundert, wie die Frau ihrer Jüngsten eine Münze zusteckte.

»Dann kauf dir und deinen Geschwistern etwas Leckeres.«

Robina bat ihre Besucherin, sie zu begleiten, und ging in ihr Zimmer, um das Nötigste zu packen.

»Verzeiht die Frage, Madame, aber wer seid Ihr?«

»Ich bin Charlotte Chemin, Liannes Lehrmeisterin.
Sie lebt seit Wochen in meinem Haus. Sie ist so ein ta-
lentiertes Mädchen.«

Madame schniefte, Tränen traten in die hellen Augen.

»Warum wird meine Tochter für verrückt gehalten?«

»Sie und ihre Dienerin haben zwei Männer mit dem
Messer angegriffen. Einer wird vermutlich sterben,
wenn er nicht bereits tot ist.«

»Wer sind diese Männer?«

»Ein Tuchhändler namens Bellier und Liannes Verehrer Lucien«, erklärte die Dame mit zitternder Stimme.
»Letzterer wurde schwerer verletzt.«

»Bellier?«

»Kennt Ihr ihn?«

Bilder rasten vor Robinas innerem Auge vorbei, sie
sah den steifen jungen Mann, mit dem sie einst verlobt
gewesen war, sah sein hasserfülltes Gesicht, als sie ihm
die Trennung verkündet hatte. Und dann den Geschäftsmann, dem sie das ungewollte Kind übergeben
hatte, in ein Leben voller Leid und Einsamkeit. Sie
schluckte.

»Besser, als Ihr vermuten würdet. Wie kam es dazu,
dass Lianne ihn angriff? Und warum sollte sie Luc verletzen? Sie liebt ihn!«

»Das weiß ich nicht, ich war außer Haus. Als ich zurückkam, lag Monsieur Lavie blutend am Boden, der
arme Junge. Dann erschien auch schon dieser Bellier
mit der Stadtwache und beschuldigte die beiden Mädchen. Sie nahmen sie mit, ich konnte es nicht verhindern.«

»Bellier ist meiner Tochter nicht wohlgesinnt. Gab es
keine ordentliche Verhandlung?«

»Ich wollte den Richter aufsuchen und aussagen, aber mein Sohn hat mich daran gehindert, angeblich aus Sorge. Ich dagegen vermute Bestechung. Er ist ein Tunichtgut, stets ohne Geldmittel, doch er trug feinste neue Kleidung, als er mich und meine Magd im Haus einschloss. Ich habe keine Vorstellung, woher er einen Schlüssel hat. Von mir gewiss nicht! An alles hat er gedacht, sogar die Köchin entlassen.«

»Wie konntet Ihr entkommen?«

»Meine Köchin ist eine kluge Frau. Ich besitze einen Verehrer, von dem mein Sohn keine Ahnung hat. Sie holte ihn zu Hilfe, und er verhalf mir zur Flucht. Er hat außerdem für mich herausgefunden, was aus den Mädchen geworden ist und wo die Familie des armen Jungen lebt. So konnte er einen Boten dorthin auf den Weg schicken. Sie hätten sonst gar nicht von dem Unglück erfahren!«

Auf das Gesicht der älteren Dame legte sich ein so schwärmerischer Ausdruck, wie er üblicherweise nur bei Jungverliebten vorkam. Robina musste lächeln.

»Das klingt nach einem wunderbaren Mann.«

»Oh, das ist er gewiss, doch leider ist er mit einer Hexe von Ehegattin gestraft. Nun ja, da kann man nichts machen.« Sie räusperte sich. »Er brachte mich auf dem Schiff unter, damit ich zu Euch reisen konnte. Euer Gatte hat dieses Haus als seine Adresse hinterlegt, als Lianne zu mir in die Lehre kam.«

Euer Gatte. Robina wurde warm. Wie sehr hatte sie sich einst gewünscht, Jacquos Ehefrau zu werden. Nun war sie es zumindest in den Augen der fremden Dame, und es war ein so erhebendes Gefühl, dass sie hätte jubeln mögen. Dann jedoch besann sie sich auf die Dringlichkeit von Madames Besuch und schloss ihr Reisebündel.

»Ich bin bereit.«

Im selben Augenblick klappte die Haustür, und Margot, die Köchin, ließ ihre kräftige Stimme ertönen.

»Madame Robina, ich bin zur Stelle!«

»Gott sei Dank«, entfuhr es dieser. Sie lief die Treppe hinab und umarmte die Köchin. »Wirst du für meine Kinder sorgen, auch wenn es Wochen dauert?«

Margot machte sich los.

»Selbstverständlich, Madame«, sagte sie ernst. »Ihr habt mir Arbeit gegeben, als ich es nötig hatte.« Sie legte je einen Arm um Agnès und Sophie. »Das schaffen wir schon, nicht wahr, meine Lieben?«

Robina sah, wie vertrauensvoll sich ihre Jüngste an Margot kuschelte, und alle Sorge um die drei Kleinen verflog.

»Jean, pass auf deine Schwestern auf. Seid brav und lernt fleißig. Ich muss mich nun um Lianne kümmern.«

Es waren keine leeren Worte. Robinas Herz war erfüllt von dem Wunsch, ihrer Ältesten beizustehen, endlich eine Mutter für sie zu sein. Mit einem letzten Blick auf die Kinder folgte sie Madame Chemin hinaus.

23

Wieder Paris, wieder eine schreckliche Aufgabe. Die Winterkälte war wärmerer Frühlingsluft gewichen, doch Adelais zitterte am ganzen Leib. Der berittene Bote war in den Speisesaal ihrer Eltern gestürzt, als Paul und sie gerade dort zum Essen gewesen waren, und hatte die furchtbare Nachricht überbracht. Ihre Mutter war augenblicklich in Ohnmacht gefallen und hatte seitdem das Bett nicht mehr verlassen, ihr Vater schien um Jahre gealtert und wich nicht von der Seite seiner Gattin.

Diesmal hatte ihr Ehemann sie nicht bestärkt, die Reise anzutreten, war die Schwangerschaft doch inzwischen so weit fortgeschritten, dass sich Adelais kaum noch zu rühren vermochte. Paul hatte sich jedoch auch nicht gesträubt, als deutlich wurde, dass niemand sonst aus der Familie zu Luc reisen konnte. Wieder hatte er alles rasch in die Wege geleitet, erneut mit seiner ruhigen Anwesenheit die unbequeme Fahrt erträglich gemacht. Auch jetzt war er bei ihr, stützte und hielt sie auf dem schweren Gang zwischen Kutsche und Eingang des *Hôtel-Dieu*. In dieses Krankenhaus war ihr Bruder gebracht worden, und – so Gott wollte – lag er noch immer dort.

Wenn er überlebt hatte.

Die unfassbare Vorstellung, es könnte anders sein, hatte Adelais seit dem Eintreffen des Boten verdrängt, obwohl dieser ihr wenig Hoffnung gemacht hatte. Zwar war er nicht in der Lage gewesen, Einzelheiten zu den Vorfällen zu berichten, hatte jedoch wortreich Lucs schlimmen Zustand beschrieben. Adelais hatte sich zusammengenommen, ihre Aufmerksamkeit auf das Notwendige gerichtet, zunächst das Packen, dann die Reise, und alle anderen Gedanken beiseitegeschoben. Nun jedoch, als sie auf das Krankenhaus zuging, stürmten diese auf sie ein, und sie schluchzte auf.

»Oh, Paul, ich fürchte mich so!«

»Alles ist besser als die Ungewissheit, Liebste. Gleich wirst du es wissen, danach sehen wir weiter.«

Sie traten an die Pförtnerloge, und Paul läutete die Glocke. Eine ältliche Ordensschwester blickte auf.

»Lucien Lavie?«, sprach er die Frau an, da Adelais kein Wort herausbekam.

Die Pförtnerin musste nicht einmal in ihrem Buch blättern. Sie nickte nur, fragte Paul nach seinem Namen und bedeutete den beiden, einzutreten.

»Saal Saint Dionysius«, rief sie ihnen hinterher.

Eine winzige Novizin, die wie ein Kind aussah, nahm sie in Empfang, sobald sie durch das hohe Portal getreten waren. Sie erkundigte sich scheu, was ihr Ziel sei, dann führte sie sie bis zum Ende des Ganges und rechts herum in einen endlos scheinenden Krankensaal.

An langen Reihen von Betten schritten sie vorbei. Adelais biss sich auf die Unterlippe und starrte auf den blitzsauberen Fußboden, bemüht, nur keinen Blick auf die Kranken zu werfen. Manche stöhnten, andere wiederum gaben keinen Laut von sich. Zwischen den Krankenlagern huschten die in Weiß gekleideten Novizinnen umher, angewiesen von den Augustinerschwestern in ihrer dunklen Tracht, schleppten Krüge und Becher, Salben und Tinkturen. Der Geruch nach Kräutern und Krankheit erfüllte die Luft und brachte Adelais zum Würgen. Sie presste sich ihren Ärmel vor die Nase. Die Schwangerschaft machte sie empfindlich, was Ausdünstungen jeglicher Art betraf.

Sie verließen den riesigen Saal, gingen an weiteren Räumen mit Krankenlagern vorbei, bis die Novizin sie erneut in einen hineinführte. Schließlich blieb sie vor einem Bett stehen, und ihre eigenen Befindlichkeiten wurden Adelais plötzlich gleichgültig. Dort lag ihr Bruder, bleich und grau wie das Bettlaken, das Gesicht ausgezehrt, still wie die Statue auf einem Grabmal.

»Oh«, entfuhr es Adelais. »Luc!«

Tränen schossen in ihre Augen. Eine Ordensschwester trat zu ihnen.

»Er schläft einen tiefen Schlaf«, sagte sie leise. »Bereits seit Wochen. Aber er atmet. Und er schluckt, wenn wir ihm Flüssigkeit und Nahrung einflößen. Der Doktor denkt, es besteht Hoffnung.«

»Und was meint Ihr?«, fragte Paul.

»Ich? Ich bin nur eine einfache Krankenschwester, was weiß ich schon?«

»Ihr habt täglich mit ihm zu tun, während der Arzt nur gelegentlich hier auftaucht, nicht wahr? Sagt uns Eure Meinung.«

»Monsieur Lavie macht Fortschritte. In den ersten Tagen war sein Atem sehr flach und rasend schnell, flatternd wie bei einem ängstlichen Vögelchen. Inzwischen geht er ruhiger, tief und regelmäßig. Wenn wir ihm das Gesicht kühlen, verändert sich seine Miene. Ich denke, er wird wieder aufwachen. Er hat nur noch nicht den Weg gefunden. Vielleicht vermögt Ihr, ihn ihm zu weisen.«

Mit diesen Worten wandte sich die Ordensfrau ab und ließ die Familie allein. Adelais wollte eben umständlich auf die Knie gehen, da brachte ihr eine Helferin einen Schemel. Sie setzte sich vorsichtig darauf und tastete unter dem Laken nach der Hand ihres Bruders. Sie war eiskalt.

»Oh, Luc, was tust du nur? Wie konnte all dies geschehen?«

Paul trat hinter seine Frau und streichelte ihren Nacken.

»Er wird es dir erklären. Ich bin sicher, er wacht bald auf. Sing ihm ein Lied aus eurer Kindheit, vielleicht holt es ihn zurück.«

»Ich kann doch jetzt nicht singen!« Adelais schniefte.

»Erzähle mir keine Märchen, Liebste. Du kannst immer singen.«

Adelais lächelte und wischte sich die Tränen ab. Ihr Gatte sprach die Wahrheit. Sie konnte sich nur an wenige Tage ihres Lebens erinnern, an denen sie nicht gesungen hatte. Und so stimmte sie ein Lied an, das Luc stets geliebt hatte, und die leisen Töne wehten durch den riesigen Krankensaal. Es handelte vom Meer und der Sehnsucht, eine sanfte Melodie, traurig und hoffnungsvoll zugleich. Adelais legte all ihr Herz hinein,

wurde lauter und lauter, bis der große Raum erfüllt
war von ihrer Stimme. Die Schwestern verharrten in
ihren Tätigkeiten, und selbst das Stöhnen der Kranken
schien nachzulassen. Kein Laut erklang außer ihrer
Stimme. Sie beendete das Lied, und als hätten die Töne
einen Zauber bewirkt, öffnete Luc plötzlich die Augen
und flüsterte: »Weiter.«

Adelais glaubte, sich verhört zu haben. Dann jedoch
sah sie, dass sich die Mundwinkel ihres Bruders zu einem winzigen Lächeln verzogen. Eine Welle der Erleichterung erfasste sie, und sie presste die Lippen auf
Lucs Hand.

»Aber gern!«, rief sie. »Ich singe hier für den Rest meines Lebens, wenn es dir hilft.«

Sie hob an, ein weiteres Stück aus ihrer Kindheit zu
singen. Die himmelblauen Augen schlossen sich wieder, doch das Lächeln blieb, und Adelais spürte, dass
Luc leicht ihre Hand drückte. Paul ließ sie allein, um
nach dem Doktor zu fragen, und noch ehe das Lied beendet war, stand ein hochgewachsener Arzt neben dem
Bett und klatschte in die Hände.

»Ihr solltet vor Publikum auftreten, Madame. Eure
Stimme ist entzückend. So habt Ihr Euch entschlossen,
uns mit Eurer Anwesenheit zu beehren, Monsieur Lavie? Ich freue mich!«

Der Arzt schlug das Laken zurück und ließ eine der
Novizinnen die Verbände lösen. Adelais sog scharf die
Luft ein, als sie die tiefroten Schnitte in dem weißen
Fleisch von Lucs Bauch sah.

»Oh, kein Grund zur Sorge, werte Frau Sängerin. Die
Wunden heilen prächtig. Nur der Blutverlust war ge-
waltig, was die lange Zeit des Schlafes zur Folge hatte.

Doch nun seid Ihr wieder bei uns, nicht wahr, Monsieur? Und Ihr bleibt, wie ich hoffe?«

Luc öffnete erneut die Augen. Vier Gesichter starrten auf ihn hinab, nur zwei davon erkannte er. Seine Schwester und ihr Gatte trugen eine Mischung aus Furcht und Freude zur Schau, und Luc grübelte, was dies zu bedeuten hatte. Wo war er? Seine Träume waren wirr gewesen, schreiende Stimmen, blitzendes Metall, Licht und Schatten und Schmerz. Noch immer meinte er, sein Kopf und sein Körper würden in Stücke gerissen, so sehr taten sie ihm weh. Doch die stärkste aller Empfindungen war ein brennendes Durstgefühl.

»Wasser?«, versuchte er zu fragen und hoffte, sie hatten ihn gehört. Sogleich wurde ihm ein Becher an die Lippen gesetzt. Es war kein Wasser, sondern verdünnter Wein mit irgendwelchen Kräutern, wenig schmackhaft, aber das Gebräu löschte seinen Durst. Dann überfiel ihn eine lähmende Erschöpfung, er schloss die Augen, fühlte, wie er zugedeckt wurde, hörte noch im Einschlafen, wie seine Schwester ihm eine Frage stellte. Doch es war ihm gleichgültig.

»Was ist geschehen?«

Er antwortete nicht, an seiner Stelle sprach der Arzt.

»Sorgt Euch nicht, er braucht noch viel Ruhe. Aber nun bin ich sicher, dass er das Schlimmste überstanden hat. Er wird leben.«

***

Es ist nicht meine Schuld!

Wieder und wieder hatte sich Java in den vergangenen Wochen diese Worte gesagt, so lange, bis sie sie selbst glaubte. Wie hätte sie auch wissen können, dass diese Verrückte, diese Wilde, solche Dinge mit dem Messer anstellen würde, das sie ihr freundlicherweise überlassen hatte? Sie hatte doch nichts Böses im Sinn gehabt! Nur ein Bild sollte zerstört werden, nur Farbe auf Leinwand. Es sollte doch niemand zu Schaden kommen! Vor allem nicht Luc und ihr Vater. Wenn es die widerwärtige Lianne getroffen hätte – nun, das wäre schon in Ordnung gewesen. Doch Emeni hatte die beiden liebsten Menschen in Javas Leben verletzt, und es geschah ihr recht, dass sie in der Anstalt saß. Sie allein trug die Schuld an den Geschehnissen – oder nein, sie und Lianne trugen die Schuld! Auf keinen Fall aber sie, Java. Niemals!

Nacht für Nacht weinte sie sich die Augen aus um Luc, Tag für Tag verband sie die Wunden ihres Vaters, die nicht heilen wollten. Er konnte den Arm noch immer nicht bewegen, wurde mit jeder Stunde ungnädiger, die seine Behinderung andauerte. Java wünschte sich sogar in die elende Schule zurück, doch ihr Vater ließ sie nicht gehen. Stattdessen musste sie geschäftliche Briefe für ihn schreiben, da er selbst unfähig dazu war, langweiliges Zeug, jeden einzelnen Tag. Viel lieber hätte sie an Lucs Krankenbett gesessen, ihm die Hand gehalten. Vielleicht würde er aufwachen und sich nicht mehr erinnern, was geschehen war. Sie könnte ihm erzählen, sie sei seine Verlobte, und es mochte sein, dass er es glaubte. Dann würde doch noch alles gut!

Vor drei Tagen war es ihr gelungen, ihrem Vater für einige Stunden zu entwischen. Man hatte sie zu Luc gelassen, da sie sich als seine zukünftige Frau ausgab. Er hatte so still in dem schmalen Bett gelegen, als sei er bereits tot. Am Abend hatte sie ihrem Vater davon erzählt, von ihrer Furcht, dass Luc nie wieder erwachte. Lexius Bellier hatte nur gelacht und gemeint, es wäre besser, er würde tatsächlich sterben, ehe er von den Geschehnissen des verhängnisvollen Tages würde erzählen können. Java hatte das Glimmen in den Augen ihres Vaters gesehen und gewusst, er würde dafür sorgen, dass Luc nicht aussagen konnte. Nur deshalb waren sie noch in der Stadt, aus diesem einen Grunde. Lexius Bellier würde alles daransetzen, dass niemand erfuhr, was er an dem Abend mit Lianne vorgehabt hatte.

Die Frauen allein stellten keine Gefahr dar. War jemand erst in die *Salpêtrière* eingewiesen, kam er nicht mehr lebend heraus, sagte man in Paris. Doch wenn Luc erwachte, sich erinnerte und aussagte, wäre ihr Vater ruiniert. Denn dann würde man womöglich auch die Frauen befragen. Bis jetzt galt Lianne durch Belliers Aussage vor dem Richter als Betrügerin. Sollte der Fall jedoch noch einmal geprüft werden, würde gewiss zutage treten, dass es sich anders verhielt. Einem harten, erfolgreichen Geschäftsmann ließ die Gesellschaft einiges durchgehen, sogar Handgreiflichkeiten und derbe Annäherungsversuche gegenüber Untergebenen. Doch die Vergewaltigung und den Mordversuch an der jungen Tochter eines Mannes, der Beziehungen zum Königshof unterhielt, auf keinen Fall.

Wie hatte all dies nur geschehen können? Wäre die verfluchte Lianne nur nicht zurückgekehrt! Java hoffte, sie würde noch lange in den Kellern des Irrenhauses dahinsiechen in dem Bewusstsein, Luc auf dem Gewissen zu haben.

Java grübelte, wie sie es anstellen konnte, Luc vor den üblen Plänen ihres Vaters zu bewahren, ohne selbst in die Gefahr zu geraten, sich seine Wut zuzuziehen. Sie musste es als Erste erfahren, wenn Luc aufwachte, und ihm erklären, dass er keinesfalls aussagen durfte. Sie würde ihm ein Märchen auftischen, dass Lianne und Emeni tot waren, und dann würde sie ihn trösten. Wenn er sich überhaupt erinnerte. Vielleicht hatte sie Glück und er wusste nichts mehr von den Ereignissen. Wie auch immer, sie musste von nun an versuchen, täglich nach Luc zu sehen.

»Herr Vater? Ich habe die Briefe nun fertig. Sagt, darf ich sie zur Post bringen? Ich würde mir so gern wieder einmal die Beine vertreten.«

»Damit du dich auf Abwege begeben kannst wie vor drei Tagen? Sicher nicht. Ich brauche nicht noch mehr von deinen dummen Ideen bezüglich Monsieur Lavie. Außerdem bevorzuge ich die Versendung von Korrespondenz durch Boten. Dieses neuartige Postbüro sagt mir nicht zu. Wer weiß, wer dort meine Briefe liest, bevor sie zugestellt werden.«

»Aber es ist viel kostengünstiger, und Eure Schreiben können nicht gelesen werden, ohne das Siegel zu brechen. Versucht es doch einmal mit dem Postbüro. Die Zeiten ändern sich!«

»Nennst du mich etwa rückständig?«

»Nein, Herr Vater.« Java setzte ihren besonderen Augenaufschlag ein, mit dem sie gewöhnlich Erfolg hatte.

»Ich gebe nur zu bedenken, dass Neuerungen es wert sind, einmal erprobt zu werden.«

»Und du wirst gewiss nicht ins Krankenhaus eilen, um dort von meinen Absichten zu berichten?«

»Niemals würde ich Euch so hintergehen!«

»Daran tust du auch gut. Also schön, nimm die Briefe und geh. Aber sei zum Essen zurück.«

Java ergriff ihren Umhang und die Schriftstücke.

»Bis später, Herr Vater.«

Erst als sie die Straße erreicht hatte, rannte sie los. Auf dem Weg zum Postamt lief sie durch die Gasse, in der sich Lucs Kontor befand. Sie spähte in das Fenster, auf dem schmutzige Wassertropfen festgetrocknet waren. Kalt und leer wirkte der Raum mit dem klobigen Schreibtisch, die seit Wochen unberührten Geschäftsbücher lagen säuberlich aufgestapelt darauf. Der Anblick versetzte Java einen Stich. Warum hatte sich der törichte Mann nur wieder auf Lianne eingelassen? Hatte er nicht erkannt, dass sie, Java, die bessere Wahl gewesen wäre? Gemeinsam hätten ihre Familien alles erreichen können. Nun waren diese Pläne in weite Ferne gerückt. Aufgeben jedoch konnte und wollte Java sie nicht. Rasch lieferte sie die Briefe im Postbüro in der *Rue des Bourdonnais* ab. Dann rannte sie hinunter zum Fluss, über die Neue Brücke auf die *Île de la Cité* und immer weiter, bis das Krankenhaus vor ihr auftauchte. Sie stürmte auf die Pförtnerloge zu und schlug gegen das Fenster.

»Ich möchte zu Lucien Lavie.«

Die Pförtnerin sah auf.

»Der junge Mann ist aber begehrt heute. Wer seid Ihr?«

»Ihr kennt mich doch, ich kam bereits vor drei Tagen. Ich bin seine Verlobte.«

Die Ordensfrau wollte eben antworten, da ertönte eine laute, klangvolle Stimme.

»Das Mädchen lügt!«

Java fuhr herum und fand sich einer höchst schwangeren Frau gegenüber, deren rundliches Gesicht ihr vage bekannt vorkam, obwohl sie sicher war, die Dame noch nie gesehen zu haben. Dann begriff Java. Diese Augen! Sie waren von demselben Himmelblau wie Lucs.

»Wer bist du, dass du dich als die Verlobte meines Bruders ausgibst? Er hat nämlich keine.«

»Sie nennt sich Java Bellier«, sagte die Pförtnerin. »Jedenfalls hat sie das vor drei Tagen getan.«

Die Frau wies auf das Buch, in das sie alle Besucher eintrug.

»Java Bellier, soso.«

Die stämmige Dame trat einen Schritt näher, gefolgt von einem Mann, der sie an Größe und Gewaltigkeit noch übertraf. Sie lächelte der Pförtnerin freundlich zu, dann schnellte ihre Hand hervor, mit einer Geschwindigkeit, die Java vollkommen überraschte. Sie fühlte sich am Haar gepackt und mitgerissen, hinter die nächste Hausecke. Dort wurde sie gegen die Mauer gepresst. Das Gesicht mit den Augen, die Lucs so ähnelten, befand sich nur einen Fingerbreit von ihrem entfernt, der schwangere Bauch drückte ihr die Luft ab.

Adelais sah die Furcht in der Miene des Mädchens, doch sie berührte sie nicht.

»Du wirst mir jetzt sagen, was hier geschehen ist und warum du Unwahrheiten erzählst.«

»Lasst mich los, sonst schreie ich!«

Adelais hielt noch immer das blonde Haar in der Hand. Nun zog sie heftig daran.

»Au!«

»Das mit dem Geschrei lässt du schön bleiben. Los doch, sag jetzt die Wahrheit!«

Die Sorge um Luc, die langen Tage der Anspannung auf der Reise und ihre durch die Schwangerschaft ohnehin verwirrte Gefühlswelt brachten Adelais dazu, sich vollkommen anders zu verhalten, als es gewöhnlich ihre Art war. Sie schüttelte und bedrohte das dumme kleine Mädchen, bis dieses wie eine Quelle sprudelte, ihr alles sagte, was sie wissen musste. Paul schirmte sie während der wenig gepflegten Unterhaltung von den Augen der Öffentlichkeit ab, und bereits nach kurzer Zeit wusste Adelais, was sich zugetragen hatte und wo sich Lianne und ihre Magd befanden. Sie stieß Java Bellier von sich, die augenblicklich davonrannte. Dann schnaufte sie und lehnte ihren Kopf erschöpft an Pauls Brust.

»So, das hätten wir.«

Sie spürte sein Lachen mehr, als dass sie es hörte.

»Du bist unglaublich, Weib. Lass uns gehen, ehe noch die Stadtpolizei auftaucht. Wir suchen uns eine Unterkunft, damit du dich ausruhen kannst. Ich werde derweil herausfinden, bei welchem Richter wir vorsprechen müssen, um Liannes Entlassung zu erwirken.«

»Du glaubst doch nicht, dass sie Luc absichtlich verletzt hat?«

»Natürlich nicht. Das Mädchen hat doch gesagt, dass es die Magd war. Es wird sich alles aufklären, Liebste.«

Tränen der Wut und der Verzweiflung strömten noch über Javas Wangen, als sie ihr Wohnhaus längst erreicht hatte. Sie wagte nicht, ihrem Vater in diesem Zustand unter die Augen zu treten, und so zog sie die Kapuze tief ins Gesicht und hockte sich an der Hauswand nieder.

Sie fühlte sich unglaublich dumm. Warum hatte sie Lucs Schwester alles gesagt? Hätte sie doch nur den Mund gehalten! Aber die grässliche, fette Frau hatte so furchterregend ausgesehen. Todesangst war in Java aufgestiegen, musste sie doch befürchten, im nächsten Augenblick im Fluss zu landen, wenn sie schwieg. Nun jedoch, da sie der Bedrohung entkommen war, wurde ihr klar, dass ihr niemals Gefahr gedroht hatte. Kein schwangeres Weib würde riskieren, ein Kind im Zuchthaus zur Welt bringen zu müssen.

Aber sie hatte sie an den Haaren gezogen und geschlagen! Noch nie hatte Java solche Schmerzen und so tiefe Furcht erlitten, nur deshalb war sie schwach geworden. Nun ärgerte sie sich maßlos über ihre eigene Zimperlichkeit. Sie hatte verraten, dass Liannes Dienstmagd das Messer geführt und Luc verletzt hatte. Immerhin war ihr eingefallen, die Anwesenheit ihres Vaters zu verschweigen. Dafür hatte sie aber den Aufenthaltsort der beiden Frauen ausgeplaudert. Nun konnte sie nur hoffen, dass Lucs Schwester es nicht fertigbrachte, ihre Freilassung durchzusetzen.

Java atmete tief ein und versuchte, sich zu beruhigen. Sie musste ihren Vater warnen, dass diese Möglichkeit bestand, ihm berichten, was sich zugetragen hatte. Natürlich würde sie lügen müssen. Sie würde angeben, auf dem Weg vom Postamt nach Hause in der Nähe von Lucs Kontor von dessen Familie angegriffen und verhört worden zu sein. Sie musste behaupten, dass Lucs Vater dabei gewesen war, da nur er Java kannte. Den restlichen Teil der Geschichte aber konnte sie genau so erzählen, wie er geschehen war. Man hatte sie bedroht und verletzt. Das würde ihrem Vater schon genug Mitleid entlocken, um ihr nicht gram zu sein, dass sie sich verplappert hatte. Immerhin hätte Lucs Schwester auch von jemand anderem erfahren können, wo sich Lianne befand. Das hieß noch längst nicht, dass man sie ohne Lucs Aussage freilassen würde.

Java stand auf, straffte die Schultern und trat ihren Büßergang an. Nachdem sie alles berichtet hatte und froh war, dass ihr Vater den rechten Arm nicht benutzen konnte – die Ohrfeige mit der Linken war erträglich ausgefallen –, wartete sie gespannt, was er tun würde. Nach einer ganzen Weile, in der sein Gesicht in grüblerische Falten gelegt war, erhob er sich bedächtig, warf sich mit der gesunden Hand den Umhang über und ging zur Tür.

»Was habt Ihr vor, Herr Vater?«

»Ich werde Vorkehrungen dafür treffen, dass Lucien Lavie keinesfalls wieder aufwacht. Sollte sich wirklich alles gegen mich verschwören und die elende Magd aussagen dürfen, kann ich es mir nicht erlauben, dass auch er zu Wort kommt. Es wird ohnehin schwer genug werden, meinen guten Ruf zu bewahren.«

Java wurde eiskalt.

»Aber Herr Vater!«

Er sah sie scharf an.

»Glaubtest du wirklich noch immer an eine Zukunft mit dem Kerl?« Er lachte auf. »Dann bist du dümmer, als ich dachte.«

Damit wandte er sich ab und verschwand. Java ballte die Fäuste. Luc sollte sterben und Lianne nicht? Das würde sie keinesfalls zulassen! Und wenn sie sie mit ihren eigenen Händen erwürgen musste!

24

Paul hatte rasch Erfolg damit gehabt, den Richter ausfindig zu machen, der über Liannes und Emenis Einweisung entschieden hatte. Bereits am übernächsten Tag bekamen sie die Gelegenheit, dort vorzusprechen. Zuvor hatte Adelais erneut Luc aufgesucht und sich davon überzeugt, dass er tatsächlich wieder bei Bewusstsein war. Zwar war noch keine Unterhaltung möglich gewesen, doch einige Worte hatte er schon sprechen können.

Vor allem hatte Luc nach Lianne gefragt. Adelais hatte es nicht fertiggebracht, ihm die Wahrheit zu sagen, und glücklicherweise war er bald eingeschlafen. Darum hoffte und betete sie, ihm bei ihrem nächsten Besuch eine freudige Nachricht überbringen zu können.

Zahlreiche Menschen hatten sich vor der Amtsstube des Richters versammelt, um an diesem für Gesuche üblichen Wochentag ihre Bitten oder Beschwerden vorzubringen. Wie groß war ihre Überraschung, als sie im Warteraum auf zwei Damen trafen, die ebenfalls für Lianne aussagen wollten. Sie standen nah am Fenster in einer Ecke des Zimmers und unterhielten sich leise. Adelais hatte sich eben schwerfällig auf einem Stuhl in der Nähe niedergelassen, als sie das Gespräch der beiden vernahm.

»Ich bin so aufgeregt, Madame Chemin. Denkt Ihr, wir werden Erfolg haben?«

»Zumindest werden wir alles dafür tun, die Freilassung Eurer Tochter zu erwirken. Lianne ist so ein reizendes Mädchen.« Die Ältere tätschelte der schwarzhaarigen Frau die Hand. »Seid unbesorgt, liebe Robina.«

»Verzeiht, meine Damen«, rief Adelais und bemühte sich, das Ziehen in ihrem Leib nicht zu beachten. »Ihr sprecht von Lianne Cartier, nehme ich an? Wir sind ebenfalls hier, um für sie auszusagen.«

Die beiden Frauen traten näher und musterten sie interessiert.

»Ich bin Adelais Durand, Luciens Schwester. Dies ist mein Gatte Paul. Darf ich fragen, wer Ihr seid?«

»Wir sind Liannes Lehrherrin und ihre Mutter«, antwortete die ältere Dame. »Es freut uns sehr, dass Ihr Euch ebenfalls hier eingefunden habt. Das bedeutet, mein Bote hat gute Arbeit geleistet. Sagt, ist Euer Bruder am Leben?«

Adelais nickte und hob zu einer Antwort an, da ertönte die näselnde Stimme eines Dieners.

»In der Sache Lianne Cartier bitte eintreten!«

Paul half Adelais vom Stuhl auf, dann betraten sie zu viert die Amtsstube. Hinter einem Schreibtisch, der erhöht auf einem Podest stand, saß ein betagter Mann mit weißer Lockenperücke und studierte ein vor ihm liegendes Blatt Papier.

»Zunächst die Mutter.«

Robina straffte die Schultern.

Was habe ich alles schon erlebt und durchgestanden. Es gibt keinen Grund, mich klein zu fühlen!

Aufrecht trat sie vor den Richtertisch.

»Nennt Euren Namen.«

»Robina Cartier«, log sie ohne Zögern.

»Was habt Ihr vorzubringen?«

»Es ist unrecht, dass meine Tochter Lianne für wahnsinnig erklärt wurde. Das ist sie nicht.«

»Alles sprach dafür«, sagte der Richter ruhig. »Ich konnte keine andere Entscheidung treffen.«

»Die Aussage Belliers sprach dafür. Was noch?«

»Das Verhalten der Damen bei der Untersuchung durch den Arzt.«

»Dabei handelt es sich gewiss um eine schwierige Situation, besonders nach den Ereignissen der Nacht. Meint Ihr nicht?«

Der Richter runzelte die Stirn. Robina hoffte, dass sie nicht zu unhöflich gesprochen hatte, doch der alte Mann überging ihre Worte.

»Ihr scheint die Aussage des Kaufmanns Bellier anzuzweifeln, wie ich Eurem Tonfall entnehme. Was habt Ihr gegen ihn?«

»Die Frage ist, was er gegen mich hat – und damit gegen meine Tochter.«

»Er gab an, sie sei seine entlaufene Dienerin.«

»Das war sie. Durch unglückliche Umstände wurde sie dazu. Doch das ist längst vorbei. Ihr Vater ist nach langer Abwesenheit nach Frankreich zurückgekehrt und hat sich ihrer angenommen.«

Robina war froh, dass Jacquo ihr alles erzählt hatte, was in Paris geschehen war, als er sie vor seiner Reise aufsuchte.

»Mein Gatte ist gut bekannt mit unserem geschätzten König. Dieser selbst hat Lianne in die Lehre bei Madame Chemin empfohlen. Ihr mögt gern bei Hofe nachfragen.«

Der Richter sah nicht aus, als verspüre er dazu große Lust.

»Wenn Ihr schon von Madame Chemin sprecht, machen wir mit ihr weiter. Vielen Dank, Madame Cartier.«

Die Lehrmeisterin trat vor und nahm Robinas Platz ein.

»Charlotte Chemin«, sagte sie laut, bevor sie aufgefordert wurde. »In meinem Hause trugen sich die Ereignisse zu. Ich bin sicher, es gibt eine Erklärung für die Handlungsweise der beiden Mädchen. Man hätte sie anhören müssen, ebenso wie mich! Doch mein eigener Sohn hat mich eingesperrt, sonst hätte ich längst ausgesagt. Ich selbst war auf dem Fest in Versailles anwesend. Es steht außer Frage, dass Lianne Cartier genau die ist, für die sie sich ausgibt, auch wenn Bellier das Gegenteil behauptet. Dieser Mann lügt, sobald er den Mund öffnet. Er wollte seine grässliche Tochter mit Monsieur Lavie verheiraten, doch der war – ist! – meiner Lianne zugetan. Möchtet Ihr sonst noch etwas von mir wissen?«

Der Richter musste sich ein Lächeln verbeißen, doch seine Mundwinkel zuckten.

»Danke, Madame Chemin. Ich habe keine Fragen. Die Eheleute Durand bitte.«

Adelais stützte sich auf Pauls Arm, als sie beide vortraten. Das Reißen in ihrem Leib wurde stärker, doch sie bemühte sich, es sich nicht anmerken zu lassen.

»Ihr wollt tatsächlich für Mademoiselle Cartier aussagen, obwohl Euer Bruder der Leidtragende ihres Verhaltens ist?«

»Aber natürlich. Ich vertraue Lianne vollkommen. Wie Madame Chemin bereits ausführte, gibt es mit Sicherheit eine Erklärung für die Vorkommnisse.«

»Dann zürnt Ihr ihr nicht?«

»Nein. Ich liebe sie wie eine Schwester. Mein Bruder ist gestern aus seinem tiefen Schlaf erwacht, und sie war die Erste, nach der er fragte. Es ist unmöglich, dass sie eine Schuld trifft.«

Der Richter nickte bedächtig und schrieb etwas auf sein Papier. Dann blickte er auf.

»War es das?«

»Eine Sache noch«, sagte Adelais schnell. »Mein Bruder ist noch schwach, jedoch wieder bei Bewusstsein. Er möchte gewiss ebenfalls Angaben machen, wie es zu seiner Verletzung kam. Er dürfte bald dazu fähig sein, und ich bitte Euch, ihn in den nächsten Tagen im *Hôtel-Dieu* aufzusuchen.«

»Nun, das ist unüblich. Doch in diesem Falle scheint es mir vonnöten.« Er räusperte sich. »Somit erkläre ich hier und heute für Recht, dass die Aussage von Monsieur Lavie am morgigen Tage aufgenommen wird und – sollte sie wohlwollend ausfallen – Lianne Cartier umgehend entlassen wird.«

Adelais' Knie wurden vor Erleichterung weich. Sie musste sich noch stärker auf Paul stützen, um nicht zu fallen. Kaum hatten sie die Amtsstube verlassen, fuhr ein so heftiger Krampf in ihren Leib, dass sie aufschrie. Sie hatte das Gefühl, zerrissen zu werden. Sie krümmte sich und hielt sich den Bauch. Wie durch dichten Nebel hörte sie ihren Ehemann.

»Was ist dir, Liebste?«

»Ich glaube, das Kind kommt«, antwortete Liannes Mutter an ihrer Stelle, denn sie konnte nicht sprechen. Nach einer Ewigkeit ebbte der Schmerz ab, und Adelais richtete sich vorsichtig auf.

»Bring mich fort von hier«, stöhnte sie. »Ich möchte nicht vor all diesen Leuten niederkommen.«

Paul und Robina hielten sie aufrecht, während Madame Chemin ihnen den Weg durch die Wartenden und dann, auf der Straße, durch die vorübereilenden Menschen bahnte. Sie herrschte einen Jungen an, ihr umgehend eine Kutsche zu beschaffen, und schon nach kurzer Zeit war die kleine Gruppe unterwegs ins *Hôtel-Dieu*.

***

Immer, wenn der Schlaf Luc kurz aus seinen betäubenden Fängen ließ, stürmten die Erinnerungen an die Ereignisse um seine Verletzung auf ihn ein. Und in seinem Kopf formte sich die eine Frage, die wichtigste von allen, und bisher hatte ihm niemand eine Antwort gegeben:

Was war mit Lianne geschehen?

Er wollte schreien, aufspringen, nach ihr suchen, aber sein verfluchter, schwacher Körper hinderte ihn daran, auch nur laut zu sprechen. Warum war Adelais nicht an seiner Seite geblieben? Er besaß wenig Zeitgefühl, doch eine Nacht war zumindest vergangen, seit sie bei ihm gewesen war. Selbst sie war ihm ausgewichen und bis jetzt nicht zurückgekehrt. War die Wirklichkeit zu schrecklich, als dass man sie ihm sagen konnte? Hatte er Lianne endgültig verloren? Was hatte Bellier mit ihr angestellt?

Wut und Verzweiflung überfielen ihn, und dieses Mal kam der gnädige Schlaf nicht zurück. Er versuchte, sich auf die Seite zu drehen, wollte die Aufmerksamkeit der weißen Helferinnen erregen. Der einzige Laut jedoch, der sich seinem Mund entrang, war ein Stöhnen, die einzige Bewegung ein leichtes Wenden des Kopfes.

Er brauchte eine Antwort, sofort! Was sollte er nur tun?

Da trat ein Mann an sein Bett. Luc hatte ihn noch nie gesehen, doch es war ihm gleichgültig.

»Monsieur ...«

Das Gesicht des Mannes kam näher, so als wolle er Lucs leise Worte besser verstehen. Eben wollte er anfangen zu sprechen, seine Bitte vorbringen, da beugte sich der Fremde mit dem gesamten Oberkörper über ihn. Eine Hand glitt unter seinen Kopf, zog langsam das Kissen heraus – und drückte es auf Lucs Gesicht. Erschrocken atmete er ein, doch es drang keine Luft in seinen Körper, nur der durchdringende Geruch der Seife, mit der die Schwestern das Bettzeug reinigten. Luc versuchte verzweifelt, die Hände zu heben, sich gegen den Angreifer zu wehren, doch es gelang ihm nicht. Jede Bewegung verursachte ein höllisches Reißen in seinem Bauch. Er fühlte sich, als platzten all seine Wunden wieder auf.

Dann fühlte er nichts mehr.

Lianne, war sein letzter Gedanke. *Vergiss nie, dass ich dich liebe.*

***

Das Leben wich aus uns, aus Emeni ebenso wie aus mir, obwohl ihr Bauch wuchs. Das Kind schien das einzig Lebendige in diesem Raum zu sein. Ich bemerkte Emenis Zusammenzucken, wenn es sie trat, und in der letzten Zeit fuhren ihre Hände häufig an ihren Leib und sie verzog das Gesicht. Fast neidete ich ihr die Schmerzen, denn sie waren immerhin ein Gefühl. Ich hatte keine Gefühle mehr.

Die Tage zogen sich endlos dahin, nur unterbrochen von der Übergabe des Essens und dem Ausleeren des Eimers durch die Mägde. Wir sprachen wenig, alle Worte waren längst gesagt, alle Geschichten erzählt, alle Geheimnisse ausgetauscht. Die Wut aufeinander war durch die Gefangenschaft ebenso erstickt worden wie die Freundschaft.

Anfangs waren wir wie eingesperrte Tiere im Verlies auf und ab gelaufen, nun hatten wir nicht einmal mehr dazu die Kraft. Von unserem Lager erhoben wir uns so gut wie nie, wir aßen die geschmacklosen Mahlzeiten mit einer Gleichgültigkeit, die davon zeugte, dass wir uns beide bereits aufgegeben hatten.

Emeni wurde alle paar Tage abgeholt. Die ersten Male hatte sie sich gewehrt, musste fortgeschleppt werden, war nach Stunden tränenüberströmt zurückgekehrt und hatte berichtet, dass sie wieder angestarrt, angefasst, ausgemessen worden war. Inzwischen ließ sie die Prozedur schweigend über sich ergehen, folgte willenlos den Mägden und sprach kein Wort, wenn sie wiederkehrte. Ich wurde gar nicht erst geholt, anscheinend war ich zu uninteressant. Ich fragte mich, warum sie sich überhaupt bemühten, mich am Leben zu halten. Als sie bemerkten, dass ich nicht mehr aß, kamen sie zu dritt, hielten mich fest und zwangen den Brei in meinen Mund. Ich war sogar zu schwach, ihn den Mägden ins Gesicht zu spucken.

Meine Gedanken kreisten um Luc, dessen einziges Vergehen gewesen war, mich zu lieben und beschützen zu wollen. Warum musste es ihn treffen? Warum hatte Emeni nicht Bellier getötet? Er hätte es verdient gehabt. Nicht Luc.

Ich hatte keine Tränen mehr, die ich um ihn weinen konnte, um unsere verlorene Zukunft. Das Leben außerhalb dieser Mauern ging weiter, doch ich konnte es mir nicht mehr vorstellen. Anfangs hatte ich gehofft, mein Vater würde wieder erscheinen und mich retten, hatte mir ausgemalt, wie er die Tür eintreten und uns befreien würde. Dieses Glück jedoch stand mir kein zweites Mal zu. Und mittlerweile vermochte ich mich kaum noch zu erinnern, wie mein Leben gewesen war.

Manchmal glaubte ich, alles nur geträumt zu haben, was ich für wahr gehalten hatte. Gab es meine Geschwister wirklich, meinen Vater? Vielleicht hatte ich mir alles nur eingebildet, die Reise, Bellier, Luc, mein ganzes Dasein. War ich längst tot und in der Hölle? Schlimmer konnte diese gewiss nicht sein.

Die Augenblicke, in denen ich an meiner Existenz auf Gottes Erde zweifelte, wurden mit dem Fortschreiten der Gefangenschaft häufiger. Sie wechselten sich ab mit den Zeiten, in denen ich vollkommen klar sah. Diese waren nicht leichter zu ertragen, denn meine Schuld an den Ereignissen war unleugbar. Ich hatte

Luc auf dem Gewissen. Auch Emenis verzweifelte Situation lag in meiner Verantwortlichkeit. Wäre ich noch zu solch heftigen Gefühlen fähig gewesen, hätte ich mich selbst gehasst. Doch nicht einmal dazu hatte ich mehr die Kraft.

***

Es war noch nicht vorbei.

In dem Augenblick, in dem der Druck auf seinen Körper nachließ und wieder Luft hineinströmte, kehrten mit seinem Bewusstsein auch die Schmerzen zurück. Zu ihnen gesellte sich ein heftiges Brennen in seiner Brust, jeder Atemzug wurde zur Qual.

Wie durch Nebel hörte Luc laute, durcheinander gerufene Worte, aus denen sich die Stimme eines älteren Mannes hervorhob.

»Warum habt Ihr das getan?«

Luc war verwundert, dass ihn die Antwort interessierte, dass ihn überhaupt noch etwas berühren konnte, während er sich fühlte, als würde sein Körper in Stücke gerissen. Doch er wollte wissen, wer ihn tot zu sehen wünschte. Er öffnete die Augen. Nach einem kurzen Blick auf einen alten Mann in Richterrobe, dessen zwei Helfer den Unbekannten in festem Griff hielten, trat jedoch eine stämmige Nonne in sein Blickfeld.

»Was soll ich nur mit Euch machen, Monsieur Lavie?«, fragte sie streng, zog die Decke von ihm und starrte kopfschüttelnd auf ihn herab. »So mühsam hat der Chirurg Euch zusammengeflickt, und nun sind die schönen Nähte wieder aufgeplatzt. Zum Glück blutet es nur ein wenig.« Sie tupfte mit einem feuchten Tuch an

366

ihm herum, und der Schmerz wurde noch heftiger. Er
gab jedoch keinen Laut von sich, um die Unterhaltung
der Herren, wenn er sie schon nicht sehen konnte, zumindest mit anhören zu können.

»Jemand bot mir Geld.«

»Wer?«

»Ein Kaufmann. Vor drei Tagen fing er mich vor dem
Eingang des Hospitals ab und versprach mir eine hohe
Geldsumme dafür, den da zum Schweigen zu bringen.«

»Hat er das mit diesen Worten gesagt?«

»Ja. Ich wollte natürlich wissen, warum ich einen
Menschen töten soll, darum habe ich nachgefragt. Er
sagte, der Mann dürfe keine Aussage machen.«

»Nun wird mir einiges klar. Zumindest bin ich sicher,
wer jener Händler ist. Aus welchem Grunde lasst Ihr
Euch zu einem Mord bestechen? Habt Ihr kein Ehrge-
fühl?«

»Mein Weib liegt seit fünf Tagen hier im Krankenhaus in den Wehen und wird immer schwächer. Wenn
das Kind je lebend herauskommt, sagen die Schwestern, müssen die beiden lange aufgepäppelt werden.
Ich bin ein armer Mann und auf die Hilfe meiner Frau
angewiesen. Wenn sie ausfällt, weiß ich nicht, wovon
wir leben sollen!«

»Habt Ihr das Geld schon erhalten?«

»Nein. Er wartet in der Kathedrale auf mich. Wenn
ich Erfolg melde, bekomme ich den Lohn.«

»Lohn für einen Mord in der Kathedrale auszuzahlen,
ist der Gipfel der Gottlosigkeit!« Der Richter schnaubte.
»Ihr werdet uns helfen, den Kerl festzusetzen. Wenn es
gelingt, werde ich mich dazu durchringen, Milde mit

Euch walten zu lassen. Schwester, wie geht es Monsieur Lavie? Hat er den Anschlag überstanden?«

»Ja, und er ist auch schon wieder bei Sinnen. Der Arzt wird ihn erneut nähen müssen, doch sein Herz schlägt kräftig.«

»Das ist gut. Nun, seine Aussage wird warten müssen, zunächst haben wir einen Mörder zu stellen, dann komme ich zurück. Die wenigen Stunden Verzögerung bis zu ihrer Freilassung wird Mademoiselle Cartier nun auch noch überstehen.«

Die Schritte entfernten sich. Erst als sie verklungen waren, drangen die letzten Worte des Richters in Lucs Bewusstsein, und das Glücksgefühl, das ihn durchströmte, verdrängte allen Schmerz.

***

Java war ihrem Vater gefolgt, obwohl er es ihr verboten hatte. Sie wusste selbst nicht, was sie zu tun gedachte, doch sie wollte keinesfalls in der Wohnung sitzen und abwarten. Ihr Inneres war ein einziges Durcheinander aus Hass, Verzweiflung und Ratlosigkeit. Sie mochte sich nicht mit dem Gedanken abfinden, dass ihr Vater Luc töten lassen würde, doch sie hatte keine Ahnung, wie sie es verhindern sollte.

Verwirrt beobachtete sie, wie ihr Vater durch das mittlere Portal in die Kathedrale trat. Kirchgänge waren sonst nicht seine Art. Sie wagte nicht, ihm zu folgen, also lehnte sie sich draußen an die Mauer und wartete. Von dort aus würde sie sehen, wenn er wieder herauskam. Gleichzeitig konnte sie den Eingang des *Hôtel-Dieu* im Auge behalten. Unruhig trippelte sie von einem

Fuß auf den anderen. Je länger es dauerte, dass nichts geschah, desto rastloser wurde sie. Ihre Gedanken wirbelten. Um sich zu beruhigen, verlegte sich Java darauf, die Kirchgänger zu mustern, die an ihr vorbei in die Kathedrale gingen. Es waren nicht viele, die außerhalb der Gottesdienstzeiten kamen. Zunächst beobachtete sie drei vergnügte Ordensschwestern, die eiligen Schrittes ankamen, kurz vor dem Portal ihr Rempeln und Kichern einstellten und ernste, beinahe feierliche Mienen aufsetzten. Ihnen folgte ein junges Paar. Der Ehemann trug im linken Arm einen winzigen Säugling, mit dem anderen hielt er seine Frau umfasst, die glückselig zu ihm aufsah. Java wurde übel bei so viel zur Schau getragener Zuneigung. Rasch richtete sie ihren Blick auf den nächsten Passanten. Es handelte sich um einen Mann, dessen bleiches Gesicht Sorgenfalten aufwies – und noch etwas anderes, das Java nicht deuten konnte. Er schien angespannt, ging aber langsam und gebeugt. Vor dem Portal hielt er für einen Augenblick inne, tat einen tiefen Atemzug und trat ein. Kurze Zeit nach ihm erschienen zwei Männer, die sich jedoch nicht in die Kathedrale begaben, sondern rechts und links der Eingangstür stehen blieben. Ein älterer Herr in langer schwarzer Robe verharrte im Hintergrund, gehörte aber offensichtlich zu den beiden, denn ihre Blicke suchten einander. Aus dem Augenwinkel sah Java noch, dass einige Männer der Stadtpolizei über den Vorplatz auf die Kathedrale zukamen. Ihre Aufmerksamkeit galt jedoch ihrem Vater, der nun aus der Kirche trat.

Plötzlich ging alles sehr schnell. Hinter Lexius Bellier kam der sorgengesichtige Mann aus der Tür und gestikulierte wild. Die beiden rechts und links Postierten sprangen hervor. Java glaubte, sie wollten den Fremden ergreifen, doch stattdessen packte jeder einen Arm ihres Vaters. Dieser brüllte vor Schmerzen auf, als ihm sein verletzter Arm auf den Rücken gedreht wurde, trat um sich und traf einen der Angreifer am Knie. Der Mann sackte zusammen und ließ los, der andere aber hielt Bellier weiterhin in eisernem Griff. Er hatte jedoch seine gesunde Hand frei, fasste an seinen Gürtel und zog ein Messer hervor. Da nahten schon die Stadtpolizisten.

Java sah, dass ihr Vater zustechen wollte, und sprang auf ihn zu.

»Herr Vater, nicht!«, kreischte sie voller Furcht vor den Konsequenzen, die ein solches Tun haben würde.

Sie wollte den Arm mit dem Messer packen, sah ihrem Vater dabei ins Gesicht und erkannte ein Aufblitzen in seinen Augen, das ihr Angst machte. Schon riss er sie an seine Brust, und sie fühlte das kalte Metall der Klinge an ihrer Kehle.

»Schluss jetzt!«, brüllte Bellier. »Oder ich steche sie ab.«

»Aber Herr Vater ...«, stammelte Java.

»Halt den Mund!«

Es schien Java, als bliebe die Zeit stehen. Sie nahm noch wahr, was um sie herum geschah, doch ihr Geist vermochte es nicht zu erfassen. Es musste ein entsetzlicher Traum sein, in dem sie sich befand. Das war die einzige Erklärung, warum ihr geliebter Vater ihr hart das Knie in den Rücken stieß und sie vorwärtstrieb. Die

Ordnungshüter, die sie umkreist hatten, wichen vor ihnen zurück.

»Macht Euch nicht unglücklich, Monsieur!«, rief der alte Mann in der schwarzen Robe. »Gebt das Mädchen frei.«

»Ihr seid der Einzige, der sich unglücklich macht, Euer Ehren, wenn Ihr dieses Kind auf dem Gewissen habt. Also pfeift Eure Wachhunde zurück und lasst mich ziehen!«

Als der Richter einen Schritt näher kam, spürte Java plötzlich einen brennenden Schmerz am Hals. Auf das alte Gesicht trat ein erschrockener Ausdruck.

»Schon gut.« Der Richter hob die Hände. »Lasst ihn gehen. Wir kennen seinen Namen und seinen Wohnort.«

Es musste ein Traum sein. Ihr Vater hätte sie niemals in Wirklichkeit absichtlich verletzt! Java wusste, dass er in mancher Hinsicht grausam war, aber nicht ihr gegenüber. Doch waren die Geschehnisse zu leugnen? Der Schmerz war wahrhaftig, ebenso das warme Rinnsal, das ihren Hals hinablief.

Es war zu viel. Eben noch die behütete Tochter, beinahe verlobt mit dem Mann ihres Herzens, nun die Geisel des eigenen Vaters, der bereit war, sie seiner Freiheit zu opfern. Java wollte schreien, sich wehren, heulen, toben, wie sie es so gut konnte, mit den Wimpern klimpern und alles wieder richtig machen. Die Welt sollte sich wieder ordnen, sie wollte ihr Leben zurück!

Doch nichts davon vermochte sie. Nichts davon geschah. Javas Inneres fiel auseinander, Geist und Herz trennten sich von der Person, die sie war, verschlossen sich hinter den Mauern ihres ganz eigenen inneren Gefängnisses. Von da an betrachtete sie die Geschehnisse, als würden sie einer anderen passieren.

So sah sie, wie Lexius Bellier ein verstörtes blondes Mädchen, das nicht sie selbst war – nicht sein konnte! –, hinunter zum Fluss schob, sie die Treppen bis zum Wasser hinabschleifte und sich mit ihr in einen vorbeifahrenden Kahn warf. Sie erlebte die Tage, die der Mann und das Mädchen auf dem Flussschiff verbrachten, als würde sie von oben darauf schauen. Sie aß, was man ihr gab, sie trank, doch sie fühlte nicht.

Am Meer angekommen, begleitete sie ihren Vater in die Bankhäuser, sah zu, wie er sich all sein Geld auszahlen ließ. Inzwischen hielt er das Messer nicht mehr offen an ihre Kehle. Seit er festgestellt hatte, dass er nicht verfolgt wurde, steckte es wieder in seinem Gürtel. Doch die große Hand im Rücken des Mädchens war allgegenwärtig.

Erst als der gewaltige Ostindienfahrer die Segel gehisst und Fahrt aufgenommen hatte und Bellier ihr den Himmel auf Erden versprach, vor ihr kniete, sie mit Aufmerksamkeit, Zuwendung und Herzlichkeit überschüttete, erwachte Java langsam aus ihrer Starre. Er flehte, schwor ihr, er hätte sie niemals ernstlich verletzt, schob seine Taten auf die Angst vor dem Gefängnis, auf den Groll über den Verlust seines Armes. Er nannte sie sein kleines Mädchen, alles, was ihm noch blieb. Er beteuerte ihr, sich aus der Ferne um ihre Mutter zu kümmern, erklärte die Notwendigkeit, das Land für immer zu verlassen. Java hörte die Worte, verstand sie auch, aber es dauerte Tage, bis sie vollständig zu sich zurückgefunden hatte.

Das Mädchen, das sie vorfand, war nicht dasselbe wie zuvor. Java fühlte sich, als sei sie aus einem Albtraum erwacht und müsste dennoch weiter in ihm leben. Ihre Welt war zerstört, nichts als Ungewissheit wartete auf sie, in einem Land, in dem ihr Vater keinen Einfluss besaß. Er war auch das Einzige, was ihr blieb, dieser Vater, der ein Frauenschänder und ein Mörder war, der ihren Geliebten hatte töten lassen wollen, der ihr alles genommen hatte. Sie würde nie mehr dieselbe sein.

Java ließ ihr Herz zu Stein werden, vergrub Liebe und Hass und alle übrigen Empfindungen tief in sich. Sie nahm sich vor, erst einmal zu überleben, bis ihre Zeit kam, die Gefühle wieder hervorzuholen.

Ihre Zeit würde kommen. Dann würde sie eine neue Java sein, anders, besser, stärker. Und es war ihr gleichgültig, wen sie dabei hinter sich lassen musste.

Ihre Zeit würde kommen.

25

Als die Tür aufschwang, hob ich nicht einmal den Blick. Warum auch? Ich hatte nichts zu erwarten. Wer immer der Ankömmling war, er würde mich nur wieder zum Essen zwingen oder Emeni zu den Untersuchungen abholen. Andere Dinge geschahen hier unten nicht. Außerdem war es unbedeutend. Einerlei. So egal. Wenn ich doch nur einschlafen und nie wieder aufwachen dürfte …

»Mademoiselle Cartier, Ihr könnt gehen.«

Ich rührte mich nicht. Ich hatte den Mann gehört, aber was er gesagt hatte, war so widersinnig, dass es nicht lohnte, darüber nachzudenken.

Der Mann wiederholte den Satz, nicht nur einmal, sondern gleich mehrfach. Er fasste mich an, rüttelte mich an der Schulter.

Da drangen die Worte plötzlich in mein Bewusstsein. *Ihr könnt gehen.*

Mit einem Mal fiel alle Gleichgültigkeit von mir ab. Mein Lebenswille flammte auf, obwohl ich mir nicht sicher war, ob dies wahrlich geschah oder mir mein verwirrter Geist nur einen Streich spielte. Ich entschied jedoch, mich an die wieder erwachende Hoffnung zu klammern. Mit allem hatte ich gerechnet, doch nie im Leben damit, einmal diese Worte zu hören. Ich sprang auf, ehe der Mann sie zurücknehmen konnte, und griff nach Emenis Arm, um ihr aufzuhelfen.

»Sie nicht.«

Ich starrte den Mann an. Mein Herz raste von der ungewohnten Anstrengung nach den vielen Tagen des Sitzens, und mir wurde schwindlig.

»Sie kann aber nicht allein hierbleiben.«

»Sie ist nicht allein. Es wird sich um sie gekümmert.«

Glaubte er selbst, was er da sagte, in Anbetracht dieses winzigen, dreckstarrenden Raumes?

»Ohne sie gehe ich nicht.«

»Mädchen, nun mach schon!«

»Lasst uns beide frei!«

»Das darf ich nicht. Ich bin hier nur Gehilfe und muss die Anweisungen befolgen. Und die Frau hat keinen Bürgen.«

»Ich bürge für sie.«

Er brauchte nichts zu sagen. Sein Gesichtsausdruck machte mir allzu deutlich, dass er mich für keinen geeigneten Fürsprecher hielt. Da drängte sich mir eine Frage auf.

»Wer hat für mich gebürgt?«

»Oh, gleich drei werte Damen. Eure Meisterin – seltsam, dass sie sich damit so viel Zeit gelassen hat –, dann die Schwester des Mannes, den Ihr beinahe getötet hättet. Ihre Aussage als Angehörige hatte besonders viel Gewicht, tja, so wie die Frau selbst!«

Er stimmte ein schmutziges Gelächter an, das mich zur Weißglut brachte. Ich biss mir auf die Zunge.

»Inzwischen dürfte sie aber ein wenig davon verloren haben«, fuhr der Gehilfe fort. »Sie wurde gleich nach ihrer Anhörung mit Wehen ins *Hôtel-Dieu* gebracht. Die dritte Bürgin war natürlich Eure Mutter.«

Die Beine sackten mir weg, ich fiel auf das Lager neben Emeni.

»Ich bleibe dennoch hier«, stammelte ich, und der Mann hob die Schultern.

»Ich gehe und frage den Richter, was in einem solchen Fall unternommen wird.« Dann verschwand er.

Gedanken stürmten auf mich ein und raubten mir den Atem. Meine Meisterin glaubte mir! Und Adelais – trotz der Schwangerschaft und Lucs Zustand war sie hier und hatte für mich ausgesagt. Hoffentlich ging es ihr und ihrem Kind gut. *Beinahe getötet* – also lebte mein Geliebter! Heiße Glücksgefühle durchströmten mich.

Mutter.

Mir wurde kalt.

Konnte es wahr sein? Hatte die Frau für mich gebürgt, die mir in meinem bisherigen Leben nur Leid gebracht hatte?

»Du musst gehen.« Ich verstand sie kaum, so leise sprach Emeni. Ihre eiskalte Hand tastete nach meiner. »Du musst zu Luc.«

»Ich bleibe bei dir.«

Ich bemühte mich, meine Stimme fest klingen zu lassen, doch es gelang mir nicht. Zu sehr sehnte ich mich danach, Luc zu sehen, mich davon zu überzeugen, dass er am Leben war.

»Ich schaffe das allein. Das Kind kommt noch nicht, es ist zu früh.«

Sie log, das wusste ich genau. Immer wieder verzog sie in jüngster Zeit das Gesicht, wenn eine Welle des Schmerzes sie überrollte. Ich verstand nicht, warum ich mich plötzlich wieder für sie verantwortlich fühlte, doch mit dem Weichen der Gleichgültigkeit waren auch diese Gefühle zurückgekehrt. Sie war meine Freundin, ich hatte sie in dieses Land gebracht, und sie brauchte mich.

Die Schritte kehrten zurück, und erneut wurde die Tür geöffnet.

»Ich habe mit dem Richter gesprochen«, sagte der Gehilfe. »Ihr dürft bleiben, doch nicht in diesem Raum. Ihr werdet beide in ein anderes Zimmer ziehen, und Ihr erhaltet saubere Kleidung. Folgt mir bitte.«

Ich half Emeni auf, die sich sogleich vor Schmerzen krümmte und taumelte.

»Komm schon, du schaffst es!«

Ich stützte sie, so gut ich konnte, und wir folgten dem Mann die Flure entlang und Treppen hinauf, die kein Ende zu nehmen schienen. Dann, endlich, führte er uns in ein helles Dachzimmer, in dem sich zwei saubere Betten befanden. Auf einem Stuhl lag Kleidung bereit, zwei dampfende Schüsseln mit Wasser standen auf dem Tisch. Eine junge Magd wartete mit einem Stapel Tüchern neben dem Fenster. Zum ersten Mal seit Wochen sah ich den Himmel. Er strahlte so blau wie Lucs Augen. Mein Herz zog sich zusammen. So schön dieses Zimmer war im Gegensatz zu dem Verlies im Keller – ich wollte hinaus und zu ihm! Dann aber sah ich Emeni an, die sich kaum auf den Beinen halten konnte. Ich nahm der Magd die Stofflappen ab.

»Danke, wir brauchen keine Hilfe.«

Das Mädchen zuckte mit den Schultern und ging. Auch der Gehilfe verließ uns. Er verriegelte die Tür von außen. Zwar wurden wir nun wie Gäste behandelt, doch dies war immer noch eine Anstalt für Geisteskranke und Emeni bislang nicht freigesprochen.

Vorsichtig half ich ihr aus dem dreckstarrenden Gewand und reichte ihr ein feuchtes Tuch. Ich hielt sie, während sie sich das Gesicht wusch, das verkrustete Blut von ihren Beinen wischte und sich abtrocknete, schwer atmend von der Anstrengung. Dann zog ich das weite, weiße Hemd über ihren Kopf, das für sie bereitlag, und führte sie zu einem der Betten. Sie fiel auf die Seite, zog sofort die Knie an und schloss die Augen.

Das Kind würde nicht abwarten, bis seine Zeit gekommen war, und Emeni wurde immer schwächer.

Als ich mich ebenfalls gesäubert hatte, stellte ich fest, dass eines meiner eigenen Kleider und mein Umhang auf dem Stuhl lagen. Madame Chemin musste die Sachen hergebracht haben. Voller Dankbarkeit dachte ich an die alte Dame, die mich freundlich aufgenommen und der ich nichts als Ärger bereitet hatte.

Ich nahm das Gewand auf, und ein kleines Stück Papier fiel heraus und auf den Boden. Ich hob es auf und betrachtete erstaunt die winzige Zeichnung. Es waren nur wenige Kreidestriche, doch so vollendet ausgeführt, dass sie nur von meiner Meisterin stammen konnten. Lucs Gesicht blickte mir entgegen, die schönen Augen müde, ein leichtes Lächeln um die Mundwinkel.

Er lebt, stand unter dem Bild. Und: *Du hast die Prüfung bestanden.*

Da kamen die Tränen, die ich so lange nicht mehr hatte weinen können. In einem Schwall brachen sie aus mir heraus, gleichzeitig musste ich lachen. Ich war sicher, hätte mich der Richter in diesem Augenblick gesehen, er hätte meine Freilassung noch einmal überdacht.

»Emeni! Er lebt! Alles wird gut.«

Dann kam mir ein weiterer Gedanke, der einen noch heftigeren Tränenstrom auslöste. Meine Meisterin hatte ein Gesicht gezeichnet, Lucs Gesicht, nur für mich! Und das, wo sie sich doch weigerte, Menschen abzubilden. Diese Geste bewegte mich mehr, als sämtliche Worte der Welt es vermocht hätten.

Ich schlüpfte in das Kleid, ohne die Schnürung zu befestigen. Wie ein Sack hing es an mir herunter, viel zu groß nach den Wochen der Gefangenschaft, doch es war mir gleichgültig. Ich fiel vor dem Bett meiner Freundin auf die Knie, um ihr die Zeichnung zu zeigen.

Da erst bemerkte ich, dass Emeni nicht bei Bewusstsein war. Schweißperlen standen auf ihrer Stirn, sie stöhnte leise. Ich schob ihr Hemd hoch und tastete nach ihrem Bauch. Er war steinhart. Von Geburten wusste ich nur die grässlichen Dinge, die Adelais mir erzählt hatte. Ich versuchte, sie mir ins Gedächtnis zu rufen. Als mir eben die Sturzbäche einfielen, ergoss sich ein solcher aus Emeni heraus, klare Flüssigkeit strömte zwischen ihren Beinen hervor und durchnässte das Laken. Emeni schrie und riss die Augen auf.

Nur nicht still daliegen. Atmen. Hinhocken.

Ich ergriff die Schultern meiner Freundin und richtete ihren Oberkörper auf. Sie wand sich jedoch aus meinem Griff und krümmte sich wimmernd wieder zusammen.

»Du musst aufstehen, Emeni. So kann das Kind nicht kommen.«

»Es kommt noch nicht«, presste sie hervor.

»Doch, das tut es. Wenn das Wasser abgeht, steht die Geburt bevor. Du kannst es nicht verhindern.«

Abermals zog ich an ihren Schultern und brachte sie zum Sitzen. Gleich darauf schrie sie erneut auf, beugte sich vor und stürzte vom Bett, wobei sie mich zu Boden drückte. Ich kroch unter ihr heraus, sie lag schon wieder mit angezogenen, zusammengepressten Beinen da und jammerte leise.

»Hoch mit dir!«

Ich wurde wütend, obwohl mir klar war, dass das nichts helfen würde. Doch sie machte es sich und dem Kleinen nur schwerer! Ungeduldig zerrte ich an ihr, um sie auf die Füße zu stellen. Mit letzter Kraft – die sie besser auf die Geburt verwendet hätte – stieß sie mich fort, dann sank sie erneut in eine Ohnmacht. Ich erkannte, dass ich allein nichts würde ausrichten können.

Ich rappelte mich auf und hämmerte an die Tür unserer Kammer.

»Hört mich jemand? Wir brauchen Hilfe!«

Ich horchte, doch nichts geschah. Ich rief lauter, rüttelte, wieder ohne Erfolg. Nach einer Ewigkeit, meine Fäuste und Kehle schmerzten schon, näherten sich Schritte, der Riegel wurde angehoben, und das gelangweilt dreinblickende Mädchen öffnete die Tür. Ich deutete auf Emeni.

»Das Kind kommt, holt bitte eine Hebamme.«

Mit unbewegter Miene musterte die Magd den am Boden liegenden, halb entblößten Körper, dann schob sie mich beiseite und hockte sich neben Emeni. Sie besah sich ihren Unterleib und nickte, als würde sie nun erst glauben, dass es die Geburt und nicht ein Anfall von Raserei war, der Emeni dazu brachte, sich stöhnend hin und her zu wälzen. In dem Augenblick, als sich das Mädchen abwandte, sah ich, wie eine große Menge Blut aus Emenis Innerem auf den Boden floss.

»Schnell, bitte! Seht doch!«

Die Magd nickte, ohne sich umzuwenden, und verließ gemäßigten Schrittes das Zimmer. Die Tür ließ sie offen stehen. Anscheinend erwartete sie keinen Fluchtversuch. Wie hätten wir auch flüchten sollen?

Ich kniete wieder neben meiner Freundin nieder und mühte mich, wenigstens ihre Knie anzuwinkeln und die Füße aufzustellen. Emeni wehrte sich nicht mehr, wimmerte nur und öffnete die Augen einen winzigen Spalt.

»Hör mir zu, Emeni. Ich glaube, das Kind kommt in Kürze.« Tatsächlich sah ich zwischen ihren blutbesudelten Beinen eine große Öffnung inmitten lockigen schwarzen Haares. »Du musst es herausdrücken.«

»Kann nicht.«

»Oh doch, du kannst! Die Hebamme wird gleich hier sein, aber so lange müssen wir allein zurechtkommen.«

Sie schloss die Augen.

»Nein!« Die Ungeduld übermannte mich, ich schüttelte sie, bis sie mich wieder ansah. »Du wirst jetzt nicht schlafen! Drück das Kind heraus!«

Ein unmenschlicher Ton erklang aus Emenis Kehle, kaum lauter als ein Röcheln, doch so abgrundtief verzweifelt, dass es mir das Herz zerriss. Der Schweiß und die Tränen liefen bei uns beiden in Strömen. Ich besah mir die Öffnung, sie schien sich geweitet zu haben, aber noch war das Kind nicht zu sehen. Emeni atmete flach und hechelnd wie ein erschöpftes Tier, dann brüllte sie wieder heiser auf und verkrampfte sich.

»Drücken, Emeni! Heraus damit!«

Ich wusste nicht, woher der Einfall kam und woher ich den Mut nahm, doch ich griff ihr zwischen die Beine und weitete die Öffnung mit den Händen. Plötzlich spürte ich etwas Hartes, Rundes unter meinen Fingern.

»Gut so, Emeni. Du hast es fast geschafft, der Kopf kommt.«

Sie regte sich nicht, schien wieder das Bewusstsein verloren zu haben. Ich sprang auf und rannte zur Tür.

»Wir brauchen Hilfe!«, rief ich, so laut ich konnte.

Wo blieb die verfluchte Geburtshelferin? War hier im Hause überhaupt eine tätig? Falls nicht, hoffte ich, das dumme Mädchen möge wenigstens einen Arzt schicken! Es wäre mir in dem Augenblick sogar gleichgültig gewesen, ob Doktor Martel und seine Studenten kämen. Ich wollte nur nicht mehr allein mit Emeni sein.

Ich wusste, es war nicht ihre Schuld, sie war einfach zu schwach. Dennoch rüttelte ich sie voller Verzweiflung. Wenn das Kind nicht herauskam, würden sie beide sterben, und ich hatte keine Ahnung, ob es ohne ihre Mithilfe herauskommen würde. Emenis Körper spannte sich an, aber sie blieb ohnmächtig liegen. Ratlos zerrte ich wieder an der Öffnung herum, drückte gleichzeitig mit dem Ellbogen auf den Bauch, um das

Kind herunterzuschieben, doch ich hatte nicht das Gefühl, dass es vorankam.

Was sollte ich nur tun? Emeni und ich hatten Piraten, Stürmen und Gefangenschaft getrotzt, und nun schafften wir es nicht, die natürlichste Sache der Welt zu überstehen?

Ach, Adelais, ich wünsche dir so, dass dir die Geburt leichter gefallen ist!

Was hatte sie gesagt? Laufen und hinhocken. Warum? Damit es das Kind nach unten zog, so wie alles auf der Welt nach unten fiel? Und wenn die Frau nicht mehr hocken konnte?

Ich zerrte, zog und schob, bis Emenis Oberkörper aufrecht am Bett lehnte. Sie blieb bewusstlos, sodass sie sich wenigstens nicht wehrte. Ich drehte sie herum und legte ihre Arme, Brust und Kopf auf dem Bett ab, packte ihre Hüften, hob sie höher und drehte auch ihren Unterleib. Endlich kniete sie mit weit gespreizten Beinen vor dem Bett. Nun konnte ich die Öffnung zwar nicht mehr sehen, doch ich tastete unter dem herabhängenden Hemd danach. Es schien zu gelingen! Der kleine harte Kopf des Kindes war schon ein ganzes Stück herausgekommen. Emeni stöhnte auf und wollte sich winden, doch ich warf mich mit meinem gesamten Gewicht auf ihren Rücken und presste sie auf das Bett.

»Nein! Bleib so!«

Ich griff mit beiden Armen um sie herum, befühlte ihren Bauch und schob von dort aus, wo die harte Schwellung begann, Richtung Boden. Als sich Emeni das nächste Mal verkrampfte, tastete ich wieder nach der Öffnung, ohne jedoch mein Gewicht von ihr zu nehmen. Ich bekam das Köpfchen zu packen, fühlte sogar schon die zarten Schultern, zog vorsichtig – dann ging alles ganz schnell. Mit einem Schwall von Flüssigkeit glitt das Kind in meine Hände, ich zog es unter dem Hemd hervor und sank mit ihm in den Armen erschöpft auf mein Hinterteil. Emeni rührte sich nicht, ihr Atem war kaum noch wahrzunehmen. Dafür hob und senkte sich die Brust des winzigen Neugeborenen, es gab ein leises Wimmern von sich.

Was war nun zu tun? Ich konnte nicht einfach sitzen bleiben, obwohl ich es am liebsten getan hätte. Die Nabelschnur verband Mutter und Kind noch immer, und – wenigstens das wusste ich von Geburten – sie mussten rasch getrennt werden. Doch wie sollte ich das anstellen? Ich besaß keine Schere und kein Messer!

Ich sah mich im Raum um und entdeckte die Wasserschüssel. Behutsam legte ich das Kind auf das Bett, erhob mich mit zitternden Beinen und griff nach dem Gefäß. Leider war es aus Metall, sodass ich es nicht zerstören und somit eine Scherbe benutzen konnte. Ich strich mit dem Finger an seinem Rand entlang. Es war scharfkantig, vielleicht würde es genügen. Rasch trat ich zu dem Kind, legte mir eine Schlaufe der langen Nabelschnur auf den Oberschenkel und fuhr mit der Schüssel darüber, wieder und wieder, bis die Schnur durchtrennt war. Blut sprudelte hervor, und schnell machte ich zwei Knoten hinein, erst in das Ende, das an dem Kind hing, danach in Emenis.

Diese hatte sich die ganze Zeit noch nicht gerührt. Ich drehte ihren Oberkörper in meine Richtung.

»Es ist geschafft! Das hast du gut gemacht.«

Zuerst dachte ich, sie hörte mich nicht, dann aber hob sich ihr rechter Mundwinkel ein kleines Stück. Ich wollte ihr auf das Bett helfen, doch sie rutschte zu Boden und kam auf dem Rücken zu liegen. Ich stopfte ein Kissen unter ihren Kopf, dann legte ich ihr das Kind auf die Brust.

»Du hast eine Tochter. Wie willst du sie nennen?«

Emenis Augen öffneten sich, und sie sah mich mit einer Klarheit an, die ich seit Stunden nicht mehr in ihrem Blick gesehen hatte. Sie antwortete nicht. Ich hob ihre beiden Hände an und legte sie auf das Kind, das noch immer leise greinte.

»Sie ist so klein.«

»Ja, weil sie zu früh gekommen ist. Aber sie ist stark, sie wird es schaffen.«

»Ich nicht.«

»Oh doch, sicher! Du musst für das Kind sorgen.«

»Das musst du tun.«

»Hör auf zu sprechen, es schwächt dich zu sehr.«

Sie nickte und schloss die Augen, aber ihre Hände blieben auf dem winzigen Körper ihrer Tochter liegen.

Ich wischte mir mit dem Ärmel den Schweiß von der Stirn. In diesem Augenblick zweifelte ich, ob ich je Mutter werden wollte. Wenn eine Geburt so verlief, war es dann ein Wunder, dass nicht jede Mutter ihr Kind sogleich liebte?

Dann jedoch betrachtete ich Emeni, die mit letzter Kraft den Rücken ihres Neugeborenen streichelte. Auf dem eingefallenen Gesicht lag ein zartes Lächeln, und ich erkannte, dass – ganz gleich, wie die Umstände sein mochten – Mutterliebe das natürlichste aller Gefühle war. Wie sehr musste Robina gehasst haben, um zu dieser Empfindung nicht fähig zu sein?

Als ich mich erheben wollte, um die Spuren des Kampfes zu beseitigen, bemerkte ich, dass ich in warmer Flüssigkeit kniete. Ich hob Emenis Hemd an und sah das Blut fließen. Kalte Angst ergriff mich. Sollte es nicht längst aufgehört haben? Aber es sprudelte aus meiner Freundin hervor wie aus einer nie versiegenden Quelle. Emenis üblicherweise dunkle Haut war so bleich, dass sie der meinen glich.

Nein!

Ich packte sie am Arm, er war eiskalt.

»Gott im Himmel, Emeni!«

Ich sprang auf, rannte zur offenen Tür, brüllte mit aller Kraft, die meine Lungen hergaben.

»Hilfe! Sie stirbt! Dies ist doch ein Krankenhaus, warum kommt denn niemand?«

Schluchzend fiel ich wieder neben Emeni auf die Knie.

»Ach, Nitu, was soll ich nur tun?«

»Rette Nisani.« Das Flüstern war kaum hörbar. »Rette mein Kind. Bring es fort von hier.«

»Nisani? Soll das ihr Name sein?«

»Nisani. Mein Kind. Nitu. Meine Schwester.«

Noch immer mit einem Lächeln auf dem Gesicht wurde Emeni starr. Ich sah das Leben aus ihr weichen, nahm wahr, dass ihre Brust aufhörte, sich zu heben und zu senken. Ich zog das Kind unter ihren Händen heraus, wollte ihr das Atmen erleichtern, doch es setzte nicht wieder ein.

Tränen strömten über meine Wangen und tropften auf das kleine Mädchen, das nun eine Waise war. Ich presste es an mich, küsste das kahle Köpfchen, roch Blut und Süße, und da wusste ich, ich würde dieses winzige Wesen nicht Doktor Martel überlassen. Niemals würde ich zulassen, dass er es untersuchte, begaffte, anfasste. Für Emeni konnte ich nichts mehr tun, aber Nisani würde ich mit meinem Leben beschützen!

Einer Eingebung folgend griff ich ein letztes Mal zwischen Emenis nun starre Beine und stopfte das Nabelschnurende in sie hinein. So war nicht auf den ersten Blick zu erkennen, dass sie ein Kind geboren hatte. Ich wickelte die Kleine in ein Tuch und band mir das Bündel unter dem Kleid vor den Bauch, so fest, dass es mir nicht herausrutschen konnte, wenn ich losrannte. Das Mädchen begann, empört zu weinen, und ich steckte ihm einen Zipfel des Stoffes in den Mund. Es fing an zu saugen und beruhigte sich schnell. Ich ließ das Kleid herabfallen. Es war so weit, dass niemand etwas bemerken würde. Darüber zog ich meinen Umhang. Nach einem letzten Blick auf Emeni holte ich tief Luft und lief auf den Flur hinaus.

Beinahe wäre ich gegen die gelangweilte Magd und einen älteren Mann geprallt. Was nun?

»Jetzt kommt Ihr, da es zu spät ist?«, entfuhr es mir.

»Zu spät?«

Wenigstens in der Miene des Mannes zeigte sich eine Gefühlsregung.

»Sie ist gestorben!«

»Ich dachte, es sei nur eine gewöhnliche Geburt.«

Der Arzt blickte scharf das Mädchen an, das nur mit den Schultern zuckte. Er wandte sich an mich.

»Was ist geschehen?«

»Das Kind ist nicht herausgekommen, nur Blut, so viel Blut ... Ich bin freigesprochen, kann ich nun gehen?«

Der Arzt sah wieder die Magd an. Sie nickte.

Ich rannte los.

Sie würden meine Lüge entdecken, spätestens, wenn sie Emeni aufschnitten, um sie zum Gegenstand ihrer Untersuchungen zu machen. Doch sie würden es schon nicht öffentlich werden lassen, dass sie eine Patientin in Not allein gelassen hatten. Heiße Wut auf Doktor Martel und seine Handlanger wallte in mir auf, doch ich hatte Dringenderes zu erledigen. Das Neugeborene brauchte Milch, und die einzige Person, die mir einfiel, die sie ihm geben konnte, war Adelais. Sofern bei ihrer Entbindung alles gut verlaufen war ... Doch darüber durfte ich jetzt nicht nachdenken. Ins *Hôtel-Dieu* war sie gebracht worden, hatte der Gehilfe gesagt. Ich hatte das gewaltige Krankenhaus der Augustinerinnen schon oft gesehen. Es befand sich in unmittelbarer Nähe der Kathedrale *Notre-Dame*, auf der Insel, auf der mein Vater die Wohnung angemietet hatte.

Doch wo war ich? Wo stand das Hospital, das mein Gefängnis gewesen war? Ich hoffte, es würde mir gelingen, mich zurechtzufinden, wenn ich das Gebäude erst einmal verlassen hatte. Ich eilte voran, Treppen hinunter, Gänge entlang. Zum Glück fand ich rasch einen Ausgang aus der *Salpêtrière* und lief hinaus in den frischen Nachmittag, die Arme fest um das Bündel unter meinen Kleidern gelegt. Das Kind bewegte sich nicht, und ich hoffte, es nicht zu eng verschnürt zu haben. Noch spürte ich seine Wärme ...

26

Ich ließ das riesige Gebäude hinter mir, die dazugehörige Kirche und die Grünanlagen. Es fühlte sich an wie eine Flucht, die es in gewisser Weise auch war, und die Erleichterung darüber, entkommen zu sein, beflügelte meine Schritte. Ich blickte mich um und erkannte erleichtert, dass zu meiner Rechten das Flussufer lag. Als ich es erreichte, musste ich stehen bleiben, um Atem zu schöpfen. Welch eine Wohltat, das Wasser zu sehen! Obwohl es nicht zu vergleichen war mit dem Meer, wurde mir dennoch das Herz ein klein wenig leichter.

Schmale Boote bevölkerten das Gewässer, flussabwärts getrieben von der Strömung, flussaufwärts durch kräftezehrende Arbeit gezogen. Wie gern wäre ich noch eine Weile dort geblieben, um meine zurückgewonnene Freiheit zu genießen. Ich holte jedoch nur noch einmal tief Luft und lief mit dem Strom des Flusses weiter in der Hoffnung, dass das der Weg zur Stadtmitte war.

Bald erkannte ich, dass ich mich richtig entschieden hatte. Ich ließ die Holzlager links liegen, eilte durch das Tor beim *Fort de la Tournelle*, wich Arbeitern aus, die am Weinhafen Fässer von einem eben angekommenen Schiff entluden. Immer weiter, vorbei an der Brücke, die auf die *Île Notre-Dame* mit ihren hübschen neuen

Häusern führte, und am Holzhafen. Nur noch ein Stückchen ...

Dann sah ich den mächtigen Bau der Kathedrale am östlichen Ende der letzten Insel aufragen, und ich wusste, ich hatte es beinahe geschafft. Als ich den Festungsbau an der Kleinen Brücke erreichte, atmete ich bereits schnaufend. Meine Schritte hallten dumpf, als ich durch den Torbogen rannte, dann hastete ich auf die Brücke und zwischen den Häuschen auf beiden Seiten hindurch. Wie stets überkam mich ein mulmiges Gefühl aufgrund des Gewichts, das die zarten Pfeiler zu tragen hatten. Es wimmelte auf der Brücke von Menschen, die ihren Geschäften nachgingen. Zwei Frauen trugen Arzneien in Krügen und Flaschen aus einer Apotheke. Ein Mann, offensichtlich ein Arzt, hatte nebenan ein dünnes Messer und eine gewaltige Schere erworben, die er nun vorsichtig in seinen Beutel gleiten ließ. Ich eilte an ihnen vorbei, musste hier und da ausweichen, schaffte es jedoch unbehelligt auf die Insel.

Der majestätische Anblick der Kirche nahm mir den letzten Rest Atem, obwohl ich sie schon oft gesehen, betreten und sogar gezeichnet hatte. Dennoch war mir jedes Mal wieder unbegreiflich, wie Menschenhand etwas so Prachtvolles errichten konnte. Ich blieb stehen und rang nach Luft. Die Erschöpfung verwirrte meine Sinne, meine Gedanken begannen zu wandern. Welcher Tag mochte es sein, welche Stunde? Würden die zwanzig gewaltigen Glocken heute noch läuten?

Plötzlich spürte ich Bewegung unter meinen Kleidern und besann mich auf meine Aufgabe. Ich schickte rasch eine Bitte um Beistand gen Himmel, dann machte ich mich auf den letzten Teil meines Weges.

Ich rannte an dem lang gestreckten Krankenhausgebäude vorbei. Wo mochte sich der Eingang befinden? Warum nur hatte ich bei meinen früheren Spaziergängen nie darauf geachtet? Dann, endlich, als ich schon fast an der Kathedrale angekommen war, fand ich den Haupteingang des *Hôtel-Dieu*. Ich riss an dem Glockenstrang an der Pförtnerloge, in der eine Ordensfrau saß und in einem Buch blätterte.

»Madame? Bitte ...«

Meine Stimme klang heiser und atemlos, und zuerst glaubte ich, die junge Frau hätte mich nicht gehört, doch dann öffnete sie das Fenster, ohne aufzublicken.

»Wo liegen die Mütter nach der Geburt ihrer Kinder?«, platzte ich heraus.

»Zu wem möchtet Ihr?«

»Zu Madame Durand, meiner – Schwägerin.« So Gott wollte, war es keine Lüge. »Geht es ihr gut?«

Da sah mich die Frau zum ersten Mal an.

»Wir haben Hunderte von Patienten. Ich kann unmöglich wissen, wie es jedem Einzelnen geht. Da sie hier sein soll zum Gebären, gehe ich nicht davon aus, dass es ihr allzu gut geht. Hätte sie sonst nicht zu Hause entbunden?«

»Sie ist auf Reisen, ihr blieb keine andere Möglichkeit.«

»Wartet, ich sehe nach.«

Sie schlug das Buch auf und blätterte darin herum, während sie mit den Augen die ordentlich geschriebenen Zeilen absuchte.

»Ah, da haben wir sie. Madame Adelais Durand. Die Gebärzimmer liegen ein Stockwerk tiefer. Man wird Euch dorthin geleiten, Mademoiselle ...«

»Cartier«, sagte ich, dankte ihr rasch und rannte durch das Portal ins Gebäude. Frauen in dunkler Tracht eilten umher. Ein ganz in Weiß gekleidetes Mädchen trat auf mich zu, und ich nannte ihr mein Anliegen.

Die Gänge, durch die sie mich führte, schienen kein Ende nehmen zu wollen. Wir gingen an zahllosen Krankenbetten vorbei, und ich fragte mich, ob Luc in einem von ihnen lag. Ich zwang mich jedoch, nicht nach ihm Ausschau zu halten. Zunächst hatte ich eine andere Aufgabe zu erfüllen. Wir gingen eine Treppe hinab, dann – endlich! – hörte ich das leise Weinen von Neugeborenen. Das Mädchen wies auf zwei Frauen, die im Gespräch miteinander im Gang unter einem winzigen Fenster standen.

»Fragt die Hebammen. Sie werden Euch Auskunft geben können.«

Ich dankte dem Mädchen und trat zu den Frauen. Inzwischen war ich der Ohnmacht nahe, der Schweiß rann unter meiner Kleidung meinen Körper hinab.

»Adelais Durand?«, stieß ich atemlos hervor.

Tatsächlich zeigte eine der Hebammen Erkennen.

»Sie ist nicht mehr hier unten.«

Mein Herz setzte einen Schlag aus. Ein kalter Schauder der Angst überlief mich.

»Wo ist sie dann?«

Die Frau verzog das Gesicht. »Ihr Gatte hat so leidenschaftlich Zugang zu Ehefrau und Sohn verlangt, dass wir sie fortbringen mussten. Männer haben hier keinen Zutritt. Und da er gut zahlte und die Dame gesund schien, hat die Oberhebamme zugestimmt.«

»Wo ist sie?«, wiederholte ich, bemüht, tief zu atmen und bei Sinnen zu bleiben.

»Ihr müsst wieder hinaufgehen. Sie hat eines der neuen Zimmer auf der Brücke erhalten.« Gesicht und Tonfall der Frau zeigten allzu deutlich, dass sie nicht mit dieser ungewöhnlichen Regelung einverstanden war.

Ich dankte rasch und lief der kleinen Novizin nach, die bereits oben an der Treppe angelangt war. Sie führte mich zum besagten neuen Trakt auf der Brücke und erkundigte sich bei einer älteren Ordensfrau nach Adelais. Die Nonne wies auf eine geschlossene Tür. Vorsichtig klopfte ich an und betrat den Raum. Er war leer bis auf die Person im Bett. Ich ging einige Schritte, dann stand ich vor ihr.

Es war eindeutig Adelais, die dort lag. Sie hatte sich jedoch verändert, seit ich sie zum letzten Mal gesehen hatte. Sie sah aus wie nach einem langen Kampf, die dicken Haare offen und zerzaust wie ein Vogelnest, die Augen blutunterlaufen und die Haut bleich. Dennoch lag auf ihrem Gesicht derselbe Ausdruck von Glückseligkeit, den ich auch in Emenis Zügen hatte erkennen können, trotz ihres bevorstehenden Todes.

Adelais jedoch war weit davon entfernt, zu sterben. Sie sah mich, schlug sich eine Hand vor den Mund, nur um sie gleich darauf wieder fortzunehmen und mich mit einem Redeschwall zu überschütten.

»Oh! Lianne! Liebe, süße Lianne, du bist frei! Wir hatten solche Angst, den Richter nicht überzeugen zu können. Aber deine Mutter war großartig, und deine Meisterin erst! Oh, warst du schon bei Luc? Er ist auch hier, weißt du? Es geht ihm besser, er hat seine Aussage gemacht und ...«

Meine Beine gaben nach. Zu viele Tage ohne Licht, nahrhaftes Essen und Bewegung hatten mich meiner Kräfte beraubt, und dieser Lauf quer durch die Stadt und das riesige Krankenhaus hatte mir den Rest gegeben. Ich fiel vornüber auf das Bett und schaffte es gerade noch, mich mit den Armen so abzustützen, dass ich Emenis Kind nicht zerquetschte. Dann begann die Welt, sich um mich herum zu drehen. Wie aus weiter Ferne hörte ich Adelais, fühlte ihre Hand auf meinem Haar.

»Lianne. Es ist gut. Komm zu dir! Du musst doch meinen Sohn kennenlernen.«

Die wohlklingende Stimme und die sanfte Berührung holten mich zurück in die Wirklichkeit. Da erst bemerkte ich, dass ich noch gar nicht an Adelais' Kind gedacht hatte. Ich richtete mich langsam zum Sitzen auf und starrte das Bündel an, das meine Freundin im Arm hielt.

Das Erste, was ich wahrnahm, waren riesige, dunkle Augen, dann ein Flaum aus schwarzem Haar, der das Köpfchen bedeckte. Ruhig sah der Knabe mich an, ein winziger fertiger Mensch bereits, nicht wie Emenis Tochter, die so zerbrechlich aussah.

»Das ist Nicolas.«

»Er ist wunderschön.«

»Ja.«

Das Mutterglück strahlte aus Adelais' geröteten Augen, und ich fasste mir ein Herz. Ich musste mein Versprechen erfüllen und die kleine Nisani retten. Wenn sie überhaupt noch am Leben war ...

Ich zog meinen Umhang aus und wollte eben mein Kleid anheben, da hörte ich Adelais scharf Luft holen.

»Ist das Blut? Lianne, was ist geschehen? Ich rufe nach dem Arzt!«

Sie wollte aufstehen, doch ich packte ihren Arm.

»Adelais ... Hör mir kurz zu, bitte. Es ist nicht mein Blut.«

Ich betrachtete mein Kleid, und bei dem Anblick wallte Übelkeit in mir auf. Ich hatte in Emenis Blut gekniet! Kein Wunder, dass sich Adelais sorgte. Mit gerunzelter Stirn betrachtete sie mich, blieb aber im Bett. Ich hob das Gewand an, griff darunter und löste das Bündel. Die kleine Nisani streckte ihre zarten Beinchen und Ärmchen von sich, kaum dass ich sie befreit hatte, und dem winzigen Mund entwich ein Laut, der beinahe erleichtert klang. Genauso fühlte auch ich mich.

»Dies ist Emenis Tochter. Ihre Mutter ist bei der Geburt gestorben. Ich wusste mir nicht zu helfen, als sie heimlich fortzubringen. Sie hätten sie für ihre Zwecke benutzt, da bin ich mir sicher. Die Ärzte dort – es sind Scheusale!«

Adelais nickte, ohne den Blick von Nisani zu wenden.

»Gib sie mir.« Sie legte Nicolas neben sich ab, und ich reichte ihr das kleinere Kind. »Sie ist so viel leichter als mein Sohn.«

»Sie kam viel zu früh, keine acht Monate durfte sie in Emenis Bauch wachsen.«

»Nicolas ist auch vor seiner Zeit geboren.«

»Das tut mir leid, Adelais. Ich weiß, es ist meine Schuld.«

»Oh nein, es sind ja nur wenige Wochen. Man sieht es ihm nicht einmal an.«

Sie öffnete ihren Morgenmantel und legte Nisani an ihre Brust, ohne dass ich darum hatte bitten müssen. Abermals wurde mir warm von der Zuneigung, die ich für meine Freundin verspürte.

»Danke«, flüsterte ich.

Adelais gluckste auf, als das kleine Mädchen gierig zu trinken begann.

»Huch! Sie sieht so zart aus, aber sie saugt kräftiger als mein Sohn.« Verzückt blickte Adelais auf Nisani hinab. »Sie ist viel hellhäutiger als Emeni, nicht wahr?«

»Ein Europäer hat sie gezeugt«, sagte ich voller Abscheu. »Offensichtlich jemand mit sehr weißer Haut, vielleicht einer dieser bleichen, rothaarigen Engländer. Ist das nicht grauenvoll? Die Mutter tot und der Vater ein Unhold. Wenn sie dies doch nur nie erfahren müsste ...«

Plötzlich wurde die Tür aufgestoßen, die ältliche Ordensschwester trat ein und blieb wie angewurzelt stehen, als sie Adelais mit dem unbekannten Kind an der Brust sah.

»Was geht hier vor?«

»Oh, Schwester, es ging alles so schnell!«, rief Adelais augenblicklich mit gespielt hoher, dünner Stimme. »Mit einem Mal kamen die Schmerzen zurück, und schon rutschte dieses kleine Ding aus mir heraus! Wir konnten Euch nicht einmal rufen. Zum Glück stand meine Schwägerin mir bei.«

Sie sah mich an, und ich nickte heftig, brachte jedoch kein Wort hervor.

»Ihr habt ein weiteres Kind geboren? So viele Stunden nach dem ersten?«

»Ja! Ist das nicht ein Wunder?«

Sie setzte eine übertrieben feierliche Miene auf und richtete ihren Blick gen Himmel.

Die Schwester zögerte, dann sprach sie: »Ich hole die Hebamme, sie muss Euch untersuchen.«

Die Frau verließ das Zimmer. Ich konnte nicht glauben, was gerade geschehen war.

»Lianne, hör zu. Du hast recht, es wäre ein grausames Schicksal, was dieses Kind erwartet, und die Kleine soll es nicht erleiden.« Sie schlug die Bettdecke zurück. »Schnell, dort drüben in dem Krug beim Fenster steht Wasser. Mach dein Kleid nass, damit das Blut wieder flüssig wird, und reibe es in das Laken unter meinen Beinen.«

Noch immer wie im Traum gehorchte ich, goss den Inhalt des Gefäßes über meine Röcke und lief tropfend zum Bett zurück. Als die Hebamme hereinkam – es war glücklicherweise nicht die unfreundliche Person von vorher –, hatten wir das Schauspiel meisterhaft vorbereitet. Das blutverschmierte Bett, ich ganz die zitternde, ungewollte Geburtshelferin, die glückliche, aber erschöpfte Adelais mit den beiden Kindern im Arm. Nicolas starrte noch immer mit großen Augen ruhig in die Welt, Nisani wimmerte, weil sie nach wie vor hungrig war. Die Hebamme drückte auf Adelais' Bauch herum, stellte fest, dass sie nicht mehr blutete, und nickte bedächtig.

»Die Nachgeburt war bereits nach dem Jungen herausgekommen, wenn ich mich richtig erinnere. Sehr ungewöhnlich, dass danach ein weiteres Kind kommt und keine zweite Nachgeburt. Es scheint aber auch nichts mehr im Bauch festzusitzen.«

»Oh, es kam etwas heraus, es sah furchtbar aus. Ein dunkler Klumpen, nicht wahr, Lianne?« Adelais sah mich an, um Zustimmung heischend. Ich nickte, noch immer unfähig zu sprechen. »Sie hat es zum Fenster getragen und in den Fluss geworfen, die Ärmste, so entsetzt war sie. Seht doch, die Blutstropfen, die durch das ganze Zimmer führen.«

Was geschah hier? Wie kam meine Freundin nur auf diese Gedanken, wie konnte sie jeden Einwand so mühelos entkräften, während ich noch immer darum rang, nicht in Ohnmacht zu fallen? Adelais musste eine geborene Schauspielerin sein. Sie führte das Stück ihres Lebens auf, und alle hingen an ihren Lippen und glaubten ihr jedes Wort. Als die Hebamme und die Schwester das Zimmer beruhigt verlassen hatten, lachte Adelais auf.

»Wie habe ich das angestellt? Oh, ich war großartig, nicht wahr?«

Endlich fand ich meine Sprache wieder, doch meine Stimme klang noch heiser.

»Wie soll es nun weitergehen?«

»Nun habe ich Zwillinge geboren, ganz einfach. Paul wird entzückt sein! Er hatte sich ohnehin eine Tochter gewünscht, ich mir dagegen einen Sohn. Alles hat sich vortrefflich gefügt! Oder hattest du andere Pläne mit der Kleinen?«

»Ich hatte keine Pläne, nur die Hoffnung, du würdest ihr Milch für die ersten Stunden geben. Dann wollte ich weitersehen.«

»Ist dir denn nicht recht, wie es nun gekommen ist?«

Plötzlich fiel alle Last der letzten Stunden, Tage und Wochen von mir. Die Tränen begannen zu fließen und wollten nicht mehr versiegen.

»Ich habe nie einen besseren, liebenswürdigeren Menschen als dich kennengelernt«, schluchzte ich. »Bist du sicher, dass du dies tun willst? Was ist mit deinem Gatten? Du kannst ihn doch nicht anlügen wie die anderen!«

»Ich vertraue ihm vollkommen. Er wird meine Entscheidung mittragen. Wie gesagt, er hat sich eine Tochter gewünscht. Sie ist hellhäutig genug, um als sein Kind durchzugehen. Er hat ja selbst eine recht dunkle Hautfarbe. Und sieh dir nur Nicolas' Augen und das schwarze Haar an! Die beiden Kleinen werden sich ähnlich genug sehen, da bin ich sicher. Zumindest zunächst. Sollte Nisanis Haut später dunkler werden, wird es niemanden mehr kümmern.«

»Meinst du nicht, dass jemand anders misstrauisch wird?«

»Keine Sorge, Liebes. Wer sollte eine so abenteuerliche Geschichte erraten können? Nein, wenn ich als brave Kaufmannsgattin sage, dass ich dieses Kind geboren habe, dann werden sie es glauben.« Adelais lachte erneut auf. »Ich wusste doch, dass mein ungeheuerlicher Appetit irgendwann zu etwas Gutem führt! Bei meiner Statur könnte ich problemlos Zwillinge bekommen haben. Es ist besonders glaubhaft, da ich bereits so früh und so stark an Gewicht zugelegt hatte. Nun haben die Klatschbasen ihre Erklärung.« Nacheinander legte sie sich beide Kinder an die Brust. »Und Milch habe ich mit Sicherheit genug für zwei. Ich platze jetzt schon beinahe.«

Ich beugte mich vor und küsste Adelais auf die Wange.

»Bitte nenne sie Nisani. Ihre Mutter hat es so bestimmt.«

»Das ist schön. Nicolas und Nisani, wenn das nicht passend ist!«

Die Tür flog auf, und herein stürzte Adelais' Gatte. Sorge stand in das gutmütige Gesicht geschrieben.

»Liebste, was ist geschehen?«

Einen schönen Anblick mussten wir bieten, Adelais aus vollem Halse lachend, an jeder Brustwarze ein Kind, ich dagegen zitternd und tränenüberströmt, beide über und über mit Blut besudelt.

»Oh, Paul, du wirst es nicht glauben. Ich erkläre dir gleich alles. Lass mich nur rasch Lianne verabschieden. Ich bin sicher, sie möchte Luc sehen.«

Luc. Ich hatte ihn nicht vergessen, natürlich nicht, denn er war immer in meinem Herzen. Doch in den letzten Stunden war er in den Hintergrund gerückt. Zu viel war geschehen, das meine Aufmerksamkeit gefordert hatte. Nun jedoch, da ich der Sorge um Nisani und leider auch der um Emeni ledig war, brach die Sehnsucht mit aller Kraft über mich herein.

»Ist er hier?«

»Ja, in einem der großen Säle. Paul, sei so gut und führe Lianne zu meinem Bruder. Wenn du zurückkehrst, werden ich und das Zimmer gesäubert sein, dann kann ich dir alles in Ruhe berichten. Oh, und bitte bring mir etwas zu essen mit, ich habe ja solchen Hunger! Ich fühle mich schon vollständig – ausgesaugt!«

Ihr glockenhelles Kichern folgte uns auf den Gang hinaus, und auch ich spürte, wie ich unter Tränen lachen musste.

»Paul, Eure Gattin ist ein Wunder!«

»Das ist sie ganz gewiss. Was immer dort in dem Zimmer geschehen ist, ich werde es ertragen.«

»Ich danke Euch.«

Ich war froh, dass er mich nicht fragte, was passiert war. Schweigend schritten wir durch die langen Gänge, die mich an die *Salpêtrière* erinnerten und auch wieder nicht, denn die Geräusche waren verschieden. Zwar ertönten hier und da ebenfalls Schreie, doch sie waren von anderer Natur als die verzweifelten Rufe, die ich dort hatte hören müssen. Ich schüttelte mich und dankte dem Himmel, dass diese Zeit nun hinter mir lag.

27

Was vor mir lag, versetzte mich jedoch nicht weniger in Angst und Schrecken. Als Paul seine Schritte verlangsamte und schließlich vor einer Tür stehen blieb, wurde mir flau im Magen.

»Paul ... Denkt Ihr, er kann mir verzeihen?«

»Gibt es denn etwas zu verzeihen?«

»Es war meine Magd, die ihn so schwer verletzt hat.«

»Dann ist sie es, der er vergeben muss.«

Emenis Bild stand mir vor Augen, wie sie in der Pfütze ihres eigenen Blutes am Boden lag und ihren letzten Atemzug tat.

»Das ist nicht notwendig«, flüsterte ich. »Sie ist gestorben.«

»Das tut mir leid. Ihr Leben war gewiss kein leichtes.«

Ich wischte mir über die Augen und nickte. Dann straffte ich die Schultern und ging hinter Paul in den Raum hinein. Er führte mich zu Lucs Bett, ließ mich aber die letzten Schritte allein gehen. Ich zitterte am ganzen Leib, als ich an das Krankenlager meines Geliebten trat. Er lag mit geschlossenen Augen unter einem grauweißen Laken, und der Anblick seines schönen, viel zu schmalen Gesichts zerriss mir das Herz.

»Luc?«

Meine Welt wurde himmelblau, wie stets, wenn er mich ansah, obwohl seine Lider von dunklem Grau umwölkt waren.

»Lianne. Mein Liebes. Was hat man dir angetan?«

»Mir? Du wärest fast gestorben, ich doch nicht!« Unter Tränen musste ich lachen. »Mich hat man nur für geisteskrank erklärt. Es gibt Schlimmeres.«

Ich sah die Sorge in seinem Gesicht und machte eine wegwerfende Handbewegung.

»Lass uns nicht von mir sprechen. Wie geht es dir?«

»Ich habe lange geschlafen, während die Wunden heilten. Erst Adelais hat es mit ihrer Stimme geschafft, mich zu wecken. Warst du schon bei ihr?«

»Ja. Sie hat einen wundervollen Sohn.« Ich zögerte, dann fügte ich hinzu: »Und eine Tochter.«

»Zwillinge?« Luc sah mich überrascht an, stützte sich mit den Händen ab und richtete sich halb auf. »Davon hat Paul nichts gesagt.«

»Das zweite Kind kam später als das erste. Er hat es noch nicht richtig begriffen, denke ich.«

Ich würde ihm die Wahrheit sagen, irgendwann. Doch im Augenblick gab es Wichtigeres. Ich musste mich der Wirklichkeit stellen. Vorsichtig schlug ich das Laken zurück. Luc trug nur weite Hosen, sein Oberkörper war nackt.

»Oh!«, entfuhr es mir, als ich die roten, wulstigen Schnitte im weißen Fleisch seines Bauches erblickte. Zwei davon sahen frischer aus als die übrigen, in ihnen konnte man noch schwarze Fäden erkennen. Ich zeigte darauf. »Was ist dort geschehen?«

»Ich hatte Besuch von einem netten Herrn, der mich im Auftrag von Bellier töten wollte.« Er sagte es leichthin, doch ich spürte, dass ihm der Schreck noch in den Gliedern steckte, und ebenso erging es mir. »Schau nicht so ängstlich. Bellier ist fortgelaufen, ich habe meine Aussage gegen ihn gemacht. Man wird ihn in Saint-Malo aufsuchen und festsetzen.«

»Wenn er denn dorthin zurückkehrt.«

»Selbst wenn nicht, die Stadt hat er verlassen und kann sich nie wieder hier blicken lassen.«

Ich dachte an das Gewimmel aus Gebäuden, Gassen und Menschen und fragte mich, wie man dies wohl überwachen wollte. Luc ergriff meine Hand und legte sie auf seinen Bauch, auf die verheilenden Schnitte.

»Sorge dich nicht. Er ist fort, glaub mir.«

Sein Körper war warm, und ich spürte seinen Herzschlag, so dünn war er geworden. Ich nahm all meinen Mut zusammen.

»Luc … Es tut mir so leid!«

»Was denn?«

Verwirrt sah ich ihn an. »Was mit dir geschehen ist! Das alles ist meine Schuld.«

»Das ist nicht wahr.«

»Doch. Ich brachte Emeni in dieses Land, ich wusste, dass sie schwierig war.«

»Wusstest du von dem Messer?«

»Natürlich nicht! Ich hätte es ihr nie erlaubt. Sie hatte es von Java.« Ich spie den Namen aus. »Ich habe alles erst in der *Salpêtrière* erfahren. Sie hat sich an Emeni herangeschlichen und sich als ihre Freundin ausgegeben.«

»Dann ist es nicht deine Schuld, sondern allein die von Java und ihrem Vater.«

»Aber ich habe Emeni vernachlässigt. Durch mich ist sie erst so anfällig für Javas gespielte Zuneigung geworden.«

»Du musstest arbeiten, du hattest keine Wahl. Sie hätte es verstehen müssen. Doch ich kann ihr nicht einmal böse sein. Ihre Lage ist nicht leicht.«

»*War* nicht leicht.« Ich schluckte. »Sie ist gestorben.«

»Das tut mir leid. Wie ist das geschehen?«

»Ich erzähle dir später davon«, entgegnete ich. Ich wollte jetzt nicht über Emeni reden. »Ich muss erst einmal mein Gewissen erleichtern, Liebster.«

Luc lachte leise. »Du hörst mir nicht zu! Es gibt nichts zu verzeihen. Doch wenn du unbedingt möchtest, dass ich dir die Schuld gebe und du mich um Vergebung bitten kannst, nur zu. Sag es und lass uns die Vergangenheit vergessen.«

Die Worte sprudelten aus mir heraus, all die Worte, die ich ihm in den vergangenen Wochen hatte sagen wollen und es nicht gekonnt hatte. Ich erzählte von meiner Angst, ihn verloren zu haben, meiner Wut auf Emeni und die ganze Welt, von der Hoffnungslosigkeit, die schließlich einer alles verzehrenden Gleichgültigkeit gewichen war. Luc nahm meinen Kopf in beide Hände und brachte mein Gesicht nahe an seines.

»Verstehst du jetzt, wie ich mich gefühlt habe, als ich glaubte, du seist tot? Kannst du nun begreifen, wie es dazu kam, dass ich Java beinahe geheiratet hätte?«

Ich verstand es, zum ersten Mal. Und endlich konnte ich ihm aus vollem Herzen vergeben. Ich küsste ihn auf den Mund. Er roch nach Kräutern und Seife.

»Ich liebe dich, Lucien Lavie. Verlass mich nur nie wieder.«

»Willst du nun endlich zustimmen, meine Frau zu werden?«

Tränen strömten über mein Gesicht, doch ich lachte.

»Hast du denn einen Ring für mich?«

»Im Augenblick nicht. Ist das wichtig?«

»Nichts ist mehr wichtig. Nur wir zwei.«

EPILOG

Paris, Juni 1689

Ich atmete tief ein und streckte mich. Mein Festgewand war so ausladend, dass ich nur mit äußerster Mühe mit dem Pinsel die Leinwand erreichen konnte. Zum Glück waren nur noch wenige Striche und Tupfer notwendig, um mein Werk zu vollenden. Diese jedoch waren unabdingbar. Es drängte mich, das Bleiweiß aufzubringen, den Widerschein des Lichts in die Augen und auf die Haare der dargestellten Personen zu zaubern. Ohne diesen wäre das Bild nicht vollkommen!

Ich malte, dann trat ich einen Schritt zurück und betrachtete mein Werk. Es war das größte Gemälde, das ich je angefertigt hatte, und es zeigte meine gesamte Familie. Vater, Mutter, meine drei Geschwister, dazu Luc, Adelais und Paul mit je einem Kind auf dem Arm. Sie alle standen um mich herum, und im Hintergrund tanzte die *Liberté* auf der strahlend blauen See.

Auf das Köpfchen des kleinen Mädchens, das Paul hielt, hatte ich einen farbenprächtigen Schmetterling gemalt. Für mich stellte er Emeni dar, für jeden anderen Betrachter war er nur eine Spielerei der Künstlerin und bot keinen Hinweis darauf, dass das Kind nicht zur Familie gehörte.

Ich war so tief in Gedanken, dass ich Luc erst bemerkte, als er mich am Arm berührte.

»Kannst du denn nicht einmal an unserem Hochzeitstag den Pinsel ruhen lassen?«

»Ach, Luc, nur noch einen Augenblick! Morgen muss ich das Bild zur *Place Dauphine* bringen. Die Ausstellung beginnt doch in wenigen Tagen, und es ist noch nicht fertig.«

»Es ist vollkommen.«

»Ist es nicht!« Ich trat erneut an das Gemälde, hob den Pinsel und zog eine letzte Locke auf dem Haar meiner jüngsten Schwester nach. »So. Nun ist es vollkommen.«

Sorgfältig stellte ich den Pinsel in den Becher mit Reinigungsmittel und trat vor Luc. Er verzog missbilligend das Gesicht und wies auf meinen Bauch.

»Aber du bist es leider nicht mehr.«

Ich blickte an mir hinab und erschrak. Ein blutroter Fleck zierte mein helles Gewand. Ich erkannte die Farbe sogleich – es war das Karmin, das ich für das Kleid meiner Mutter benutzt hatte. Erst vor wenigen Stunden, noch im Morgengrauen, hatte ich es gemalt. Ich war wohl zu dicht vor die Leinwand getreten.

»Oh!«, entfuhr es mir. Schuldbewusst sah ich zu Luc auf in Erwartung seines Tadels, doch er lächelte bereits wieder.

»Süße Lianne, gräme dich nicht. Du bist Malerin! Meinetwegen kann das jeder sehen.«

Er nahm mich in die Arme und küsste mich fest auf den Mund. Dabei presste er seinen Körper gegen meinen. Mir wurde heiß und kalt, und plötzlich war das Gemälde vergessen. Ich wollte nur noch Lucs Frau werden, ihm nahe sein und immer näher. Am liebsten hätte ich ihn sogleich auf mein Bett geworfen. Doch dann würden wir noch später zu unserer eigenen Hochzeit kommen.

Ich machte mich los und trat einen Schritt zurück – da sah ich, dass der Fleck von meinem Kleid auf sein weißes Hemd abgefärbt hatte. Mein Kopf wusste, es war nur Farbe, doch mein Herz sah Blut. Alle Angst, die ich um ihn gehabt hatte, brach plötzlich aus mir heraus. Tränen schossen in meine Augen, ich konnte nicht verhindern, dass ich zu schluchzen begann.

Luc sah mir ernst ins Gesicht.

»Es ist alles gut«, sagte er ruhig.

Ich zog das Hemd aus seinem Hosenbund und schob es hoch. Die eben verheilten Wunden leuchteten rot auf seiner bleichen Haut, doch es war keine der Narben wieder aufgebrochen, und auch die letzten schwarzen Fäden waren inzwischen fort. Er war herzzerreißend dünn geworden. Ich legte meine Hände auf seinen Bauch und streichelte ihn.

»Schmerzt es noch sehr?«

»Wir haben beide unsere Verletzungen.« Er strich mit dem Daumen zart über die Blüte in meinem Ausschnitt. »Doch wir haben es überlebt, und sie werden verheilen. Und nun werde meine Frau, damit wir endlich unser neues Leben beginnen können.«

Ich nahm den Arm meines Geliebten, der nun mein Ehemann werden sollte, ließ mich die Treppe hinabführen und kletterte in die Kutsche. Vor der Kirche *Saint-Eustache* stiegen wir aus. Dort erwartete uns ein Grüppchen von Menschen in Festtagskleidung. Meine Geschwister, Lucs Eltern, Adelais und Paul mit ihren

Kindern, meine Meisterin und ihr Galan – in schicklichem Abstand voneinander –, viele der Maler und Lehrlinge aus dem Louvre, Lucs Geschäftspartner. Sogar René und einige der Männer von der *Liberté* waren gekommen! In ihrer Mitte standen meine Eltern. Mein Vater sah aus, wie ich ihn nie anders gekannt hatte, schön und stark, ein Fels in der Brandung des Lebens. Dann fiel mein Blick auf meine Mutter.

Das Glück strahlte aus ihren schwarzen Augen. Sie sah jung aus, viel jünger, als die Anzahl ihrer Jahre besagte. Dort stand Robina, das verliebte Mädchen, das endlich den Mann seiner Träume erobert hatte. Ich würde nie vollständig vergessen können, wie kalt und ungerecht sie all die Jahre zu mir gewesen war, doch ich konnte ihr verzeihen. Wir hatten nach meiner Entlassung lange geredet, uns alles gesagt. Ich hatte ihr für ihre Aussage gedankt, sie hatte mich um Vergebung gebeten. Und ich hatte ihr vergeben, von ganzem Herzen.

Ich trat zu ihr und küsste sie auf die Wange. Dann gingen wir Seite an Seite, jede am Arm ihres Bräutigams, unter dem durchdringenden Klang der Glocken in die Kirche.